FOLLOW THE RIVER

James Alexander Thom

溯河而行

上海译文出版社　　〔美〕詹姆斯·托姆——著　郝福合——译

第 1 章

1755 年 7 月 8 日，星期天

炉边热气灼人，可她却在瑟瑟发抖。她将目光再次投向洒满阳光的长方形屋门。门口无人，连日影也不见。但在今天上午，同样的忐忑心绪几度去而复返，总觉哪怕早看一秒，都会发现门口有人。

白日里竟心生惶恐，这不合玛丽·德雷珀·英格斯的性情。待荒野夜深，玛丽倒会偶感心悸。彼时，在河谷以东的蓝岭①高坡，群狼哀嚎，夜鹗也随之啼叫；残火将熄，屋顶焰影憧憧，睡梦中的孩子动来动去，蹭得玉米皮褥垫窸窣作响。但在今天这样的朗朗白日，熟悉的河谷一片安宁，蝉在盛暑烈日下无休止地尖声鸣噪，她少有畏惧。

玛丽回身照看炉火，热气烤得满脸是汗。黑色小铁锅炖着兔肉，汤汁在沸腾，几乎溢出。她将吊在铁架上的炖锅向旁边略微拽了拽，挪离最热的炭火。如此慢煨一下午，等威廉下田归来，肉即可炖至最烂。屋子另一端的老座钟嘀嗒作响，在缓缓走动。

她把一缕汗淋淋的红褐色头发从脸颊上往后撩了撩，手掌撑于膝盖，从半圆木矮凳②上支身站起，呼哧呼哧地喘着粗气。因怀有身孕，她肚子又硬又鼓，身上的肌肉虽说结实，充满活力，也全都坠着。她向下摩挲隆起的肚子，抚平已褪色的土布裙，之后拱起手掌，自下托住腹部，既是在爱抚，也是在掂量。说生就会生的，她感觉得到。

她停在那里，从阳光照耀的门口望出去，望见青翠的草地，望过深绿的树梢，望向一排排幽暗的阿勒格尼群山③，峰峦向西奔去，彼处只有印第安人生活。

较之弗吉尼亚的其他白人定居点，德雷珀草地④的这一小片木屋坐落在大山最深处，是阿勒格尼"分界岭"（拿丈夫威尔的话讲）以西最早的定居点。其实，她和威尔还是在蓝岭荒蛮一侧最先结婚的白人。五年前，他俩曾在蓝山之间举办田园婚礼，周遭阒然，仿佛能听到上帝的呼吸。五年里，生活既兴旺快乐，又安宁祥和。他们身体健壮，生养的头两个孩子都得以存活。河谷中，泥土肥沃，富含灰岩；蓝草⑤长得密密丛丛，如荡漾的微波；不竭的灰岩山泉滋润着土地，顺着清湛的小溪，汇入景致迷人、蜿蜒流淌的新河⑥，随河离开谷地，进入未知的西部。此间是养身悦性的所在。每早初望小屋门外，心中总溢满欢欣。由此看来，上午的不安思绪定会过去。

玛丽·英格斯自然知道，女人在临产时最是心神不宁，最易大惊小怪。她努力微笑，以驱走内心的焦灼。今早，连威廉也不以为意，对女人的恐慌他往往如此。他以为要做妈妈的女人会疑神疑鬼，便没将之放在心上。

---

① 蓝岭，属阿巴拉契亚山脉，自美国宾夕法尼亚州南部向西南绵延至佐治亚州北部，全长近1 000公里，因山峰常笼罩于蓝色薄雾而得名。
② 半圆木矮凳，早期北美拓荒者的常见家具。原木自中间劈开，剖面刨平后作为凳面，四只木凳短腿嵌入下方槽孔。木桌也常以此法制作。
③ 阿勒格尼山，属阿巴拉契亚山脉，在蓝岭西，与之平行，自宾夕法尼亚州中北部绵延至弗吉尼亚州西南部，全长约800公里。
④ 德雷珀草地，该定居点于1748年由德雷珀、英格斯两家以及其他爱尔兰和苏格兰拓荒者建立，位于今天美国弗吉尼亚州蒙哥马利县。
⑤ 蓝草，牧草名，亦称"六月禾"，颜色绿中带蓝，肯塔基和弗吉尼亚两州多有种植。前者的别称即为"蓝草州"。
⑥ 新河，长约500公里，自南向北，流经北卡罗来纳、弗吉尼亚和西弗吉尼亚三州。虽名为"新河"，却是美国最古老的河流。

"非要出门吗？"他们做完周日晨祷，玛丽曾问威尔，当时谷地还笼罩在山影中，"我……我有些怕。"

威廉·英格斯 ① 站在小屋门口犹豫不定，一侧肩头扛刈集长镰 ②，另一侧背一袋锄头饼 ③ 和一只饮水葫芦。青天白日的，他从没听玛丽提过"怕"字。"怕啥呢？"他问道，脸上泛出那副打趣的笑容，垂下目光盯着玛丽隆起的肚子，"生汤米和乔吉那会儿，他俩就像葡萄籽一样滑溜，你一下子就给挤出来啦。再说，有你妈妈在这儿帮忙。还有贝蒂，之前她还没嫁过来呢。要生的话，哎呀，让人去喊我不就成啦？你知道，我立马就会赶回的，我的玛丽宝贝。"

于是，玛丽笑意盈盈，目送威尔朝田野走去。她深爱对方，内心满是甜蜜的依恋。亲爱的男人身大力强，毛发浓重，让她远离恐惧。在这荒郊野岭，若和一个身单力薄的男人相伴，她会担惊受怕。今早，她未向威尔解释：自己怕的不是生产，也说不清究竟是什么。她站在门口，眼望丈夫在草地边和哥哥约翰尼·德雷珀走到一起。壮实的约翰尼肩扛镰刀。他俩扭头朝她挥手，随后登上草地坡顶，消失在——看似陷入——起伏如波的草丛之下。

她思量着，他俩赤背露膀，汗流如注，在大麦田里忙活已有四个钟头，几乎没停下喘口气，兴许嘴里还哼着曲子，和着挥镰的节拍。她了解两人忙碌的模样，因为自己以往总是在他们身边干活儿。今年夏收头一遭没帮上忙，眼看就要生了。但她可清晰想见两人的样子，如同自己在场似的。他俩吃苦耐劳，就算头顶七月烈日，也能干上一整天。

不知何故，她将目光投向威廉那杆长步枪。枪搭在对面墙壁的两根

---

① 威尔是威廉的呢称。
② 刈集长镰，带配禾架的长柄镰刀。配禾架在镰刃上方，用以收齐割下的作物。
③ 锄头饼，即玉米饼，因拓荒者最初在锄面上烤制而得名，是下田、出行、狩猎时常带的干粮。

木钉上，旁边是落地摆钟，牛角火药筒和弹囊挂在枪下。此刻，不祥的预感重回心头。难道他不该带枪下田吗？最初几年总是带的，近来却嫌带枪累赘。

1748 年搬来至今，往返途经德雷珀草地的印第安人从没搅扰、惊吓过他们。印第安人通常成群结队，从遥远的俄亥俄河①北面过来，突袭生活在此地以南的敌人卡托巴②部落。几百年来，他们都是沿新河穿山过岭去打仗，住河畔崖穴，把独木舟藏在支流处。但是，即使面涂油彩③，对先来河谷的这一小拨儿白人家庭，他们也向来友善相待，总是喝下用葫芦瓢盛给他们的泉水，边咂嘴边微笑，似乎想消除涂油彩的脸和林立的武器可能予人的不安；有时，会接过递来的面包，边吃边点头致谢，然后挺身站直，举手敬礼，传递和平的问候，最后沿山岭继续赶路。躲在木屋内的白人本已扳上燧发机④击锤，准备一见敌对举动就开火，此时会松开击锤，长舒一口气，挂起枪支，出门继续做活儿，或是遥望蛮人消失在森林里。印第安人只在谷地胡闹过两回：一回是在 1749 年，一队人马抢了亚当·哈蒙的木屋，窃走了毛皮衣服；一回是在 1753 年，另一支队伍偷去乔治·胡波和雅各布·哈蒙的皮张，还杀了两家汪汪叫的狗。两件事已过很久，微不足道。因此，威廉·英格斯

---

① 俄亥俄河，长 1 500 多公里，自东北流向西南，为密西西比河水量最大的支流，是俄亥俄与西弗吉尼亚两州之间，以及肯塔基州与俄亥俄、印第安纳和伊利诺伊三州之间的界河。

② 卡托巴，印第安部落，生活在卡托巴河附近（在今美国南卡罗来纳和北卡罗来纳两州）。

③ 油彩，多以植物或矿物颜料混合动物油脂制成，颜色不一，其中红色最常见（故此，印第安人以往常被贬称为"红皮人"），涂于面部和身体，有各种图形，可起多重作用：恐吓敌人，代表荣誉，用于典仪，赋予魔力，保护皮肤，作为伪装或装饰等。

④ 燧发机，火器点火系统，发明于 1610 年，由击锤、火镰和药池三部分构成，击锤顶端夹有燧石，药池装有底火药。扣动扳机后，击锤前翻，燧石擦击火镰，冒出火星，引燃底火药，进而点燃枪膛内的发射药，最后击发弹丸。

早已不再有带枪下田的习惯。"要我说啊，把枪留家里更妥当，好让你安心呀。"今年夏天他曾跟玛丽逗趣。

没错，眼下这方土地在交兵①：在边境的远处，和法国人以及他们的印第安同盟作战。数月前，曾有一位名叫华盛顿的弗吉尼亚年轻中校②，由一小队骑兵护卫途经谷地。他身材高大，满脸正色，但不失为绅士。他与河谷的民兵首领詹姆斯·巴顿上校谈到远地战况。华盛顿中校建议巴顿让手下加强戒备，提防有法国人的印第安武装队伍。

但德雷珀草地的居民只见过友善的印第安人，而从未遇见过法国人。日子一周周过去，播下种子，长起庄稼，采集、存妥林中的野生吃食，贝蒂·德雷珀的儿子会爬了，玛丽·英格斯的胎儿在腹中有了动静。这些才是河谷居民最关心的。此间地处偏僻，战争当然没缘由到来。国王住在两千英里外的伦敦城，当然不再挂念遥远的子民，就像这些子民也不再惦记他一样。对于这片谷地，国王陛下闻所未闻，他同法国交兵，与这里的人又有何干？

不过，玛丽时而会想到印第安人，不免心生畏惧。十年前，乔治·德雷珀外出狩猎，一去不归，大家认为他被印第安人所害，母亲埃莉诺·德雷珀因此守寡。尽管平生玛丽从没见过印第安人的凶恶眼神或敌对表示，但他们出没在西山外，如一团阴云笼罩于脑际。似乎只有此事可能给这座山中伊甸园带来麻烦。

而此刻，一个平静的夏日星期天，玛丽如往常一样，在给亲爱的威廉做饭。稍后，她要把全家人的脏衣拿到大柳树下的泉边清洗。那里清凉宜人，泉水汩汩而出，潺潺流动，既给燥热的身体带来凉意，也让人

---

① 指法英战争（1754—1760）。英法双方各自联合不同的印第安部落，争夺北美殖民地，最终英国赢得胜利。

② 1754 年，华盛顿被授予中校军衔，1755 年晋升为上校。故此，后文皆称其为上校。

神清气爽。嫂子已在那边，玛丽听得见她在石头上拍打家人的湿衣裳。两人会边忙边聊。

玛丽觉得，约翰尼讨到如此开朗又俊俏的老婆，真要感谢上苍。一年前，约翰尼翻过大山，带回她做了新娘。一年来，玛丽已喜欢上贝蒂·罗伯逊·德雷珀，对她颇为欣赏。约翰尼和贝蒂的头胎是玛丽给接的生，这让两人互生情谊。

玛丽把脏衣裹上一块牛脂皂，扎成一捆，这时恐慌开始从内心消散。是的，玛丽心想，在这处美好的地界，没什么可担心的。透过窗子，她能听到儿子们的笑声和低语。他俩和外祖母在附近一片树丛采莓果。是的，玛丽觉得，这里的一切定会相安无事。

玛丽把衣服包甩上肩头，动作像男人般轻松。她腆着大肚子，步出屋门，来到阳光灿烂、空气清新的室外。

就在她的目光落于定居点的一瞬间，她意识到，自己一直担心的事情即将发生：

印第安人正弓着身，朝定居点的每座木屋急急奔来。

"啪嗒！啪嗒！啪嗒！"

在自家木屋附近的泉边，贝蒂·德雷珀跪在一块平石上，垫着石头拍打几下丈夫那件涂满肥皂的衬衣，随后把衣服浸入清凉的水洼，在水中泡上片刻，捞出拧干。她待在一株巨柳的树荫下，疙疙瘩瘩的树根凸出泉水。一直都有的柳荫，以及生在泉边的嫩绿蕨菜，使这里即便在盛夏也让人舒爽惬意。在近处，更多洗好的衣物摊开晾在柳荫外烈日炙烤的岩石上，布料有乳白色的亚麻，也有已褪色的灰土布。她边洗边哼唱曲子，不时朝房屋侧耳细听，想知道孩子是否睡醒。丈夫约翰尼给小屋同时建了前后门。两扇门都开时，就像此刻，自河谷吹来的轻风穿堂而过，孩子可躺在剞木而成的摇篮里舒睡，而不会像夜间户门紧闭时那样，常常时睡时醒，小脸涨得通红，周身汗水涔涔。德雷珀家的小屋实在凉爽宜人，有时在大热天，两岁的乔吉不躺自己的床，由玛丽带到这里小睡。"哎呀，贝蒂，"就在昨天，玛丽说道，面露诡秘的微笑，"等收完庄稼，咱一块儿劝劝我的威尔，说动那个老顽固也给我锯出这么一扇后门。"

"啪嗒！啪嗒！啪嗒！"是约翰尼那条换洗的裤子。贝蒂注意到，和往常一样，膝部掉了一枚纽扣①，臀部裂开道口子。他是个干活儿拼命、耍起来疯狂的男人，像公牛般健壮，也像公牛般冒冒失失，每个礼拜换下的衣裳都得缝补。不过，贝蒂仍笑意吟吟，她总是乐于为他做点儿琐事。约翰尼确是她最中意的男人。

贝蒂拧干裤子，抬起头，望见邻居卡斯珀·巴里耶正朝泉边走来，肩头横着轭形扁担，绳子上悬荡着两只空橡木桶。卡斯珀秃顶，失偶独居。贝蒂早就注意到，但凡有人在泉边洗衣，他总是撂下手中的活儿，凑过来打水，趁机与人攀谈，尽说些单纯的事儿。只要倒运的洗衣娘愿听，他就不走，眼里透出思念，讲当初自己的老婆对大家是如何好，讲自己再也寻不到这么好的人，又何必离开谷地去另找呢？哎呀，今天我可没太多工夫听巴里耶先生诉苦。贝蒂查看着裤子上的裂口，心里想，还得补衣服……有男人要照顾，安息日也是闲不住的。

等她又抬起头时，卡斯珀·巴里耶没再朝泉边走来。他趴伏在小路上，一个印第安人正俯身劈砍他的后脑。印第安人赤裸的身体涂着油彩，在阳光下闪闪发亮。卡斯珀秃发的头皮溅满鲜血。其他印第安人正离开小路，冲下斜坡。

一声尖叫破喉而出。贝蒂·德雷珀跳起身，本能地冲向小屋，去抱熟睡的孩子。她边跑边一声声尖叫，语无伦次，因为根本就说不出话。

---

① 当时的拓荒者常穿半长裤：长仅过膝，膝部外侧有纽扣，以束紧裤脚。小腿则套长筒袜与之相搭。

在眼角余光里，有身影奔来，似乎要从边上包抄。她听得到他们粗重的喘息。裙摆在飞舞，她跃至前门门口，冲进暗屋，一把将儿子抢出摇篮，径直跑出后门。"求你啦，上帝！"这时她大喊起来，"救命啊！玛丽！埃莉！印第安人！他们杀了卡斯……啊，上帝，救命！……"

詹姆斯·巴顿上校坐在自家屋内的桌子旁，给华盛顿上校写信报告情况，其实也没什么好写的。他有大片土地，身为民兵首领又肩负职责，因此对本地了如指掌，自华盛顿上校来过，这里一直平静无事；蓝岭以西这方地界没见丝毫风吹草动。当下，巴顿上校正组织早收，未做任何武备。他刚派出外甥比尔·普雷斯顿沿沉溪去往菲利普·利布鲁克家，请他过来帮收大麦。

詹姆斯·巴顿身靠椅背，瞅着自己在写的信。他将羽管笔浸入墨水瓶，在里面转了转，另一只手搁在大腿上，白颏须遮住宽阔的胸膛。他伸展开桌下的一条腿，椅子受到庞大身躯的重压，咯吱作响。坐在这儿让他没了自由。记账、写信，凡此种种，他都反感，因为这些事让他骑不得马，下不得田，去不得森林，还要窝身迁就桌椅。

右侧桌上摆着一件巨大的古兵刃，从他拿得动时开始，就带在身边。这是克莱莫直刃阔剑，长如一般男子的身高，重比大斧。剑为祖传，且有个传说：主人曾是做过苏格兰高地族长的某位先祖。剑柄要双手握持，普通男子需两手并用方可挥动。但詹姆斯·巴顿老人身高六英尺四英寸，总能单手舞剑，无论左右，一样自如。如今他丧妻鳏居，已届六十三岁，可勇力不减。虽说巨剑是传家宝，舍不得每天都用，但詹姆斯·巴顿还是瞅准时机，在营地或田间一试剑锋。粗壮的硬木小树或枝条，往往一击则断。

原本阳光闪耀的门口骤暗下去，有个女人在门外尖叫。巴顿上校正在想词儿，一抬头，惕然心惊。屋内闯入两名涂油彩的印第安人，各擎一柄战斧。詹姆斯·巴顿一把握住长剑剑柄，此刻见其他印第安人也冲至门口。

上校毫不迟疑，欲从桌椅处脱身而出，孰料左臂一抬，竟将笨重的桌子朝印第安人掷去，同时椅子向后摔倒，在背后发出"哐当"一声。他已霍然起身。飞出的桌子砸中一名武士，将其撞回门口。第二名武士反应迅捷，侧身躲开。他"格格"呐一声喊，抡斧劈向老人前额。不想，阔剑寒光一闪，"唰"地挥过，这名武士莫名感到肩头猛地一拽，只见自己的前臂掉落在地，一股殷红的血喷涌而出。这是武士所见最后一幕；巨剑重又砍来，人头滚落于地。

另一武士出现在门口。他看到令人生畏的老汉双手持握血淋淋的长剑，口中发出怒吼，在朝自己逼近。武士举斧要剁的当口，老人咕哝一声，蓦地扭身，随即长剑扫来，穿腰而过，几乎把身子斩为两段，只剩脊骨相连。印第安人瘫倒在地，血乎乎的肚肠流出。

巴顿上校举剑欲斫门口的下一个印第安人，不想这最终的猛力一击挥至最高处时，剑尖戳进屋顶低处的横梁，深达两英寸。鲜血沿剑刃流到剑柄处，染红巴顿上校的双手。趁他要从梁木中用力拔剑之际，门口的肖尼人[1] 瞄准目标，扣动火枪扳机。一声炸响，橙光闪过，弹丸打透巴顿上校的太阳穴，钻入脑髓。

门口的印第安武士蹲伏在蓝色硝烟中，一时间皆愕然无语，眼见白首巨人开始倒下。一只沾满鲜血的手从剑柄上滑落，随后是另一只，庞大的身躯轰然倒地。

克莱莫剑嵌于梁木，剑柄"嗡嗡"颤动，将血洒落尸身。

此刻，贝蒂·德雷珀正拼命跑向英格斯家的小屋，右臂弯紧抱哭闹

---

[1] 肖尼人，来自印第安肖尼部落，所说语言属于阿尔冈昆语族，曾生活在俄亥俄河谷，目前主要生活在俄克拉何马州。在所有阿尔冈昆语族的印第安部落中，肖尼部落的生活区域最靠南，故此"肖尼人"意为"南方人"。

不止的孩子。她见到玛丽·英格斯肩扛一捆衣裳，吓得呆立在门阶的阳光里。贝蒂的惊叫暴露出印第安人的到来。他们不再悄无声息，而是又吼又喊，听上去有如百魔在谷地悲号。

追赶贝蒂的一名武士止住脚步，举枪开火。

枪弹打断了贝蒂的右臂，疼得她倒吸一口气，喊叫就此中断。婴儿落到地上，贝蒂身子一歪，双膝跪倒，惊得脸色煞白。她看到孩子摊手摊脚，躺在几英尺远的草丛里，也看到身手敏捷、呀呀乱叫的蛮人手持战斧和棍棒，朝孩子扑去。

贝蒂踉跄起身，奔向孩子所在之处，用没受伤的胳膊将他一把抱起，继续逃命。

眼见贝蒂遭遇险境，玛丽猛然警醒，迅速行动起来。她撒下衣服包，转身进屋，从墙钉上抓起威尔那杆填好子弹的步枪，摇摇摆摆地回到门口。她急欲救下贝蒂和孩子；而在内心深处，她有个可怕的疑问：不知蛮人是否已发现自己的小孩儿和母亲。

目睹门外情形，玛丽平生头一次怒不可遏，起了杀心。

有几名武士在拿贝蒂尖声啼哭的娃娃取闹，彼此把孩子扔来扔去，而另一名武士则揪住贝蒂的黑发，强行让她旁观。她双膝跪地，尖叫似乎要撕裂喉咙。孩子被抛到空中，有个印第安人抡战斧去撞。斧面打到婴儿，把他摔至地上。武士们纷纷拥过来你争我夺，好像在玩抢球游戏。他们笑着叫着，贝蒂和娃娃发出一声声哭喊。

玛丽义愤填膺。她试图扳起击锤，但击锤两次都从汗湿的手下滑脱。

娃娃淌着血，哇哇大哭。有个印第安人攥住他的脚踝，猛地从另两名武士身边移开，把娃娃甩出个大大的弧形。"砰"的一声，婴儿撞上屋角原木，脑浆迸裂。随着骇人的破裂声，孩子的哭闹戛然中断。贝蒂的喊叫也就此止息，她再也发不出声。

在可怕的静默中，这个武士得意洋洋地踮起脚尖，身子打起转，同时把婴儿高举过顶，鲜血从碎裂的头骨滴落到身上。他一转身，发觉另一名白人女子：是一个临产孕妇，正站在五英尺远的门阶上，端着扳起击锤的步枪，直直瞄向自己的眼睛。他吓得僵在原地，张大嘴巴。婴儿的鲜血染上涂油彩的脸，赭红和蓝色之外带上斑斑点点的血红。

　　玛丽扣下扳机。

　　击锤"咔哒"一声。枪并未开火。

　　这时她才想起，威尔在挂枪时，总是把枪管填上弹丸，但药池不装火药。

　　"不。"她暗暗叫苦，却只能站在原地，无可奈何，派不上用场的枪还抵着肩膀，目光则发狂似的投向浆果地，要最后看一眼母亲和儿子。此刻她感到强有力的手从身后抓住头发，脑袋被猛地向后一拽。所见只有湛蓝的晴空和木屋的房檐。

　　她感觉到枪从手中被夺走，而后听到印第安人冲她大笑。

　　埃莉诺·德雷珀乐于带两个外孙在夏日摘莓果，在当令时节采草药，寻蘑菇和野葡萄，其主要缘故在于，小托马斯满脑子尽是好奇的问题和想象。汤米①生在德雷珀草地，都已长到四岁，还哪里也没去过。外祖母曾住在大洋彼岸的一个遥远国度，想到这事儿他总是心驰神往。他们会小心翼翼地把手探进野树莓丛，将红艳艳的莓果摘下，用力极轻，生怕捏烂；够莓果也格外小心，生怕手让棘刺划伤。看孩子们有些心不在焉，外祖母就让汤米想象大海的样子。这种事儿已讲过无数回，当然还要讲很多遍，因为汤米对大西洋的好奇心似乎永不满足。

　　"瞧那边的山顶，汤米乖乖……"汤米站直身板，顺外祖母手指的

---

　　① 汤米，托马斯的昵称。

方向望去，深色的眼睛眯缝着，长满雀斑的鼻子皱巴着，微风拂动额前一绺绺棕红色浓发，"……假想从这里到那边都是海水，"汤米点点头，对这个奇妙想法颇为赞同，但还是等着听下去，"假想你从水上一直过去……"

"坐船。"

"……坐船，还有，是十倍远呢……"

汤米举起双手，岔开沾满果浆的十根指头。

"……对，想想看，再是十倍远……"

两岁的小乔吉想同哥哥一样专心，一样听懂外祖母的话。听到"十"，他也学哥哥举起双手。

"……然后又是十倍……"

汤米总算心满意足地点点头，明白外祖母讲的都是十的算术。

"在海的那边，十成百，百成千，千成万，看不见树，也看不见山，你就找到一个小不点儿的国家，叫……"

"爱尔兰！"汤米大声说。

"爱尔兰。在爱尔兰北部，你就找到一个地方，叫……"

"多尼戈尔郡！"

"多尼戈尔郡。二十六年前①，我和你们的姥爷乔治·德雷珀就是从那儿坐船来的……"

"乔治！是我！"和外祖父同名的乔吉②突然插嘴。

"对喽。当时，我还是个小姑娘，跟你们的妈妈一样好看呢……"

"我可以从海上去多尼戈尔郡吗？"每回畅想至此，汤米总爱提这个问题。

---

① 1729 年，乔治·德雷珀与妻子埃莉诺·德雷珀自爱尔兰多尼戈尔郡来到费城，次年儿子约翰出生，1732 年女儿玛丽出生。
② 乔吉，乔治的昵称。

"可以，对，可以的。不过，我看哪，走这个方向，比我们来这儿还要远呢。十成百，百成千，千成万，"她说着，手向西指去，"翻过那座山，继续走。汤米呀，我和姥爷像爸爸妈妈一样年轻的时候，就这么一点点、一点点地过来……"

她忽止话音。

喊叫声，没有言语、失魂落魄的喊叫声，自小木屋那边传来。埃莉诺·德雷珀脸色变得煞白，几乎和自己的头发同色。是儿媳的声音。

"贝蒂舅妈怎么啦？"汤米问。小乔吉躲进外祖母的裙中，紧紧搂住她的腿。骇人的尖叫声吓得孩子说不出话。

"快来。"埃莉诺·德雷珀催促道。她放下莓果桶，握住孩子们的手，领他俩奔出树丛，来到通向木屋的小路上。贝蒂准是伤着了自己，她想。

埃莉诺带两个男孩从树丛出来，刚走上木屋旁的草地，就听见印第安人的叫嚷和枪声。她蓦地止步，吓得浑身发抖，扭头拉着两个孩子往回躲藏。

但为时已晚。三个持枪奔跑的印第安人看到他们，便一蹦一跳沿小路冲来，同时颤抖着声调疯狂嚎叫。

埃莉诺·德雷珀把身前两个孩子推上莓丛小路。"躲起来！"她低声催促，随后扭身直面追击者。

除指甲外，她别无反抗的武器，连牙齿都没有。

冲在最前面的印第安人立时朝她扑来，黑眼闪出猎人般亢奋的光芒。埃莉诺·德雷珀老人将利爪似的手指戳进对方的双眼。印第安武士惨叫一声，眼前昏黑，丢下火枪和战斧，来抓老人的手腕。另一名武士闯到近前，老人感觉有利刃捅进肋下，倒地时听见自己"咕噜咕噜"发出动物般的低吼。

她感觉有手指在猛扯自己的头发，感觉到身体离地，发根承受着全身重量。油乎乎裸露的棕色四肢在周围晃来晃去，对她又打又踢。有个膝盖重重地撞上她的脸，鼻子塌陷下去。接着，她感觉又一把利刃切入头皮，血从双眼上淌过，"噗"的一声，头皮脱离头骨。之后，她倒在溅满鲜血的绿草地上，淌出的热血带走了生命的气息。十成百，百成千，千成万——这里距多尼戈尔郡的绿草地有万里之遥。

脚步奔过树丛，声音渐趋模糊，最后除却大洋的涛声，她别无所闻。

玛丽·英格斯站在自家房前血迹斑斑的院中，手腕被皮带紧缚身后。一个印第安人仍揪住她的头发，让她站直身躯。刀锋随时会割破头皮。她动着嘴唇，默默祷告：

"尊敬的上帝呀，我不想死。可你要是饶过威廉和我们的儿子，还有妈妈，我情愿代他们死。"

枪声止息，印第安人也不再叫嚷。他们三五成群，陆续从定居点各处进到院中，有些人满身血污。他们咧开嘴，把武器戳向天空，哈哈大笑着。从亨利·莱纳德的小木屋处，四名武士顺斜坡下来，用套索将亨利一路拖在地上。他被反剪双手，一阵阵用力，在无声挣扎。亨利未娶，比起种田，天生更爱狩猎，当初与德雷珀和英格斯两家同来河谷。他矮小瘦弱，虽又踢又踹，印第安人拖着他也并不费力。亨利身上不见血渍，显然被抓时没受伤。

贝蒂·德雷珀跪在近旁草地上，眼前是自己惨死的孩子。她抖动双肩，在哭，但发不出声音。断臂垂下，在淌血，她不去理会，似无知觉，因为已痛彻心扉。玛丽想来贝蒂身边，却动弹不得。她站在原地，朝树丛细看，心头开始升起希望，但愿在袭击中母亲和儿子没被发现，已然逃脱。

接下来，她看到莓丛边有动静，心头猛然一惊。"妈！"她喊道，

"回去！跑啊！"

　　然而，走出树丛的是个印第安人。他扬起手臂，晃动着红白两色的东西。武士走近，玛丽在盯着看，认清是母亲的头皮，感到心在碎裂。她发出哀号，向前扑去，不料却被狠狠拽住头发，仰面倒地，扭伤了反剪在背的手腕。

　　几分钟前玛丽要射杀的那个印第安人走过来，俯视着她，咧嘴而笑，似乎大为开心。他弯下腰，用硬手指去戳玛丽鼓胀的肚子。他说了什么，另一个印第安人回以短促一笑。后者正用一只脚踏住玛丽的脖子，不让她动弹。

　　那名武士不再戳她的肚子，而是向下去够裙边，一直掀到胸下。阳光强烈，照着玛丽裸露的双腿、下体和凸起的腹部。武士伸手去解自己缠腰布的带子，玛丽憎恶地盯着他，恐慌在加剧。

　　"上帝啊！"她惊叫道。他们要侮辱足月的孕妇，侮辱即将带来上天恩赐的孕妇。在她看来，这比杀人还野蛮。她紧闭双眼，交错两腿，用整个灵魂祷告，祈求神力或死亡，来护佑自己免遭这至恶兽行。

　　她感觉肚脐疼起来：是锐器扎入的刺痛。印第安武士有说有笑。没有被凌辱，还没有。什么……

　　她睁开双眼。那个印第安人跪在身旁，瞅着她的脸，好像一直在等她看自己。玛丽看清他在干什么，愈加恐惧。

　　蛮人正用力将刀尖抵在她的腹部，几乎刺破肚皮。他朝玛丽点点头，似乎在说："瞧我要干什么。"玛丽听人讲过这类故事：孕妇遭开膛破肚，胎儿被嗜血的蛮人烹食。

　　她再也祷告不下去，便翻起白眼，只想一死了之。她感觉到刀尖自肚脐向下体划去，感觉到草叶刺到袒露的后背。有只森莺在近处啼鸣。她还听到贝蒂·德雷珀在说话，声音近乎耳语：

　　"啊，不，别这样对她。"

一股爱的暖流传遍玛丽全身。她想：贝蒂自己在受难，还为我求情！这一可怕时刻虽令人绝望，却又顿然间变得莫名美好。即便玛丽和胎儿就此死去，离开的也终究不是完全无爱的世界。

几个印第安人在交谈，其中一人的嗓音浑厚低沉。在话声里，玛丽似乎听见汤米的声音。腹痛已消失，那只脚也从脖子上抬起。她睁开眼睛，看到印第安人正起身插刀入鞘。他刚才只是在恐吓，还是已决定不再剖出她的子宫，她不得而知。一名头领模样的高大武士立在近旁。嗓音浑厚低沉的就是他，或许是他下令住手的。玛丽感觉已获救，激动得近乎发狂。亨利·莱纳德离她几码远，已起身，仍拴着脖索，脸上有斑斑红块，目光避开四仰八叉、衣不遮体的玛丽。

接着，又是汤米的声音。他在发出惊恐的低咽。玛丽环顾四周，看见两个儿子。一名武士站在他俩中间，薅住每人的头发。孩子的脸扭曲变形，涨得通红，眼泪、鲜血和口水横流。看样子他们已吓得失魂落魄。玛丽侧过身子，努力站起，但因双手被缚，怎么也爬不起来。她躺在那里，一侧的脸贴地，看着儿子们。"汤米，"声音镇定，对此她感到意外，"乔吉。"对最坏的结果，她已有心理准备，料定孩子被带来，是要当着自己的面遭到残害。

"汤米，乔吉。"她又喊一声。他俩未回应，不知是否听见。

森莺仍在发出柔美的鸣叫。

第 2 章

"停。"威廉·英格斯说。

"什么？"约翰·德雷珀问道。他俩停下活儿，手握长镰，原地站定。威尔觑起眼睛，望过洒满阳光的田野，同时细听动静，听到的却只有微风簌簌的吹拂声、昆虫唧唧的刺耳叫声，还有他们自己的沉重喘息声。约翰浑身汗流如雨。衬衫没穿，衣袖系在脖子上，如此，衬衫垂下来就像短身斗篷，可为肩膀遮阳。他用衬衫衣角抹把脸，朝左右扭扭头："你听见啥没有？"

"是枪声，我觉得。"威廉说，"不过，这大热天的，也没准儿是我的脑袋晒爆啦。你听见啥了，嗯，约翰尼？[①]"

约翰·德雷珀摇摇头："可我听见肚肠在饿得咕咕叫，还有，嘴巴干得跟去年的葫芦一个样啦。咱歇歇吧，来点儿吃喝咋样？"

两人把镰刀撇到地上，从一捆捆新割的大麦中间走过，来到田地中央一株大榆树的浓荫下。他俩坐下来，背靠树干喝水，然后从干粮袋中掏出锄头饼来吃。威廉嚼着饼，下巴上的深棕胡须在汗湿的衬衣前胸一起一伏。微风吹来，湿衬衣凉得简直让人打战。

"我寻思啊，是玛丽要生啦。"威廉若有所思地说。

"更兴许呀，是汉克打到什么野味，要回家炖着吃呢。"约翰说，"生个孩子就把你从田里喊回去，玛丽可不是这种人。"

"没错，可就怕她有麻烦。"威廉想起来，早晨妻子曾莫名其妙地跟他说心慌。

"玛丽才不会呢。"约翰边吃边说，"比你我都皮实。跟我一块儿长大，就像个男的。要知道，她一蹿就上马，站着就蹦过椅背。不会有事的。等咱回家，没准儿她会一手奶着孩子，一手劈柴呢。"约翰咯咯笑起来。他以妹妹为傲，觉得威尔过于宠她。

威尔粲然一笑。约翰尼[1]说的有道理。玛丽二十三岁，体格健壮，像青皮山核桃般结实，屁股宽宽的，生孩子不费劲。她身段苗条，皮肤细滑，模样可人。威尔想起她，心里泛起渴望和兴奋。他们已很久没温存过，而威尔·英格斯又天生体力旺、欲望强。玛丽怀着孕，威尔常常满脑子想到的，是他俩裸身的场景，是她那让威尔忘不掉的平滑肚子，还有尽欢时她那一股股的劲头。

还有她的眼睛。他们缠绵时，她的双眼映着炉子的火光，迸射出激情，是勇敢，是心甘，也是幸福。威尔和玛丽总是情意绵绵，为彼此既般配又恩爱而欢欣。人家常说，这两口子眼里就有彼此，哪儿还有旁的呢。不过，凡说这话的人当然不晓得，土地和孩子对他俩有多重要。威尔想：嗯，只要有玛丽、孩子，还有土地，旁的就无所谓啦。

此刻，他心里溢满这些情感，还有对很久以前的怀念、对遥远未来的憧憬，思绪仿佛越过群山。对威尔·英格斯来说，想到自己的所有，想见将来的样子，像是祈祷的感觉。在这感觉的核心，始终是玛丽的脸庞：那对眸子坦诚率真；下颌的金色茸毛比桃绒还纤小；最不经意时浮现出的窃窃笑意，在左右嘴角下各形成三个微小酒窝。他想：也不知多数男人是否跟我这样，成天满脑子都是老婆。

他转念又记起今早玛丽焦虑的脸庞。他承认，玛丽的预感很灵。每当玛丽心生直觉，他都不能视而不见，即便他会努力一笑置之，或说点

---

① 约翰尼是约翰的呢称。

抚慰的话，来打消她那女人特有的疑虑。不知怎的，玛丽就是能预感，有如暴风雨前的动物。

"约翰尼，"他忽然开口，"你可以接着干活儿，也可以眯上一觉，可我想回去瞧瞧玛丽。我就是放不下心。"

"好吧。随你，随你，威尔。"约翰尼轻声一笑，他爱这样说。威尔这伙计，总对玛丽太上心，就好像她是个病秧子，啥也干不成似的。不过话又说回来，妹妹嫁给太知疼知热的男人，终归比嫁给对老婆不管不顾的男人要好。

在定居点和榆树之间的农田里，有一片矮树林探进来。林梢遮住视野，看不到远处的木屋。过林就是一道树木丛生的沟壑。威尔·英格斯留下妻兄一人在榆树下歇息，费力穿过阳光普照的田野，走向林边，要绕林前行。护腿在高高的庄稼中间匆匆擦过，蝴蝶在身前纷纷慌忙飞开。走到林边，他瞅见一道棕色闪过：有只鹿冲下沟去。

他想：我可真傻。玛丽一说我就心慌，还得搭上一个钟头干活儿的好工夫，去看个究竟。

然而，等绕过林端，他望见在半英里远处，烟气从屋顶间腾起。他心跳加剧，沿长长的草地跑起来，奔过一块碧绿的玉米田，跳过一道木栅。

威尔跑到卡斯珀·巴里耶的木屋处，见房子在着火，虽然还没看到印第安人，但此刻他断定，德雷珀草地已遭袭击。他猫下腰，偷偷前行，听得见心在突突狂跳。他摸到小屋一角，听见火苗在屋内劈啪作响。细看周围，只见一小股印第安人正在自家小屋附近的空地上转悠。乍看约有二十名武士，从油彩和饰物判断，是肖尼人。他们欢天喜地，有些在牵定居点的马，有些从各家小屋往外搬运、分拣、查验物品。威尔又气又怕，后颈毛发直竖。他伸长脖子，俯身向前，寻视那块空地，看有无玛丽或孩子们的踪影。几个印第安人走到旁边，这下他看到了他们——一小群可怜无助的俘虏，被绑着坐在那里，周围是铁锅、水壶、毛毯，还有其他抢来的物品。

玛丽也在，看样子没受伤。她跪在地上，脸朝乔吉和汤米。他俩坐在玛丽近旁的地上。虽相隔这么远，威尔也能看见孩子们吓得脸色惨白。还有贝蒂·德雷珀，她脑袋低垂，大幅前倾。亨利·莱纳德站在附近，被捆着，有个印第安人手持武器，牵住脖索，令他无法逃脱。威尔寻找岳母，寻找巴顿上校、卡斯珀·巴里耶、比尔·普雷斯顿、吉米·卡尔，还有早晨在定居点的其余所有人，但没看到他们。或是已逃脱，或是在哪儿丧了命，威尔猜测。他侧身凑到卡斯珀小屋的门口，往里探看。在怦怦乱跳的内心，他最迫切的愿望是弄到一杆枪，然后才能考虑下一步，虽然面对一众蛮人，似乎无可奈何。不过，有枪在手，总比完全无助要强些……

就在此时，两名印第安武士怀抱毛毯、衣物和用具，从卡斯珀浓烟滚滚的房里走出，险些踩到威尔。他俩瞪大眼睛，扔下所抢之物，大喊大叫起来。威尔一转身，沿来路奔逃。

他双脚啪嗒啪嗒地砸上草地。他跳过木栅，钻进玉米田，听得到两名武士紧随身后，呀呀乱叫，追赶时身体在玉米叶间唰唰穿行。他奋力前冲，可印第安人也不慢，摆脱不掉。闯出玉米田，向前跑过草地，他扭头一看，见二人逼来，每个都拔斧在手。

他意识到，自己已径直跑向先前离开约翰尼·德雷珀的地方，好像约翰尼能帮他似的，可约翰尼也没武器。威尔想：万不可引他们过去。他向左一拐，奔树木丛生的沟壑而去。几分钟前他见过有只鹿隐身于此。他想：要是藏进去……没准儿能甩掉他们，或者起码能找到根木棍……和他们拼……

他双腿累得酸痛不已，口中呼呼喘气。不过，印第安人的喊叫声稍远了些；这里是开阔地，他已占优势。

奔到林边，他一头扎进潮湿的绿荫，向沟里冲下去。他快如出膛的子弹，朝前猛蹿，茂叶枝条抽打着脸和双肩。他听到背后印第安人穿林追来的唰唰声。他们似乎又在迫近。

一株高大的梣树倒在沟壑斜坡上，拦住去路。巨根从原来扎地处的窟窿里探出。威尔劲头过猛，不及躲开，便一跃而起，要跳过树干，可惜跳得不够高，有只脚绊到树干顶端，他腾空翻起，肩膀朝下，重重摔在一堆去年的枯叶上，哼出一声。他未及起身，两名武士已绕开翻起的树根，疾跑而过，奔下沟去，消失在沟底的灌木中。两人居然没发现他！

威尔爬起再逃，方向与追击路径垂直。他们很快就会发觉他已不在前面，定将原路折回。要想尽办法甩开他们，找到约翰尼·德雷珀，然后他俩会……

又会怎样？没有武器，面对如此庞大的武装队伍，要跟踪解救玛丽、贝蒂和孩子们，他俩无能为力。翻越蓝岭去集结一支救兵，即便有人愿来，少说也得两天……

上帝，啊，永恒的上帝！大个子的威尔·英格斯在想。他一路小跑，穿过树林，每迈一步就愈加无望和无助。上帝，求你指示，我该如何是好！他想到玛丽的俊俏脸庞、儿子们的小脸蛋儿，还有埃莉诺·德雷珀的苍苍白发。他清楚，不出今日，他们可能全都被杀。自己的所有家人！从此，他再无一个血亲至爱！

有个声音不停对他说：当时真该冲上去，和印第安人拼命，与家人死在一起。

他精神已垮，步履沉重地穿过树林，很快便抽噎起来，哭声充满痛疚，随脚步而颤抖。

武士们带着抢来的一队马匹，走出阳光灿烂的草地，进入潮润幽深、绿荫翳蔽的森林，下到一处溪床，蹚着齐踝深的溪水向西行进，水流随即将足迹冲走。

一匹马的背上驮着尸身包裹，其内是死在巴顿上校阔剑下的两名武士。玛丽·英格斯骑在后面那匹马上，怀里搂着儿子乔吉。她惊魂未定，眼睛一眨不眨，脖子松垮无力，脑袋随马的走动摇摇晃晃。方才，她几乎没留意到肖尼头领用英语说了句：

　　"妈妈骑马。"

　　他们把她扶上马背，又将小儿子抱给她。

　　贝蒂·德雷珀伤心过度，神情恍惚，骑下一匹马，汤米坐在身后。小孩子的双臂搂着贝蒂的腰，一侧脸紧贴她的后背，目光呆滞。贝蒂被打断的右臂鲜血淋漓，没有包扎，垂在身侧。

　　其他马匹满载物品。印第安人烧了定居点，认为可搬走的尽皆带上：工具、衣物、铁锅、水壶、毛毯、枪支弹药。他们从英格斯家抄走几乎所有能搬动的物件，大摆钟除外。他们害怕钟表发出的神秘嘀嗒声，由它继续立在墙边。

　　亨利·莱纳德的手腕还绑着皮带，脖子上仍圈着套索。他溅着水走在小溪里。套索另一端拴在马背包袱上，若走得缓，就会被猛然拽倒，几乎被拖在马蹄下。因而他时刻小心，要跟上步伐、站稳脚跟，不能和玛丽·英格斯和贝蒂·德雷珀说话，也不能回头，去看她们的丈夫是否跟来。只能格外谨慎，他知道，稍不留神就会丧命。

　　小溪在山脚转向。约莫走出半英里，一行人来到阳光中，此处是一片辟出的河漫滩。尽管精神恍惚，但玛丽·英格斯隐约意识到，这里是菲利普·巴杰老人的小块宅地。她知道，他们跟循的小河通向沉溪，利布鲁克夫妇住在溪边。他们的房子将是这一路上的最后一座。沉溪尽头，便是新河，她清楚，河边无白人居住。亚当·哈蒙父子在那里有一座狩猎棚和一小块玉米田，但很少居住。新河边来往的印第安人太多。

　　离巴杰先生的木屋还有几码远，肖尼人勒住马。木屋不过是个小棚子而已。人高马大的头领对两名武士交代了什么，他俩端起子弹上膛的火枪，消失在通往木屋的玉米田里。

玛丽顿时意识到，他们是去袭击老人。

"巴杰先生！"她扯开嗓门大喊，"印第安人！印……"一只强有力的棕色大手扼住喉咙，玛丽再也发不出声。她竭力吸气，这时看到一位发白如雪的老人出现在门口的阳光中，眨巴着眼睛，环顾四周。直到两名印第安人站在左右，扭住胳膊，老人才看见他们。

接着，头领跟他们喊了句话，从一匹驮马身侧的鞘中抽出巴顿上校的阔剑，纵步穿过玉米地，来到老人面前，对两名武士说了什么。他俩将老人的双臂反扭身后，强行让他跪下，头压得极低，额前银发几乎扫到地面。身形魁梧的肖尼头领双手握剑，将剑刃在菲利普·巴杰的后脖上顿了顿，而后高高举起。

玛丽·英格斯紧闭双眼，将手捂上乔吉的脸，来遮挡孩子的眼睛。

相距虽远，她仍听到巨剑"唰"的一声，继而是印第安人的低语。

头领回到驮马队时咧嘴在笑，一手握持血淋淋的剑，另一只手提着个被染红的布袋，内装沉甸甸、圆滚滚的东西。队伍循沉溪走向利布鲁克家的房子，玛丽竭力不去看布袋。武士们此时眉飞色舞，有说有笑，似乎砍下菲利普·巴杰的头算是已完成屠杀任务的最终要求。或许是复仇，因为另一个白发老人用这把苏格兰巨剑斩杀了他们的两名弟兄。

此刻，巴顿上校的外甥比尔·普雷斯顿上尉正和菲利普·利布鲁克一同离开后者的木屋。他俩肩扛去德雷珀草地帮收庄稼的工具，跟利布鲁克太太还有她的小孩儿约翰告别，动身沿沉溪前行。

"我寻思啊，"利布鲁克先生开口道，"从这儿翻过山，可省下半个钟头呢。要是你不在乎爬点儿山，咱有一条去德雷珀草地的近道。"

"带路吧，利布鲁克先生。"

他们离开溪边滩地，拐入森林，顺一条鹿群常走的小径，斜向往陡坡上爬。阳光透过橡树和槭树叶子，斑斑点点洒上遍生蕨菜的山坡，洒上长满苔藓的凸岩。他们爬得气喘吁吁，少有说话。

"你舅舅好吧？"稍后，菲利普·利布鲁克问道。他俩正朝山顶费力爬去。

"和以前一样，"普雷斯顿回答，"身子棒得不行，干起活儿来还赶得上两头牛呢。"

"真不赖。说说，印第安战争你咋看？"

"住咱这旮旯儿，一丁点儿消息也听不到……哇，嘿！"他们登上岩石嶙峋的山梁。普雷斯顿指向德雷珀草地，"你看那边，很大的东西着了火。"

"没错！"菲利普·利布鲁克沿山路脚步沉重地跑起来，"快跟上。兴许咱可以帮他们灭火！"

听见踩踏溪床石子的马蹄声，利布鲁克太太走向屋门。儿子约翰尼穿过花园跑来，同时惊恐地回头看去。孩子抓住妈妈的手腕，躲到裙后，探头盯向在溪水里刚站住脚的印第安人和马匹。

"上帝，救救我们吧。"利布鲁克太太喃喃道。她瞥见在印第安队伍里有蓝灰两色布料和白人面孔，于是觑眼细瞧，"他们抓了玛丽和贝蒂。啊，上帝，救救我们！"

有三个印第安人离开队伍，朝房屋走来。他们面带笑容，兴冲冲地说着话，似乎不会动武；若非看见俘虏，利布鲁克太太还以为他们来意友善。

为首的武士身形高大，步履轻盈，过来时举手致意。他面色棕黄，牙齿洁白，尽管一道道平行的赭色油彩横抹于鼻子和颧骨，但笑容亲切动人。利布鲁克太太呆立着，满心疑惧，害怕若进屋去拿菲利普的枪会惹怒他们。她想到菲利普，心中愈加担忧：他们把我的菲利普怎样了？他和普雷斯顿上尉才走几分钟，肯定在沉溪碰上了这些蛮人，肯定会的。

头领走过花园，站在利布鲁克太太面前，仅隔一步。前者举起被血染成暗红的布袋，递给她。约翰尼抖作一团，也晃动着妈妈。

"这个人你认识。"印第安人说着，扫视一下鼓囊囊的布袋，继续盯向她的眼睛。他将布袋递得更近，想让对方接过。

利布鲁克太太开始感到天旋地转，全身血液似乎都流向双脚；她立刻断定，袋里有骇目之物，必是丈夫的残骸。

最后，印第安人一把攥住她的胳膊，把布袋收口硬塞到她手中。

她拎着布袋，立在原地。布袋在晃荡，重得坠手。头领对两名武士交代了什么。他们从利布鲁克太太和她儿子身边挤过，走进小屋，取出利布鲁克先生的火枪、一袋大麦、四大根芜菁、半条炖熟的鹿腰腿肉——这是房内仅有的现成食物。他们跟头领说了句话，朝马匹走回去。头领再次举起手，依然面带晒笑，转身随两人离开。

利布鲁克太太拎着血淋淋的布袋，手在抖，站在原地，不知已过多久，直到胳膊被坠得酸痛。总不能这么站下去。她咬紧牙关，闭上双眼，祷告了一阵，祈求上天赐予力量，然后吩咐约翰尼进屋去等。她最后看一眼远去的印第安人和俘虏队伍，瞥见贝蒂·德雷珀苍白的脸庞朝她回转，之后他们便消失在蓊蔚的树影中。她嘴上念叨着上帝，打开布袋，朝里定睛细瞧，随即倒抽一口气，甩出布包，双膝跪地，心中一阵狂乱，既惊恐又庆幸。血淋淋的布袋砰然落地，又"噗噗"地滚到花园边。

不是她丈夫，谢天谢地。

但她知道，这一幕刻骨铭心：在血污的亚麻布袋底部，菲利普·巴杰老人的双眼生命全无，凸出在外，从一绺绺血糊糊的白发中间向上瞪着她。

第 3 章

　　马沿着遍布砾石的溪床前行，玛丽颠来簸去，呻吟不止。她初次意识到自己在呻吟，或许整个下午一直如此。尽管因绝望而知觉麻木，但此刻，她感到疼痛愈发剧烈。隆起的腹部阵阵胀痛，迫使她留意到队伍途经的真实所在，迫使她在马上保持清醒，迫使她抱紧小乔吉，迫使今天的骇人场面离开脑海，直到模糊不清，有如白昼来临时退去的梦境。她时刻绷紧肚子和后背肌肉，不让体内的肉团摇来晃去，以免在剧烈颠簸中受伤。渐渐地，痛楚重又一一唤醒各种感觉，对周遭的视野随之拓展。皮肤开始觉察到溪谷的湿气，流淌的汗水，爬行的林蝉，叮咬的蚊蟆，摩擦膝盖内侧的马毛，抽打、刮蹭脸和双肩的茂叶树枝。而后是各种气息：湿湿的灰岩泛出潮味，马的鬐甲透出汗味，陡岸草木发出腐味，怀中幼子身上散出呛鼻的浊味。孩子遭这般罪，有时难免溺脏衣服。

　　她开始听见各种声响：乔吉间或小声呜咽；马蹄在溪流中踩到石块，溅起水花；溪水潺潺，冲过岩石；微风飒飒，吹过山坡高处的树梢；肖尼人互相低语，简短交谈；队伍里的马匹喷着湿气；贝蒂·德雷珀时而痛苦呻吟，或轻呼上帝，或口齿含混地安抚汤米。

　　溪谷浓荫遮蔽，近晚的阳光偶尔透过前方树叶点点闪闪。马下，她看到清澈的溪水在褐色苔石上潆洄翻腾。在她面前的，则是马臀和唰唰甩动的马尾、驮于马背的战利品、自己这匹马轻轻抖动的耳朵和一起一伏的马鬃、印第安武士肌肉发达的黑背，还有小溪两旁乱石嶙峋、丛木蓊郁、陡峭而幽暗的山坡。

最终，在各种感觉的促使下，玛丽回到当前，开始清醒思考。她想到腹内胎儿。由于颠簸无尽无休，两腿又夹紧马肋，过不多时，孩子定会迫离娘胎的庇护，来到这无望的世界。她想起了等歇脚过夜时，汤米和乔吉需要照管。她想到贝蒂淌血的断臂，也不知能否许她医治。她想知道，威尔和约翰尼是否真的没被印第安人发现，他俩是否在努力跟踪。这一丝希望在胸中升起，不肯消退。

玛丽想起母亲。她陈尸在烈火熊熊的定居点附近，头皮被割。玛丽还想到贝蒂的幼子，当着她们的面孩子惨遭杀害。她眯起双眼，紧咬嘴唇，竭力不让沉痛的记忆摧垮自己。她想知道詹姆斯·卡尔、菲利普·利布鲁克、比尔·普雷斯顿的状况，没见到他们被害。思绪又回到威尔和约翰尼那里。她想：他俩要是碰在一起，会有胆量跟踪我们的。可是，尊敬的上帝啊，我敢肯定，这些异教徒已带走定居点的每支枪；他俩真的跟来，又能为我们做什么呢？

她开始纳闷，为何自己和孩子们，还有贝蒂和亨利没有被杀。她暗想：也许是抓我们当人质来阻止追击，或是留我们来索要赎金。

不对，她揣度着，更大的可能是让我们做奴隶，我们的孩子将长大为奴。

但她同样清楚，他们可能只是暂得幸免，终将难逃厄运，遭受所有白人拓荒者都听说过的各种折磨。她想：也许我们会被献祭，或被吃掉。有关印第安人暴行的传说骇人听闻。

他们的性命危在旦夕，对此玛丽确定无疑。她想：一旦我们出声，或拖了后腿，印第安人会立开杀戒。谢天谢地，两个孩子不爱哭。他们只要一哭出声，定会被砸烂脑袋。

她在盘算：碰面时，我得把这些事讲给贝蒂。万一贝蒂没想到呢，这样她就知道该怎么做了。

玛丽心想：现在就跟她说，可头领好像听得懂我们的话。要是现在讲，恐怕他会杀了我们。

玛丽不清楚他们已走多远。她神思恍惚，未留意时间或地标。巴杰先生被杀后，路上一切她全不记得。她想不起已走出一处溪床或者下到另一处，就此认为，他们依然在沿沉溪而下。不过，她意识到，可能已翻过一座山，只是自己未曾留意。

玛丽·英格斯的内心突然一阵悸动，半是恐慌，半是希望。她急欲知道自己置身何处。

她暗忖：我要是认识路，记住路，没准儿就知道怎么回来！一有机会，我们就逃，到时得认识回家的路。迷路活不成，她听威廉提醒过。威廉总是告诫她和孩子们不要乱跑，要看得见定居点。"女人就是容易迷路，这是女人的弱点。"他总这么说。

玛丽想：要是我们还在沉溪，我只管往上游走就能回家！这是个好主意。但倘若我们已离开沉溪，我就没了方向。

她心里说：一定要留意周围的一切，一切！路过哪里，一定要回头，从后面看它长什么模样，记住回来时它会是什么样子！千万别忘！想到此处，玛丽激动不已，忘了身子的不适。

她转身回望，看到背后行走的马匹；看到贝蒂痛苦而苍白的脸，以及血糊糊低垂的右臂；看到亨利·莱纳德一路跌跌撞撞，狼狈不堪，绳索一下下拽着颈项；看到一名断后的印第安武士在紧盯自己，时而顺小溪后望，时而又回头注视自己，面带怒容。这名武士尖声对她嚷了句什么，威胁着去够腰带上的战斧。

玛丽迅速察看身后的地形。看上去和前头别无两样。她面向前方，暗想：一定要记在心里，但不能引起怀疑。

她再次扭头，朝后小心观察。印第安人也在回看。玛丽想：我让他心慌了。他可能在担心有人尾随。

玛丽努力去回忆自己听男人们讲过的一切，关于沉溪、新河、德雷珀草地以西大山的一切，希望记起某条线索，来证明自己的确还在沉溪。男人们曾入新河峡谷去打猎，回来就说，那里有绝壁、险滩、乱石，还有除正午阳光外可阻隔一切的陡峻大山。这些说法让人闻之生畏。玛丽不识字，因此耳目对声籁和景物有最本初的感知。几乎每件事她都过耳不忘，听一遍即学会民谣和圣歌，见过什么物、什么人，差不多都能记住模样。

她记得男人们曾说，若从德雷珀草地出发，沿沉溪大约走四里格①，溪水会突然消失于地下，不过仍可顺溪谷前行，再走约一里格，溪水在两座陡丘之间流出地面，汇入新河，在那里可望见一道马掌状的弧形峭壁。男人们说，也可以找到更容易的路：在沉溪入地处离开向左，爬上一座直脊大山的北坡，沿一条好走的鹿径一直往西，可到新河边，也是河流的急弯处，右边耸起一座绝壁，正对面的彼岸则是一道天造地设的石拱。他们说，那里有一眼山泉，泉水味同火药，亚当·哈蒙的狩猎小屋就在附近。当时，玛丽·英格斯边听边想象着所有那些地标。此刻，印第安人在走向落日，一定是去新河，要顺新河穿过群山，去往陌生的西北。威尔总说，据自己耳闻，他相信新河流过荒野几百英里，最终汇入一条大河，听说是叫俄亥俄河。不过当然了，大概除印第安人以外，谁也说不准，因为没有白人在蛮荒的新河峡谷走过十到十二里格以上。

玛丽一遍遍回想那些牢记在心却从未得见的地貌，同时怀抱乔吉，努力绷紧肌肉，来对抗极度的疲乏。子宫下坠得厉害，若不是夹在大腿间的宽阔马背，仿佛就要离身落地。

---

① 里格，旧时距离单位。1 里格合 3 英里，约为 4.8 公里。

乔吉似已入睡，或只是在发呆，脑袋向后懒懒地倚着妈妈的胸脯。玛丽轻抚儿子的头发。她向前俯身，看到乔吉闭着眼睛，脸上血迹已干，正在剥落。他只是被棘刺刮到，并未真正受伤。玛丽满心爱怜和担忧。她在祈祷：求求上帝，让这些异教徒收起杀心吧，让他们别伤害我的儿子，也不要加害出生的婴儿。

她想：可他们当然会的。他们在撤离，刚出世的婴儿只能是累赘。她提醒自己：得做好准备；如果他们要杀婴儿，得挺住。

可是主啊，又有谁挺得住呢？

但话又说回来，他们杀与不杀，有何要紧呢？她转念一想，在荒郊野岭，走这种路，还骑马，无论如何孩子也难以平安出生，可能没等生下就已死去。一声痛苦而绝望的呜咽要冲喉而出，她强行憋回。

玛丽猛然意识到马匹在爬坡。他们已离开溪床。她扭头回望，要尽力记下出发点。他们走在一座大山北坡的兽道上。身后和脚下可看到一片水，而垂直向下则只见灌木丛生的涧底。

我们一定是在沉溪入地处拐弯的。

她想：今晚我们不可能再走很远。虽说山坡比溪床光线足，但白日将尽。肚子坠痛，疲惫不堪，然而玛丽再次绷紧肌肉。疼痛在施以折磨，重又让她分心，无法再想别的。还有，她憋足了尿，膀胱又受到子宫挤压，让她倍感煎熬。

她想：我们得赶紧停下。恐怕他们打算在天黑前赶到河边。可我们不能再走。我得赶紧下马，不然非暴毙不可。

黄昏时，他们下到河谷，忽地就走出幽林，头顶是一片瑰色天空，脚下是一块蔓生青草和野豌豆藤的滩地，眼前则是一道波平如镜的急转河湾。蝙蝠在空中无声地来回穿飞，捕食着蚊虫。

即便痛苦不堪，玛丽·英格斯依然被此间的奇景慑服。河水挡住去路，由左向右流过，而后急急转向，似乎要在河湾内黑茫茫的对岸某处折回原路。在下游最急的转弯处，沟槽密布的灰白石崖、石柱和石塔构成一堵壁立的屏障，高有三百英尺，河水切入底部。河湾内矗立着一座天然灰白石拱，黑幢幢的树木掩映于四周，近旁一根八十英尺高的石柱卓然独立。石拱仿佛是哪位天神在给不知归路的河流开道时，试着从坚石和林木中劈出的一处景致。这等去处，即使当年在翻越蓝岭的艰难征途中，玛丽也未曾见过。

一到河边，印第安人就兴奋起来。他们大笑着，高举手臂，在队伍里走前走后地说着话。在散发浓烈矿物质气味的一泓山泉旁，他们勒住马匹。玛丽想：这必是男人们讲的火药泉。亚当·哈蒙的小屋定在附近。印第安人喝完泉水，又到河边饮马。玛丽母子的马引颈喝水时，玛丽抱紧乔吉，怕他跌入河里。

约有十五名武士伫立在水边，凝望着河面，同时在说话，声音低沉，富有韵律。玛丽祈盼在此扎营，祈盼能下马去方便，或许还能为孩子们洗洗澡，给他们安抚，再与别的俘虏说说话。她回头去看贝蒂。嫂子因疼痛而脸色苍白，垂头弓身，看似是小汤米从后面将她扶住。她竟未晕厥，真是不可思议——玛丽在想。

"先……呃，先生。"她对一名路过的印第安武士说道。武士仰头看她。玛丽窝起一只手，做出喝水的动作，向周围指了指其他俘虏。印第安人朝头领喊了句什么，头领从河岸上回了几个词。武士自驮马上取下一口平底锅，到河边把锅盛满水，端到玛丽跟前，举给她。玛丽扶住乔吉的头，把锅沿凑到他的唇边。乔吉没丧失意识，喝了些水，玛丽为此感到欣慰。她自己没喝，而是把平底锅递还给印第安武士，又指指其他俘虏。武士从喉咙里发出一声轻叫，将水逐一递给每名俘虏。

"谢谢你，玛丽。"亨利·莱纳德轻声对她说。

"不谢，莱纳德先生。"

在这里，他们有了说话的胆量，印第安人此刻好像并不在意。武士把锅端回到玛丽面前，她喝光了剩下的水。水清凉爽口，简直妙不可言。印第安武士从玛丽手里接过容器，点头笑笑。几个钟头前他们还野性大发，凶残杀戮，放火烧毁一处定居点，而此时竟面露笑意，举止如人，真是难以置信。屠杀似乎已过多年，眼前一切仿若传说。

　　"贝蒂，"玛丽喊道，"贝蒂，听得见吗，亲爱的？"

　　"能听见。"稍后，贝蒂应道。

　　"你还好吗，亲爱的？"

　　"唉，玛丽，我不想活了。"

　　"不，不不不，贝蒂！可不能这样。亲爱的，咱不会有事的，我敢肯定。"

　　"不，我要死了。"

　　"托马斯！"

　　"欸，妈妈？"

　　"你可别让舅妈死，不然我揍扁你，听到没有？"

　　孩子稍有迟疑，然后答道："好的，妈妈。"

　　玛丽笑了，心里说：汤米真乖。就该给他个事儿做。

　　此刻虽说疼痛不已，满身疲惫，玛丽内心却涌起莫名的希望和喜悦，这种感觉着实奇怪。她想：我真是昏了头，但可以发誓，只要蛮人不再起杀心，我总会想法子把我们这些人都救出去的。

　　"唉，我活不成了。"贝蒂又呻吟道。

　　"你再这么说，贝蒂，我非拿鞭子抽你不可。"玛丽说着，心里感到一阵难以抑制的好笑。我脑子可不能发昏。她想。

　　或许我该发发昏才是。

　　这时，身材高大的头领朝她走来，显然是受到俘虏间谈话的吸引。他面无笑容，但似乎也并未恼火。他停下脚步，好奇地仰视玛丽，欲言又止，似乎在想英文词，但或许又想不到。此刻，令玛丽惊讶的是，自己对他并不畏惧。他不过是人而已，一个站在面前的男人。尽管他们的命都攥于他手，至少眼下如此，但玛丽也并未怕他。可乔吉却怕。武士站在马旁，玛丽感到孩子吓得后背僵直，紧紧倚着她。她轻抚小孩子的头发，开口跟印第安人说话：

"我们在这儿歇脚吗，先生？我们得下马。"

印第安人想了想玛丽的话，指向北面怪石嶙峋的危崖："不，在那里。妈妈别动。"

"哎呀，求你了，不要上那……"

"妈妈别动。"他提高嗓门，又说一遍，随后扭头观察通往悬崖的山坡。玛丽看着他的侧影，留意他的一举一动，想弄清继续央求会不会让他失去耐心。她心里说：我的乔吉拉了一裤裆。

"我得洗……"

"别动！"印第安人对她厉声道。他眯起眼，直勾勾地盯向玛丽。显然，再央求下去非惹恼他不可。他转回身，大声发出一道命令。武士们于是散开，在驮马队里各就其位。玛丽望着印第安头领阔步去往队伍前面，后背挺直如墙。玛丽注意到他的后脑同样扁平，头缠皮带，后面别有三根直直竖起的黑羽①；头发浓密乌黑，自中间分开，由头带整齐地箍住，垂到两肩。他昂首挺胸，这种自信玛丽曾在华盛顿上校身上见过，由此玛丽猜想，这名武士的地位可能和上校相当。

我们大可不必讨好他们所有人。她在猜度，要是我们能稳住这个人，想必他就不会让别人伤害我们。

马队再次出发，玛丽用一只手抱紧乔吉，跟他柔声细语地说着话。她咬紧牙关，竭力绷紧腹部肌肉。队伍离开河的肘湾，向北而行，沿陡

---

① 肖尼人的头带上装饰猫头鹰或鹰隼羽毛，象征英勇无畏。

峭的山脊去往崖巅。玛丽从未骑马走过如此陡直的山路。马猛然前冲，脚下一绊，四蹄乱蹬，要立稳足跟。玛丽用尽余力夹紧双腿，两手抓牢马鬃，防止自己和乔吉从马臀滑落，心想：但愿贝蒂还有力气挺下去。"汤米，"她向后喊道，"抓牢，宝贝！"马蹄"哒哒"踏地，碎石纷纷滑落，她听不到孩子的应答。下方，几乎在垂直的下方，河水透过黑魆魆的树叶，像色泽暗淡的锡镴盘，在微微闪光。此时，印第安人的身影几乎隐没于渐浓的夜色，但他们仍在攀爬陡峭的山脊，步履稳健如豹。

最终，山坡趋缓变平。他们向左走出几码，进入一片深林。玛丽猜测，这里定是崖巅。

队伍停在这处陡峻的峰顶，印第安人开始卸载。一名武士出现在玛丽的马旁，抬手揪住乔吉。孩子吓得吭了一声。玛丽暗忖道：别哭，别哭出声，不然他会把你丢下悬崖的！印第安武士把小男孩放到地上，跟玛丽说了句什么。玛丽"咻咻"喘气，吃力地往后仰身，抬起酸痛的右腿，跨过马的鬐甲，侧身坐上片刻，祈祷着两腿不要瘫软，然后出溜下来。在双脚触地的瞬间，身子打晃儿，脚底一绊，她扶住又大又沉的肚子，总算找到平衡，站直了身子。不远处，贝蒂在黑暗里发出一声尖叫，肯定是在下马时碰疼了胳膊。汤米在提醒着："不要死，贝蒂舅妈！"

印第安人将马匹牵往别处，把俘虏赶到一起，让他们待在一块飞突凌空、灌木丛生的岩岬上，派一名武士看管。俘虏们挤作一团。在他们三面，绝壁陡然直落，第四面是看守，他坐在石头上，火枪横搭于双膝。最后一抹银灰色暮霭从天边隐没，繁星在头顶闪现，崖下河水激石的声音远远可闻。这方逼仄的去处之外，唯有暗夜和深渊。危崖近在身旁，令俘虏望而生畏。他们紧挨在一起，相互轻声安慰着。显然，除了依偎一处，他们别无慰藉。

"待在山下的泉水旁该有多舒坦，可他们偏要在老鹰做窝的地方露营。"玛丽抱怨道。

"可不是嘛。"亨利·莱纳德咕哝着，"还不是因为这儿谁也追不上来。"

"你觉得有人跟着咱吗？"

"我想不大可能。谁会跟过来呢？要我看，他们多半是杀了巴顿上校。我看见吉米·卡尔朝林子里跑去，他受了伤，腿瘸得厉害。"亨利说道，"只剩威尔、约翰尼、卡斯珀会跟来。兴许还有比尔·普雷斯顿和菲尔·利布鲁克，他俩在小溪边什么地方，可能没事。"

"卡斯珀不会的。"贝蒂抽噎道，"我看见他们把他给剁烂了。我看见……"

"让我们瞧一下你可怜的胳膊，贝蒂……"玛丽边说边急忙从崖顶另一端靠过来，同时当心着脚下，"一整天我都在担心……"她不愿让贝蒂去回想那场杀戮。

"是在这儿断的。啊唷！哎呀！一碰就受不了……"

"唉，要是在山泉旁，有水有火，再有点儿光线，我早就处理得要多好有多好啦。"玛丽讲着，"可在这儿……嗯，最起码得想啥办法上个夹板，亲爱的。莱纳德先生，麻烦你给摸找几根木棒吧，大概一英尺长，我想。我来扯些布条。贝蒂，亲爱的，得把袖子从漂亮的裙子上撕下来才好治伤。汤米，我得让你去给乔吉洗一洗，他浑身都弄脏了，可怜的孩子……还有，汤米，"她又说，"多亏你的照顾，舅妈才没死，谢谢你呀。真是个乖孩子……"

"有你们的照顾，我不会死了。"贝蒂喃喃道，"我不该那样说，请原谅。我只是……"

"嘘，得啦，有什么原不原谅的。"

玛丽将满是血污的袖子从贝蒂的长裙上一把扯掉，又从自己裙子上撕下些布条，亨利折下几截灌木枝，他们做了个临时夹板。"现在会痛的，贝蒂，不过就一阵。麻烦你拉住她的手，莱纳德先生，慢点儿，要稳……"

亨利抻直贝蒂的胳膊，玛丽摸着黑，把手指探进被打断的上臂血糊糊肿起来的肉里，贝蒂的尖叫撕裂暗夜，回荡在山谷上空。听到这痛苦的哀号，玛丽狠狠心，尽力将断骨的茬口凑到一处。约翰尼曾在搬木头时砸断胳膊，她和威尔就是这样给他处理的。

然而，贝蒂断骨的茬口参差不齐。火枪弹丸击碎了骨头。玛丽能摸到散嵌在肉中的碎骨，这些碎骨让贝蒂备受折磨。太遗憾了，玛丽在心里念叨，伤口就算愈合，胳膊也会短一截。

贝蒂疼晕了过去。趁此机会，他们竭力把伤臂固定在夹板上，同时玛丽祷告着，但愿伤口不要化脓太严重，要等他们搭起个像样的帐篷，弄堆火，烧些热水，可能的话再做点儿膏药。我们给约翰尼用的是什么来着？她在努力回忆——聚合草，没错，是聚合草，聚合草叶制成的膏药可拔脓排毒。

就在此刻，酸胀的骨盆一阵剧痛。玛丽这才记起，他们之所以急需搭建个像样的帐篷，还有另一重缘由。

整个夜晚，因梦魇和不适，俘虏们不时在喃喃呓语中醒来，也吵醒了别人。而令玛丽·英格斯称奇的是，在崖顶这块摇摇欲坠的秃石上，露水落身，凉透肌肤，他们竟能入睡。碎石硌痛双肩、两肋、侧脸，尤其硌痛受压迫的髋骨，玛丽无数次被折磨醒，而后翻个身，躺在那里，努力借昏昏倦意，来驱散深陷绝境的思虑。她偶尔打打瞌睡，在黎明前迷蒙的灰雾中醒来，意识到自己最终还是沉睡过去，也不知已过多久。她环顾四周，看见孩子、贝蒂和亨利如同几具被露水打湿的尸首，躺在灰暗朦胧中；看见崖畔之外是雾气弥漫的无底深渊；看见印第安看守的身影，他依旧坐在几英尺远处，似在发呆。

她发现，印第安人甚至都没有燃篝火取暖。天光渐亮，她看到武士们依次从隐蔽的憩息处起来，武器随身。玛丽明白，即使在这处固若堡垒的崖顶，他们睡觉时，就算真的睡着，也在准备必要时即刻战斗。在林边草地，他们缚住马腿，并用绳索将马圈起，无疑是怕马匹在夜间离群坠崖。

　　印第安人的营地在悄无声息中醒来。河水在崖下"哗啦啦"奔流。近处有只蟋蟀在"啾啾"鸣叫，声调单一而重复。玛丽忍痛从地上爬起，挣扎着站直，从熟睡的俘虏中间迈过，到角落小便。她不想蹲，不愿把臀部暴露在印第安守卫的目光下，因而只是叉脚曲膝，直到裙摆触地，目光越过山谷投向远方，在守卫的视线之外，痛痛快快地撒了一大泡。回来时她发现，印第安人始终没动，也一直面无表情，可玛丽觉得对方在开心地笑。这种感觉让她恼火。虽然她知道，对印第安人的性情，自己只是在胡猜乱想，但身处绝境中的自己和其他俘虏也都要尽量表现出尊严——不知为何，这似乎非常重要。她莫名觉得，或许只有尊严才能让他们活下去。之所以产生这一想法，主要是因为她曾望见身形高大的头领挺直腰板的姿态。

　　天空泛白。薄雾开始变成珠灰色，继而转黄，之后化作丝丝缕缕，逐渐消散。玛丽唤醒两个孩子，照看着他俩，用她特有的轻柔语调告诉他们千万别哭闹，也不要说话太多。她又叫醒贝蒂和亨利，小声告诉他们自己得出的结论：要表现出坚忍和尊严。"我不在乎你有多疼，贝蒂。不，我是说，我真的在乎，可是不管有多疼，都别嚷，要忍住。等逃出去，咱俩到了野地，怎么喊怎么叫都行。可眼下，咱们是在一帮印第安人手里，他们可动不动就发怒。你说呢，莱纳德先生？"

　　"太对了，英格斯太太。尊严很重要。"

　　玛丽默默在想，为什么亨利明显愿意让她一个女人理所当然地来做俘虏们的领头人。也许是出于对威廉的尊重吧。她这样揣测。

威廉！玛丽想到他，心受到强烈挤压，双眼险些流出有失尊严的泪水。

一名武士给俘虏端来一盘吃食，将守卫替走。他们吃着饭，印第安人则在收拾东西，准备上路。玛丽认出有些是自己做的锄头饼，还把昨天自己炖的几块兔肉分给大家。她想，袭击使他们顿失家园、亲人离散，而这一切就发生在昨天，真让人无法相信！

印第安人重新缚住亨利的双手，正要再次拴他的脖子，这时玛丽替他冒了次险。她向印第安人示意，绳索可否不套脖子，而改系手腕。没想到，印第安人一耸肩便应允了。

她想：这样一来，我觉得亨利可以更有尊严。

第 4 章

那日清晨，他们向西北出发，走的是山径和溪床，有时几小时都望不到河的踪迹。之后转过山顶，远远可见山下一段河流，河中有座岛屿，或望见在曲面巨崖之下，马掌形河湾在朝阳中熠熠生辉，景致令人叹绝。后来爬上又一座陡岭，进入深林，穿过高山草甸，依然数小时不见河流。

若太久望不见河，玛丽会担心，怕他们永远离河而去，怕他们被带上蛮荒僻路，没有路标，再也无法归返。此时，她不停回望，想找到可记之物。然而，回首所见在记忆中已开始变得模糊混乱。

她想：只能指望那条河。尊敬的上帝啊，别让他们离河太远，不然我们全会迷失方向，找不到回家的路。

正怕到难以自持之际，她透过林隙望见，河水依然在脚下数百英尺处奔流；有时，他们走下一道长谷，会突然步出两山之间，发现自己就站在河畔，陡崖危峰耸峙两旁，他们继续小心前行。

玛丽甚至再也估算不出究竟已走多远。

她想：至少我要记下走过的天数。

她回忆着：今日从肘湾石拱上方的"鹰窝"上路，是出发的第二天，我们出发的第二天。

她默记在心。

到次日傍晚，印第安人似乎不再怎么担心被追踪。他们停在一片林间空地，花了一小时埋葬两名死去的武士，并为其念诵祷文。

他们并未走到很晚，而是在天黑前一小时停在一座危崖脚下。崖上有穴，高出河面几英尺。武士们在其中一个洞里安营。岩洞地面是压实的泥土，多个旧火塘用一圈圈熏黑的石块围住。在幽暗凉爽的洞内，到处散落着印第安陶片，还有几件完好的黏土器皿。一摞摞又直又细的去皮木杆和木棍堆放已久，可见前些年这里曾有过生产，玛丽猜测，可能是制造箭矢和独木舟。一处角落扔着箭头碎片和几个破损的石斧头。

汤米和乔吉颇喜欢这个石洞，尽管疲惫，对印第安人又大体心存畏惧，可还是喜滋滋的，不声也不响。

洞外河边有一片草地，周围是密密匝匝的灌木，马匹就拢在那里，用一道绳索串连起灌丛，以防马匹走失。玛丽看到，头领派出两名武士背枪去登崖，一个上游，一个下游，离他们各有几码远。两人消失在头顶的悬崖上，显然已钻进小山洞，彼处可俯瞰通向峡谷的路径。

刚下马时的几分钟，玛丽几乎一动也不能动，后背和骨盆到处钻心疼，大腿几次抽筋。最后她总算放松了肌肉，舒展开四肢。

她终于站起身，便一跛一跛地走向印第安头领。后者站在洞口，正观察河水，盯着武士们往洞内搬运木柴。他瞅向玛丽，面无表情，眼中不见丝毫友善。看到他脸色严峻，又见武士们正搬来好多木柴，玛丽心中陡然一惊，脑子里蹦出个念头：印第安人可能会烧死一些俘虏来取乐，或者将其吃掉！她感到毛骨悚然，双腿开始发抖。

她想：他们当然做得出。他们越不担心被人追击，就越不需要我们。想到此处，她一时骇然无语，张大嘴巴呆立原地，而印第安头领在等着听她想说的话。

她提醒自己：要保持尊严。甭管发生什么，都要保持尊严。她合上嘴，尽力站直腰身，直视着头领眯起的黑眼睛。随后，她指向贝蒂。后者的伤臂只是因陋就简地做了固定。此刻贝蒂背靠一块巨石，强忍疼痛，一声不吭，但脸色惨白。

"先生，"玛丽开口道，"我得帮帮她，得找点儿什么，找些药草，你明白吗？治她的胳膊。"玛丽碰碰自己的右上臂，又指着贝蒂说，"我还需要热水。"甚至在要热水的那一刻，玛丽还想起听过的故事，说是蛮人曾剖宫取婴，当着垂死的母亲，将胎儿扔进炖锅烹煮。她想起在定居点曾威胁要切开自己肚子的武士。他们收集木柴，莫非要动手？就在此刻，一名武士走进山洞，手端一口熬槭糖用的大铁锅，这口锅原本归定居点的卡斯珀·巴里耶所有。玛丽再次紧咬牙关才没叫出声。头领嘴角一动，露出一丝狞笑，似乎有意要印证她的担心。

然而担心归担心，还要照顾贝蒂。

"药草。"玛丽又说一遍。

"妈妈去那里，别动。"头领指向贝蒂和两个孩子，命令道。

"求你了，先……"

"去那里。"

俘虏们挤在洞口附近，瞅着印第安人生起大小两堆火。武士们在每堆火上草草搭起个木架，对应吊起大小两口锅。他们拿器皿取水，将锅注满。印第安人把火烧旺，火堆几乎未起烟，实际产生的些许烟气顺一处天然风道排出洞口，飘上崖面。

玛丽并未将自己的忧惧告诉贝蒂和亨利。他们也许已有同样或类似的担心，快要吓得丧失尊严，话说出口只会加剧两人的恐慌。在一个铺有松软细土的岩壁凹洞里，玛丽将两个孩子肩并肩安顿好，叮嘱他们在晚饭前睡一觉。比起头晚露营的燧石崖顶，这里像羽绒床垫般舒适。两个孩子顿时就垂下眼皮，酣然入睡。玛丽暗自祷告：上帝呀，发发慈悲吧。要非杀孩子不可，就让他们在睡梦中死去吧，这样他们将看不到发生的一切。随后，玛丽转身来照顾贝蒂的伤臂。她解开绑夹板的布条，小心卸下木棍，生怕动了骨位。"摸黑弄成这样，算是很好了。"亨利·莱纳德一面跪下帮忙，一面满意地说，"不过，用那边的木棍，我们能做个更好的。"

"是的。"玛丽说，"可我在乎的还不是肉看上去咋样。"伤口边缘已肿，正流出一团白中带绿的脓液，其中混杂着泥土和树皮碎渣，甚至还有些死蠓虫，毕竟伤口是摸黑包扎的。玛丽跪在近旁，挺着疼痛不止的大肚子，使劲探身，嗅了嗅伤口。腹内胎儿蹬了一下腿，似乎要争取更多空间。"还不是太难闻。感觉咋样，贝蒂？"

"疼得没法说，还很痒。"

"唉，天啊，这些蛮人对受伤的女人连点儿人性都不讲。我得……得清理伤口。来，直一下身，亲爱的。把围裙给我。"玛丽解下贝蒂的围裙，喘息着起身。她一阵头晕，只得在一块巨石上摸索可扶之处。视线转为清晰。她拿着围裙，径直走向小锅。武士们未及上前阻拦，玛丽已把围裙浸入沸水。她把热气腾腾的围裙拎出，为防烫伤，在两手之间倒腾着，拿回到贝蒂身边，弯下腰去。"注意，很烫，"她说，"胳膊别乱动。"说完，玛丽把围裙熟练地叠成垫状，敷在化脓的伤口上，用两只手掌捂住保温。伤口遇热，贝蒂猛地一激灵，但胳膊没动。

"啊，仁慈的上帝。"她呻吟道，"谢谢你，玛丽。啊，我觉得起了效果。啊，就这样。啊，我觉得在往外排脓……"

玛丽攒足力气站起身："还得把它再浸热。"她将布拿开，轻轻擦了擦伤口。

头领站在玛丽和铁锅之间，双眉紧蹙。"对不起，先生。"玛丽轻声说着，从他身边绕过。不料，头领一把攥住她的胳膊，将她拦下。

"你不要。"他说，"看这个。"他朝一名武士点点头。后者立在锅旁，怀抱各种叶子和长条绿茎皮，将其投进沸水。玛丽认得有些是聚合草。"回去，别动。"头领说着，将她推回到其他俘虏那里。

玛丽几乎不敢有所奢望。她坐在地上，拿透湿的围裙捂住贝蒂的伤口，感觉到胎儿在腹中蹬踹，注意着篝火处的状况。印第安人在往大锅里放大麦，在切割从利布鲁克太太家抢来的鹿肉。一名年长些的矮小武士俯身对着小锅，在搅拌、捣碎水中的叶子和茎皮。肉香开始与小锅冒出的刺鼻苦药味混到一起。

那名印第安武士拿来一块布和一个葫芦瓢，从锅中舀起一团绿色黏稠物，倒入布片，再一点点将布片卷起，裹住里面的东西。他小心地攥着布角，来到玛丽面前，递过这包东西，冲贝蒂的胳膊点头。

玛丽的内心一阵感激。她意识到，自己最渺茫的希望已成真：印第安人把聚合草和其他药草叶、茎皮熬成膏药。"谢谢你，先生，谢谢，谢谢！"她连声道谢，同时蹲下去，用滑溜溜、湿乎乎的敷布捂住弹伤。"哎呀，我几乎无法相信，仁慈的上帝，你居然感化了异教徒和杀人魔。"玛丽简直欣喜若狂。这剂膏药肯定比他们在定居点学会用的膏药还有效。她边敷药，边轻声哼唱。头领一度走过来，低头看两人，没问什么，也未流露任何表情。不料贝蒂头一次径直向他开了口：

"你们害死了我可怜的孩子，会下地狱，受永世惩罚……"贝蒂情绪突发。不知印第安头领听懂多少，对可能招致的后果，玛丽惊恐不已。不过，贝蒂又说："……因为做了这件好事，愿魔鬼让你们喘口气。我感觉好些了，先生……"说完，她叹息一声，复归沉默，之后闭上眼睛。

头领看了贝蒂片刻，又瞧瞧玛丽。"嗯。"他说道，随即离开。

印第安人用大锅熬的大麦杂烩浓汤美味可口，量也多，玛丽吃完感觉力气渐增。但是，她不断给贝蒂敷药，还要时刻照管汤米和乔吉，加之子宫坠痛，天黑时，已累得喘息不止。晚饭后，印第安人从妇孺身边带离亨利·莱纳德，将他反剪两手，双脚绑上一根木头，置于崖洞最里的一个角落。玛丽担心了一阵，怕他们在打算折磨或杀死他。但夜已深，武士们坐下来借着炊火的光聊天、吸烟斗。她推测，亨利被带离仅仅是出于安全考虑，毕竟俘房中只有他身体无碍，又没拖累，逃脱的可能较大。

玛丽最后另做一副夹板，给贝蒂扎好，余下的敷料垫在内侧，看到贝蒂沉沉睡去，于是躺回到贝蒂和孩子们中间的泥土上。她望着火光在崖洞不平整的拱顶不断变换影子形状，闻着烟草味、洞里的灰尘味和发霉的泥土气，听着印第安人的说话声变得模糊，而洞外激流哗哗奔涌，声音愈加单调。她昏昏欲睡，但努力保持住大脑的清醒，回想一天都发生过什么，以及这一天有何征兆。有只狼在洞外某处嗥叫，一阵又挤又痛的熟悉感觉传遍腰间，而后消退。玛丽睁了一会儿眼。很快我们就会多个人要照顾。她想着，再次昏昏欲睡，困意几乎无法抗拒。

她心里说：还好，感谢上帝，他们给可怜的贝蒂熬了膏药，这是有所意味的。

这意味着……不管怎么说，眼下这意味着……他们还不想让我们死。

她在不知不觉间进入梦境，梦见威尔、母亲，以及更多人。

驮马队艰难行进在漫无尽头的山梁，河流在上千英尺的脚下。玛丽心想：这是路上第三天。亲爱的威廉，恐怕今天你的又一个孩子就要降生，可是，也许你永远都见不到这个孩子。我能感觉到很可能是在今天，只有主知道早晚。

时值正午，烈日当头，林木葱郁的大山横亘河谷，在灼灼骄阳下泛着微光。玛丽知道，阵痛正在袭来。可骑在又颠又晃的马上，况且周身已疼痛难忍、疲惫不堪，她无法像当初生头两胎那样，判断阵痛发作的时间。

汤米是头胎，生时疼得要命，感觉整个骨盆的骨头一块块裂开，不过生得很快，也有规律，何时出现阵痛，自己心里都能预见。乔吉出生也如她所料，且顺畅许多，几乎不记得有太大痛苦。

然而，由于这两天鞍马劳顿，心中绝望，身子从早到晚都在摇晃颠簸，因此她感觉不到阵痛间歇的规律，仿佛时间已留在定居点，已留在那只印第安人未敢触碰、嘀嗒作响的老座钟之内，在那儿倚墙而立。眼下，玛丽会忽觉一阵虚弱无力、头脑昏晕。她心惊胆战，怕自己坠落山坡；本已疼痛缠身，腹内又会新生一股钻心的阵痛；后来，视力变清晰，她会发觉自己脸上冷汗涔涔，双膝弯曲，心跳本来狂乱不已，这时却慢到几乎停滞，令人害怕。

下午如此挨下去。她无法再留意走过的路，甚至忘记去追踪河流。头发汗水淋淋，打着绺垂下。有一次，她从几近昏厥中睁开双眼，发现小乔吉正转身探头，往后看她，脏兮兮的脸上是一双惊恐的深色眼睛。"妈妈疼吗？"他问。

"是的，不过就快好了，不怕的。"

等玛丽再次留意到周围时，他们已下山，走进一片树影森森、潮湿寂静的林子。似乎已到傍晚，成千上万的蚊虫在耳边嗡嗡乱叫，在叮咬脸、脖子和手臂。乔吉哭闹起来，使劲拍打自己。"别出声，儿子。"玛丽命令道，担心印第安人为让孩子闭嘴而杀他。玛丽用手给乔吉扇走蚊虫，后又将汗湿的裙子提到腰部，裹住孩子，给他遮挡蚊虫。玛丽自己的大腿则暴露于外，蚊虫恣意吸血。她早已痛苦不堪，对蚊虫的叮咬浑然无觉，甚至懒得去拍打。乔吉果然不再哭闹。玛丽听见贝蒂在背后哭诉了一句：

"尊敬的主啊，它们快逼疯我啦！"

玛丽感到，在脏腑深处突来无声的破裂，随即一股温热液体从大腿间流下，落到毛乎乎的马背上。她想：是羊水破了。她知道，几小时前就该下马，但又觉得，若贻误印第安人的行程，婴儿和自己准都活不成。她暗想：要等到他们宿营。我一定能挨到宿营。太阳已落山，不会久了。忍住，忍住。

然而，不可避免的时刻还是来临：那是无法遏止的感觉，熟悉而可怕；是失控的感觉，意志已丧失对肌肉的支配。她发出"呃呃"呻吟，仰面看到头顶黑漆漆的树叶，恨不得抬手拔下整片林子，遮在身上。

有人把她放倒在地，或是她自己落马而全无知觉。她仰面躺在林地上。贝蒂·德雷珀跪在身边，未受伤的左手掀起自己的裙子给玛丽擦汗，把嗡嗡叫的蚊虫从她脸上赶走。巨大的暗色树干在正上方汇聚成一团漆黑。近旁不再有马匹、印第安人和孩子。有时她听见他们都在远处。又一阵如汹涌巨涛般的疼痛消退下去。她感到自己的骨架在"咯吱吱"裂开，五脏六腑在翻出体外，心脏在扑扑狂跳。她想喊叫，却把声音憋在喉咙之下。她伸出双手，到脑后去抓树，要将其连根拔起，结果却抓到满手泥土和树叶。她抬起又伸直双膝，用力要将那团折磨人的湿热东西排出体外，好让自己解脱，从它造成的无尽痛苦中解脱。那团东西略有消停，玛丽吸着夜气，听见贝蒂在跟她说话，还闻到排泄物的气味。

此刻，林中的这一小块隐蔽处似成暗室。墙壁是树干，屋顶是暗黑的树叶，最高处有个孔眼，从中可见孤星在闪烁。左侧，好像在室外，有一堆燃烧不旺、冒着浓烟的篝火，男人们在绕火堆走动，是印第安人。她时而听见汤米或乔吉说句什么，声音很小，是在询问，亨利·莱纳德会有答话。在室外另一处，有匹马发出嘶鸣，另一匹喷出湿湿的鼻息。而在这个无灯的假想房间，只有玛丽在艰难生产，还有边上的贝蒂在说话，在大声祷告，在用未受伤的手做着半个接生婆的活儿。

玛丽遥望那颗星，直到又一阵撕筋裂骨般的剧痛消退，星星隐去踪影，而心却在颤抖。

稍后，孤星重现，她心中溢满胜利的喜悦，在想：我挺过了那阵，我挺过了那阵。我什么都能忍。可接下来这阵，我实在不行！

这阵她也撑了过来，又欢喜片刻。贝蒂在她脚边摸着、擦着、向外拉着，同时抽噎道："可怜又不幸的孩子啊，一生下来就要被可恶的蚊子咬。真是不公平，真是太不公平了……"

印第安人并未帮忙，既没给水，也没拿布过来，甚至都没靠近。这不是枪伤，而是生育，是女人的事。在神志清醒的一刻，玛丽意识到这一点，于是心生怒火。她眼望孤星，暗恨男人们对她的刻薄、伤害和残忍。为什么这一切发生在我身上？当又挤又痛的可怕感觉再度袭来，她追问道：我究竟做了什么？星星隐而复现。她想起威廉，转怒为喜，心也随之变得柔软和大度。

"头发多好看。"贝蒂在脚边说着，"就快好啦，玛丽宝贝。你真棒，啊，真的……快点儿，嘿，小宝宝，快离开你漂亮的妈妈……就这样，就是这样……"贝蒂一声啜泣，话语中断，而后接着说，"……哎呀，上帝爱你，玛丽·英格斯，是个小姑娘，我敢肯定。"

印第安人生火沤烟为的是驱蚊。听到婴啼在附近暗夜中回荡，与鸮鸣和蛩响混在一起，他们站在火堆旁不再说话，全都看向头领。后者凝视着玛丽所在方向，频频点头。

头领大为感佩。他从没听到这个白人妈妈喊过一声。

因贝蒂有只手负伤，玛丽只能自己咬断、结扎脐带。她们用两人的裙子擦净婴儿身上的血污和粪渍。贝蒂将胎衣抛进灌木丛。玛丽解开裙扣，把婴儿放入，紧贴自己的皮肤。为防蚊虫叮咬，她们又用贝蒂的围裙裹住孩子。

夜间某时，婴儿开始喂奶。玛丽躺在树叶堆里，没有入眠，听着熟睡的人发出鼻息声，蚊虫发出嗡嗡声，野兽潜行林间发出窸窣声。婴儿用力吮吸胀痛的乳头，带来一阵剧痛，而周身其他部位渐趋麻木，再也感受不到痛苦。

我们给她取什么名字呢，亲爱的威尔？玛丽在想。此刻睡意开始强势袭来，她透过树梢在遥望的点点繁星变得朦胧。叫我妈妈的名字埃莉诺怎样？还是叫贝蒂呢？也许可以叫贝蒂·埃莉诺·英格斯。嗯，这个名字好听，对吧？你说呢，我的威尔？

　　拂晓前，马匹闻见一头跛腿饿狼的气息，受到惊吓。狼摸至营地边，偷偷叼走胎衣。

第 5 章

威廉·英格斯和约翰尼·德雷珀沿沉溪策马疾驰，身后是三十名武装骑兵组成的一支纵队。队伍是布坎南上尉在上游各定居点为他们组建起来的，其中有威尔·英格斯的两个胞弟约翰和马修。

"秃鹫！"约翰尼·德雷珀喊道，声音高过如雷的马蹄声。

"好像是在菲尔·巴杰家那边。"威尔大声说。

老人的无头尸身已被啄食殆尽，只剩下一些细碎的腐肉，还有被旧血迹染成褐色的衣服残片。他们将骨架翻转过来，惊扰到上千条不停蠕动的蛆虫。他们掘出个浅浅的临时坟墓，将这副臭气熏人的骨架掩埋，而后顺小溪全速奔向利布鲁克家，恶臭在鼻孔里挥散不去。

菲利普·利布鲁克和妻儿看到骑马的是白人，便拔栓开门。四天前，和普雷斯顿发现定居点被烧后，利布鲁克翻山回家。利布鲁克太太告诉民兵当日所见：估计印第安人在二十人上下，但她当时吓蒙了，并未去数，甚至都没看清。不错，他们押着英格斯太太和德雷珀太太，还有两个小男孩。有个男人被绑，是亨利·莱纳德，她似乎回想起来。浣熊或是什么叼走了装巴杰先生人头的布袋；她把布袋扔到花园边，前一刻还在，后一刻就不见了。她失声痛哭，再也说不下去，其实也别无可讲。

"沿沉溪去了新河，我敢打赌。"威尔·英格斯说，同时眼冒怒火，嘴唇咬得发白，"走，要快。"

布坎南上尉的猩红外衣在阳光下闪耀。"先生，"他对菲利普·利布鲁克说，"我想，你认识上游一个叫登卡尔滩地①的地方吧？"

"我认识。"

"我建议你带家人去那儿，搬走所有的家什和打下的收成。大伙儿都到那儿聚集了。他们在建堡垒。"

"我们会去的，上尉。可受够啦。"

队伍沿沉溪继续行进，因路的难易而时缓时急，但从未放松过脚步。威廉·英格斯始终紧盯天空，看哪里有秃鹫在飞。每到一处河曲，他都在想会否见到尸骨，玛丽或贝蒂的，或者其中一个孩子的。

显然印第安人一直踏溪而行，因此尚未见到他们走过的踪迹。布坎南上尉有个手下叫甘德·杰克，他带一半塔斯卡洛拉②人的血统，擅长寻踪觅迹。他细看溪水两岸，目光炯炯地寻找印第安人离开溪床的可能迹象。屠杀已过四天，迹象即使有，也已模糊不清。但此地一直无雨，仍有发现足迹的希望。

傍晚，布坎南上尉骑马来到威尔和约翰尼中间："咱们该慢点儿啦，先生们。都急赶了两天，会把马累垮的。"

"足迹是几天前留下的，上尉，再不找就全没啦，我可不想那样。"

"还有，"上尉不为所动，"我不希望让我的人中埋伏。我跟你们一样心焦，英格斯先生，不过还是谨慎为妥。"

威尔勒住马。他明白，布坎南上尉说得对。他也知道，自己应该遵从这个民兵的意愿，不仅是出于常理判断，也是因为幸得他相助，才深入腹地，追击至此。早在出发前，布坎南就曾表示，到头来有可能白费力气。

---

① 登卡尔滩地，该定居点建于 1745 年，位于新河边，在今弗吉尼亚州普拉斯基县。
② 塔斯卡洛拉，印第安部落，原生活于今天的北卡罗来纳州。

但不管徒劳与否，威尔都要尝试一番。他的玛丽落至蛮人手中，还有两个儿子。威尔知道，约翰尼·德雷珀和他一样横下了心。

只能依从布坎南上尉，尽量把他留得久些，此外别无办法。上尉当然希望救出人质，手下也个个急于报屠杀之仇。他们心念相同，行动难免轻率，毕竟印第安人已先走四天。

不过，印第安人既要携带物品，又要押解俘虏，玛丽还怀有身孕，他们拖累多，走不快。威尔如是自我安慰。

他又反驳自己：可他们已先行四天，时间过长，尤其是他们清楚往哪儿走，而我们却不知他们的去向。

"先生，他们是由这儿离开溪谷的。"甘德·杰克说。在他们到达之处，小溪积水成潭，流入地下。这里足印杂乱，显然有大批的鹿、麋和熊曾来此饮水。"上的是那条路，我猜，不过我得去那边走走，看他们是不是又下去了。"

"我猜他们直接往西去了火药泉。"威尔若有所思地说。

他们在山坡上循足迹而行。后来的动物一过，先前的足迹大多被遮，但偶尔出现一个马蹄印或莫卡辛鞋①的印痕，他们就往前跟去。

最后，寻踪人出现在新河那处壮美的河湾，他给众人回顾、描述了印第安战队在此暂留的情形，指出他们上绝壁的路径。布坎南上尉警惕地仰望这座高耸的天然要塞。"他们会不会还猫在那儿？"他纳闷地说，"我可不想上去，万一他们在呢。我看，那儿适合打埋伏。"

"不。"威尔·英格斯很不耐烦，叹息道，"他们会在这儿附近转悠，让咱们追上来？没道理。"

---

① 莫卡辛鞋，北美印第安人和早期拓荒者所穿的软皮鞋，由鹿皮或野牛皮等缝制而成。"莫卡辛"源自印第安语，词义为"鞋"。

"就是要伏击咱们。"布坎南说。

"上尉，德雷珀草地的东西大都给他们抢走啦，他们到哪儿都押着我们的家人。他们愿意等在这儿跟带枪的队伍打仗？我实在不信。他们都不知道咱会来。我拿名誉担保，上尉，他们早走啦。"

"我拿命担保。"约翰尼·德雷珀断喝一声，忽地策马向前，从火药泉上一跃而过，朝通往崖顶的陡峭山脊飞驰而去。

"我也一样。"威尔说着，挥鞭催马，同向赶去，马蹄踏地，声如奔雷。两兄弟约翰和马修紧随其后。

布坎南上尉稍作迟疑，对自己的谨小慎微略感难为情，但对他们的莽撞行事又竭力表现出气愤。最终，四人消失在山脊上，并未引发开火，他方才挥手要队伍跟上前去。

印第安人露营的首晚，显然随时准备应战，对此，在令人胆寒的崖顶，寻踪人做出细致描述。"晚饭是凉吃的，"他说，"没有生火。"他给众人看一处被踩过的地方，地上散布着大量马粪。"这里是围栏，"他说，"好像还绑了马腿。"接着，他俨若猎犬，快步走到崖边，俯身探望，然后返回。"那边有撅下的灌木枝，全是新的。"他说，"看这儿。"他举起一块从裙袖上撕下的窄布条。约翰尼·德雷珀认出布料，内心一阵激动。他从甘德·杰克手里一把抓过布条："是我家贝蒂的！他们到过这儿，威尔！他们来过！"透过黑须茬，都看得到他在咧嘴笑，眼里闪着希望，流露出近乎不顾一切的神情。"嘿，老兄，"他对寻踪人说，"继续带路吧。"

"你可能想知道，"甘德·杰克慢吞吞地说，"在那边的石头上，有人滴了好多血。"他一撇嘴，觑眼上瞧威尔·英格斯。他看到，威尔原本革棕色的脸此刻泛出灰白，而约翰尼·德雷珀也是如此。

"哎呀，不是没见尸首吗，我说？"约翰尼怒吼道，"喂！就咱所知，他们不会有事。咱往前走，去看个究竟，咋样？"

布坎南上尉一脸犹豫。他身处陌生地界，自己和这些自愿前来的手下甚至都不知出路；他们的家人躲在蓝岭以东的罗阿诺克河①畔；田里都有成熟待收的庄稼。若继续深入大山，英格斯和德雷珀急着找人再丢了命，整支队伍恐将不保。

"唉，"他最后说，"我们都走了这么远，起码还能再追他一天。不过，想我直说，英格斯先生，为了你们的家人，我们很多人都折腾得够呛。"

"老天作证，上尉，我明白。不过，要能帮我把人都安全找回，就算受一辈子累，我也要花钱给大伙儿每人都弄个上校来当②。"

次早，在迂曲纵横如迷宫般的山岭小路和条条溪流之间，甘德·杰克再也寻不到印第安人的足痕，全然找不见踪迹。他带着晕头转向的队伍，在同一条小溪来来回回转悠了一小时，最后所见只是自己队伍的马蹄印，于是他郑重其事地说："我尽力了。很抱歉，可我问心无愧。"

"既然如此，英格斯先生，"布坎南上尉开口道，"我们得从这儿返回了。很遗憾，先生。向你们的家人致哀。"

"不，等等。"威尔坚持道，"我敢肯定，他们不会出河谷……在前头什么地方，我发誓，他们正慢慢挪动。我们可以……"他止住话音，意识到自己的语调有多急切。

"在前头什么地方？"上尉重复了一遍威尔的话。他在模仿这个可怜人的语气，随即又对自己的奚落口吻感到惭愧。"你是说，在河谷往前什么地方？"他语气温和地补充道，"可是老兄啊，瞧瞧河谷，哪座山后藏不下五支部队？再看看，究竟有多少座山？大概有上千吧！"他不再说话，而是在河谷上方不停挥手。河谷令人心悸，河水在深邃的谷

---

① 罗阿诺克河，发源于弗吉尼亚州西南部，流向东南，在北卡罗来纳州注入大西洋，全长600余公里。
② 在历史上（1683—1871），英国步兵团和骑兵团的上校及以下军衔可购得。

底蜿蜒奔腾，涌起青白两色的水浪。

威廉·英格斯果真望了望新河河谷。他叹口气，脖子前伸，头耷拉下来，想起岳母常跟孩子们吟诵的那句：

"十成百，百成千，千成万。"

"那好吧，上尉。我们没资格再求你。约翰尼老兄，你咋看？怕是他说得有道理。"

"兴许他们讲得对。但我的想法是，要这样，你我，还有约翰、马特①，咱们就单独去。"

"不行，约翰尼，没帮手等于送死。还是跟我回去吧，伙计。咱大伙儿还能想个别的辙……"

在河谷前方，远远传来隐约的雷声。形色皆如铁砧的乌云，在西面天边低垂，而夕阳正从上方落下。

"我看我还能给你们找到他们的踪迹，先生们。"寻踪人眼望将至的风雨，沉思道，"可是不等派上用场，就全冲没了。"

两人点点头，让他装模作样一番。显然，如此他会感觉好些。

两天后，武装队伍回到德雷珀草地。他们在柳泉旁歇脚，边吃东西，边望着威尔·英格斯和约翰尼·德雷珀在烧毁的房屋中间翻找，默默无语，心里满是同情。他们在莓丛里发现埃莉诺·德雷珀老人腐烂不堪的遗骸，用毯子把她裹起来拖走，挨着几天前他们掩埋巴顿上校、卡斯珀·巴里耶和德雷珀家小孩儿的地方，为她掘了坟墓。

布坎南上尉迫不及待要回蓝岭。他四处走动，拿一根去皮的细枝抽打着靴面，同时望着两个拓荒人站在墓边，正神情严肃地商议什么。他开始对两人生出无限敬意；他俩显然既不知疲倦，又无所畏惧。然

---

① 马特是子修的昵称。

而，他们去救人一遭，却无功而返，让他和自愿前来的手下在分界岭荒蛮一侧，枉费了多日工夫。他在担心，也不知东边各定居点状况如何。自己的人马来这方地界徒劳追踪，彼处防守薄弱，他们不在，很可能已遭洗劫。最后，上尉来到墓地。他清清喉咙，打断两人的谈话："先生们，我们得走了。咱给远处的人都帮不上忙，给这些可怜的灵魂更做不了什么。"

威尔·英格斯注视着布坎南那张因疲惫而憔悴的脸，若有所思，然后说：

"我、约翰尼，还有我的兄弟在这儿待几天，上尉。你们大伙儿回去吧。对各位的帮助，我们深表谢意。"

"什么？"

"我们商量出个计划。"威尔·英格斯说。

"甭管啥计划，你们不可单独走，最好还是跟我们一块儿。"

"我们察看过这里。"约翰尼说，"蛮人落下几件工具，我们的镰刀搁在了大麦田里。我们要待这儿收庄稼，能带走多少就收多少，到时候运到登卡尔滩地。估计那儿的人会喜欢。"

布坎南扔掉自制的鞭子："该死！我原以为你们还有点儿见识！快，照我说的办。为家人不要命是一回事，为大麦不要命是另一回事！哎呀，我怎么能让你们这些蠢货在这儿瞎耽误工夫？我该保护你们才是。"

"哟，上尉，"威尔·英格斯缓缓说道，"你觉得是耽误工夫，我们可不这么看。瞧，我和约翰尼有个主意，可以赎回我们的人。"

"赎回？"布坎南似乎对这个词闻所未闻。

"赎回。"

"人都找不见，咋赎？"

"嗯，当然，首先得找到他们。"

"哎呀，不，不，不，别说啦。你们满脑子都是没用的想法，要脱离队伍，去陌生地界找凶残的蛮人，我可不答应。得捆住你们的手脚，把你们弄到要塞去！"

"尽管走你的，布坎南先生，这事儿交给我们。我们还不至于蠢到去见肖尼人。我们去找切罗基①部落……"威尔将手指向西南，"……跟我们、跟肖尼人，他们都和睦相处。我们去找切罗基人，跟他们谈，争取得到帮助，让他们跟肖尼人打听，弄清人的下落，替我们提赎金的事儿。估计有希望，有一点点希望。"

听到此处，布坎南拉长脸，面色阴沉："算啦，该死，英格斯先生。想必你自己都不信你能……"

"上尉，我觉得，但凡我要做啥都能做到。"

布坎南盯视威尔片刻，用门牙咬住上唇中间，从牙缝挤出一声叹息，目光望向德雷珀草地的田野。庄稼在微风中泛着细浪。最终他问道："你估计收割要多久？"

"一天收的粮食，两匹马驮得动。"

上尉想了想，说道："庄稼看上去不赖。我要说熟了，那就熟了。告诉你们我的打算吧，先生们。我可以给你们十个人，由一名中士指挥，帮你们收割、扬谷——我是说，他们要同意的话。这样，可能收两天就是值当的。你们干活儿还能有些保护。"

在威尔·英格斯的胡须下，徐徐绽出笑容。他两眼闪闪发光，嗓音激动："布坎南先生，我这才开始觉得，原来你这伙计跟我一样有头脑。"

---

① 切罗基，印第安部落，原生活于今天的佐治亚、田纳西、南卡罗来纳和北卡罗来纳四州。

第 6 章

　　玛丽骑在马上，右臂弯抱着吃奶女婴，同时在对抗眩晕、恶心和持续的钻心疼痛。渗漏的鲜血已染红裙子和马的两肋。他们爬陡坡，下险谷，踏水走溪床。玛丽用左手手指揪住马鬃，毫无知觉地扭缠着不撒开，只有如此才不至落马。乔吉、汤米和舅妈同乘一匹马，分坐贝蒂的前后。

　　玛丽觉得，自己很可能会流血而死。在蚊虫肆虐的树林产婴后，转天早晨，印第安人把东西放上马背。她和婴儿躺在一堆枯叶上，头领过来，低头看看她，说道：

　　"妈妈走不走？"

　　他给了玛丽一个简单的终极抉择：若不愿走，就是死路一条。他们会用战斧劈死她和女婴，或是任母女在林中自行死去。她无力地一笑，掩藏起剧痛，挣扎着起身跪地，如此过去许久，等自己喘过气来，然后站起，怀里仍紧抱女婴。她在原地站立片刻，身体晃晃荡荡，觉得五脏六腑似要从体内坠落于地。她自然虚弱不堪，走不动路，他们便把她扶上马背。她跨骑马上，感到胯部全是伤，湿淋淋，被压碎，被撕裂，在最初几分钟，实在疼痛难忍，感觉就像自己正产下这匹硕大的马。

　　现在是路上第五日。像这样她已骑行两天，下身仍在淌血，头脑昏沉，几乎忘记去数日子。河流时在时不在。

　　在产婴后的早晨，他们来到一个涉水处，有条小溪从此入河。他们涉过激流，自河东穿到河西，水几乎淹至马的鬐甲。疼痛肿胀、饱受蚊虫叮咬的双腿遇凉水的感觉，玛丽忘不掉。她也依稀记得在狂风暴雨中骑马的情形。

如今是第五天，遇到的许多路让他们始料未及、分辨不清。他们沿狭岸走过数英里，穿过河漫滩，翻过座座峭壁和山岭，来到一处所在，印第安人从隐藏地拽出一只独木舟。他们乘舟渡河，最终抵达一条支流的河口。这条支流河深水急，从蓝砂岩峭壁之间流过，汇入新河。在玛丽的印象中，他们已离新河，转而向西，溯支流而上。她感到晕头转向，但也知道，若是有朝一日还能恢复体力或重拾决心来考虑逃跑，就要将其牢记在心，设法辨清方位。

玛丽开始怀疑自己的记性，有时都拿不准究竟是忘了数一天，还是把一天数过两回，便决定临时找个东西来记日。在印第安人从定居点抢来的物件里，有玛丽的针线篮，是十年前母亲送的。玛丽从中取出长长的一股羊毛线。她回顾时而模糊、时而清晰的记忆，又把自己的回忆和贝蒂、亨利的做比照，将日子数了又数，在毛线上打结以标记每一天。毛线绕过几圈围在腰间，既能记日，又能做腰带来系牢越来越破的长裙。她每早一觉醒来，先在羊毛线上打个新结，这样即可保持记忆清晰，以便专心回望路标。

队伍沿一座平顶大山笔直的山梁，一路向北连走三天，最终下来时，毛线上已打十个结。玛丽已有四天望不见新河。他们穿过密林下山，走上一条小溪的窄滩。溪水逶迤北流，溪床布满五颜六色的圆卵石。沿途树木上可见战斧的砍痕或褪色的油彩圆圈 ①。当晚，他们在一

---

① 此处为染树溪，在美国西弗吉尼亚州。印第安人出征时，将沿溪树木涂成血红，以此代表敌人，并在树木周围跳起战舞。

个适意处宿营，一眼山泉飞泻而下，落到十英尺长的岩架上。印第安人每次一人，赤裸全身，到泉下沐浴，将作战油彩冲刷得痕迹全无，像是在此举行一场仪式。

最终，玛丽流血趋止，血迹变干，在双腿和衣服上硬结。等印第安武士洗净油彩，她和贝蒂带孩子们来到泉下。他们用乐音般哗哗倾泻的泉水，洗去身上的污泥、汗水和血迹。汤米和乔吉光身在苔石上戏水，凉泉洒落头顶和两肩。自那个周日遭袭以来，玛丽还是初次听到孩子们的笑声。眼下他们快乐无忧。多日来，他们对肖尼人的畏惧似在减少，但是，当武士径直走近或伸手抱他们上下马时，他俩还是会绷紧身子，一动不动。

贝蒂说，胳膊的伤痛在减轻。膏药已治愈感染，也消了肿。在途中几处营地，印第安人允许玛丽离开，去寻找做敷料的聚合草，还教她把浸过鹿油的叶子捣碎，做成药膏。她经常走到望不见营地之处，有时会独立荒野，体验孤单一人、不受看管的奇特感觉。现在，印第安人似乎心里有了底，相信在这个远离白人定居点的地方，她和贝蒂都不会逃。玛丽在想：我们离家肯定已超一百英里。

但印第安人不许玛丽带女婴和两个儿子去森林；他们似乎知道，玛丽不会撇下孩子自己跑。他们对亨利·莱纳德并未放松警惕，仍缚其双手，只有在他搭营和拾柴时才松绑，有个持枪武士总是跟在几英尺内。

玛丽觉察到自己正成为最受青睐的俘虏。当沿途新有猎获、需马驮载时，下来走路的总是贝蒂和男孩里的一个或两个。玛丽和女婴一直可骑马，但有时她却希望能换个姿势下马走路。玛丽觉得，主要是因为自己为人乐观、不失尊严才受到尊重，于是她坚持下去，同时鼓励其他俘虏也这样做。

现在是第十天。玛丽坐在泉边营地里，出生一周、长着黑发的女儿在吃奶。此刻她感觉有人，抬头见身形高大的印第安头领来到面前，正站在暮色中。洗净油彩后，他的脸颇为英俊而和善。乍看对方双眼，玛丽似觉见到一丝温情从他脸上闪过。他好像意识到玛丽有所发现，立刻将其藏起。这时，他明显直起腰，把肌肉发达的双臂交叉到裸露的前胸，看着玛丽，那副神情是自豪的男人对称心财物表露出的满意。

"奥依萨。妈妈好样，"他说，"妈妈坚强。"他在下身前方做出个下抱手势，玛丽理解为这是生孩子的意思。他稍作停顿，似乎是在吃力地想词儿，而后说道："不出大声。"玛丽猜想他是说，自己在生产时没有大喊大叫。她觉得，这或许就是自己受善待的一个缘由。

头领笑道："看，肖尼妈妈。"说着，他做出个滑稽表情，在效仿沉浸于无比幸福之中的模样，然后一摇一摆地走开，显然是孕妇的步态。他又迈着同样的步态走回，模仿出惊诧的神情，在玛丽面前蹲下，脚板贴地，脸上龇牙咧嘴地扮出怪相，喉咙里发出用力的声音。玛丽一时不敢相信自己的眼睛，这个向来神情严峻的武士似要当她的面大解。有三四个武士走近，饶有兴致地驻足观看。头领忽然大叫一声，浑身剧烈抽搐，仍蹲在原地，低头在大腿间又做出个抱起的手势，把想象中的什么揽到胸前，微笑起身，歪着头，佯装向前跑去。随后，他再次交叉双臂，站在那儿，满脸都是开心的笑容，武士们在近旁咯咯直乐。

不觉间，玛丽羞得面红耳赤。她明白头领表演了什么，是印第安女人在路上分娩的情形：不会躺倒，而是蹲下，用力挤出，之后抱起婴儿，跑去赶上族人。"不可能。"她大声道。但是，看到头领的滑稽动作，看到他突然间人情味十足的反常举止，玛丽被逗笑了。在头领身上，仿佛有别的什么已随油彩一同被洗掉。"还蹲着！"玛丽大笑道，"好吧，好吧！兴许下次我可以试试……"

下次？她暗想。一阵伤心和思念袭上心头，骤然间几乎把她击垮。

全身皮肤仿佛有记忆似的，感受到丈夫强壮的身躯带给她整个人的融融暖意。威廉，她在内心默默呼喊，还有下次吗？

当晚，贝蒂闷闷不乐。玛丽给她的胳膊换药膏时，她看都没看玛丽一眼，也不吭声。

"贝蒂，亲爱的，"玛丽最终开口道，"你让我很难受，姑娘。咱不能谁都不理谁呀，如今只有你我了！"

贝蒂向她投来责备的目光。"你跟他们一块儿说笑，"她声音平淡，语带敌意，"跟那些刽子手。"

玛丽张口结舌，先是气愤，后又对贝蒂生出无限同情。她想起那惊魂一刻：他们将贝蒂的孩子摔到小屋的木头上，致婴儿脑浆迸裂。"唉，贝蒂！"玛丽双手抱住嫂子，把对方的头搂在胸前，"我就是想让大家活下去！"

可是，话虽说得没错，但突然在自己听来也很牵强。

事情确乎如此：她曾和杀害自己家人的刽子手说笑。

不知何故，在头领表现出浓厚人情味的一刻，她竟忘记了屠杀自己亲朋的正是这些人。

北去的溪水又带他们回到新河边，玛丽长舒一口气。午后，他们抵达一片沙洲，此处河阔水浅，河水流过铺满圆石和砂砾的河床。玛丽发现缠在腰间的毛线已有十二个绳结。他们于此再度过河，抵达东北岸。

循河之行漫长而枯燥。涉过两条小溪后，来到一段河岸。空气中弥漫起一股怪味，确切地说，不是尸臭，倒有两分类似臭鸡蛋。显然已到熟地，印第安人心情欢畅，话很多。

最终，他们在一小片洼地旁勒住马。一眼浊泉自地下汩汩涌出。印第安人紧抓辔头，语调激动地说起话。一名武士跪到地上，拿火镰擦击燧石，点燃一团火绒。他将火苗吹旺，飞奔到泉边，把火绒抛入泉水，又疾跑而回。接下来的景象如同《圣经》神迹：随着惊心动魄的一声轰响，一条巨大的火舌腾起三十英尺。马匹惊得挣着辔头，向前猛窜。女人和孩子发出惊叫，一面抓紧辔头，防止被甩落在地，同时用手遮脸，以避开火柱的热浪。

印第安人搞出个大大的恶作剧，惊得白人失魂落魄。一时间印第安人乐不可支，喜滋滋地观赏眼前场景，有几分钟还比画着，暗示要将两个男孩抛进橘黄色的腾腾烈焰。最后，俘虏们吓得魂不附体，头领方才敛容正色，说了几句，队伍继续循河而行。这个玩笑让印第安人乐呵了好几个钟头。

次日，印第安人再度表现出明显的躁动。他们彼此急促低语，很少停下歇脚，似乎打定主意要去某处。这一切让俘虏们提心吊胆。在过去几天，虽说走荒山野岭，备尝艰辛，但几无波澜，令人宽慰。在火泉旁受惊吓后，俘虏们感到，一味走路是何等让人心安。长时间尽如所料，不必担心发生新状况，使人心里踏实。此刻，押解者举止紧张，尤其更多地盯住火器。俘虏们见状，心生紧张。玛丽想到的可怕事情越来越多。他们是否在走进敌对部落的领地？她想象着家人再次置身枪弹和喊杀声之中，被割下头皮。或者，肖尼人只是在靠近自己的土地，正准备凯旋？这个想法同样可怕。在路上，俘虏们还算受些恩典，但她知道，一旦行至终途，他们的命运将得到裁决。他们可能受火刑，被公开折磨，遭屠杀吃掉，也可能给拆散，沦为奴隶。

想到这些，玛丽恐慌不已，贝蒂和亨利无疑和她一样。此时，头领让队伍停在河边一条隘谷中。他命令拴牢马匹，让俘虏下马坐地，不许出声，旁边有人看管。接着，他监督手下检查武器，给药池装药，随后率领十几名武士蹑足潜踪地步出峡谷，顺河岸前行，显然是去进攻。玛丽坐在这个阳光斑驳的隐蔽处，怀抱吃奶女婴，等待着，几乎已屏住呼吸。她时而往旁边瞅一眼贝蒂和亨利。二人满脸紧张，眼神无助，这让她更加不安。他们都在等待喊叫和枪声。

时间在这种充满悬念的沉寂中过去了半小时。

之后，他们听到第一声枪响，真真切切"砰"的一声，回音响彻山谷。接着又是四五枪，几乎同时响起，余音在郁郁葱葱的山坡间回荡。玛丽的心突突乱跳，嘴巴发干。

这时，从山上传来一声孤音，是怪异的纵情尖啸。留下照看驮马队的武士立时欢快地说起话，并开始行动。他们催促俘虏起身上路，而后牵马出谷，去赶先头的人。

开火为时短促。但德雷珀草地的屠杀也只是这么区区几枪，就害了多条人命——玛丽回忆着。想到会看到的可怕景象，她险些晕倒。

沿河走出半英里左右，武士的主力进入了视野。他们在河边一段白得出奇的滩地上闲荡，有人跪地，有人则站立或四处走动；有些东西倒在河滩上；看不到房舍。待骑马走近，玛丽才看清，躺在跪地武士面前的并非人尸，而是几只大型动物的尸体。在白花花的河滩上，尸体显得黑乎乎的。

玛丽曾见过麋鹿，是在德雷珀草地周围的山里。她认出其中一只是大个公麋。它侧躺在地，头歪向一旁，叉状巨角似几株无皮的发白枯木立在白河滩边缘，黄褐色的肋腹仍一起一伏。

一只白尾雌鹿躺在几码远处，体型瘦小，一动不动，鲜血染红了沙地。旁边一头硕大的动物玛丽从没见过：体色深褐，有一层毛覆在两肩，颜色尤深，油光发亮，头上的犄角又秃又短。

马匹走近这些尸体时变得紧张不安，被牵到河滩远端，卸下东西。俘虏被赶到一起。亨利·莱纳德告诉她们，这次并非袭击，而是一次满载而归的短途狩猎。

"这是盐泉，"他说，"沙子带咸味。看附近的脚印。猎物来这儿舔盐吃，什么动物都有。那边，长得像个癞皮公牛的，我敢肯定，他们管它叫野牛。巴顿上校跟我说过，他在新河边见过一头离群的。"他站那儿盯着看。一名武士走近，见他们好奇，便指向这头野兽。"普苏索伊，"他说，"普苏索伊。"

身后的灌丛有动静，走出两名武士，各扯着一只小公鹿的一条后腿，将这只死鹿拖到河滩空地中央。鹿鼻在滴血，地上留下窄窄的血痕。屠宰和剥皮开始了。汤米和乔吉紧贴玛丽，默不作声，却在着迷地观看。刀子切开强韧的鹿皮，剖出白色肌腱和红肉，玛丽瞧见贝蒂脸色苍白，在看着这一切。从眼神可知，贝蒂在回想十二天前德雷珀草地的屠杀。

玛丽自己也在回想。

朝阳初升，女婴吮吸着乳头。阵阵微痛和欣喜如涟漪般自玛丽胸部传遍全身；欢欣和疼痛化作思念与遗憾，合为悲喜交集的情绪。

夜里某时，一只腿有黑纹的大褐蛛，在离玛丽头顶几英寸高的两个树杈间织起一张完美蛛网。此刻，蜘蛛趴在网心，腿脚搭上延向四周的丝线，在静候。一有颤动，就说明远端的蛛丝已捕到小飞虫。

冉冉升起的太阳照亮蛛网。夜间，露水已落满周遭的一切。蛛网俨如一片饰有千颗微钻的蕾丝。玛丽年幼时在费城见过钻石，无法忘记那如碎裂彩虹的样子。此刻，蛛网上的每滴露珠都好似一道被捕捉到的微虹。

玛丽一边给孩子喂奶，一边怔怔地盯着蛛网。这时，一只小苍蝇撞上网边。褐蛛离开网心战位，快速出击，扑向不停挣扎的飞虫，先审视一番，后敏捷地探出前足，奋力将其裹缠到丝线中，直到猎物全然动弹不得。之后，蜘蛛重回网心，继续蹲伏。见此情景，玛丽打了个寒战。

今早，她在带子上打下第十五个结。他们在盐泉干活儿煞是辛苦。她的头发和衣服总有一股木柴的烟气。火堆昼夜燃烧。印第安人把猎物身上的瘦肉切成长条，挂在用青树苗做成的支架上熏成肉干。印第安人给俘虏们派了活儿，让他们照看另一排火堆，用抢来的锅将盐泉水熬浓，制成食盐。他们从天亮忙到天黑，到现在，已熬出近一配克①的白色宝贝。

肉干和食盐正被细心包裹、捆扎，显然他们即将再度踏上去往印第安家园的漫漫征途。这是为到家后储存的一部分越冬食物。沿河而下的路上，驮马队携带的战利品已然沉重，从此无疑要满载而行。玛丽能预见到，自己和其他俘虏可能要徒步走完余下的路。

管它多远呢。她想。

虽说活儿累，但久留盐泉对玛丽、贝蒂和孩子们有益。不再骑马，玛丽饱受折磨的肚子和胯部暂得解脱。她不再流血，体内也不再感到撕裂般的痛苦。贝蒂的伤臂在顺利愈合，因为煮盐用左手，她一直护着上夹板的手臂。对于上次玛丽和蛮人之间的融洽交流，贝蒂没再说什么。但玛丽还记得她的责怪，于是留心不再那样惹她。如今，玛丽行事格外小心，既不可触怒印第安人，也不能惹恼贝蒂。

一路上汤米和乔吉几乎没让人费心，在这里更乖。他们似乎觉得印第安人的狩猎和屠宰有趣至极。在过去两天，他们从妈妈身边溜开，花越来越多的时间去帮印第安武士拿肉和兽皮。在定居点时，汤米的主要乐趣是听爸爸和外祖母讲远方的故事，讲遥远过去的历险，如今却似乎着迷于眼前的事。玛丽心想：他自己经历的冒险就够多了。至于乔吉，汤米干什么，他也总是干什么，现在似乎更是这样。在盐泉旁的夜晚，玛丽常渴望把他俩拢在身边，给他俩讲故事，还想用别的办法留住

---

① 配克，谷物、果蔬等的容积单位，一配克约为九升。

他们，免得脱离自己的管教，溜到印第安人那里被带坏，但这是做不到的。她没工夫；再者，两个孩子觉得，和收拾猎物、拾掇武器比起来，熬盐水实在无趣。

不过，这倒也好。除去熬盐，她余下的大部分精力要用来照顾婴儿。有时玛丽会留下两个儿子，她忙活儿，让他们照看女婴，而他俩并不乐意。

傍晚，武士们在教汤米和乔吉玩他们的一个童年游戏：把山核桃青树枝劈开，用其中一条和生皮带做成一个滚圆的环；环在地上滚动，成为移动目标，用苇秆大致做成短矛的样子，往环中投掷。印第安人鼓励他俩按钟点玩，有时会停下手里的活儿观看，投得准就给他们喝彩。在定居点的家里，只要力所能及，男孩就被吩咐做些杂务。但是在盐泉营地，玛丽很快就明白，肖尼人觉得男孩平素要多玩耍，少干活儿。

玛丽暗忖：恐怕他们要让孩子们过早变成真正的小蛮人。真不知自己究竟有多大能力来阻止。

每天印第安人都能捕到更多猎物，在盐沼周边捕猎轻而易举。每顿都是丰盛的烤肉，加盐更是可口。玛丽很爱吃，感觉体力在恢复。不过，即便是这种鲜美的肉食，吃太多最后也乏味，她念起了面包。一天傍晚，她得到一袋面粉，还有些玉米粉，这是印第安人从德雷珀草地抢来的。她加盐添水，揉成个未经发酵的面团，做出一张张薄饼，摊在石头上烘烤。印第安人喜欢这种吃食，可见这是他们的女人常做的，路上难得吃到。贝蒂更是吃得不亦乐乎，边大嚼，边嘟囔，在品评这种"生活里不可缺的东西"。虽说玛丽做了件取悦蛮人的事，但显然这次贝蒂并没介意。

在第十七天，他们离开盐泉，顺右岸继续北进。现在，河水平阔，绕过陡直的山坡时也不再那般迂折。河中坐落着几个林木丛生的岛屿，有时队伍沿窄滩连走一小时都不必爬山。

贝蒂的马用来驮运一部分在盐沼备下的肉和盐，她和汤米下马步行。乔吉被抱到玛丽的马上，坐在妈妈身后，玛丽怀抱女婴。

玛丽真希望能让自己下马去走，原因并非是她真想走路，而是新的安排让贝蒂怨愤更深。贝蒂走在前头，离玛丽的马有几英尺，脚步蹒跚，吃力地穿过灌木和芦丛，无伤的手领着汤米，一头黑发，身体纤细，长裙破烂不堪，右臂打着夹板。所有这些玛丽都看得真真切切，她意识到两人所受待遇不同。贝蒂偶尔扭头回看，面带不满，目光中尽是指责。而后，她再次转脸向前，有一阵，似乎磕绊得更频更重，向前跟跄得更猛，撞到灌丛更笨拙，被脚下石子硌痛时发出的呻吟、迈出的碎步也更可怜。这一切仿佛要加重玛丽因受印第安人青睐而产生的负疚感。至少在玛丽看来是这样，她为此苦恼不已。

"贝蒂，"有时她会大声说，"贝蒂，我能走路。你来骑一会儿好吗？"贝蒂的反应是头也不回。玛丽内心既痛苦又困惑。不过她怀疑印第安人不许她俩换位。他们特意将马留给她骑。

当晚，贝蒂快快不乐，一言不发，只是让玛丽给伤臂敷药，但也并不情愿。"贝蒂，亲爱的，你难道看不出来吗？"一天晚上，玛丽以为她已懂，便轻声对她说，"他们是想让咱闹不和，让咱互相怨恨。哎呀……哎呀……看看他们是怎样隔离可怜的亨利的，看看他们是怎样娇惯我两个儿子的，是怎样用游戏把他俩从我这儿引走的……"这似乎再明显不过，贝蒂都已看见，所以这话她懂。"你看，贝蒂，"玛丽悄声说，"咱们得一条心，一家人就得像一家人。别猜疑啦，好吗，亲爱的？咱们是一起的，他们是敌人，这个道理我跟你一样明白。亨利肯定也会同意我的说法。他们就是这么做的。"

然而，她们不得机会去跟亨利·莱纳德讲这些话。他总是被安置在营地的另一边或队伍的另一端。但是，玛丽所受优待和贝蒂的不满，他都远远地看在眼中。玛丽觉得，从他的目光里同样见到了责怪。

这是令人痛苦的。因为无心之错，玛丽感到自己正被亲近的人疏远。

第十九天早晨，玛丽拒绝骑马。一名武士正要帮忙抱孩子们上马，她却一转身，右臂抱女婴，左手领乔吉，和队伍一起向前走去。她赶上贝蒂，对她说："那匹马没人骑，我想给你骑。我宁可走一百里格，也不希望你用那种眼神看我。来，汤米乖乖，跟我一块儿走好吗？"汤米望一眼舅妈，移步到妈妈身后。

看到玛丽·英格斯紧闭双唇，昂首走上前来，肖尼头领耸耸肩，拨马向后，吩咐那名武士扶贝蒂上马。

一整天他们都这样行进。对玛丽来说，既要抱小的，还得携两个大的，走路颇吃力。她要把女婴从一只胳膊换到另一只，倒手越来越频繁。她气喘吁吁，汗透全身。鞋在开裂，鞋底"啪嗒啪嗒"打着地面，随时都可能把她绊倒，脚趾和全脚被石块、树根一次次碰得伤痕累累。但她只管走路，并不回顾骑马的贝蒂。

那天大多时候，玛丽一心在想自己的做法，在想这样做会对贝蒂有何影响，并没注意到印第安人又急切和兴奋起来。

临近傍晚，他们行进在至今所遇的最平缓地带。山不再如前陡峻，河漫滩宽过一英里。此处有大片芦丛和草地。

太阳已快要落至河西陡岸上。玛丽正将一只痛脚拖到另一只前，动作毫无意识，双眼看着松软的地面，这时印第安人喊叫起来：

"斯佩莱维塞佩①！"

"俄亥俄！俄亥俄！"

玛丽抬起头，看到眼前一片水域，水面之宽见所未见。在左边远

---

① 肖尼语"俄亥俄河"的发音。

处，他们一直跟循的河流变宽，淌过开阔的洼地，在陡岸间转向，汇入一条蓝绿色大河。后者水流舒缓，看似宽达一英里。

她感到激奋。这定是那条叫俄亥俄的大河。她丈夫认为，新河汇入的就是这条河。她心里说：天啊，有可能我们是最早来这儿的白人！不知怎的，一时间，这个令人亢奋的念头压制住内心其他一切：痛苦、危惧、自责。

这意味着，一旦有机会逃脱，只要沿河行走，就真能找到回德雷珀草地的路，该想法她路上不知揣摩过多少遍。喜悦如歌，自心头涌起。

她从没见过如此壮美的河流。河水极宽，对面陡岸远远可见，一片蓝色，崖顶平坦，长满幽暗密林和鲜亮的蓝绿色牧草。

当晚，他们在一处林地安营，此间位于两河交汇点，林下无灌木，像一座庭园。从营地中央，可望见两条河的水面在夕照下熠熠生辉。一阵微微河风悄然吹过，予人抚慰。被禁锢在河谷的峭壁间，艰难跋涉两周后，这种开阔感令人振奋。站上德雷珀草地绵延起伏的高处时，玛丽也总是能体验到此刻的辽阔心境。

或许是一天的骑行，加之营地美景，似乎也让贝蒂怨气全消。此时，她重回常态。暮色中，她们跪在炊火旁，玛丽把归途的想法告知贝蒂。贝蒂听着，目光时而兴奋，时而惶恐。为获自由，再度穿越已走过的蛮荒，想想似乎都让人欢欣，但同时也使人绝望。她俩来来回回小声商量着，直到深夜。

"可那条河，玛丽，"贝蒂朝俄亥俄河点着头，大声道，"要是他们带咱渡过去，可怎么回来呀？"

玛丽望向远处黑汪汪的宽阔河面。

"贝蒂，我只明白一点：凡有去的路，就必有回的路。"

第 7 章

头一回整日步行，玛丽疲惫不堪，夜间半睡半醒，硬撑着喂哺、照顾女婴。她在天亮时醒来，全营地都已起身忙碌，有人在装驮。

一见玛丽睡醒，最初帮忙熬聚合草药膏的瘦小武士立即走过来。他手拿一只椭圆形篮子，大概长如他的前臂，用山核桃枝编成，以兽皮作衬，扎着皮条，还配有生皮肩带。印第安人指指篮子，又指指婴儿，做出个示意动作：两臂穿过肩带，将篮子挎到背上。玛丽明白了，原来这是给她背婴儿用的。孩子放进去，脑袋外露，妈妈背上篮子，可腾出双手。物件很别致，唯一的不足就是婴儿不能想动就动。篮子还有额带，可固定婴儿的头，免得摇来晃去。

玛丽给孩子喂完奶，擦净她的身体，把她光身放进篮中。篮里舒软，内衬是母鹿皮有毛的一面。山核桃枝构架的制作方法似乎和男孩玩的投环无异，只是将枝条撅成椭圆形，再绑扎、加衬。物件精巧，既结实又轻便。身为边疆女人，玛丽开始喜欢上这件东西。她带着赏鉴的眼光，仔细留意篮子的构造。

因两脚淤青肿胀，腿部肌肉僵直，她起身时，险些疼晕。那名印第安人帮忙把女婴放到背上时，她晕得更加厉害，在心里念叨着：哎呀，今天我太想骑马了。但印第安人似乎给驮马都已重配负载，眼下没有可让谁骑乘的空位。显然，昨天既下来走路，就再也无马可骑。一名武士抱起乔吉，将他放到马背的一捆兽皮上。没有大人可扶靠，孩子坐在马上半是得意，半是害怕。

"你可别掉下来呀，乔吉。"汤米一脸严肃地警告他，"要是掉下来，就给我骑。"

队伍出发，马缓慢前行。乔吉的两只小拳头狠命攥紧一根带子。每迈一步，玛丽都痛得龇牙咧嘴。还没走出一百码，由于费力，剧痛变得麻木，转成阵阵抽痛，反倒容易忍受得多。

他们走出不到一英里，进入一处灌木丛生、沼泽遍地、蚊虫肆虐的所在。印第安人拨开一堆干枯灌木，露出两只隐藏的独木舟。他们从马背上卸驮，一次往每条船里放入两匹马的驮载，划船运过去，将东西卸在新河对岸，返回再运。如此看来，他们不会在这里渡过宽阔的俄亥俄河。藏独木舟于此，显然只为横渡支流。

摆渡完东西，俘虏被安置在一只独木舟里，由两名桨手送到对岸，再把小船划回，每次运送三名印第安武士。另一只独木舟则引导卸载的马匹游水过河，这件差事颇为棘手。最后，他们将两只独木舟藏在河西的一处溪口，东西如前缚上马背，队伍沿左岸往河口行进。前后过程干净利落，用时不到一个钟点。

俄亥俄河谷的路较为好走。陡岸低矮起伏，必要时容易翻越。大半路途是穿行于陡岸脚下肥沃的河滩、地面松软的树林和洒满阳光的苇丛间。

他们循这条阔河径直南行了一天，按玛丽的估计，约莫走出二十英里。她步履艰难，累得神思恍惚，时而竭力不让自己跌倒，时而因背上婴儿的哭闹或印第安人的喊叫而惊觉。他们沿途在吓唬熊、麋或鹿，致动物飞奔躲藏。有时猎鸟从藏身处倏然飞起，一片褐云四散开去，扑棱的翅膀呼呼作响，有如雷鸣，让马匹惊恐不已。有一回，乔吉险些被甩落马下，随后大哭不止。玛丽提心吊胆，生怕印第安人被惹恼，会让他闭嘴。

他们抵达俄亥俄河一处绵长的大河湾，此时红日西沉。极目远眺，河水夹在对峙的陡岸间，从此仿佛近乎笔直地向西流去。远处河段隐没在夕阳下一片色彩斑斓的暮霭中，夕阳状如圆盘，红得耀目，倒映于波光粼粼的河面。群鸟似乌云、似箭矢，在明亮的珠灰色暮光中盘旋、翱翔、俯冲，沿大河谷，远远近近，"喳喳""咪咪"，发出各种叫声。对这番壮美景致，玛丽虽满身疲惫，仍感叹绝。队伍在此止步，印第安人面西而立，皮肤和饰物被残阳染成金色，神情恬静，默然沉思。

玛丽感觉有人在看自己。她猛然回头，见印第安头领正站在几英尺远处凝视她，脸庞和柔韧而颀长的身体被阳光照亮。

四目相对，一瞬间头领的眼神似乎更为热切，黑眼珠闪着光。他继续盯视，直到玛丽垂下目光，转头望向河面，浑身一阵战栗。她理了理婴儿篮的肩带，动作轻柔，怕惊醒孩子，同时不解的是，为何这名武士如此看自己。在先前的营地，玛丽觉得从他的眼神中见过温情，但这次不同，是某种若有所思的审视。她用眼角余光回望，发觉头领还在看，便再次垂下目光。

为何此人特别关注自己，她不明缘由。玛丽知道，多亏有他，自己一路才受到善待，但玛丽又觉得，为自己赢得这般待遇的是坚忍和配合。但这也无法解释为何他会如此审视自己。

玛丽寻思：当然很可能是因为他从没见过我这种肤色的人。也许，他见过的每个女人都跟他一样，是乌发黑眼。就连美丽的贝蒂也是黑头发、褐色眼睛……无疑我长相奇怪。

她终于琢磨出这一足够合理的解释，但内心依旧不安。她不想过多考虑此事。不知怎的，她担心蛮人看自己时在打主意，可能会影响到自身命运。

玛丽暗忖：他可能在盘算将我据为己有，会把心思直接说出。

想到此处，她心生恼怒。血液一下子涌上脸庞，皮肤一阵刺痛。她心里说：上帝作证，你这条毒蛇，我的威尔要发现你敢这么看我，非扭断你的脊骨不可。

她沉浸于幻想，双眼看着大河反射的夺目日光，内心却见到威尔·英格斯。她的威尔用双臂锁住印第安人的腰，厚实发达的肩臂肌肉因用力而鼓凸，脑壳抵住他的下巴，不断向后弯折他的身躯，就像在田里接连用力几分钟撬起树桩或巨石，直到皮肤发红，青筋暴突，勒得这个棕肤长体的男人气息渐弱；她看见威尔如橡树粗枝般的双臂在收紧，看见肖尼人舌头吐出，眼白外翻，最终，只听"咔吧"一声闷响，印第安人的脊骨应声断裂；她看见，威尔将蛮人甩到地上，如弃断枝，然后立在死尸旁，满面通红，汗珠在淡红的胸毛上闪光……她记得，夏天在洒满阳光的田里，或是在闷热的小屋里，孩子们在午睡，威尔有时突来炽烈欲望，趴在自己身上亲热，汗水淌了自己一身，痒痒地顺体侧和大腿流下。待他离开自己起身时，体毛上的汗珠在闪光，像蛛网上的滴滴晨露……

思绪重回现实，她看见面前的河流，心咚咚直跳，身体感到软弱无力，如同威尔和她亲热过后，如同看威尔屠宰完一头猪之后。

幻想完爱抚和杀人，很奇怪她会有此感觉：无力、疲惫、复仇后的满足。

然而，她回到当前时刻，站在此地，身上洒满河水反射的太阳强光。她用眼角余光再次看向肖尼头领，只见他依然立在原地，一双黑眸仍在盯视自己，高高的身躯似蛇般光滑无毛，遍涂熊脂，闪闪发亮。他后背挺直，并未折断，甚至没有弯曲。见到他好端端直立在那里，虽是异教徒，样子却迷人，不知何故，玛丽竟感到宽慰……

样子迷人？

她几乎无法相信，自己竟想到"样子迷人"一词。

此刻，她对自己的想法感到不解。由于让自己莫名困惑，让自己如此心神不宁，她对这个印第安人更加憎恨。

她努力不再胡思乱想。然而，在俯瞰长河景致的高处安营时，在给孩子喂奶时，在看儿子们朝滚环掷梭镖时，在为贝蒂的伤臂敷药时，思绪一再去而复返。有时她想到自己和印第安头领，想到他对自己的紧紧盯视，想到他迷人的模样。有时她想到的则是俘虏和众武士。

他们能决定怎样处置我们。

以往她从未有过此念。不是谁都会遭逢这种劫难的。

傍晚，玛丽借最后一点亮光，穿针引线，把一只撕裂的衣袖重新缝合到汤米的衬衫上。这时贝蒂问道："你觉得他们带我们走了多远？"

"十成百，百成千，千成万。"汤米回答。

玛丽哈哈大笑。汤米也笑了，乔吉随哥哥一起笑。接着，连贝蒂也笑起来。

玛丽转念想到母亲，因为这是母亲说过的话。显然，其他人也都想起她，他们不再笑。在玛丽脑海中，出现的是母亲血淋淋的、满是白发的头皮。

"走了多远呢？"稍后，贝蒂又问。

玛丽思忖着，想到腰带上打的结，又努力估算平常每天走的路程。"我们走了三个礼拜。"玛丽说，"拐来拐去、爬上爬下的，我们一天怎么也得走五六里格，加起来我觉得有两百英里左右。"

"两百，"贝蒂轻声道，说完沉默片刻，之后叹口气，"跟我想的差不多。我的脚说是一千，不过我清楚，它们多少夸大了事实。"

在渐暗的暮色中，玛丽莞尔一笑。谢天谢地，贝蒂的幽默正在回归。贝蒂失去幽默时，玛丽可是担心得要命。

次日，他们循俄亥俄河西行，大概走出十五英里，因蹚过几条溪水和小支流而脚步放缓。在涉水过浅溪时，肖尼人把孩子们抱过去。渡河时，他们搬出隐藏的独木舟。每次歇脚，玛丽都把婴儿从篮里抱出，在河水中洗净褓裸，用一块干布包裹孩子，给她喂奶。多数时间女婴都在睡觉，也许是玛丽走路时的颠动让她犯困。

真是个好孩子，又乖又安静的孩子。随印第安武士和马匹沿河走路时，玛丽这么想。她这么想着，仿佛在跟背上的小不点儿无声地说话，一阵莫大的哀痛袭上心头。多回头看看吧，小家伙，你原本的家就在那个方向……恐怕你永永远远也见不到。

她不敢奢望孩子哪天会见到家园或父亲。最好不要幻想威尔·英格斯有朝一日能抱孩子。最好还是去想象，去依稀想象她是印第安孩子，是印第安女婴、印第安女童、印第安女人。

玛丽试图去预想这种生活，去为这一糟糕的可能做心理准备。在想象中，泥地上有个小女孩蜷缩在一堆兽皮中；然后是一个裸身女人，遍体因抹动物油脂而闪光，还涂有彩绘，刺着纹身，饰物只有手镯和一簇簇羽毛，正下流地舞动腰肢，涂油彩的脸上神情蛮邪，在印第安武士和头领中被不断转手，生育出半白不白的儿女；后来她变得又老又丑、银发苍苍，在荒野一隅向着异教神灵祈祷，直到临终那天都不知道，自己曾叫贝蒂·埃莉诺·英格斯，是威廉的女儿……

就这样，在母亲悲凉的想象中，女婴以种种模糊而凄惨的形象度此一生。而女婴的母亲正沿河艰难西行，走向茫茫未知的命运。

他们沿大河又走两天，大体是向西北行进。在做俘虏的第三十天，正午烈日当头，玛丽注意到印第安人中间再现期盼氛围。停下歇脚时，武士们拿出颜料袋，将作战油彩混合，涂上脸和身体。玛丽瞅瞅贝蒂，在她眼中看到藏于心底的旧日恐惧，那是最初几天曾见过的。汤米和乔吉虽说已和几名武士混熟，也跑到玛丽身边，待在这儿望着。他们又见蛮人原来的模样，一个月前在充满血腥和惊惧的那天初见他们时就是如此。此刻，对当时的恐怖记忆正在孩子心中被唤醒。玛丽心惊胆颤，将两个儿子紧紧搂在身边，重又感到他们的无比弱小。"上帝，救救我们吧。"贝蒂在旁轻声说，"你怎么看，玛丽？这架势肯定不是去打猎。"

"相信上帝，贝蒂，要相信上帝。可是说实话，我不知道。"她俩看着近旁武士们在摆弄亨利·莱纳德的捆绳，再次反绑他的双手，过头重上套索。玛丽想吸引印第安头领的注意，看能否察言观色，判断危险有多大。然而，停下看她时，头领脸涂油彩，如戴面具，显得冷漠无情、难以捉摸。他再度成为魔鬼。

没想到眼前竟出现一片玉米田。他们已走过一半，玛丽才觉察到自己的所见。她的双眼早已适应到处乱生的树林、灌木和苇丛，而此处的庄稼井然排布、间隔均匀，吸引住她的目光。她认识到，看见庄稼之所以让自己如此惊诧，或许是因为从没料到还会再见这种东西。同时，贝蒂似乎也已注意到，回头去看玛丽，眼中透出讶异。

"要是威尔和约翰尼看见就好啦。"玛丽大声说，"足有十英尺高呢！"

这时，她意识到自己还在寻找房舍——有庄稼自然就希望见到房舍。她也痛楚地意识到，除山洞外，自己已有一个月没见过人家。

她感到惊慌：他们肯定是在靠近一处定居点！或许这就是涂抹作战油彩的缘故。她原以为，他们向西北长途行进，再也见不到白人定居点，而这附近一定就有。显然，肖尼人此刻正准备发起进攻。可怕的无助感卷土重来。她知道，杀戮和暴行将临，而不管这些拓荒人是谁，自己都无法去提醒他们。

柴烟还没见到，已先闻到。在乱蓬蓬的玉米穗上方，她望见烟气袅袅升起，在林木葱郁的陡岸这一暗色背景下，显得朦胧。

说来奇怪，印第安人并未做突袭部署，而是径直朝起烟处继续行进，非但没有蹑足潜踪，反而忽然发出夜鸦似的叫声，并大笑起来。

　　走过玉米田，房舍映入眼帘。玛丽在费城和边疆都未见过这种房子：和小木屋一般大，但状如穹顶，上覆一块块树皮。门口悬一张兽皮，一个黑发女人正将之掀开。除去一小件鹿皮围裙和一双莫卡辛鞋，她别无穿戴。一名印第安中年壮汉从屋内走出，来迎接队伍。他未涂油彩，也没佩饰物，满面笑容，高举右手，做出欢迎的姿势。屋旁木栅边倚着各式粗制的鹤嘴锄和其他类似锄头的工具，还有尖头木棒，显然都是农具。棉白杨给这里带来惬意的阴凉。庭院倾斜向下，延伸到阔河边。彼处，两个赤身男孩，大概有十二到十四岁，立在齐膝深的水中，一个手握细杆梭镖，另一个怀抱孔眼粗疏的大个苇篓。一只桦皮舟倒扣于近岸。在船的阴凉处，一条大黄狗伸伸懒腰，张口打个哈欠，望着他们走近。玛丽恍然大悟，原来这里并非白人定居点。显而易见，他们已到肖尼世界的边缘。武士涂抹油彩是为凯旋做准备。

　　尽管此处看似宁谧，玛丽却心怀不安，全身在抖。这些河边居民眼中默然流露出对俘虏不加掩饰的好奇。他们面无表情，悄声走近打量俘虏，给人以不祥的预感。她自觉柔弱，遭突袭以来，这种感觉从未如此强烈过。

　　有人划独木舟把两个印第安男孩送过大河。小船穿过蓝绿色河水，折向下游，渐行渐小，终成斑点，消失在对岸两座低矮的陡崖之间，显然已驶入一条支流的河口。武士们和小屋主人边说话，边吸烟斗，不时望向对岸。印第安女人隔开数英尺，打量着几名白人俘虏，眼神既非害羞，也非友善，更不是真正的敌对，叫人捉摸不定。如年轻女人见面那般，玛丽朝她微笑致意，可对方几无反应，仅在瞬间扬扬黑眉，显然这是无意识动作。片刻后，贝蒂嘀咕了一句，意思不同寻常：

"我们进了他们的地盘，玛丽。"

下午三时许，五条长独木舟过了河，满载从德雷珀草地抢来的财物、从盐泉带来的肉和盐，还有武士和俘虏。每条独木舟有五名年轻力壮的印第安桨手。船排成一列，飞速前进，横穿波光闪耀的河流。他们在平阔的河面上走了一段时间。汤米问道："大海是这样的吗？"

他们在支流河口进入林荫，后逆流而上。沿岸出现更多穿顶状的小屋，还有很多形似圆锥，覆兽皮或树皮。屋舍临水而立，居民有妇孺和老人，纷纷跑下河岸看热闹，后聚成人群往前走，和独木舟一样快，兴奋地说笑着、指点着。

树林前方是辟出的田地，由木栅一块块分开。有些长着玉米，有些到处是爬满豌豆和菜豆秧的藤架，还有些长满黄绿色的烟叶，另有些种植着低矮的宽叶作物，玛丽认不出。独木舟向上游一路畅行。近岸时，在田地高处出现一座大村落，房舍呈圆锥形，另有一些又长又矮的棚屋，比玛丽孩提时在费城见过的房子还大。眼前的世界出乎意料，其耕作规模之大，让她目瞪口呆。她原以为印第安人都是小股牧民，衣不蔽体，杀人不眨眼，散居林中，住在地上，无房舍可遮风挡雨。而此间景象令人过目难忘：一大群紫铜肤色的人正低声说话，乱哄哄一齐沿河岸走向村庄。因此，以往对印第安人生活的想象正从她脑海消失。

她想：他们都来看我们的下场，我们成了焦点。想到此处，她感到不寒而栗。

桨手们熟练地拖船上岸。这里似乎是一条宽阔长街的尽头，或是村落公地。这群印第安人身着淡色鹿皮衣，裸露的皮肤发红，边走边笑，悠然自在，挤到独木舟前呆愣愣地看热闹。涂油彩的头领敏捷如豹，一跃上岸，人群朝两旁稍稍后退，让出一条路，边让路边拍手欢呼。头领咧嘴而笑，阔步朝村落中央走去，一只肌腱发达的手臂高举火枪，另一只手臂挥舞着一张头皮。头皮上布满白发，但玛丽知道这不是母亲的，无疑是巴顿上校的。玛丽浑身战栗。看到乡民竟对这件可怖的战利品欢欣雀跃，她心生忿恨。

随后跳上岸的三名武士各挥动一张头皮，每人都引来一阵欢呼。玛丽不愿去看，可是不由自主，既受强烈吸引，又万分惊恐，如见鬼魂：那一小片泛白的棕发应是卡斯珀·巴里耶秃头上的，一缕缕的白色短发是菲尔·巴杰的，一小丛黑色鬈发是贝蒂小孩儿的。玛丽回望一眼贝蒂。谢天谢地，她没看。玛丽转过头，刚好见到母亲布满白色长发的头皮在众人头顶上方被挥来挥去。虽本该料到，但打击仍似长矛穿心，一时间眼前模糊，她只好强撑着不让自己晕倒。

玛丽终未昏厥，是因为汤米和乔吉。两个孩子一次见过的人从没超过十个，此刻被乱糟糟的人群吓蒙，便急退到玛丽身边，不言不语，紧紧偎傍着妈妈。两个孩子让她从打击中清醒，决心尽全力保护他们。

当前的混乱场面让玛丽心思恍惚。一只只棕手抓住独木舟舷缘，另一些手则似乎在够向母子。印第安人身上的麝香味和泥土气清晰可闻。即使在费城她也从未听过这般人语嘈杂。乱哄哄的声音，加之印第安人身上的一股股气息，似乎要将她迎面撞翻。该气息有别于白人因久不换衣而发出的酸臭味，并非那种浊气。只是因为众人挤在一处让人感到闷热和窒息；是因为他们在粗鲁地盯视和逼近，一起在说着不知所云的话语，七嘴八舌，或男或女，或尖利或低沉；是因为他们以俘虏的痛苦为乐；是因为这里弥漫着另一世界的诡异氛围，贝蒂在对岸曾说过，而此刻则加剧数百倍。玛丽和三个年幼儿女如紧挽的生命之结，彼此依偎，蜷缩于船腹，背靠舷缘，避开伸过手来的人们。透过喧嚣，玛丽听见远处传来印第安头领浑厚的嗓音。他正走进村落，洋洋得意地重复着什么。他至少曾在路上垂青于玛丽，而此刻却弃她不顾，趾高气昂地走开，无疑还在炫耀自己曾割下老人和妇孺的头皮。

玛丽怒从心起，由此生出力量和勇气，使她抑制住恐惧，敢于直面这群乱民。她提醒自己：尊严，要有尊严，尊严一直都管用。"站起来，小伙子们。"她说道，语气尽量平静，"站起来吧。他们想让咱下船。"她用双手握住两个孩子的上臂，鼓励他们起身离开自己，朝伸来的手走过去。孩子们让人抱下船，放到岸边被踏平的草地和被踩实的泥土上，吓得一声不吭。玛丽收起双腿，背婴儿起身，小心地跟在他俩后面。"跟我来，贝蒂。"她说着，向后伸手去拉贝蒂。后者摇摇头，左臂抱胸，蜷缩在船内，表情痛苦。"起来吧，贝蒂，亲爱的。一定要有尊严。给他们瞧瞧，德雷珀家的人可不是孬种。"

　　上岸后，他们很快就被人群推搡着走向村子中央。似乎有数百女人和男女孩童都在推她、骂她，或把她当成稀罕物摸来摸去。一只只棕手拉扯头发，抽打耳光，抓拧胳膊，撕扯长裙，掀起裙摆，拖拽背上的婴儿篮，触摸胸部，以种种无礼动作冒犯她的身体。一张张面孔凑到眼前，龇着牙大笑，发出嘶嘶声，有些人还朝她的脸吐口水。老妪发白如雪，脸似靴革，上面皱纹堆累、皮肤开裂；俊俏的姑娘双眸乌黑，目光中透出粗野和嘲弄；身大体宽的女人面如圆月，眼皮下耷，齿间有豁口，朝她的脸喷吐臭气，或是在她耳边如哨子般尖叫；光身孩童用拳头捶打她的屁股和大腿根。她听到汤米和乔吉在前面喊叫，但人群混乱，不见他俩的身影。背上的女婴哇哇大哭。喧闹声之外，玛丽听到——更确切地说是感觉到——咚咚的鼓声。街头尘土飞扬，蓄满午后的阳光，飘入鼻孔异常难受，进到嘴里则干燥牙碜。从人群的头顶望去，玛丽看见长屋以及兽皮和树皮建造的锥形屋露出顶端，还有枝叶繁茂的树梢在热风中颤动，远处是一片耀眼的浅蓝天空。她渴望避开这些可怕的面孔，仰视上方，向天空祷告，然而又不得不朝下看，以躲开拳头，避免绊倒。

　　在村落中央，人群忽然分开。玛丽被猛地向前一推，险些摔倒。这是一块被踏平的空场，约三十英尺宽，场中竖四根立柱，每根柱下都有人或坐或躺，脸朝玛丽：全是白人。

他们衣衫褴褛，双手反绑，颈部套着绳索和皮带，被拴在两根柱子上。共有六人：两个女人和一个小姑娘绑在一处，三名男子绑在另一处。一名男子满脸都是干血，身穿破烂不堪的红色军服①。另一男子的衣服沾满旧血渍，已成褐色，但面部无伤。

强有力的手将玛丽的双臂扭到背后，她感觉皮带缠绕并捆住手腕，捆得结结实实，毫不留情。汤米和乔吉被套索拴到第三根柱子上，手没有被绑，但他俩仍声嘶力竭地大哭。亨利·莱纳德已被绑在上面。玛丽看到他的同时，战队里的一名武士将他打翻在地。

很快，玛丽和贝蒂就被套索牢牢绑在第四根柱子上。人群退后几英尺，在周围站成一圈。鼓声有变，忽然间让人群的尖叫化作轻声细语。汤米、乔吉和女婴还在哭闹。此时，他们的声音盖过其他所有声响，仿佛一切都陷入沉寂，只听见孩子们在时高时低地嚎哭。他们的哭闹成为此刻人们注意的焦点。玛丽可怜孩子们，心痛欲碎，但同时又屈辱难当。印第安人冲他们大笑起来。

"托马斯！"玛丽突然以少有的语气厉声喊道，"托马斯！"汤米不再哭闹，玛丽盯着他。泪水混合着尘土，从孩子脸上一道道淌下。"托马斯，哄哄乔吉，让他别哭了，要不我非拿藤条抽你不可！"汤米咽了口唾沫，皱起眉头，淌着鼻涕，差点儿再次哭出声，但还是用拳头揉揉眼窝，转向乔吉。他又是吓唬，又是拥抱，又是好言安慰，还抽抽搭搭，很快就让两岁的幼童安静下来。围观的印第安人看到妈妈管束儿子、哥哥训导弟弟的这一幕，于是发出轻笑，同时似乎在用认可的口气

---

① 从 17 世纪中期到 19 世纪末，英国士兵上身穿红色制服，因此，当时的英国兵也被称为"红衫兵"（redcoat）。

叫喊。玛丽昂首站立，尽量让自己显出尊严，但背上的婴儿篮里仍在传来仅有的哭闹声。"贝蒂，"她喃喃道，"求你一定想个辙，让孩子静一静，好吗？"贝蒂站在身后，柔声哄着，轻声哼唱着。这样做起了效果，也有可能是周围不再喧闹的缘故，婴儿的哭声越来越轻，逐渐停止，不久她就发出"咯咯""咕咕"声。四周的印第安人再次纷纷大笑，表示认可。玛丽站在那里，满面通红，意识到有数百只黑眼睛在注视她。"谢谢你，贝蒂。啊，谢谢你们，托马斯，乔吉，宝贝们。我们决不能给自己丢脸。好样儿的，好样儿的……"

她望一眼最近的柱子，上面绑着陌生的女人和小姑娘。两个女人里年纪大的已起身，站在那儿，一边看玛丽一边点头，同时在说什么。玛丽从周围嗡嗡的话声中辨出她的声音。"Gut①！"老妇似乎在说，"Gut！ Gut！"

老妇长相惊人。她傲然站立，比多数男子还高大魁梧，白色和铁灰色混杂的长发乱作一团，淡褐色的眼睛透过乱发向外凝视。两腮因缺牙而凹陷，嘴皱皱巴巴。她咧嘴在笑，露出又大又黄、向前凸出的上下门牙，玛丽觉得她活像一头叫驴。她鼻子右侧有个大粉瘤，上生黑毛。原本是麻毛交织布料做成的长裙，如今已碎成一条条、一片片，挂满庞大身躯，用一根鹿皮带束紧，又是土，又是灰，几成黑色。透过自腰部到褶边的巨大裙缝，她两腿裸露在外，肌肉发达，因抓挠加之虫咬而伤痕累累，膝盖处骨节凸出、皮肤起皱。长裙的上身左侧被撕破，露出青筋暴突、垂到腰间的硕大乳房，乳头呈褐色。虽丑陋无比，狼狈不堪，样子像是从火堆下耙出的，但她身上有种令人敬畏乃至高贵的特质。她站在那里，想必已历尽磨难，但显然未被击垮，一直朝玛丽快活地咧嘴而笑，不停在说："Gut！ Gut！"玛丽回以微笑。她看到尊严。能在这些

---

① 德语，意为"好"。

无助的俘虏中看到尊严真是令人欣慰。

一名男子的高喊引来印第安村民的注意，人群让开一侧。

五个印第安人从人群缺口缓步走入空场，为首的是一名白发男子。他头戴红发带，右边太阳穴处箍一块银盘，垂下两根鹰羽；宽宽的胸饰由一排排红珠和白翎串成，挂在脖子上；围腰布同样装饰着一排排红珠。他不高不矮，神态威严，深陷的双目被阴影笼罩，看上去像个盲人。他口大唇薄，嘴角下耷，表情严肃。玛丽猜测这人是大首领。走在旁边、几乎昂首阔步的是那个身形瘦长的头领，正是他的队伍把玛丽押到这里。他带大首领来此，显然是让其察看远征的战利品。两名穿着精致的印第安中年男子跟在他俩身后，举止庄重倨傲，由此可知，他们大小也应是首领。

来到空场，距玛丽和贝蒂站立处有几英尺远，四人止步，打量起俘虏。年轻的头领没完没了地讲起来，咕噜咕噜，说得很快，同时还拿手比画，按玛丽的猜想，意思是英勇作战、日出日落、崇山峻岭、长途跋涉。他时不时地指向一名俘虏，边讲边和首领们瞧着那名俘虏。

头领看玛丽时，说了很久。他做出抱起婴儿的动作。玛丽知道，他在讲贝蒂·埃莉诺的出生。见头领神情自豪，玛丽想起，对于他给予自己的特别关注，自己一直是怎么看待的。此刻他并不迷人。玛丽感到不解的是，自己怎会想过他迷人呢？实则他嗜杀成性，虚伪自夸，丑如魔鬼撒旦。

玛丽看到，几名首领在瞧她时多次点头。当头领带他们走近汤米和乔吉，并谈起两个孩子时，首领们竟轻笑出声。玛丽见头领打着手势，这让她想起武士们教给孩子们的投梭镖游戏。同时，人群在专心倾听整个滔滔不绝的讲述，时而嘀咕，时而高喊，时而大笑，时而轻轻拍手，似在鼓掌。玛丽偶尔回看一眼贝蒂或其他俘虏。贝蒂如冻僵般站立，嘴唇发白，很少眨眼，并没看几名首领。汤米和乔吉已安静下来，多数时候在瞧着头领。玛丽不知道两个孩子对他怎么看。一路上他和孩子们已混熟，兴许还成了朋友。玛丽不知道，他俩看到他时，会否清晰想起一个月前的那天发生在德雷珀草地的烧杀掳掠。亨利·莱纳德的左脸多了块暗红色的擦伤，那是几分钟前挨打所致。他坐在地上，对首领们怒目而视。允许他挨近玛丽说上几句还是在数周前。玛丽不知道此刻亨利对他们的苦境如何想。

那个绑在旁边柱子上令人生畏的老妇依旧站立，带着蔑视和感到好笑的神情，时而瞅瞅首领们，时而高傲地扫一眼周围人群，或者无明显来由地露出黄牙，驴似的对他们突发一笑。有几回，她还朝玛丽凝视，每次都面带笑容。

大约十分钟后，头领似乎突然讲毕。接着，箍红发带的老首领用怒吼似的低沉嗓音说了不到一分钟。话音甫落，人群即兴冲冲地聊起来，并再次让出一条路，让首领们离开。有些人逐渐散去，另有些留下，出神而粗鲁地打量着俘虏，但不再敢凑近来折磨他们。此刻，夕阳几乎已坠到树梢间，光线交错闪耀，映照着此处的景象，使得紫、红、蓝和朱红等装饰村民少量衣着的配色愈加鲜艳。几条瘦狗毛色发黄，样子像狼，在人们的腿间钻来钻去，走过来小心地嗅着白人身上的陌生气味，然后离开，在傍晚热乎乎的空气中，向外耷拉着粉色舌头。此时，透过尘土传来远处孩子们的叫嚷和哭笑声、人们嗡嗡的说话声，还飘来一股股柴烟，以及炖肉和烤玉米的诱人香味。

老妇走近，在离玛丽约五英尺远处，脖索将她拽住。她咧嘴笑着，用脑袋做出个招呼玛丽过来的动作。玛丽凑近，直到脖索把自己拉住。她俩坐到落满尘土的草地上。显然老妇想说话。

"喂，"她开了口，嗓音带咯咯声，但很响亮，"你想不想吃？"

"生不生气？"玛丽回道，"啊，更多是害怕，不是生气，不过，是的，我……"

"不，我是说'想不想吃'！"老妇张开口，假装嚼东西、咂嘴，随后仰脸闭眼，抽鼻子嗅着香气，一副美滋滋的神情，"上帝呀，我也想吃！他们不给吃啊！"玛丽从没听过这种腔调，只得仔细去听，想从浓重的口音里拣出能听懂的词。"你哪来的？"老妇问道。

"蓝岭那边。"玛丽说，"你听说过没？"

"没有。"

"你呢？"玛丽问道。

"迪凯纳堡①。你知道不？"玛丽点点头。她听说过那个地方，华盛顿上校途经德雷珀草地时曾提到。那是一座新要塞，在两河②交汇成俄亥俄河的地方，是英国人开建的，没等完工就被法国人夺占。"印第安人，法国人，在那儿灭了整个英国部队。就在上月，一个月前。布雷多克③将军，脑子不够。整支部队呀！一眨眼的工夫！"老妇摇着头，似乎对往事感到难以置信。玛丽推测，老妇亲历或目睹过惨烈战斗，之后被捉，可能被血洗德雷珀草地的那样一队印第安武士押到这里。由此看来，正如华盛顿上校对巴顿先生所说，他们确实在跟法国人和印第安人打仗。她努力去想象那般场景：战争，整支部队，小定居点。

老妇又开了口。"什么？"玛丽问道。

"你叫什么？"

"我……我叫玛丽·英格斯。"身处这方陌生世界，说出自己的名字感觉奇怪，"你呢？"

---

① 迪凯纳堡，在今美国匹兹堡，是法英战争时一个重要地标。1754 年 2 月英国人开始在此营建堡垒。同年 4 月法国人将英国人赶走，建成迪凯纳堡，名字来自当时的加拿大总督迪凯纳侯爵。由于战略位置显要，英国人曾多次试图攻取该堡，1758 年将其夺回。

② 指阿勒格尼河与莫农加希拉河。

③ 爱德华·布雷多克（1695—1755），北美殖民地英国军官。1755 年，他率领千余名士兵远征法国人占据的迪凯纳堡，被法国人和印第安人伏击，虽人数占优，仍遭惨败，本人伤重不治。

"盖特尔。"老妇好像在说,"盖特尔。我丈夫是什图姆夫先生,他死了。"这句玛丽没听太懂,不过努力去记下怪名。盖特尔。她在心里默念。

"啊,盖特尔,"玛丽说,"我俩在这儿遇见了。你觉得,咱们接下来会碰到什么呢?"

"我希望是晚饭。"老妇回答。

日落时分,有人给他们送饭过来,是热乎乎的麦片粥,淀粉很多,还掺入些坚果和肉丝,美味可口,吃起来略带烧山核桃木的烟气和玉米味。他们双手给松了绑,可以用手指将碗里的美食挖着吃,直到吃撑。送饭的印第安女人们蹲在一旁,边说话边瞧着他们吃,最后把空碗拿走。那位叫盖特尔的老妇狼吞虎咽地吃下好多,看来她说的没错,委实饿坏了。与她同柱捆绑的年轻女子和小姑娘没怎么吃。她俩似乎和老妇毫无瓜葛,完全不讲英语,而是轻声哭泣,偶尔用一种低沉沙哑的语言,跟绑在下一根柱子上的三名男人说话。

暮色中,有印第安人来瞧俘房,有时来的是全家,蹲在几英尺远处瞅着他们,看玛丽给孩子喂奶。夜色降临,人们尽皆离开,村子静下来,空中弥漫起烟草气。在几百英尺远一座长屋似的大房子附近,一堆火在燃烧,有一面鼓在单调地敲着。玛丽在单一而重复的咚咚声中入睡。她醒过一回,看到一片残月几乎悬于头顶。鼓声止息,火堆已灭。在镶了银边的黑暗中,蟋蟀和螽斯尖声高歌。乔吉在睡梦里咕哝着。玛丽翻个身,让酸痛的右侧肩膀和屁股摆脱压迫。她把女婴轻轻挪到自己的脑袋旁,而后迷迷糊糊地想着脖索,再次睡去。

饿得哇哇啼哭的婴儿将玛丽吵醒。朝阳映照着树梢。旁边,老妇看着女婴,嘴里在念叨:"嘘!嘘!"玛丽坐起来照顾孩子,见其他俘房已醒，正恐慌地望向村落各处。

　　玛丽从篮里抱出婴儿，展开襁褓，把排泄物抖到地上，用一处干净的布角给女婴擦净身子。这块布尿得湿乎乎的，无法再用。另一块路上准备的布不知落于何处。于是她把婴儿光身抱在胸前。孩子吃着奶，给乳周带来一阵既疼痛又甜蜜的奇妙感觉。稍后，玛丽不再理会尿骚。她听着婴儿喉咙里发出"嗯、嗯、嗯"的声音，同时望向村庄各处。

　　有几个印第安人已起来在小屋之间走动。老妇站起身，双脚大开，在地上"咝咝"地撒了一泡尿。她朝玛丽一笑，轻声说了什么，听起来像是 Morgen①，然后挪到几英尺远没有尿湿之处，坐下来，伸伸懒腰，大声打着哈欠。

　　贝蒂也在方便，不过她更加谨慎，蹲下时裙摆摊在身体周围的地上，若无其事地环顾左右，给人的印象似乎是没在撒尿。玛丽暗自发笑，心里说：我们遇过种种孬事，其中最糟的就包括解手避不开人。

　　她扭头去和儿子们说话，但突然间长屋附近人声鼎沸，鼓声大作，转移开她的注意。俘虏们纷纷扭头去看。玛丽的心似乎跳至嗓子眼。

　　几十个——之后似乎有数百个——印第安人拥入长屋和俘虏们被绑空场之间长长的开阔地。似乎是全村人从四面八方奔来，男女老幼，吼着笑着，人人手持棍棒和笞条。他们转来转去，后来在街道似的空地两旁并排而立，棍棒打得地面啪啪响。

　　随后，从街道远端的长屋处，穿过长列人群，走来玛丽昨晚曾见的几位首领，还有几名武士以及她熟悉的那个头领。和他们一起的是两个白人男子，一个瘦削，另一粗壮，都身穿褪色的布制猎衣，头戴艳红的帽子。他们走近时，玛丽发现，两个白人长有黑须的脸上笑容灿烂，看模样他们不是俘虏。一人腰别手枪，另一人挎着鞘刀。种种猜想一齐涌

―――――――――――――

　　① 老妇实际说的是 Morgen，即德语"早上好"。

向心头，玛丽困惑不已。他们是不是文明世界派出的使者，来赎回俘虏呢？他们是不是做过俘虏，如今成了肖尼人呢？他们是不是自己听说过的法国人，据说在参战的法国人呢？

他们一面走近，一面和首领们谈笑风生，所讲似乎是印第安语。

两个白人进入空场，在俘虏中间踱来踱去，从上到下仔细打量他们，眼神敏锐而快活。他俩用另一种语言交谈起来，带鼻音，但嗓子洪亮。之后，两人回到首领中间，与他们点着头说了两句。玛丽回看一眼汤米和乔吉。他们正呆望着白人男子。

大首领尖着喉咙匆匆说了句什么，两排等候的印第安人一阵欢呼。

三名武士走到亨利·莱纳德跟前，把他拖起，解开手上和脚踝上的绑绳，摘下脖索。头领对亨利高声道：

"脱光衣服。"

亨利看着他，困惑不解。头领扇来一记响亮的耳光，又说一遍："脱光衣服。"

亨利犹豫着伸手去够衣领，把衬衫从头上抻下来。他手拿衬衫站在原地，显然已过太久。头领一声令下，两名武士揪住亨利，挥起刀，顷刻间就割下他的马裤，扒掉莫卡辛鞋。他站在那里颤抖不止，浑身白得像条鱼，样子弱小而可怜，因惊恐而睁大的双眼瞥视一下其他俘虏，似乎因受辱而在请求原谅。玛丽垂下目光。

"主啊。"贝蒂喃喃道，也看向地面。

头领转向其中一个有胡须的白人，对他说：

"跟他讲英语，告诉他做什么。"

"先生，"那人说，"很遗憾，不过……你得跑，跑，明白吗？到那里。"他指向大房子。房子在两排印第安人的尽头，约有两百码远。"鼓，呃，呃，一响，你就跑，懂吗？"亨利点点头。"你，呃，跌倒，就得重来，从这里，明白？"亨利挪动双脚，绷紧两腿，回看身后。玛丽再次望向他，见到往常因风吹日晒而变得黢黑的脸，此刻却几乎和他瘦骨棱棱的屁股一样煞白。

咚咚的鼓声自长屋传来。"开始！快！"法国人大喊道。与此同时，"唰"的一声，头领挥起四英尺长的柔韧笞棒，响亮地抽在亨利惨白的屁股上，惊得玛丽一皱眉。

"呀！"亨利倒吸一口冷气，随后喊出想必他认为法国人说的那句"开始，跑！"①，便俯身冲出。印第安人喊叫起来，亨利从身边奔过，他们挥起木棒和笞条，唰唰声、嗖嗖声响彻半空。玛丽听见笞打声，吓得缩成一团。她看见亨利举起双手，护住脸和耳朵。他因此放缓脚步，在笞杖的夹击下跑至多三十码，一个成年男人抢棒打个正着，把他击翻在地。印第安人纷纷围拢过来，对他一顿狠打猛抽，足有数秒之久。

他们住了手，将他拖回起点，让他再次朝向长屋。鲜血从右耳淌下，后背、屁股和两腿横七竖八地布满血痕。

然而此刻，亨利·莱纳德气得满面通红，神情不再畏惧。他俯身等候发令，同时紧咬嘴唇，圆睁双目，盯向头领。"来呀，印第安人，看你有啥能耐。"他低吼道，"我准备好了。"玛丽的心在喉咙里怦怦乱跳，她听见儿子们的呜呜哭声。

鼓声响起。亨利注视着头领，未等对方举棍，就疾如脱兔般蹿出，这回不再护头，而是上下摆动手臂。玛丽在为他祷告，眼见他跑到中途，脚下一绊，被打倒在地，随即再度消失于纷乱的包围圈内。

他又被拖回起点，几乎体无完肤，一道道红色血痕纵横交错，满脸是血。他再次站在那里，依然不服不忿，怒视着头领，大口喘气。

"准备好了。"他又说道。鼓声咚咚一响，他向前猛冲。跑至中途，再挨一击，歪向旁边，不过这次他单膝跪地后，重又站稳，再度向前冲

---

① 法国人喊的是法语 Vite（快），亨利误解成了英语 feet（脚）。

去。一个男子举棒拦住去路，但未及下手，就被猛冲而至的亨利撞翻在地。看到远处一丝不挂的身影跟跟跄跄奔至长屋，听见印第安人替他喝彩，玛丽内心为之雀跃。

"他成啦！"玛丽对孩子们喊道，"他成啦！"

轮到那三名男俘了。头两个都没挺过。第一个跑出不足十码即摔倒，呜咽着蜷作一团，被打至晕厥。他被拽回柱下，趴伏于地，遍体发红，到处是一条条抽痕、一片片棍伤、一股股渗出的鲜血。第二名男子试了三回，最终跑到离长屋仅二十码时被打昏在地。接着，身穿英国军装的男子被扒光衣服。他长得高大壮实，撅起下巴，一副无所畏惧的神态，对法国人怒目相向。鼓声响起，他并未朝前奔跑去挨打，而是大吼一声："天杀的！"说着扑向那个瘦瘠的法国人，两只大手钳住对方喉咙，险些将其掐死。之后他被一根粗棒打晕，拖回到另两个昏迷在地的男子旁边。

法国人瘫坐地上，不停地咳嗽、喘息、呕吐，脸色由红润转为煞白，最后站起，倚在同伴身上。此刻，二人脸上笑容全无。首领们耐住性子看着他俩，表情冷漠。后来，大首领开了口，两个法国人点点头。他们转向其他俘虏，余下的全是女人和孩子。大首领朝人群高喊一句，手持棍棒的男人悉数退出。

玛丽心想：上帝啊，轮到我们了。哎呀，别选孩子，求求你，上帝。也别选贝蒂，她有伤。

一名年轻首领走进空场，若有所思地瞧着外国女人，最后指向高大的老寡妇。她缓缓起身，瞪起轮廓分明的眼睛怒视着他们。武士们将她从桩上松绑，割断皮腰带，扯掉烂裙。她赤条条地站着，体形高大，全身灰白；双乳和屁股扁塌塌地垂下；皮肤褶皱堆叠，有如一件肥衣，耷拉在健硕的身躯上；大腿粗壮，长满肌肉，虽是女人，却丑陋不堪。她一边被带到起点准备受刑，一边嘟嘟囔囔，听不懂在说什么，可能是祷告。尽管每走一步，全身松垮而难看的肉一颤一颤，但她依然挺直腰板，不失尊严。不期然间，玛丽心中顿生敬意。同时，她的身体产生一种可怕的感觉，仿佛自身衣服已被扒个精光，正等待承受笞挞。她怀疑自己能否挺住。虽说手持粗棒的印第安男人都已退出队列，将乐子留给女人和孩子，但她想见自己摔倒在地，缩成一团，最终像那个男俘一样疼晕。

她提醒自己：可你在路上生下了一个小娃娃呢。那你就明白，别的痛苦统统都不在话下。

然而，下一刻她又没了把握。

她暗想：老妇要能挺过，我敢保证我也能，我保证。

老妇背对俘房，在站着等待。随后，她似乎想起什么，便挺直腰杆，转头回望，目光落到玛丽身上，面露酷似驴样的微笑，动作滑稽地耸耸肩，再次把头转向施刑人群。他们大多在咧着嘴笑，仿佛笞打女俘更多是耍闹，仿佛这部分仪式是为取乐，而非复仇。

鼓声响起。老妇挺直腰身，曲肘举拳，颤颤巍巍地颠起碎步，姿势煞是怪异。笞条开始嗖嗖作响。看上去老妇慢得和走路几无两样，肩膀左一抬右一抬，似乎要抖落抽在身上的笞条。一大堆肉上下颤动，慢悠悠地跑着。男人们又笑又嚷，乐得直不起腰。

不管好不好笑，拿笞条的可并未手软。印第安女人和孩子反将笞条挥得更猛。如果说刚才是为把男俘打晕，阻止他们到达长屋，现在的目标似乎则是让女俘遭受极度痛苦才能到达终点。

老妇笨拙地往前挪动，似乎已过许久。行至中途，一个肥壮的印第安女人跨步向前，将粗棒斜举过肩，照准老妇的脑侧横扫而来。

然而，老妇抬起一只胳膊，轻轻一挡，木棒从头顶擦过。她一声怒吼，止步转向被惊呆的印第安女人，从其双手中一把夺过重棒，将棒头猛力杵在对方肚子上。老妇停下时，近旁的女人和孩子要聚拢过来，此时忽然后撤。她起劲挥棒，左右开弓，手中木棒俨成长镰，而围攻者似是片片草叶。就这样，她在众人夹击下足足往前闯出二十码，身上挨多少下，就回打多少下。对男人来说，这场景殊为滑稽可笑。老妇所到之处，喊声即起，斗作一团。她向远处的长屋慢慢推进，直打到胳膊疲累，回击乏力，不久木棒即被夺走。她忍受着新一轮雨点般的抽打，再次缓步跑起来，挨至终点。玛丽看在眼中，替她骄傲，同时惊叹不已。老妇走上前，触到长屋墙壁。所有人都为她真心喝彩。"好个女人！①"一名法国人喊道，"真是厉害！"

印第安人大笑着、狂喊着。老妇在众人的欢呼声中凯旋，时而脚步踉跄。她回到起点时，就连老首领也面露微笑。尽管伤痕累累，全身灼痛，一股鲜血让头发粘连在一起，顺左太阳穴淌下，但她仍对老首领回以一笑。有个首领发出命令。老妇被带回柱子旁，虽喘息不止，却得意洋洋。一名印第安年轻女子很快就出现在身边，手拿黏土钵，开始往伤口上涂抹油脂似的灰绿色药膏。"Gut！ Gut！"老妇一边疼得咧嘴叹气，一边不停地说："Gut！ Gut！"她抬头看到玛丽钦佩的目光，便眨眨眼。"我们不是孬种，"她说，"你也行。"

接着，他们过来带贝蒂。他们给她松绑时，贝蒂闭眼站立，呻吟不止。因为胳膊上有块大夹板，他们只得撕开长裙的右肩部，从那里剥下衣服。玛丽替嫂子深感难堪。她想起远方的约翰尼，火爆脾气的哥哥约翰尼，想到他若知道贝蒂被扒成这样，定会怒不可遏。看到曾身姿曼妙的贝蒂，如今却形销骨立，她又感惊愕。路上一个月饱受摧残，凹凸有致、年轻完美的身段已不复存在，肋骨、肩胛骨、髋骨，甚至椎骨都包在皮下，凸出可见，在上午十点来钟阳光的强烈照耀下更显清晰。玛丽可怜贝蒂，心都碎了。贝蒂又痛又怕，眼睛大睁，回头看玛丽，目光中

---

① 原文为法语。

带着哀求。直到此时，玛丽才勉强能说出一句话。

"相信上帝，亲爱的。"玛丽只能喊出一句，"相信上帝！"

贝蒂站在受刑之路的起点，虽弱似芦秆，却美若天仙，望着长长两行棕肤人群，还有他们手中已染血污的笞条。看样子她过于柔弱，根本跑不动。玛丽怀疑她神志不清，刚才看别人跑也没看出门道。汤米和乔吉出神地瞅着，一声不吭，因舅妈身临危难而从头到脚抖作一团。

玛丽一再安慰自己：他们不会拿笞条打死她的。最不济就是再次摔折那条可怜的胳膊。

贝蒂并非像玛丽担心的那般虚弱。鼓声"咚咚"一响，她就急冲而出，如一头受惊的鹿，没等众人反应过来发起攻击，已跑过前面的二三十个印第安人。余下的路她依然动作敏捷，用笞条打到她的人并不多。等她在长屋前止住脚步被带回时，人群发出一阵轻声赞叹。一双双盯向裸身的眼睛，和刚才抽在身上的笞条一样，似乎让她痛苦不堪；她看着地面，用带夹板的右臂遮住隆起的小小乳房，左手护住下身。她刚一坐到柱下，那个年轻女子就拿药膏钵走来。贝蒂的后背和两腿处约有二十几道乌青伤痕，一道可怕的红色伤痕横贯鼻子和颧骨。玛丽看到贝蒂险些被打瞎眼睛，心头凛然一惊。

"贝蒂，我替你感到骄傲。哎呀，谢天谢地。"

印第安女人按压伤口，让药膏渗入，贝蒂痛得嘴角下拉，下巴在抖，双目圆睁，眼神既愤怒又委屈。她点点头，看着玛丽，张了张嘴，但没说出话，带血的唾沫从下唇淌出。玛丽意识到，为不让自己叫出声，贝蒂一直咬住舌头。

玛丽想：下一个肯定是我。她赶忙回忆着别人给自己的启示：有多快就跑多快；护住眼睛；有人拦路就拼，印第安人看重这点；别在乎疼痛；一停可就完了。

然而下一个并非玛丽。印第安人在给旁边柱子上的外国年轻女子松绑、扒衣。她的脸蛋和身材都很标致，看上去还是姑娘。玛丽曾以为她是小女孩的母亲，可现在看到她赤条条的身体，猜测她不过十五六岁，也许是姐姐，或者非亲非故。玛丽心想：印第安人让家庭离散又重组，就像旋风扫过秋叶。

姑娘身子赤裸，呜咽着、哀叫着，被拖到受刑之路的起点。她吓得全无主张，不见半点尊严或勇气，登时趴倒在头领面前，去抱对方的双腿。头领面露轻蔑，脸色阴沉，抬脚踢中她的脸。两个印第安年轻人捉住胳膊将其拽起。她一边抽噎，一边喷着鼻息，鲜血自鼻孔汩汩冒出。印第安人让她面向施刑人群，远处的鼓声响起。她没跑，而是尖叫着向后退缩，靠在一个印第安年轻人身上。那人用力一推，她向前摔出，跌倒在地。前面的女人纷纷围上，将笞条甩得唰唰响，朝她狠狠抽去，似乎要打烂她屁股上的每处皮肤。她发出尖叫，在地上翻滚，胳膊和两腿乱甩乱蹬，来抵挡打来的笞条。姑娘，千万要站起来呀，跑呀！玛丽心里在说。后来在乱哄哄的吵闹中，玛丽听到自己的声音，这才知道，原来自己一直在喊。

姑娘没有起身，而是瘫软在地。"嗖嗖""啪啪"的抽打声令人胆颤心寒。如此过去几分钟，女人们才被喊住。姑娘被捉着两脚，拽回柱子旁。印第安女子没有拿药过来，显然药只给勇者。

玛丽想：轮到我了。尊敬的主啊，我准备好了。想到此，她泰然自安，把孩子搂在怀里，等待着他们过来。

头领走向她，站到面前，滔滔不绝地说开去。各位首领凑近听着。他讲了几分钟，又做出那个抱起动作，来演示玛丽是如何生产的。

玛丽心想：哎呀，那件事好像留给他的印象太深了。

头领讲来讲去，嗓音浑厚而深沉，同时挥舞双手在点指，俨如君王。玛丽虽一个词也听不懂，但看得出他能言善道。其演说令人群如醉如痴；众人如同他指尖外的木偶，手指一动就前俯后仰、左右摇摆，全神贯注地盯着他，直到目光被引向玛丽。

他也看向玛丽，目光停留在玛丽身上，讲话的样子就像在谈论引以为傲的私人物件。

他还以为我属于他呢，他想让众人知道。玛丽暗忖。

哼，你这个异教徒，我才不属于你呢。我属于威尔，我是他的人。

然而她多少也意识到，这个头领对自己很重要。她知道，若不是他要将自己占为己有，她和儿女活不到今天。

此刻，他站在这里，口若悬河，吸引住所有印第安人的目光。从心底玛丽不得不再次承认，虽说野蛮成性，但他富有天资，若生为白人，假以时日，会在文明世界做成将军、总督，或是什么领袖。若洗掉油彩，穿上褐色软皮护腿和有饰珠的围腰布，给紫铜色的上臂套上柔光闪烁的金属箍，把乌亮的长发梳理整齐、分出头路，他会变得通身利落、气质优雅，和她见过的任何男人相比都不逊色。他像个女人，既没胡须，也不生体毛，但是身体坚挺，似乎边缘锋锐，像一把新铸的利刃。威尔和他有所不同。壮实的威尔外形柔顺，原因是体毛浓重，乱蓬蓬的浅棕须发极近肤色，有时光线一照，整个人看上去毛茸茸，给人朦朦胧胧的感觉。她想：贴在威尔身旁真是美妙，浑身温暖，感觉痒痒的。要是和眼前这个印第安人睡在一起，那还不跟怀抱利剑躺着似的……

想到此处，她顿时羞得面红耳赤。她意识到，胡思乱想时，头领一直在注视自己。她暗忖道：上帝啊，我可怜的脑袋乱糟糟的，快把这些可恶的念头统统赶走吧！我的心思跟婊子没啥两样了。

首领们神情庄重，在专注地听这个头领讲话，边点头边嘟哝。玛丽终于明白，原来他在主张让自己免受夹道笞刑。

头领的话被老妇的大声哀号打断。她跪在姑娘旁边，嘴里不住地说着谁也听不懂的话。她已把趴伏在地的姑娘翻过身。

老妇停下喘了口气，看向玛丽。"死了！"她喊道，"她死了！"

死了？

头领跨立在姑娘了无生气的身体上方，弯下腰，用手指掀开她的眼皮，起身看向大首领。

"奈普瓦。"他说道，最后在姑娘的尸体上方略略平挥了一下手。

大首领怒视一眼赤裸的尸身。苍蝇在伤口上爬来爬去。他转身走到施刑人群的最前方，发出简短的命令。两群人随即散开，而后缓步围拢过来，好奇地注视着一丝不挂、满身血污的俘虏们。玛丽这才知道，自己不会受笞刑，反正眼下不会，整个人似乎旋即融化。她如释重负，一阵剧烈颤抖自头顶传到膝盖。她再次获救。无论出于哪些原因，又是这个傲慢、机智而又凶残的年轻头领让她得救。

她低头去看女婴的黑发。这个孩子是她唯一聊以慰藉的纯粹事实：这是威尔·英格斯的女儿。玛丽将手放在孩子的小胳膊上，孩子的小手握住她的拇指。

玛丽抬头去看头领。后者正瞅着孩子握住玛丽拇指的手。

他抬眼去迎玛丽的目光。两人对视了几秒，对周围嘈杂的人声毫无察觉。

也不知他叫什么。玛丽暗想。

第 8 章

身体消瘦的法国人名叫拉普朗特。在随后两天，他讲出些情况。其实他不说，玛丽也猜到几分。

拉普朗特就是险些被大个子英国兵掐死的那位。他伤了气管，无精打采，挨在俘房身边，一说话喉咙就痛，英语也讲不利索，只能勉强和他们交谈。他称自己不是当兵的，是生意人，而生意人把消息看得跟商品一样重。他喜欢说话，也爱听别人说，原因就在于此。

照他的理解，玛丽·英格斯之所以免刑，或是因为那个姑娘一死，老首领心满意足，或是因为押送玛丽来此的武士头领对她大为赞佩，或两个缘故都有。拉普朗特告诉她，头领叫野猫队长，在肖尼武士部族①中极受欢迎，将来有可能成为了不起的统帅。

俘房里的女人和孩子被暂时安置到村子中央附近一座宽敞的开边小屋内，男人则被带往他处。见到野猫队长，玛丽指向被撕烂的衣服，比画着缝补动作，表示想要回针线篮。女人们在养伤，她给她们补衣服。忙针线活儿时，拉普朗特常过来转悠，想找话说。他不是直勾勾地盯着裸身的贝蒂，就是看玛丽缝补。

他告诉玛丽，夹道笞刑是对俘房的考验，是加入印第安人的仪式。要让部落家庭收留，这是第一关。

"你，女士，"他说，"你，呃，你通过了考验，……怎么说来着……好样，野猫先生这么说。"

玛丽朝屋内望去一眼。贝蒂侧身而坐。受刑后她就俯卧睡觉，或是坐在那里。就算印第安女人每天来几次给她后背抹药，她也躺不下。伤臂也由那个女人接替护理，愈合迟缓。

受刑那天以来，贝蒂没再和玛丽对视过，也没说过话。

"挨他们打都比让自己人指责要好。"玛丽嘀咕道，与其说是讲给法国人听，倒不如说是自言自语。

"呃，"拉普朗特说着，俯身凑近，一脸认真，瞅着玛丽给贝蒂的长裙缝完最后几针，"女士，现在我要说了，我想和你做交易。"

玛丽盯着他，不敢相信自己的耳朵："我没明白你的意思，先生。"

"我们可以做，怎么说，搭档。是这样，女士，我和古拉特，我们有，呃，呃……几匹……是的，几匹……好布，还有一个……一个……"他乜斜双眼，努力在想词儿，"稍等。"说完，他竖起食指，起身离开。玛丽摇摇头，继续缝补。她偷望一眼贝蒂，发现后者正气呼呼地瞪向自己。玛丽心里说：谁知道她究竟在想什么呢？可能因为我和仇敌做交易在骂我吧……

在街道远处，她听见汤米在欢叫。他和乔吉被带走，同村里一群印第安小男孩混到一起。那六个孩子跟他俩年纪相仿，来自三户部落家庭，与他俩已玩耍几个钟头。让村里男孩高兴的是，玩路上学会的奔跑与投掷游戏时，汤米和乔吉并不落下风。他俩皮肤白皙，老远就能认出，也和印第安男孩一样，光着身子。破衣服放在玛丽身边，和盖特尔老妇的长裙一起，等着缝补。

老妇究竟是否叫盖特尔，玛丽现在还闹不清。每次这么称呼她，老妇都抬起手说："不，不！不是盖特尔，是格蕾特尔！"她一面说，一

---

① 指基斯波科，是肖尼部落的一个分支，人数最少，负责战争。肖尼部落另有四个分支，分别是查拉高萨、哈萨韦凯拉、米克奇、佩科维。

面露出门牙，舌尖抵住上牙膛，粗糙的食指对着嘴巴。

"盖特尔。"玛丽跟着说。

"格蕾特尔！"

"盖特尔。"

"啊哟，格蕾特尔。"老妇耸耸肩。玛丽也耸耸肩，继续补衣裳。

此时，有个阴影投在玛丽身上。她抬头看见拉普朗特和另一名法国人古拉特站在面前。他俩拿来一匹格子布，每人拎一端。"是这个。"拉普朗特说。

两名生意人身后站着十多个印第安人，有男有女，都在欣赏布料。他俩把布匹戳在地上。拉普朗特翻下布的一角，让玛丽拿手指去揉捏。是法兰绒，又软又结实，摸上去十分舒服。格子是亮蓝与纯白相间。

"可是，这和我有啥关系呢？"玛丽问道。

"缝衬衫，好吗？做衬衫。我们把衬衫卖给他们。"拉普朗特将脑袋歪向聚拢来的印第安人。显而易见，他们都青睐这种色彩鲜艳的布料。"很好，呃，价格，对你，对我们。"玛丽不断在拉普朗特和古拉特之间看来看去，未置可否。长久以来，她满脑子都是自己和家人的安危，从没想过要做生意。

"他们说，你是好女人。"古拉特说道，他的话比拉普朗特易懂，"女人很有用，有用就重要，那么，重要就受优待。那可就，就不一样喽。"他似乎已看出玛丽在想活下去的问题，就把这事和生意牵扯到一处。毕竟，俘虏的命运仍无法逆料。

"那很好。"怕贝蒂听见，玛丽低声说，"咱们做生意。"

玛丽做针线和裁剪时，种种思绪总是涌上心头，像一首音调不定却永远也唱不完的歌。她常想到德雷珀草地，因为针线活儿多是在那里做的。她常想到威尔，因为针线活儿多是给威尔做的。她常想，对这桩生意，对她与法国人的合作，也不知威尔会说什么。

她想：他们不过是生意人罢了，并非带印第安人来杀我们的那种法国人。威尔最通情达理。他不亏待谁，也不浪费心思去恨谁。就我了解，他从没跟人结过怨，就连在罗阿诺克①当治安官那会儿都没树过敌。

约翰尼呢，不一样。他性子急，爱意气用事。

她想：我更像威尔，所以我俩才成恩爱一对。

一对。她在心里念叨。

她做着衬衫，阳光照在法兰绒的蓝白格子上，满眼所见都是斑驳的色彩。

她心里说：也不知威尔·英格斯穿上一件蓝白格子衫会是啥样。一定挺花哨的！她低头对着布料笑了。

她想起威尔一抬胳膊穿上灰土布衬衫时的模样。她想起他粗壮强健的身躯、结实的肌肉、薄薄的白皮肤、胸腹部的红棕色体毛。她想起他肚脐的样子：透过腹毛向外一露，像眨动的眼睛，随后衬衫滑落，将其遮住。

她想起威尔毛乎乎的肚子紧贴自己肚皮的感觉：像上千个小小的爱抚。他随即将整个身体压到自己上面，在自己体内开始更大的爱抚。

下身念起威尔，内心忽觉落寞空虚，既甜蜜又痛苦。布料的蓝白格子闪着微光，变得影影绰绰。

她只得先停下针线。

几天后，法国人开始每早都带玛丽来他们的贸易站。贸易站设在村

---

① 罗阿诺克，在弗吉尼亚西部，处于蓝岭腹地，始建于 18 世纪 40 年代，被称为"蓝岭之都"，是当时贸易的十字路口。

子中心附近，临街，也是一处敞边房屋。屋角放着大小几只桶，一些烧饭用的金属锅和水壶，装满刀具、钢质战斧和普通斧头的箱子，几条火枪，一摞灰色羊毛毯，各种纽扣、玻璃彩珠和镜子。此外，还有一大堆柔韧的鹿皮和野牛皮，已加工好，散出香气。

　　法国人打了张半圆木长桌，小屋没门，就把桌子横在屋前当柜台用。玛丽在桌上裁布料，布沾不上土。他们带玛丽来贸易站就是这个缘故。玛丽背女婴过来，在缝衬衫的间歇给她喂奶。拉普朗特娶了个印第安老婆。姑娘十八岁左右，身材丰满，模样俊俏，动辄就莫名"咯咯"一阵痴笑，且眼泪汪汪。她名叫"一只躺泳的水獭"，人们只唤她水獭姑娘。几周前她生下拉普朗特的孩子，但混血婴儿因体弱而夭折，她为此伤心不已。姑娘是查拉高萨肖尼人，是拉普朗特在一个更大的肖尼村娶到的。村落在北面，距此很远，是查拉高萨部生活的地方。水獭姑娘一见这个白人女婴就喜欢，想知道孩子叫什么。很快她便照顾起婴儿，来满足自己未实现的母性。玛丽做活儿时，水獭姑娘对孩子又是柔声说话，又是轻轻抚摸，把孩子的名字叫成贝蒂·阿里诺。

　　玛丽边忙边留心听，尽量去了解自己身处何地，命运会如何。她听说，头领叫野猫队长，来自负责肖尼族战争事务的基斯波科。他们逗留的村子叫下肖尼村[①]，旁边这条河叫赛欧托塞佩[②]，也就是赛欧托河。下肖尼村临近俄亥俄河，又是重要的商贸中心，因此居民来自所有肖尼五部，但以米克奇部为主。白发老首领就来自米克奇部。玛丽了解到，米克奇人是治疗师、占卜师和巫术师。

[①] 下肖尼村，约建于 1738 年，位于赛欧托河与俄亥俄河交汇处，在今俄亥俄州南部赛欧托县。相对于其他肖尼村，下肖尼村处于俄亥俄河谷较下游位置，故名。

[②] "赛欧托"源自怀恩多特印第安人的语言，义为"鹿"；"塞佩"在肖尼语中义为"河"。因河边曾经多鹿，故名。该河流经俄亥俄州中部和南部，全长370 余公里，汇入俄亥俄河。

玛丽听说，肖尼部落是新来俄亥俄河谷的。多年前，他们被切罗基和乔克托①两部落赶出弗吉尼亚和卡罗来纳的祖地，向北进入俄亥俄河上游地区，在彼处住过几年，后英国人前来定居，赶走猎物，称那片土地为宾夕法尼亚。肖尼人便迁到此处，和法国人结盟对抗英国人。据他们讲，这是因为他们已厌倦被赶来赶去，不想放弃俄亥俄河谷的土地。

玛丽竭力将这些稀奇古怪的名字和事件记在心中，因为她感到，自己和家人仍身在险境，还会颠沛流离；对各处以及印第安人喜怒哀乐的任何了解，都可能帮助他们活下来。她边做针线，边听水獭姑娘对着女婴开怀大笑，边在反复默念这些名字。

印第安人复杂多样的文化令她称奇。总体来说，人们似乎快乐无忧，总是忙忙碌碌。玛丽得承认，其实，和白人定居点艰苦而单调的生活相比，印第安人的生活似乎更适意、更多样。

印第安男孩们已将汤米和乔吉当成自己人，水獭姑娘也开始把小贝蒂·埃莉诺接纳到自己的生活中。玛丽做着针线，沉浸于幻想和恐惧，不时听到水獭姑娘在用悦耳的嗓音柔声哄孩子，给她轻唱摇篮曲。玛丽时常抬起头，看到水獭姑娘的红棕色体肤映衬着孩子象牙色的皮肤，看到姑娘胸部鼓胀，乳头黝黑，孩子满是爱意地紧贴在她胸前。玛丽眼睁睁地看到她们越来越亲密，感到既欣慰又不安。有人给孩子百般抚爱，柔声细语地哄她、为她唱歌，这自然再好不过，玛丽干活儿时做不到。她明白，在如此呵护下，孩子的成长会安然无虞、不受打扰。这与孩子在树林降生时的恶劣环境相比，真不知要强多少。但有时，玛丽也渴望接过水獭姑娘怀里的孩子，将她抱在自己胸前。

---

① 乔克托，北美印第安部落，生活在今密西西比州东南部。

在一个令人昏昏欲睡的傍晚，阳光透过树木，斑驳地投射于这爱意融融的一幕，蓝色光影在她们柔滑的皮肤上晃动。玛丽抬眼看见一个自然而然的小小举动，心却咯噔一沉。

小贝蒂·埃莉诺正噘圆小红嘴巴；水獭姑娘把她在胳膊上轻轻挪了挪，另一只手捧起自己的乳房，将鼓胀的奶头贴在婴儿找吃的嘴上。

女婴立即便嘬住奶头，津津有味地吮吸起来，还咂着嘴。水獭姑娘眼里光芒闪烁，表情幸福而安详。

白色的脸蛋儿，棕色的乳房，何等鲜明的对比。然而，玛丽知道，此刻二者已融为一体。肖尼人的乳汁在哺育英国人的孩子。

她既伤心又愤怒，真想一跃而起，将孩子从印第安女人怀里夺过来。

可是，此刻拆散她们，她又于心不忍。

一时间，她泪眼蒙眬，手里的布变成模模糊糊的一片蓝白。不过逐渐地，心情又有所好转。

她告诉自己：要知道，这迟早都会发生。我明白，最终对我们来说，这都再好不过。

可是上帝，千万别让贝蒂看见啊。

玛丽做好的第一件衬衫卖与村落大首领的儿子。小伙子拿来做交换的是细手镯，好像是白镴的。玛丽看到了交易过程。印第安人想给法国人一只手镯换衬衫，古拉特非要三只不可。他一个劲儿地挥胳膊，印第安人则一本正经地晃脑袋。最终古拉特拿了两只手镯，给了印第安人衬衫。后者的脸上旋即绽开笑容，随后用一根细长杆穿过衬衫的左右衣袖，沿街一路小跑，高兴得又喊又叫，像舞动旗子一般挥起衬衫，向人炫耀自己难得的新物件。

"很好。"古拉特一龇牙，对拉普朗特笑道。他又俯身朝玛丽晃晃手镯，递给拉普朗特一只。"是银的①。"他说。

"什么？"玛丽问。

"银子，"拉普朗特答道，"啊，是银子。"

"银子？"

"没错。肖尼人在什么地方发现了土里有银子。"古拉特说，"只有首领们知道在哪儿。"

玛丽想了想："你们做生意要银子，是吗？"

"不多，就一点儿。他们主要拿毛皮交换，但不是这个，呃，季节。"

玛丽又想了想。"一件格子衫真的值两个银镯子吗？"她问。

法国人相视而笑，笑声很轻。"一件衬衫嘛，"古拉特说，"愿出多少钱，就值多少钱。这就是生意，女士。"

玛丽又思忖片刻："肖尼人愿出两只手镯买这种衣服？"

古拉特耸耸肩："也许吧……没有，不，可能愿出一只。"

"那么，"玛丽说，"我觉得，衬衫是我做的，你是不是得给我一只手镯呢？"

"欸！"拉普朗特叫了一声，继而哈哈大笑，"女士，这可就不是生意啦！"

玛丽神情严肃地盯着他俩："请问为啥不是？"

古拉特想了想："因为啊，女士，因为你在这儿用不着银子。你会待在这儿，toujours②。"

"'too-zhoo'是什么？"

"女士，我是说'永远'。"

从什么地方传来犬吠，还飘入一股淡淡的烤肉香。有只苍蝇飞落，

_____

① 原文是法语。
② toujours，法语词，义为"一直，永远"。

在玛丽的胳膊上爬。她听见印第安孩童玩耍时的说话声。玛丽刚刚在想，如果自己做的衬衫足够多，能否赎回自己和家人的自由。希望如一缕细阳，从墙缝照入。

"那就告诉我，"稍后她说，"我做衬衫的报酬是什么？"

拉普朗特和古拉特彼此瞥一眼对方。他俩长相不同：古拉特身材敦实，大鼻子疙疙瘩瘩；拉普朗特体形瘦，脸小嘴尖，貌似雪貂。可玛丽却觉得他俩本性贪婪，活像孪生兄弟。

"我们可以商量。"古拉特说，"我们准保不亏待你。"

"没错。"拉普朗特大声道。

"我也这么想。"玛丽说，"要不我凭啥缝衬衫呢，对吧？"他俩点点头，略显尴尬。"那我的报酬是什么？"玛丽问。

"每做十件衬衫，"古拉特说，"我们给你一条上等的羊毛毯。"

玛丽惊得张口结舌，之后又合上嘴。"不行。"她说，"我不干了！"

"夏天快过完啦。"古拉特的语气变得不太友好，"等刮起冷风，落光树叶，你和孩子们就会觉得毛毯是划算的。"

"银子不保暖。"拉普朗特跟上一句。

玛丽觉得有道理。"十件衬衫可不行。"她说，"四件。"

"四件！天哪！不行！八件吧。"

"六件。"

他们瞧瞧彼此，又望一眼聚在屋外看布的印第安人。就在此时，老首领的儿子跑过去，脸上乐开了花，新衬衫像一面旗，在肩头的竿子上飘摆。他俩耸耸肩：

"好吧，六件。"

古拉特想看玛丽手指上戴的金戒指。那不过是一只窄小的戒指而已。

"印第安人没把这个抢走，真是奇怪。"古拉特说。

"很庆幸他们没抢。"玛丽说，"指节卡住了，褪不下来。"

"要是这样，有时他们就砍掉手指。"

玛丽心头一凛："哎呀，真庆幸野猫队长没有过这种想法。"

"我可以拿一条毛毯跟你换。"古拉特说。

"不行。摘不下来。"

"抹熊油就能摘掉。"

"不行。"玛丽说，语气更加严正，"我是讲，我不让它下来，所以才摘不下来。"

古拉特敛起嘴角的笑容，朝地上瞥去一眼。"那好吧。"他说。

玛丽开始纳闷，古拉特会不会忍心砍下女人的无名指。她断定，起码他会忍心看着他们砍。他是商人，因此比印第安人更看重金子。

凡买去玛丽·英格斯格子衫的，无不洋洋自得，招摇过村。玛丽做起活儿来不辞辛劳，在八月漫长的日子里，往往从破晓忙到黄昏，每天停下来只是跟孩子们说几回话，对他们提到父亲，让他们常想起他。一礼拜下来，挣到两条毛毯，一条给自己和女儿盖，一条给汤米和乔吉盖。接着又开始做另外六件衬衫，要给贝蒂·德雷珀也挣一条毛毯。法国人对交易颇为满意。他们在出手布匹，换来的是银子、兽皮和战利品，获利丰厚。

看到玛丽所做有实际好处，贝蒂也就不再那么生气。已有两晚凉得异常，其中一晚是湿冷的雨夜。这让她明白，玛丽与法国人做交易是有远见的。

一天下午，玛丽正在阴凉处做活儿。透过村落里各种低沉的声响，传来野猫队长的嗓音。他在附近。玛丽迅速抬头，看他在哪儿。

他站在贸易站外的街头，在和古拉特说话。他来买衬衫，一名武士随行，后者也想要一件这种闻名全村的衣服。

野猫一边跟古拉特讨价，一边朝玛丽所在的阴凉处频投目光。此时，他看向玛丽的眼神出现异样。以前，玛丽从未见他有过恐慌神情，也从未料到他会有，而此刻，他的表情略似恐慌，至少是胆怯。

除威尔外，从没有谁这样看过玛丽。她很小就来到山中，只有威尔向她求过爱，因为在德雷珀草地，也没有别人追求她。在准备求婚的日子里，威尔就是这般羞涩地看她。当时她明白，威尔神情恐慌，是怕她拒绝。玛丽意识到，原来女人也可掌控男人，但那是唯有的一次。她记得，威尔·英格斯怯生生的神色看上去颇为反常，因为他平日是个无所畏惧的男人。

此时，野猫队长羞怯的神态也很异常，原因相同。他像个腼腆的男孩，而不像惯于杀伐征战、将来有可能当统帅的勇武蛮人。玛丽几乎感到好笑，然而这件事的后果又实在让人笑不出。对于他的爱慕，玛丽无法不以为意。

野猫身体赤裸，只缠围腰布，脚穿莫卡辛鞋，戴了些首饰。就连肌肉发达、线条优美的双腿也不长体毛，遍涂防虫油脂，在阳光下发亮，如铸铁般又硬又滑。

她暗想：我腿上的毛都比这个男人盛。

玛丽熟悉野猫和武士拿来换衬衫的物品。看到这些，她牙关紧咬。

武士拿来的是玛丽自己的白镴茶壶，是母亲给的嫁妆。在古拉特看来，一把茶壶换不成一件既漂亮又出名的衬衫。印第安人又掏出一个弹头铸模，玛丽认出这是威尔的。

该死的！她瞪着武士的脸，心里暗骂。在屠杀那天，正是这个印第安人用刀尖抵住自己的肚子。玛丽想和法国人直接另做交换，拿回自己的茶壶，但一转念又改了主意，因为她对毛毯的需要更为迫切。

野猫拿来巴顿上校的巨剑，要换一件蓝白衬衫。剑刃因那天溅染血迹而失去光泽，现又因生锈而成褐色。菲尔·巴杰惨遭砍头的一幕闪过玛丽的脑海。她扭过身，不愿再看那件兵刃。

有个阴影笼罩于在做的衬衫上。

"上衣要……装好野猫。"玛丽听见头领说。他议妥价格，正站在屋内，高出玛丽许多，摆出男人为显示勇武而大叉双脚的姿势，面无表情，俯视着玛丽。他站在房顶最高处的下方，靠近前部边沿，但头还是几乎触顶。

"抱歉？"玛丽问。

他没听明白。"你做什么？"他应道。两人谁也听不懂对方的话。野猫脸上的坚定开始化为困惑。

"你说上衣怎么？"玛丽问他。

"这个，"他指着法兰绒说，"你做……"然后将双手指尖从肩头比画到臀部，"像野猫这样的。"

"合身。"古拉特从旁插嘴道，"他的意思是，衣服要合身。"

"噢，如今他讲究穿着了，是吧？嗯，好吧。"玛丽把正在缝制的衬衫从大腿上拿开，收腿起身。在低矮的斜屋顶下，玛丽只能站在他的近旁。仿佛害怕玛丽挨近似的，他往后一退，撞到桌子。对他而言，这个动作异常笨拙。他的窘迫让玛丽觉得有趣。玛丽轻浅一笑，拿起自己用作软尺的一条丝带，走上前，而他则倚桌向后仰身。

古拉特已走上街头，正向周围人群展示长剑。水獭姑娘靠坐在幽暗处，给白人女婴喂奶，同时以欣赏的目光偷看野猫。

"待住。"玛丽对他说，用一只手把丝带举向他的左肩。他躲开了。"别动。"玛丽又说。这句玛丽知道他听得懂，他常跟自己说。接着，玛丽顺胳膊把丝带抻到他的手腕处，在那里捏住丝带，从针线篮中取出一小块白土粉，在丝带上画出个记号。玛丽看到，他的棕色胳膊肌肉发达，在自己碰到之处，凸起一片鸡皮疙瘩。他身上散发出一股好闻的清香。"还是不要动。"玛丽说着，把丝带从他的胸前横过，测量左右肩的距离。此刻他浑身已起满鸡皮疙瘩，暗棕色的小乳头硬硬地立起，仿佛受了冻。"受惊扰了，是吗，头领？"玛丽低声问，脸上带着一丝坏笑。他的回应却是：

"你说什么？"

"没什么，头领。"玛丽想放声大笑，想挖苦和嘲弄他一番。

他明白玛丽要嘲笑自己。玛丽上看的一刻，他黑色的眼里闪现出因受辱而气急败坏的神色。玛丽知道，他这种男人不可嘲弄。她也清楚，自己被俘后之所以受优待，原因是从没冒犯过他。他怎么看待自己，不管是出于哪种奇怪的情感，都依然会左右自己的命运。对此玛丽心知肚明。好在贝蒂没在场，她暗自庆幸，于是敛容正色，突然注视起野猫的双眼。玛丽只想表明，自己并非有意奚落他。

这一看让他判若两人。胆怯和恼怒的神情烟消云散，此刻他一脸诚恳，目光如鹰隼般锐利，双眸立时变得深邃而清澈，像一只爬行动物打开眼睛上的护膜。

"我说，"他开口道，声音低沉却热烈，"白人妈妈好样，孩子好样。跟野猫去基斯波科。"他顺河北指。

在玛丽看来，越是沿河前行，离德雷珀草地就越远。这足以让她摇头。

野猫双目圆睁，鼻孔张大。待愤怒的目光温和下来，他紧紧抓住玛丽的右上臂。玛丽低头盯住他的手。她讨厌这个男人碰自己，他的触碰令自己不安。

"野猫要，"他说，接下去的话对玛丽无异当头一棒，"……当你儿子的父亲。他们将是头领的儿子。"

待心头陡然而起的怒火平息后，玛丽感到疲惫，几乎要答应任何事，只要能让孩子和自己安全无虞。她想：是啊，我觉得这种要求可以答应，因为除了为奴或丧命，别无可选。这么做真的不可耻，不是吗?

女俘常成为印第安女人，她听说过不少。况且，这个野猫队长有别于一般的印第安人，不招她厌憎。他身为蛮人，气质已足够高贵，还当得成部落里的大人物。玛丽确信，若依从他，自己和儿女将受尊崇和眷顾。

啊，再也不必成天担心会丧命。想到此处，她心头涌起热切的渴望。只要放弃抗争，就能过上舒坦的日子，就能……

他仍旧抓着玛丽的上臂，颇用力但并未抓疼。玛丽依然低头盯着那只抓住自己胳膊的手。她觉察到身后水獭姑娘在留意这一切，可姑娘听不懂他们说什么。

玛丽缓缓抬起左手，横过胸前，拇指和食指仍捏住丝带，将手放在那只硬邦邦且光滑无毛的棕色手腕上。她抬手时，阳光从明亮的屋外反射而入，照在那枚小小的金戒指上，光芒耀眼。

玛丽深吸一口气，将手掌根搁在野猫的手腕处，将他的手推开，仍不看他的脸，而只是盯着自己的手。

玛丽满眼都是黄色亮光。野猫的暗色侧影消失在玛丽和太阳炙烤下的街道之间。他已离去。

玛丽盯着丝带，伫立良久，其间，村里的各种响动、人声、犬吠全然听不到。后来，她仿佛从林中的僻静处走近村庄，这些声响开始逐渐灌满耳朵。

她用右手捏住丝带的另一端，把丝带在眼前横向抻直。

他的两肩有这么宽。玛丽想。

那个礼拜，陆续有几支战队押解着白人俘虏到来。玛丽远远看见这些不幸的人被带到立桩下。每到次日，贸易站仅剩她孤零零一人，全村人都聚到议事长屋的远端，排成施刑队列。她不停地穿针走线，一心忙着手里的活儿。有时远处兴奋的人群发出低语和高喊，尤其是受刑俘虏的尖叫让人心惊胆颤。她不愿听，便大声哼起歌谣。该刑罚残酷无情，肖尼村民却似乎乐此不疲，只有病弱者可以不参与。先期到来已受刑的俘虏不能去现场。玛丽注意到，肖尼人善于把白人俘虏拆散，化多为少。虽说现今稍有自由，可穿过村里一些地方，但除贝蒂、老寡妇和孩子们之外，她从来无法走近其他白人，跟他们说不上话。有两天，在街道远端，她看见亨利·莱纳德以及一周前与他们共同受刑的白人男俘。他们在搬运栏杆，负重如奴。

各支战队押解着俘虏纷纷抵达，村中人数渐多，明显出现期待的氛围。在村落中央的长屋里，几乎天天都在长时间议事。拉普朗特和古拉特总是听到许多战争故事，回来讲得绘声绘色。男人们，有的红肤，有几个白肤，还有些看不出肤色是红是白，骑着汗淋淋的马匹进村，径直奔向长屋。玛丽猜测，他们是传递战讯的信使。一队队武士过街，或骑马或昂首阔步，有些人包扎着伤口，没带俘虏，但手举长杆，杆顶挑起瘆人的头皮，那股神气劲儿，玛丽觉得，就跟村里男孩在炫耀她做的格子衫时几无两样。

"贝蒂，"有天晚上，她大声道，"今天，那个水獭姑娘站到人群里去打俘虏，回来时两手沾血，脸上和裙子上都有血点儿……可还抱起贝蒂·埃莉诺，亲热得不行，把她搂到怀里，就像我那样疼她。怎么会……同一个人怎么会……"

贝蒂泪眼模糊，眼神黯淡下来。"你看见他们害死了我的宝贝。"她说，"还有，我就不明白，你怎么能跟他们打交道，还让你刚出世的孩子吃异教徒的奶。"

这句话就像扇来的一记耳光，打得生疼。玛丽翘起下巴，狠狠心："贝蒂，我跟你讲，要不是我做事小心，你八成都活不到今天。"

"我巴不得呢。"

"贝蒂，你真讨厌，该死的！"

玛丽在给野猫队长做衬衫，而脑子里尽是些变来变去的怪念头。她沿着肩部一道缝线走着密实的针脚，似乎触到终将套在这件衣服里的肩膀，硬实而强壮的肩膀。然而，在玛丽的念头里，那只肩膀并非总是棕色和光滑无毛，有时则是白皙的，长着斑点和体毛：在漫漫溯河之旅的尽头，她看到威尔的肩。

她努力回忆起沿河各处的路标，在内心绘出一张地图：一条大河在黑障障的群山间迂折奔流。在地图远端，她看到自家小屋里的原木墙壁，壁钉上总是挂着外衣、铁锅和那杆枪，靠墙的老座钟嘀嗒作响；她想起宽刃斧头在锛平的墙壁上留下的所有斫痕，想起齿凿在壁炉石块上留下的印记。

有时她会提醒自己：他们烧了房子，房子已不在。回望时我看到房屋正在烧毁。但她记得并不太清。一时间，她依稀看到，在阳光的照耀下，无色的火舌发出吼啸，木瓦屋顶随之倒塌。然而，这一场景旋即消失。她会像从前常常一抬头就看到的那样，瞅见床上方的长橡木，还有在晨光中清晰可辨、在夜晚随炉火闪动而忽隐忽现的墙面板。在她心中，房舍还是好端端地立在原处。和当初住在屋内、用双手触摸房屋、用灯芯草笤帚打扫房屋比起来，此刻，房子的每根原木、每道横梁、每颗墙钉、每块石头都更为真实和重要，仿佛她把真房子已装于心中。若能回去，她会从烧得焦黑却一定还立在原地的烟囱处入手，将房舍恢复原状，房舍又会瞬间变得完完整整。这样，威尔就可以肩扛工具跨进门，一时间，庞大的身躯在洒满阳光的长方形门口形成一道剪影……

但随后，心里的那道剪影变成野猫队长：几天前在贸易站低矮的屋顶下，他站在眼前，握住自己的上臂，向自己求婚。此刻，她觉得野猫队长就站在那儿，于是目光从蓝白布料上抬起，可他并不在。她看到的是古拉特。后者立在那里，挡住她的光线，正抓挠腋下或大腿根，望着生意伙伴缝制精美的衬衫，眼中闪出逐利的光。自从玛丽推开他的手之后，野猫再没来过。玛丽感到弱小无助，仿佛在自己和肖尼人一张张叫不上名字、冷酷无情的红脸之间，一道防护壁垒已被拆除。

有时，玛丽的游思会逆河而上，沿赛欧托河来到基斯波科村，那里有野猫的韦吉瓦①。她幻想着房内的景象：一面斜墙下是一张用树枝、兽皮和毛毯搭起的睡铺；泥地中央是用熏黑的石块围成的火塘；她自己、汤米、乔吉和贝蒂·埃莉诺都住在野猫的房子里。

她自言自语：我成了他的女人，我的孩子成了他的孩子，英格斯家的血统成了印第安人的血统。

她又恼又羞，心怦怦乱跳，脸涨得通红，在想：不！不！我是威尔的，我是他的人，我永远是他的人！

然而，话虽如此，在夏末拂晓感受到初起的秋凉时，想到他们离开德雷珀草地、被带到这遥远的北方时，她脑海中却再次浮现出温暖的睡铺、皮袍和火塘；与德雷珀草地不同，那是可去之处。她不由自主地望向街道，找寻野猫队长的身影，留神去听他的声音。

玛丽心想：他提出要保护我，而我却没答应。她可以此为傲，但也清楚，就算不同意，他也照样能占有自己。

有时，她似乎在期望野猫那样做。

"告诉野猫衬衫做好了。"一天下午，她一边叠起这件自己做过的最大，也是最好的衬衫，一边对古拉特说，"告诉他可以来拿了。"

古拉特走后，她坐在那里等，心扑扑直跳。古拉特是独自回来的，

----

① 韦吉瓦，肖尼人的房屋，以扎在一起的幼树做骨架，外覆榆树皮、桦树皮或兽皮，无窗，一面有门，屋顶中央设排烟口。

从她手里接过衬衫："他让我送去。"

此刻，玛丽感到无比孤单和无助，这种感觉几乎让她无法承受。她一把就从水獭姑娘怀里夺过贝蒂·埃莉诺，将女婴抱在自己怀里。水獭姑娘眼里闪出委屈的泪光，但玛丽不去理会，在心里鄙夷地说：哼，印第安女人。她不再做针线，坐过整个下午，怀里的婴儿如同护身软甲，借以对抗孤独。她在心中努力回忆着威尔的脸庞和身躯。

身体记起威尔的毛发碰到自己时痒痒的感觉，记起他的身子压在自己上面的感觉，记起他因干活出汗而周身散发出的酸臭味，记起他硬挺的肉体进入自己湿乎乎在渴望的肉体时令人销魂的感觉。身体仍记得这一切。然而，在胡乱的思绪中，要看清威尔的脸却一日难似一日。

接下来是漫长的一天，不断在议事，不停在敲鼓。那天，两个法国人很晚才从议事长屋回来。他俩满脸兴奋，高门大嗓地交谈着，又是挥胳膊，又是用手比画。玛丽做着针线，他们则一杯杯地喝着朗姆酒，说了很长时间的话。过了一会儿，玛丽开始觉得听到一个熟悉的名字，于是插嘴道：

"你们在说'华盛顿'吗？"

他俩转过头，好奇地看着她。拉普朗特答道："没错，就是这个名字。"

"华盛顿咋样了？"

"啊，"古拉特说，"村里有个首领叫红鹰，他在迪凯纳堡大获全胜。他说，他朝着那个弗吉尼亚上校，也就是华盛顿瞄准，有一，啊，十一次，瞄得真真切切，可子弹却奈何不了他。红鹰说，大神一定在护佑这个华盛顿，他就没再开枪。红鹰说，他相信这是真的，因为他向来弹无虚发。"

听到故事，玛丽心生敬畏，浑身哆嗦。她想象着那场战斗，场景格外清晰，因为她记得年轻上校的脸。

"嗯，不过，"古拉特继续说，"你们英国人可很少有大神保佑。印第安或法国士兵每死一个，你们英国人就得死二十个。你们的军官和士兵被射死了一千人，女士。真是了不起！伟大的胜利！"

玛丽全身直冒冷汗，心想：这一定是印第安人在吹嘘，不会是真的，一定不会。

翌日一早，鼓声大作。

玛丽怀抱女婴，躺在无墙小屋的毛毯上，此刻鼓声咚咚响起，充满节律，传递出不祥的预感。意想不到的事情即将发生。心跳加剧，似乎要跟上鼓点。在贸易站，每天过着一成不变的生活，心里多少感到踏实，而任何风吹草动，比如这次击鼓，都会一下子让她全然回到曾经的状态，变得胆战心惊。

不到五分钟鼓声即停，但此时全村人正走上各条街道，去往村落中央。

"你觉得是咋回事？"近旁的贝蒂用一只臂肘撑起身子，问道。汤米和乔吉也坐起来。汤米在打哈欠，乔吉用拳头揉着眼睛。

"可千万别跟咱们有关系。"玛丽说。然而，肖尼村的集会似乎总是和俘虏有关。今天，玛丽几乎没指望他们会被忽略一旁。当野猫队长和另一名武士头领身穿新格子衫来小屋时，她确信，又一个算账的日子近在眼前。野猫掌心向内，朝胸前挥动，招呼他们过来。

"所有人都来，"他命令道，"所有人。"

他们眨着眼，头发凌乱，从小屋走出，由于一早就受到惊吓，心在狂跳。玛丽从野猫的眼神中找寻个人情感的暗示，但此刻，他的双目又如爬行动物的眼睛已罩上护膜，让人看不透。

"毯子。"野猫说着，再一次做出召唤的手势。玛丽弓身钻进小屋，把她和两个儿子睡觉时垫在身下的毛毯收起、叠好。不知怎的，玛丽因此而愈加惶恐。他们被吩咐带上毛毯，而这是他们的唯一物件。

"这个也带？"玛丽举起针线篮，问道。

野猫点点头。玛丽将小篮子塞进毛毯的褶层，把女婴放入背篓，双臂穿过背带，抱起毛毯，和别人一起走到屋外。自暗沉的天空洒下温热的细雨。盖特尔觑起眼睛，狠狠地朝上望了望。

两名头领带他们去往议事长屋。玛丽牵着乔吉的手，贝蒂领着汤米，随一众村民向前走。玛丽感到纳闷的是，村民没拿棍棒和笞条。真是谢天谢地。然而，多年来她听说过其他酷刑：奸污、火刑、乱刀劈死、大卸八块、开膛破肚。这些念头一再涌入脑海。她只得不停地默默祷告，将之压下。

他们被带至议事长屋。玛丽从没到过如此敞阔的房间：少说也有九十英尺长、五十英尺宽，比父母带她去过的费城那个马棚还要大。直立的树干作柱，上覆横木，以此为精巧的框架，撑起屋顶。透过屋顶的多处排烟孔，微光洒进烟气弥漫的昏暗房间。泥土地面平平整整，被打扫干净。室内弥漫着新木、尘土、烟草和印第安人体味混杂而成的浓烈气息。

他们被赶到地面中央，那里站着二三十个白人，有男有女，还有孩子。在屋顶光线的映衬下，他们的脸愈显苍白，眼窝和面颊愈加凹陷。男人被反绑双手。亨利·莱纳德看到玛丽他们，仰头打招呼。

各位首领坐在俘虏周围，首领们身后立着众多村民，面前的毯子上摆着烟斗。一缕轻烟从盛放余烬的陶碗中袅袅升起，飘向屋顶的孔洞。玛丽觉得，他们被带来前，这里已在举行某种仪式。

他们听着嗡嗡的说话声，站了几分钟。之后又一群俘虏被带入，是三名男子，其中一人头上有伤，伤口用一块血乎乎的破布包扎着。白发首领从坐毯上轻松起身，抬起右手，屋子便静下来。他开始讲话，嗓音浑厚而洪亮，在四处漏风的长屋里回荡。

他讲完，把手伸向一名年轻的武士头领，随即坐下。后者起身向前。此时，玛丽看见拉普朗特和古拉特正站在一根立柱附近旁观。

这名头领走入俘虏中，首先来到施刑时要掐死拉普朗特的壮汉身后止住脚步。他一手攥住俘虏被绑的手腕，一手薅住他脑顶的头发，迫使其走向一根柱子。武士们让男子背对立柱，向左右踢开他的两脚，迅速将一条皮带绕过他的脖子，绑到立柱上。男子坐在原地动弹不得，甚至无法前倾。由于勒得太紧，他疼得直咧嘴。玛丽发现，和上次见时不同，他的门牙已全被打掉。头领站在他身前，说了几句话，有两回扭头低眼瞧瞧他，还往他身上吐口水。这名头领说完，所有首领咕哝着回应了一句。白发首领厉声发出一道简短的命令。几名武士端着碗，手拿涂刷，走上前去。他们割掉这个大块头白人男子的衣服，迅速用碗中液体将他的胸膛和脸涂黑。

武士头领又从俘虏中挑出那名在施行队伍前蜷作一团、呜呜哭泣的外国男子，将他绑在另一根立柱上。首领们又讨论几分钟之后，他也被涂黑。男子仰面坐着，在抽抽搭搭地哭。见此情景，玛丽怀疑黑油彩预示死亡。看来他们要将两人处死，原因是一个胆量太大，而另一个胆量不够大。

玛丽碰乱了乔吉的头发。孩子倚着她的腿，浑身开始发抖。玛丽偷瞧一眼贝蒂，见她直挺挺地站着，或许尚未猜出黑油彩的含义。玛丽瞥了一眼野猫队长，但后者并未看向她。最终，她斜眼望向两个法国人。拉普朗特在看别处，但古拉特和她目光相对，一只眼睛开始痉挛般地抽搐，也许是因紧张而痉挛，也许是在安慰玛丽而眨动。

玛丽只能祈祷，希望自己因为会做衣服而不被涂黑。

但是照这样，可怜的贝蒂怎么办呢？她在想，贝蒂对他们毫无用处……

头领又走到那天受刑的第三名外国男子身旁，把他拽到首领们面前。武士头领说了两句，得到各位首领的纷纷认可，之后吩咐武士们将男子带出议事长屋。接着，外国小姑娘被带离人群，经简短讨论后，被转交给一名印第安中年男子。男子领她走出长屋。

盖特尔是下一个被挑出的。她走出来站到首领们面前时，大屋里出现一阵轻松的嘀咕声。武士头领先说，接着白发首领又说，后来另一名年纪较大的首领起身讲话，不时瞅一眼老妇，讲完重又坐下。随即众人七嘴八舌、喜笑颜开地谈起来。老妇一脸茫然，被带出长屋。

武士头领打发完自己的俘虏，回到圈内的座位。老首领转向左边，跟另一名武士头领说话。后者起身来到俘虏中间，一次一个，挑出三人。他们也被带出长屋。在玛丽看来，整个过程就像把马匹牵出马群卖掉。

交易持续了一个多钟头。俘虏越来越少，可怜巴巴地站在长屋中央，等待着未知的命运。没有人再被捆起涂黑。那两人仍绑在柱子上。士兵傲然无惧，怒视周围，浅色眼睛与涂黑的脸庞对照分明，显得冷峻而凶狠。另一男子紧闭双目，不住地喃喃自语。

最终，野猫站起身。此时，仅有来自德雷珀草地的俘虏还站在场内：玛丽、背上的女婴、贝蒂、汤米、乔吉，还有亨利·莱纳德。

玛丽低头去看乔吉。男孩正注视着野猫，眼睛大睁，满是仰慕和信赖，曾经他总是这样看自己的父亲。玛丽回头瞥一眼汤米，他也正以同样的眼神看野猫。玛丽听到附近的亨利清了清喉咙。

野猫先走到亨利跟前，用手指向他，开始讲起来。今天，野猫队长是最耐看的印第安人。他周身气势凛然难犯，毫无迟疑、羞赧、温情或幽默。这个明日的作战头领站得板直，身着一件漂亮的蓝白新格子衫，神采奕奕，一头乌发梳得整整齐齐，被屋顶排烟口洒下的光线照得发亮。他声如洪钟，停顿得恰到好处，手臂挥得优雅、探得有力。不过就是挑拣奴隶而已，有什么值得这般慷慨陈词的？玛丽颇为不解。

而最糟的是，野猫讲话时好像头一回对她只字未提，连看也不看她一眼。两名武士来到屋子中央，将亨利带走。他没有回头。

随后，野猫站到贝蒂身边，对她介绍几句，接着指向一个五十来岁的圆脸印第安男子。老首领点点头，说了句"奥依萨"。玛丽记得，这个词是"好"的意思。整场交易她只听懂这一个词。

野猫抓住贝蒂的左臂，把汤米的手从贝蒂手中掰开，指向圆脸男人："去，跟他。"

贝蒂双眼大睁，目光犹疑，盯着玛丽的脸，倏然泪花闪烁，嘴巴似乎要问什么。玛丽心头忽生可怕的念头：她和贝蒂从此将永无再见之日。贝蒂满脸痛苦，似乎要告诉玛丽，她也明白。两人立即跌跌撞撞地奔向对方，彼此相拥。除却从喉咙上部发出轻微的声声哽咽，谁也说不出话。贝蒂被拖走，消失在一片晦暗中。玛丽忽地热泪盈眶，看到的是贝蒂模糊的背影。汤米和乔吉都在尖声提问，她神思恍惚，没有听清。

玛丽抬起手臂，将脸贴在裙袖上部，抹去忽然淌下的涕泪。她抽抽搭搭地哭着，听见野猫在说话。

她稳住情绪，拉普朗特正站在身边。"没事，"他说，"没事的，女士。你会，呃，跟我们，在商店，我们的，呃，伙伴。我们都安排了。"

玛丽既恼火又反感，声音不再哽咽。"你们买下了我。"她厉声道。

"嗯……"拉普朗特耸耸肩，但垂下目光，随即粲然一笑，再次将目光投向她，"来吧，嗯？咱们做衬衫，嗯？"他抓住玛丽的上臂，朝野猫和各位头领一躬身，拉起玛丽就往圈外走。

玛丽清醒地认识到，自己又一次走了大运，已熬过这番险境，结局也许比其他俘虏都强。她不会被处死，不会被带往另一生地，没被送给陌生的蛮人做妾。然而，即便是这等幸运，也不足以让她摆脱深深的屈辱感：自己已被卖掉，像奴隶一般被卖掉。

玛丽吃惊地意识到，而且急切想忘记的是，自己之所以感到屈辱，部分原因在于野猫：是他，曾经在这个陌生的世界保护自己、替自己说话；是他，让自己免受夹道笞刑；是他，在一个夕阳染金的傍晚，站在俄亥俄河边，揣着深沉的个人心思凝望自己；是他，曾用钦慕乃至脉脉含情的眼神看向自己，夸自己"奥依萨"，了不起；是他，曾握住自己的手臂，向自己求婚；是他，刚刚把自己卖掉，似乎自己对他无足轻重。既然她不愿跟他，他也就不再需要她。想到此处，玛丽感到委屈，但随即又因此而觉羞愧。

她扬起下巴，冷冷地直视野猫的双眼。后者站在汤米和乔吉中间，拉住两个孩子的手，棱角分明的脸在屋顶白光的映衬下闪着光泽，眼神因光线照不到而看不真切。一瞬间，他们四目相对，玛丽的眼中喷出怒火，野猫的眼神难以捉摸。她将手缓缓伸向两个儿子。"过来。"她对孩子们说，眼睛仍盯向野猫的脸。

"不行。"野猫轻声说。

玛丽眯起眼睛看他："什么？"

"不行。"他又说一遍。

玛丽垂下目光，困惑不解，双手依然够向两个儿子的手。野猫扭头说出三个音节。一名武士出现在他身后，抓住两个男孩的胳膊，把他们拽回，带到圈外。玛丽的视线迅速从孩子身上转移到野猫毫无表情的脸上，随即又转回孩子那里，后再移回野猫脸上，眼神迷惘，带着哀求。

"要当基斯波科肖尼人。"野猫说，"我收养。"

拉普朗特和古拉特站在玛丽身后。他们看到，她开始发抖，蹲下身去，或是要叫嚷，或是要晕倒，或是要扑向野猫。他们明白，一旦玛丽在这间议事长屋情绪失控，对她本人或对他们都没好处。二人朝彼此点点头，一左一右，架住玛丽的胳膊，拉普朗特捂住她的嘴。他俩手脚麻利，把她带离长屋，拖进迷蒙的雨中，她的脚趾将将擦过地面。

他俩无需控制她。

她已然昏厥。

两人架住她软塌塌的身体，沿街快步奔向贸易站。背篓中传出小孩儿的嘤嘤哭声，是贝蒂·埃莉诺，野猫没要这个孩子。孩子被晃醒，肚子已饿。他们来到贸易站，把孩子交给水獭姑娘。后者将一个发红的乳头塞进女婴嘴里，笑眯眯地低头看她。两个法国人坐在地上，中间是给他们做衬衫的搭档，已人事不知。待她苏醒，需要怎么对付她，他们就会怎么做。

第9章

咸咸的泪水淌出，视线最终转为清晰。此刻，眼前不再有希望、信赖或情感的迷雾，所见一切皆轮廓分明。心有如一小颗子弹，冰冷且沉重。野猫将两个孩子从身边夺走，带往基斯波科村，最终让她变得坚不可摧。

在长屋处置完俘虏两天后，印第安人把两名涂黑的俘虏带到村北一处空场，将其立绑在柱子上。他俩浑身赤裸，女人们用溪中的沙石给他们擦净身子，直到磨红皮肤。在死亡仪式前，他们得到了净化。

二人被反剪双手，用五英尺长的绳索拴着，可绕柱走动。在每根柱子周围，村中女人堆起一圈圈木柴，高度及腰。她们还找来三四十根十五英尺长的细杆，将之削尖，摆在地上，似轮辐般排开，尖端插入木柴。玛丽被带进空场，和村民一起目睹行刑过程。此时，一切已准备就绪。

朝阳初升，蒸腾起两日阴雨留下的水汽，空气闷塞而潮湿。玛丽的长裙被汗水浸透，紧贴皮肤。站在玛丽前面的武士后背黑亮，一道道细汗往下流淌。她打定主意，不去看柱子处即将发生的一切。虽不能离开，但她打算只看这个印第安人的后背，而不看行将受死的俘虏。他们无法强迫她观看。在屠杀、施刑、卖俘时，她已看得够多，确信自己下了地狱。不知何故，虽说没死，她却已到地狱。这些肖尼印第安人就是魔鬼。他们偶尔表现出容忍和温和的小小姿态，她受过几回欺骗。可她不解的是，自己究竟因哪些罪过而遭难。她平生从没伤害过谁，也从没触犯过戒律。除了常人每天会有的小小欲念，她从不傲慢、贪吃，也向无嫉妒心①。

此刻，女人们举出火把，去点燃一圈圈木柴。人群在静等。

她想：不，这两人真的已到地狱，而我一定身在炼狱②。她听布道牧师提过炼狱，从来都不解其意，而此刻似乎已懂。她也从没想过，地狱和炼狱可在同一处，但似乎二者皆在此间。

她看到印第安武士的后背汗流如注，听见木柴开始噼啪作响。人群各处男男女女高喊起来。大个子士兵破口痛骂，咒骂该死的异教徒，咒骂邋遢的印第安女人；后来骂声止息，继之以声音颤抖的惨叫。玛丽闻到柴烟，即使站在此处，也能感觉到火焰的炙烤。周围的印第安人纷纷退后一两步。天气溽热，烈火烤得人难以忍受。印第安武士的后背不再遮挡玛丽的视线。一瞬间她看到，士兵倚柱而立，在扭动身躯，竭力往后贴紧柱子，尽量远离火焰边缘。他紧闭双眼，呲牙咧嘴。阳光烁亮，几乎不见火焰，木柴在变黑。空气受热上升，裸体男子被烤得身形扭曲。灰白的烟气排向晴空。

玛丽闭上眼睛，向后退入人群，后来感到阵阵眩晕，怕自己摔倒，只得又睁开眼。

木柴已烧成灰白和粉红木炭，仍在散出帷幕般微光闪闪的热气。此时，士兵已跪伏在地，头发被燎光，周身起满亮闪闪的大水疱，口中"呼噜呼噜"喷出湿气，试图要把烤焦的肺叶咳出。印第安人都在大喊大叫。女人们弯腰抄起长杆，握住外端，用冒烟的尖头戳向男子身上的

---

① 此处提到的傲慢、贪吃和嫉妒属于基督教的七宗罪，另四宗为贪婪、淫邪、暴怒和懒惰。按基督教教义，这些罪行不可饶恕，凡有触犯，必下地狱。

② 按天主教教义，生前有罪但可获宽恕的灵魂在此接受磨炼，涤清罪愆，最终升入天堂。与炼狱不同，地狱是恶人灵魂永受惩罚、不得赦免的所在。

水疱。玛丽转过身，七拐八拐，钻出看热闹的人群。她憋紧喉咙，不让涌起的呕吐物哕出。此刻，印第安人正看得专注，没人理会她。

她回到贸易站。村里空无一人。远处人声杂沓，听上去是低沉的嗡嗡声，时而传来一声刺耳尖叫。也许他们在折磨另一男子。

玛丽给贝蒂·埃莉诺喂奶。她蹲在地上，左右摇晃着身体，几乎没意识到自己在做什么。苍蝇嗡嗡乱飞。婴儿不住嘴地吮吸、吞咽着。玛丽满脑子翻来覆去都是地狱和炼狱。

最终她认识到，这些念头同希望和信赖一样，皆模糊不清。现实则是，她还活着，丈夫也同在人世，离她有四五百英里之遥，在一条荒野大河的远端，一座山脉挡在中间。若能做个真正的人活下去，唯一要做的就是回去，回丈夫身边。总得回去，不然就为此而死。

野猫已离开她的生活。她再也不必费心去取悦他，或因惹他不悦而担心；再也不必劳神去想要不要做他的女人；再也不必因怀疑自己是否愿做他的女人而烦恼——这种疑虑难以应对、不可言说。野猫只给她一次接受的机会。遭拒后，因过于傲慢，他并未强行霸占她，只是带走她的两个儿子，以此得到宝贵的英格斯血统，这是他想要的，却把她像豆荚般丢弃。

自己竟在意过他要什么或做什么，如今想来真是愚蠢。她曾考虑过野猫的欲望，在她看来，这多少是对威尔的背叛。

她从未真正需要过野猫；以往只是感觉需要他，如今她已想明白了。凭自己的勤快和为人，她能在肖尼村变得重要，足以保护自己。

她暗想：我可以做到，但不会去做。我不是肖尼人，永远都不是。我是威廉·英格斯太太。

我在心里撇下过你，威廉·英格斯，就撇下一丁点儿，比你想的还要少，只是一丁点儿，但我会补偿你的，威廉，我发誓。我要回家。我要回家，咱俩想法儿把儿子们找回来，要么就再生些孩子。咱俩还要建栋新房，跟旧的一样，不过，要把一扇门改成两扇。我会陪你一起忙农活儿，像从前那样。咱们哪天买些带格子的法兰绒好料，我给你做件漂亮的衬衣穿。我要回家，威尔。我不是肖尼女人，也不是法国商人。我是威廉·英格斯太太。

她回顾起记忆中的路标，力图重新将其印刻于心，如同一个人醒来趁还没淡忘，去努力牢记梦境。

她提醒自己：我要每天都想一想。要是在心里乱作一团，就别指望记住。

心越跳越急。

我现在就可以走掉。她想着，环顾贸易站小屋。这里有战斧和毛毯，有玉米和肉干，有莫卡辛鞋和兽皮。

两个儿子和嫂子都已远去，自己了无牵挂。让她迟疑不决的只有重重危险：神不知鬼不觉地逃离肖尼村，横渡俄亥俄河，还要穿越几百英里的蛮荒……

可是怎么横渡大河呢？她感到疑惑。

当然，某处藏有独木舟，无人看管。

可是吃什么呢？

要走很多天，能带什么呢？哦，对，不久要入秋了，可采到坚果、浆果、柿子、巴婆果①；要是偷走一杆枪，还能打到野味。嗯，看看吧……

可是……

她低头看到贝蒂·埃莉诺的脑袋，看到软软的脑壳上那一圈柔滑黑发，感觉到乳头正被孩子饥饿的嘴巴拉扯。她想到漫长无尽的崎岖河岸

---

① 巴婆果，原产北美，形似芒果，果香浓郁，成熟后外皮颜色由绿转黄。中文译名为"巴婆果"或"泡泡果"，源自英文 papaw 或 pawpaw 的发音。

和溪床，想到将至的寒秋。

我饿死，孩子就会饿死；我冻死，孩子就会冻死。她暗想。

她意识到，在逃亡路上所有可预见的阻碍中，最大的要数这个弱小而无助的生命。一路艰险，她断无存活的可能。

玛丽想：连我都难以保命，更何况孩子呢。

她目光炯炯，却不见希望。心似一颗子弹，冰冷而坚硬。她已在内心抹去贝蒂·埃莉诺这个名字。对她来说，胸前的婴儿只能成为物品，一件物品而已。她的灵魂依然裂着一道巨大伤口，仿佛利刃割去一部分身体，那是两个儿子曾在之处。女婴，这个陌生的小不点儿，在林中来到身边，从此趴在背上，不能和她面对面。如今身临这番险境，万不可割舍不下孩子，万不可一旦孩子有个三长两短就精神垮塌。

她心思回到战斧、毛毯和食物上。身体感觉到漫长的河谷在召唤自己踏上还乡之路。她真想起身，抱上东西，径直出肖尼村往南，要么走向家园和自由，要么走向死亡。

"嘿！她在这儿！"

是拉普朗特。他和古拉特回来了，水獭姑娘跟在后面。

今天离不开肖尼村了。她已坐想过久。

根据记日子的绳结，玛丽推算现在是九月中旬。这时，古拉特宣布了要出远门去制盐的消息。他说，也要玛丽同去。

玛丽的心狂跳起来。去制盐就大有可能找到逃跑机会。内心急切，却未表露于外，她什么也没说。

"你、我、拉普朗特、他的女人，还有老太婆。村里男人，大概有十二到二十人，负责撑船，护送我们。"古拉特手捋胡须，眯眼望向树梢，吃力地说着英文。玛丽在做最后一件衬衣，这批蓝白格布料已用光。古拉特则撅着肥臀，蹲在玛丽旁边。

玛丽开始对古拉特心生怀疑。对玛丽，他表现出一副主人般的亲昵姿态，似乎野猫不在，就开始把她当成自家女人。古拉特倒是没碰过她，也没说过出格的言辞，但玛丽曾瞥见他打量自己时，面露几分自信和满意的神情。他说话动辄就"你我、你我"的，好像他们是一家子。他刚才还这么说过。自那天分完俘虏后，玛丽就被要求搬离和贝蒂同住的小屋，来到贸易站，与水獭姑娘和两个法国男人同睡一屋。古拉特仍叫她女士，可她希望被称为英格斯太太，已跟古拉特提过好几回。古拉特欲望强，充满阳刚气，显然这种人难有耐心。他的壮实身体久未洗澡，裹腿和缠腰布从没换过，一身酸臭。即使如此，有时玛丽觉得还是能嗅到他的欲望，或者能感到其欲望如热气般向外发散。玛丽不清楚他何时会有过分举动。胆敢欲行不轨，就宰了他。玛丽暗自发誓。他有一把鞘刀，挂在穿过左臂腋下、斜挎右肩的皮带上，背在身后两块肩胛骨之间。玛丽见他闲时练过拔刀：似乎只是搔搔头皮，或拽拽耳垂，右手猛地探出，快如蛇击，长刀已然在手。玛丽暗自起誓：要敢抱我，就从他背上抽出刀，捅进他的肋骨缝。

她从没想过杀人，除去很久前印第安人摔死贝蒂孩子的那一刻。然而，在过去两个月，经历种种残酷的意外遭遇后，有谁胆敢侵犯，她会毫不犹豫，迅速反击。他们让她别无所有，仅剩身体和灵魂。对两者的侮辱，她再也不会容忍。

"老太婆？"她回到古拉特刚才说的话，于是问道。

"没错，什图姆夫女士，那头大骡子。"古拉特嗤笑道。

"她还在村里？"

"没错。她干起活儿抵得上两个男的。谁愿意把这么个活宝送人呢？"

送人，像牛一样买卖我们。玛丽在心里说。

她转念又想：哎呀，随同去制盐！不但是个更好的逃跑机会，而且那片盐沼离家近了许多！她回想起顺河而下的路途，想起他们来盐沼时离开德雷珀草地还不到两周。

尊敬的主啊，他们要带我们去往回家的中途！要是可以从那儿逃走，嗯，我就能回家，一定能！她在默想，心中重又溢满希望。

四条独木舟沿澄碧的赛欧托河，向俄亥俄河优雅行进。玛丽瞧着船桨在小舟旁划出的小小漩涡。婴儿在玛丽大腿上的背篓中熟睡。悬铃木和柳树的叶子低垂，叶影从眼皮上方无声掠过。玛丽感觉心跳剧烈，怕是都会吵醒孩子。她在回家途中！印第安人和法国人无意间在助她踏上归程！她时不时就得低下头，以藏起窃笑。若见她神情急切，他们定会怀疑她的意图。

这是美好的一天：空气干爽，天空湛蓝而深邃，两岸巨木挺立，绿影幽深。有的地方，丛丛树叶已然转黄、变红，倒映水中，蓝绿色河面斑驳陆离。在林间空地，玉米穗和烟叶泛着黄绿的光。船桨在水中探拨着。鸟群受到惊扰，有如片片乌云，腾空飞起，又落回岸边。此刻，玛丽心似群鸟，自由自在，而又谨小慎微。古老的爱尔兰歌谣不时在心中响起，是记忆中母亲甜润的嗓音。她想起母亲同汤米、乔吉说话时向来的样子，夏日里他们的声音热烈而欢快。不久，她竟哼唱起来，未出声，仅动着嘴唇，用的是一首古老歌谣的曲调。这歌谣是母亲最爱唱的：

> 十成百，百成千，千成万，
> 万里路漫漫，终要把家还。
> 十成百，百成千，千成万，
> 万里路漫漫，啊，威尔呀，
> 亲爱的，誓要与你再相见。
> ……

"啊，"古拉特坐在身后划桨，这时高声喊道，"好美的河呀①！"

玛丽举目望去，俄亥俄河就在前方，蓝汪汪的一片开阔水域，内心再次激动不已。在她眼中，这是自由之路。她憋住笑容，回看古拉特："你说什么？"

"好美的河②。"古拉特轻声说，仿佛在讲喁喁情话，"印第安人对这条河的所有叫法，意思都是'美丽的河'。易洛魁③人叫'奥利根西宾'，德拉瓦尔④人叫'基托诺塞佩'，怀恩多特⑤人叫'奥希祖'，意思都是'美丽的河'。"大发诗意后，他圆睁双眼，色眯眯地注视着玛丽，神情怪异。玛丽意识到他在想入非非，便只得再次看向前方，不让他瞧见自己在窃笑。

不过，他说的没错，这确是一条迷人的河。在来肖尼村途中，尽管担惊受怕，玛丽依然惊叹于河的壮美。而今满心脱身希望，大河看上去愈加亲切。

独木舟进入赛欧托河河口，河面渐宽，波光闪闪。在宽阔的俄亥俄河南岸，暗色陡崖耸起，与长方形蓝紫山丘相接。对岸有个小点，玛丽认出那是来时停下等船的印第安小屋。

此时，船头切入大河的水流。视野开阔，这般感觉令人兴奋。他们驶出赛欧托河口高大的陡岸，一阵强劲的清风不知从西边何处吹来，掠过河面，扑打到他们身上，也把玛丽的头发吹散到脸上。她微微挪动，俯下身，不让阳光晒到孩子的脸，同时给她挡住风，目光则往东投向上游。

---

① 原文是法语。
② 原文是法语。
③ 易洛魁，说易洛魁语的诸多印第安部落，生活在今纽约和宾夕法尼亚两州，以及加拿大魁北克和安大略两省。
④ 德拉瓦尔，印第安部落，生活在今美国大西洋沿岸特拉华河流域。
⑤ 怀恩多特，印第安部落，最初生活在今加拿大安大略省南部，后迁到今美国密歇根和俄亥俄两州。

她内心喜不自禁，在调皮地默想：喂，你们这些杀人如麻的异教徒，快从这儿左转，送我回家！到了盐沼，我就离开你们，自己走啦。真要好好感谢你们……

独木舟开始慢慢拐弯，河岸线出现移转。

玛丽的笑容骤然凝固，后逐渐消失。她感到一阵眩晕。

不，不，等等，嘿……方向不对……方向不对！

她满脸痛苦，扭头向后。古拉特在船的左侧划桨，诧异地看着她不知所措的表情。

"你怎么啦？"

过了许久玛丽才开口。此时，船显然在顺流西行。"我……我原以为是去盐沼……我原以为……"

"没错。"

"可是……"她动动嘴唇，却说不出话，手往后指向上游，"盐……"

古拉特停住船桨，指向下游。"往下走，"他说，"盐多得很。巨骨盐沼①，你会看到的，难以置信！"

这话在玛丽听来没有意义、无关紧要。她曾傻乎乎地重拾希望，现在看来真是愚蠢透顶。他们根本就没带她去往家的方向，而是离家更远。

大河流动不息，薄薄的树皮船身载着玛丽，漂浮在深水上。船桨探入水中，河水在船侧哗哗流淌。玛丽坐在船腹，感觉内心再度紧缩变小、坚硬如铁。过了些时，她向古拉特半转过身子，问道："有多远？"

古拉特耸耸肩，望向天空，在考虑英文如何讲。"也许，"他说，"一百五十英里，也许两百。"

他听到玛丽叹了一声。

---

① 巨骨盐沼，在肯塔基州北部，此处有盐泉。史前时期，许多前来舔盐的大型动物（如猛犸象、乳齿象等）陷入沼泽，其骨骼形成化石。这里也曾是印第安人的制盐地和狩猎场。现已辟为州立公园。

"别担心，女士。"他说，"古拉特照顾你。"

　　他们顺流而下，疾行四天。轻舟飞进，越走离家越远，每时每刻都令玛丽备受煎熬。她呆望着林木葱茏、雄伟壮丽的陡岸以及苇丛密布的滩地从眼前掠过，心里在揣测，与她走河岸相比，坐船少说也有三四倍快。同行者喜气洋洋，像在过节。古拉特想摆出快活迷人的样子，反倒表现得像头笨熊。印第安人则变得性情温和。天气绝佳，大河壮美，船在水上畅行无阻，众人似乎皆兴奋不已。可玛丽并未装作与之同乐，而是在苦苦思索种种可能与不可能。夏日将尽。就算得以逃脱，能在这山高林密的荒野活命，沿河循记忆模糊的路标找到归途，肯定也得走上两个月，走进冷峭的初冬。理智告诉她，路途艰险，漫说一个柔弱女子，即便壮汉也全无挺过来的可能。理智也告诉她，先不要跑，完事后跟他们回去，在肖尼村过冬，来春再找时机。

　　然而，有个和理智同样有力的声音告诉她，不要和残忍的肖尼人共处，不要做古拉特的女人，不要背弃德雷珀人的生活，不要放弃威廉·英格斯妻子的身份。她和威尔已家破人散，只有找到对方，重建家庭，才有活下去的理由。

　　他们乘舟前行，大体一路向西，在第四天，先后途经三个河口。一条北来的河流①注入俄亥俄河，下一条②南来，第三条③也是北来。

　　"他们管这条叫'皮奥阔尼'。"古拉特手指第一条河说道，"意思是，呃，堤岸高的河。"

　　玛丽默默记下河的名称和样子。她又开始留意路标。古拉特称左岸

----

① 即小迈阿密河。
② 即后文所称的野牛河，今称利金河。
③ 即大迈阿密河，也称迈阿密河。

的河口为"普苏索伊",玛丽记得这是"野牛"的意思。

下午他们路过第三条河,古拉特管它叫"拉罗克",意思是多石之河。他说,印第安人叫它"迈阿密祖"。

在玛丽看来,这些河流既是要牢记的路标,也是逃跑的额外阻碍。河口的水显然既宽且深,无法涉渡。她盘算着:若沿俄亥俄河行走,就得在河口转弯,溯河而上,找到水浅处过去,再从另一侧折返。

她意识到,路途已然漫无尽头,如此一来,不知又要枉走多远。她不敢再想。

午后,长影幽幽。俄亥俄河折而南流。独木舟贴向左岸,拐入一条小溪窄窄的入河口。他们溯溪而上,向东驶去。溪水散发出一股怪异的咸味。一路上,身后的落日为眼前的荒蛮奇景蒙上一层黄白面纱。

这是一处谷地,溪水不深,遍布沼泽。小溪两边不生高树,尽是黄灰色芦苇和茂密的灌丛。地上污浊不堪,随处可见一洼洼死水。在阴影处,不时簌簌作响,而后是扑通入水的声音——不消说,动物纷纷受惊而逃。独木舟逆缓滞的溪流轻快行进,空气弥漫起一股刺鼻气味。无枝树干立在沼泽边,在自行朽腐。玛丽觉得,这条溪谷如同病死一般。

沿溪谷走出三英里左右,桨手们聊了起来,话说得很快。落日投下诡异的光线,照见一片洼地,约有十英亩,看上去白花花的,了无生机,这般景象玛丽见所未见。沼地呈灰白色,坑坑洼洼,到处是数不清的蹄痕和脚印,似树桩和弯枝的东西凸出于洼地。臭烘烘的浊水自泥淖渗出,细流成涓,顺一道道白沟汇入溪水。

"瞧!"拉普朗特从另一条独木舟上大喊,"巨骨!"

玛丽为之一惊,意识到散落满地、凸现于沼泽的白色东西并非树桩和枯枝,而是巨大的头骨、肋骨、长牙和其他各种骨头。他们置身于异兽的巨大墓场。很久以前，玛丽在一本动物寓言集里见过大象，颇为惊叹，可这些野兽肯定比象还要庞大。此刻在苍茫的暮色中，她看到，混杂于这些巨骨之间的还有较小动物的骨头和头骨。溪边，独木舟在搁浅，一只赤鹿角长四英尺有余，兀现于浅滩。

暮色渐深，印第安人手脚麻利，建起一座营地。他们将野牛皮缚在一根弯曲的长牙上，给玛丽和老妇草草搭起个正面敞开的窝棚。当晚，玛丽躺在棚下给孩子喂奶，拉普朗特、古拉特和印第安人围坐在熊熊篝火旁。古拉特拿个巨型头骨当椅子。

法国人和印第安人聊到深夜，语气古怪，充满好奇。玛丽觉得，他们在谈论这些走路时定会地动山摇的巨兽。她昏昏欲睡，拉起毛毯，给自己和婴儿盖上，躺在那里，望着拱形长牙反射出的火光在微微闪烁。她努力去专注思考逃跑的事，然而心思却溜回这个可怕的怪地方，重又想起巨兽。她暗忖：它们还会来吗？奇怪的是，除了象，她这辈子从未听人说起过巨兽，而这片大陆又没有象。她想：它们若在过去常来吃盐，一定还会再来。要有这么一头野兽夜里过来，会不会把我们踩扁呢？印第安人会如何应对呢？她感到疑惑。

她想：他们生起这样一堆大火坐在旁边，兴许就是为驱赶巨兽。

玛丽留意着巨足踏地的响动，在等待沼泽地发出震颤，后来渐入梦乡。夜里，她梦见一头身高三十英尺的熊在咆哮，于是惊醒，浑身是汗，抖个不停。梦里的咆哮声彻夜在耳边回响。她听出来，真正的叫声是远处一只野猫的哀号。篝火渐熄，木柴烧成红通通的木炭。夜气吹到汗津津的脸上，带来凉意。一片夜空之上，点点寒星闪烁。一名印第安年轻人从睡毯上起身，往火上添些木柴，重又躺回。木头燃起，火舌摇曳，噼啪作响。玛丽闻到柴烟、盐沼的腐臭，还有自身的汗味。她又打起寒战。若从这圈火光旁逃走，置身大河奔腾的暗冷荒野，真是无法想象。

至少，在这深更半夜，身处一片阴森的沼泽是不可思议的。

在拉普朗特和古拉特看来，制盐就是生意，因此显而易见，他们希望熬制大量食盐。到巨骨盐沼的首个清晨，天刚破晓，玛丽和什图姆夫老寡妇就被支使做活儿，一直忙到太阳落山。她俩找到一个浓盐水自地下汩汩涌出的地方，掘出一口浅井；在一处泥土较硬的高地，架起一排铁锅，提桶从井里打来水，将锅注满，锅下燃起硬木，锅中蒸汽腾腾。她俩还要捡拾木柴，水烧干后还要将盐从烫手的锅底刮下。时值九月，天气反常，一股污浊的热气笼罩于这条死气沉沉的溪谷。玛丽发觉自己始终汗水淋漓。拉普朗特和古拉特则忙着吃东西和监工。通常，印第安人出去狩猎，或坐在营地玩游戏：在一张画满圆圈和符号的鹿皮上投掷木棍儿。每当不得不搬起灼热的沉重铁锅，听着男人的闲聊和笑声，玛丽就愤然切齿。盖特尔瞧见她一脸怒火，就模仿这些玩游戏的印第安人，做出他们玩到兴头时的滑稽表情和手势，以此安抚玛丽。然而，虽说长大后就嫁与拓荒人，一直辛苦劳作，但在盐沼干活儿却极像奴隶，玛丽从未有过如此感觉。连水獭姑娘也比两个白人女子清闲：她管做饭，帮忙看火、照顾婴儿。玛丽又琢磨起逃跑的事。她倒盐水入锅，在腾起的热气中，仿佛看到一幅画面，迷人而伤感：德雷珀草地，她和威尔久别重逢，手牵手同坐柳泉旁。她比以往更强烈地回忆起威尔那张轮廓分明、和蔼可亲、长满胡须的脸，回忆起他的宽阔胸膛，让他的形象一次次出现在幻想中。

时光漫长，不知钟点，一切都勾起对两人生活的回忆，那是遥远的过去，在遥远的地方。新盐捧在手里有种沙沙的感觉，将她带回去年秋天。当时，她和威尔并肩劳作，在腌制过冬牛肉。

此时炎热，而彼时天冷，但回忆历历在目，仿佛已走回那个季节。约翰尼·德雷珀翻越蓝岭，用马背将珍贵的食盐驮回德雷珀草地，一起带回的还有一桶火药，以及新娘贝蒂。玛丽记得，那是一个阴天，气温刚过冰点，她站在院中，把粗盐揉进生牛肉冰冰腻腻的表面。她记得虎口被刺划破，盐渗入伤口，引起一阵灼痛。她记得将抹上一层盐的厚牛肉片码进山核桃木桶，撒盐，再码一层，又撒盐，直到木桶快装满为止。她记得次日在冰凉的泉水里放盐，混成浓盐水，将盐水倒入木桶，没过牛肉。她记得威尔从溪床搬来一大块扁石，擦洗干净，压在木桶的牛肉上，不让肉漂起；为防浣熊偷吃，再拿一块更大的扁石，盖住木桶；把肉搁在那里，在寒秋腌上一个月。

此处，盐水锅下冒出山核桃木的烟气，让玛丽回想起熏肉的小木房。威尔在那儿拿绳子把腌牛肉挂起，冷熏三四天。收完庄稼，他俩就囤储过冬食物和木柴，一起干活儿，形影不离。啊，秋日时光过得何其快乐！每到秋天，等一切都忙完，威尔都会说同样的话：

"玛丽宝贝，你看，五考得^①木柴、一垛粮食、一整头腌牛，真的让男人感觉阔气。哦耶！"

在烟熏房干活儿那段日子，睡觉时威尔身上总有一股山核桃木的浓烈烟气……玛丽闭上眼，闻着从盐水锅底下的火中冒出的烟气，回忆起威尔躺在身旁，熟睡时呼吸深沉而放松，闻起来活像一块熏腰腿肉。她回忆起威尔在早晨吻她，一骨碌爬到身上，趁孩子们还没睡醒，照他所说，"来些放纵"……有时，闻到柴烟让她极度想要威尔，甚至膝盖都会发软。真不知有多少女人像我这样，成天想着丈夫……

她越思念威尔，古拉特就越显得油滑而丑陋，他耐着性子的偷偷打量就越发令她反感。

被俘前，老妇的生活一直围着厨房转。她跟玛丽讲起在故国给一大

---

① 考得，木柴的层积单位，一考得约为 3.62 立方米。

家子烤的面包、果馅卷、肉桂甜饼，做的蛋奶酥、炖肉、菜肉馅饼、烤羊羔、烤禽肉、酪乳煎饼。她操着带浓重口音的蹩脚英语，尽量细说奶油和鸡蛋做的酱汁和浆汁，还有其他吃食，她不知用英语如何说，可即便用她自己粗嘎的语言来讲，也让人垂涎欲滴，只因她说出这些奇奇怪怪的词时深情款款。她站在热气蒸腾的盐锅旁，大汗淋漓，破烂衣服和皮肉松垂的脖子上沾满白色灰烬。她说得很起劲，让人想到各式盛宴；她向往这些盛宴，仿佛想得头脑发晕。接着，她皱起眉头，抱怨印第安男人太能吃烤肉。"哎呀，"有天下午，她忽然嚷道，"我们得弄点儿好东西做个糕饼，不然我非馋死不可！"

她跟法国人一通讲，说了有好几分钟，逗得他俩哈哈大笑，之后回来找玛丽。"走，咱们去拣东西。"她说着，卷起自己的毛毯，又提上一只水桶。"装吃的用。"她说。玛丽背起孩子，随她同去。

两人溜达出溪谷，登上林木葱茏的山坡。玛丽从山顶回望，见法国人和印第安人在闲荡，水獭姑娘在一团热气中翻搅盐水。她又望下另一面山坡，只见林木和草地。她看向西边，瞥见波光粼粼的水面：是俄亥俄河。她心跳加快，在想：这时走掉简直轻而易举。这里不是肖尼村，没有玉米地和豆田，没有满地干活儿的印第安人，没谁看见，更没谁发警报。

这个念头一直在心里翻腾，且愈加强烈，心狂跳不已。女婴似乎感受到她的不安，哭闹起来。

她们寻见一片山核桃林，林下散落着数百个山核桃，四面的外皮开始脱落。她们来到树下，灰松鼠四处逃散。两人跪在地上，抠掉外皮，将又小又硬的棕黄色坚果扔上毛毯，不久就拾到五磅左右。

随后她们又发现了胡桃，捡到十来磅。她们专找多处青皮开始变质发黑的，回到营地容易去皮。后来，还寻到一株巨大的白橡树。

"橡子，"玛丽说，"烤着吃，味道极好。我会用铁锅做橡子粉。"她对找吃食越来越有兴致，不只是因为她像老妇一样，盼望营地伙食花样多，更是因为她看到，若在秋天穿越茫茫荒野，活命是可能的。

玛丽和盖特尔手提一桶野葡萄和一袋坚果（毛毯四角拢起当袋子用），步履蹒跚地走回营地。法国人见状眉开眼笑，立刻就坐在大块兽骨上，拿战斧敲碎山核桃，再用刀尖把果仁剜出。他俩全神贯注，边大嚼果仁，边高声叫嚷，最后说动印第安人跟他们一起干。

次日，玛丽做了橡子粉。她剥出好多橡子，将其放在一大块有凹槽的骨头上，拿一颗拳头大小的兽牙当捣锤，把橡子研碎，再用清水煮熟，裹在布里挤掉水分，以去除苦味，最后在阳光下摊开晒干。当晚，什图姆夫太太将一些橡子粉同玉米面、剁碎的核桃仁和在一处，又加入野葡萄酱调味，烤出一个美味的面包。"唉！再加点糖或蜂蜜就好啦。"她一边品着大面包松脆的一角，一边叹道，"我太想吃点儿甜的了！"

她只吃到这一点儿。男人们狼吞虎咽，不出两分钟就把面包吃个精光。什图姆夫太太整晚都闷闷不乐，紧闭嘴巴，瞪着双眼，在营地转来转去。

在接下来的两周，法国人鼓动玛丽和什图姆夫太太去野地搜寻，用觅到的东西试做吃食。两人常出去，各拿一条毛毯，能背多少就捡多少。女婴几乎哭闹个不停，像是受到走路、爬山、弯腰这些动作的打扰。

"嘘。"一天，玛丽扭头说道，"你不是男人，可以整天在营地闲待着，啥也不做；你是女人！"但女婴仍哭个没完。

一个阴晦的傍晚，她俩在营地以南一处山坡找吃的，结果转了向，折返途中总是走入没遇过的灌木丛，黄昏时急得要发疯。忽然，一名武士出现在眼前，来得过于意外，盖特尔惊叫一声，吃食脱手落地。印第安人带她们走出短短的一英里就回到营地。她俩一直未归，他出营来找，循足迹向南，听见女婴啼哭，便发现了她们。玛丽还在思忖如何逃跑，正要劝老妇跟她一起走，这些状况她都留意在心。

当晚，古拉特对她一顿数落，似乎让闲待着、玩游戏、砸坚果的男人停下，去外面找迷路的女人，真是太不应该。

次日下午，铁锅里都在煮盐水，两人正要去树林，古拉特走过来，递给玛丽一把战斧。细细的斧柄是山核桃木，钢刃轻便而锋利，一圈皮带穿过斧柄上的孔眼。

"沿途在树上做标记，"他说，"回来就不会迷路啦，明白吗？"

玛丽握斧细看，浮想联翩。她抬起头："好，我会的。"

"古拉特不想失去女士。"他说着，边眨眼，边咧嘴笑，伸手向后，捏了一把玛丽的屁股。

他没有觉察到，此刻玛丽多想抢起利斧，劈进他的眉心。

"盖特尔！"

老妇正站在泥塘边，弓着身，伸开利爪般的手指，从泥中耙出茨菰。听到玛丽坚定有力的声音，她迅速转身，站在那儿，泥水从指尖滴落。她浑身打个冷战，倒不是嫌塘里的水凉，而是因为看到，年轻女子虽身形纤弱，却目光如炬。

"盖特尔，听我说。"

"听着呢。啥事？"

"我要走了。你跟我一起吗？"

"哈！不行，离天黑还有两个钟头呢，咱们才干活儿。过来帮我挖，这儿有好多呢。煮着、腌着，都好吃得很。"说着她又弯下腰。

"盖特尔，听我说！"

"说啥？我听着呢！要走你走。我在忙。"

"不回营地，盖特尔！是回家！"

老妇登时直起身：

"你说啥？"

"回家。"玛丽向东指去。老妇看看东边，瞧瞧玛丽，而后晃晃脑袋，又弯下腰去。

"没意思。"老妇说。

"不，我没开玩笑。"

这次盖特尔起身时，满脸怪相："说啥疯话？快住嘴。"

"看，咱有毛毯，有斧头，有鞋，附近又没印第安人。咱们能走，只管走就是！"

"上帝啊！咱们会饿死！"

"不会的！咱俩在林子里找吃食，都喂饱了十几个懒汉呢。"

"可他们会打猎。这只是加餐。"

"反正够咱俩吃。"

"真是疯话，玛丽·英格斯。我不想听。"

"那我就自己走。不过，咱俩走更好。"

"上帝啊，我不想听！"

"别嚷！"

"别说疯话，该死！"

"我没说疯话！咱们可以！"

"这个女人在说疯话。上帝，快救救我。"

女婴开始哭闹，两人的谈话惊扰到她。一股凉风吹来，玛丽的头发散到脸上，黄叶如雨，纷纷落进水塘。两个白人女子站在茫茫荒野，朝彼此大喊大叫，婴儿在啼哭，玛丽觉得如此场景甚为奇特。盖特尔又在泥中翻掘起来，但心不在焉，脸仍在抽动，她嘟囔着自己的语言。玛丽知道，她在考虑。这个主意让她心神不宁。

"想想看，盖特尔，你能回家，回自家厨房，烤蜂蜜蛋糕。"

过了一会儿盖特尔才开口："我没厨房，再也没家了，烧了个精光。人死得就剩我一个。"

"那就来我家。我们有肥田，有好房子。"不，我们没有，也烧没了。她提醒自己，但还是继续说，"你可以跟我们过，给我们做饭。我们有一个气派的大房子。"玛丽撒着谎。她扬言要自己走，心里却怕得要命，尤其害怕夜晚。不管说什么，也要劝动老妇。

女婴还在哭闹。

"她，"盖特尔又直起腰，用沾满泥水的手指着女婴说，"他们会听到她的声音，发现你的。"

玛丽摇摇头："等他们回过神，咱都走了老远。咱可以先走一条路，留下痕迹，再回头走另一条。我认识回家的路，顺着河走。"

盖特尔不由自主地听着。在内心，她也觉得玛丽言之有理，却因此而气恼，便狠命摇头："不，孩子活不下来。她会先死，接着是我，随后是你。"

玛丽回忆起来：自己早就这么想过。

"一不做，二不休。"她说，"总比这么活要好，是不是？"

老妇叹口气。"我不知道。"她像马似的从嘴里往外呼气，"不知道，也许吧。"

"总比这要好。"

"你真是这么说，对吗？"

"对，我是这么说。我决不当异教徒的奴隶，上帝作证，我决不！"玛丽喘着粗气，因说话激动而颤抖。

"我得想想。"盖特尔说，"现在回营地。咱商量商量，定个计划。"

"咱不能在那儿商量。还有，时间不多了。"玛丽说，"过不了多久，他们就要带咱回村。在那儿永远也走不脱，我发誓。"

"这种选择我睡醒才能做，早晨我会想明白。每人拿条毯子，从营地带些吃的，再顺上一把刀、一块打火石。"

"拿东西，他们会怀疑的。"话到此处，玛丽顿时警觉起来，"盖特尔，今晚回营地，你不会告诉他们我的打算吧？"

盖特尔目怔口呆，仿佛玛丽扇来一记耳光。她脸色阴沉，猛然回身，伸出沾满泥巴的手，将破烂不堪的裙背撕开一条裂口，露出隆起的道道疤痕，是上次鞭刑受伤所留。然后她挺直腰板，显出一副有尊严的姿态："玛丽·英格斯，他们是这样对我的。"她一步跨出水塘边，两脚是泥，挨近玛丽，直视对方的眼睛，下巴在颤："咱俩除了彼此，还能靠谁呢？如今你是我唯一的家人。要说出去，我不得好死。你让我很难受。"泪水随之从耷拉的眼皮下涌出。

玛丽心底有东西在翻腾，原本缩紧的心顿时膨胀开来，似乎要炸裂。她一把将身形高大的老妇拉到怀里。

此刻她意识到，这般场景更为奇特：两个衣衫褴褛的白人女子，立在荒野的水塘边抱头痛哭，婴儿和她们一起号啕。

两人有密谋者的直觉，为了不像在密谋，当晚没待在一处。老妇将茨菰煮熟，和鹿肉拌在一起。煮茨菰前，她向拉普朗特借了把刀，给茨菰削皮。只有玛丽看见她将刀子偷偷塞到毯边底下。

玛丽心想：我觉得她一觉醒来就会答应的。

玛丽兴奋得难以入眠。火堆渐熄，印第安人纷纷裹进毛毯或兽皮，在棚里睡去，而玛丽的心却跳个不停。拉普朗特和古拉特是最晚去睡的。她听见他俩借着营火的最后光亮，用法语含含糊糊地互道晚安，随后看到两人起身，各自走入暗处，又听见其中一人往附近水坑里撒下一大泡尿。

忽然，在她正前方出现轻微动静，一条黑影遮住星光和火光。她闻到笨重的古拉特身上散出的体臭，这错不了。后者在离她几英寸的地方铺开毛毯。

他选择此时以这种方式过来。玛丽没有动，但怒火中烧，心想：真希望今天就准备妥当，一走了之！真要拿他的刀捅死这头蠢猪，我就走不脱了。

一切得看古拉特。夜气清凉，夏末的蟋蟀啾啾作声。玛丽躺在那里，要相机行事。

古拉特自以为是个谦谦绅士。他觉得，女人的心，更有风度的男人一下子即可攻破，而对于自己这种魅力不多的男人，凭耐心和笑脸也一定可以瓦解。这是他的心得。多年来，他在新法兰西[1]沿河做皮货生意，有几回就是这么勾搭上白人和克里奥尔[2]女子的。这些女人与他热络后，就许他近身，最终往往由他为所欲为。当然，印第安女子不一样，得看村落首领要求遵奉什么习俗。

不过，对待这个弗吉尼亚山区来的漂亮女人，古拉特比以往更具耐心。该女子毫无轻佻之相，还从未表露过渴望男人的意思。最终她一定想要的，因为她是女人，对此古拉特有把握。

然而，他再也等不及，今晚便初来挑逗。他把铺盖搬到玛丽旁边。玛丽若今夜没醒，未作任何反应，早晨就会看到他睡在身侧，逐渐也会习惯和他同睡。之后……妥啦！玛丽是他买的，归他所有。什么时候耐不住，就算没别的招儿也能硬来。只不过一开始便这样不算高明。他本是仰躺，后来翻个身，面向玛丽，朝左侧卧。他想把右臂搭在玛丽身上，于是去做，觉得玛丽的身子在变僵硬。

但玛丽并未动弹，呼吸如常。他想摸玛丽的胸。

---

① 新法兰西，旧时法国在北美的殖民地。
② 克里奥尔，出生于美洲的欧洲人后裔。

可他实在太累，加之筋骨未老先衰，左臀不舒服，没多久，又翻身仰躺，后转向右侧，背对玛丽。

最终他打起呼噜。玛丽如释重负，身体随之热起来。感谢上帝，这家伙今晚没有更放肆。

他压根儿不清楚，不会再有下一晚。

对古拉特，玛丽的揣测是：

他想让印第安人看到，自己是他的女人。他把铺盖搬来自己身边，是想让众人天亮时看见他在挨着自己睡。之后，人们就会以为他和自己同睡理所当然。因看似已然答应，自己怎么想无关紧要。

对古拉特先生的放肆，老娘就这样应对。她计上心来。

曙色将开，天光银白透粉，全营地还在梦乡，古拉特打着鼾。玛丽悄然起身，抱上女婴和毛毯，轻手轻脚地走出棚子，跨过古拉特的肥硕身躯，走上高地，在铁锅旁铺毯躺下，盖上毯子，闭起眼睛。

她想：感谢上帝，以后再也不必想法儿对付这头蠢猪啦。老这样着实恼人。

搬来后她没再睡着。她有个决定要做。

第 10 章

这是她平生面临的最重大抉择。她从未听说过有谁要做如此决定。直接去想，心中即现一片空白，巨大而可怕。

是带是留，都难以想象，却又非选不可。此刻就要做出抉择。她翻来覆去已考虑几周，再无多余时间。

玛丽清楚，带上女婴，无异于让她慢慢惨死。

这并非愿不愿带的问题。倘若有望活命，她当然乐意背婴儿上路，走完前面的五六百英里，孩子又没多重。然而，孩子断无生存希望。玛丽饿死，她就得饿死。这一点盖特尔也明白。

若因婴儿哭闹，她们跑不成，母女定然被一同处死，这也毫无疑问。

只有留在营地，给水獭姑娘照顾，女婴才能保命。姑娘会收养、照料女婴的。她对孩子的疼爱已是全心全意，俨然就是母亲。每次玛丽带孩子外出找吃的，她都想念不已；等她们一回，就迫不及待地将孩子抱入怀中。

把女婴留给水獭姑娘，是唯一合情的选择。带走孩子，她只能遭罪受苦，必死无疑，而留下孩子同样无法想象。将亲生骨肉遗弃给蛮人，作为母亲，这种事如何跟别人谈起？她会解释说事出有因，说这是孩子唯一的活路，但人们永远也忘不掉这件可怕的事：有个女人，她把亲生骨肉遗弃给了异教徒。

玛丽还是决定留下女婴，给她存活的希望。婴儿从没见识过别样生活，过印第安人的日子可以忍受。据玛丽观察，印第安女人认为生活称心如意，与玛丽认识的大多数白人女子一样，甚至比有些更感满足。她想：幸福或不幸福，要看是否已融进这种生活。肖尼人认为自己属于这里，在他们看来，这儿的生活就是一切。我不属于印第安人，原因是我这样认为。女婴不会有我这种想法。

　　她要把孩子留下。其实，几周来她知道会这么做。因此，近来她听任自己把孩子仅仅当成物件，而不是活生生的人或女儿贝蒂·埃莉诺。自小可怜出生在林地的那一刻起，玛丽就在为此做精神准备。

　　当然，即使留在营地，女婴也有可能活不成。印第安人一旦猜到玛丽存心逃跑，一怒之下就可能摔出婴儿的脑浆，或是把她扔进滚烫的盐水锅。

　　所以一定要让他们相信，我只是迷路。他们若以为我在找吃的时迷了方向，或者让熊还是豹子所害，就不会迁怒于婴儿。她思忖着。

　　得让他们以为我没逃跑。她想，这是我能为小东西尽力的事情，不，是唯一的事情。

　　她低头去看孩子，发现孩子睁着眼。她不忍见到婴儿的眼睛，便只得瞅向别处。她露出乳房，把乳头塞到女婴嘴里。孩子闭起双眼，吮吸起来。玛丽的心再次缩成一团，坚硬而冰冷。

　　上午十点左右，她们在拾柴，玛丽终于有机会跟老妇单独说话。她还没问，盖特尔先开了口：

　　"真要感谢你，我整晚没睡，一直在琢磨。我说，行，不行，行，不行。天亮时，我实在累了，就说，不行，不行，不行！"玛丽的心一沉，可老妇接着讲，"等出了太阳，我瞧你一眼，知道你会走，于是我说，行。就这样，行！可能我会怨你，但我也要走。一辈子都吃肖尼人的东西我受不了。"她咧嘴而笑，然后笑容消散，目光变得热烈，"还有，我不能让玛丽·英格斯单独上路。"

玛丽告诉她，为什么一定要让肖尼人相信她们是走失的，还告诉她要把女婴留下。玛丽感觉在将灵魂中最不堪的角落暴露于外，几乎希望老妇会恳求她带上女婴。她等待盖特尔的反应，等待看到老妇深恶痛绝的表情。

老妇盯了她足足有一分钟，种种情感在脸上次第显现。最后老妇将手搭在玛丽的手腕上。

"是的，"她说，"我也会这么做。就算对自己的孩子，我也会这么做。"

"我的刀！"拉普朗特突然大叫。他和古拉特挨坐在猛犸象的骨头上，正拿战斧砸核桃。拉普朗特伸手够刀，要挑取果仁，却发现刀鞘是空的。玛丽的后背一阵冰凉。她记得，昨天盖特尔把刀留藏起来。拉普朗特站起身，用法语和肖尼语抱怨着。玛丽明白，事情虽小，却可能在营地引起怀疑，让她们无法外出觅食。她心跳加速，偷觑盖特尔的反应。老妇似在努力回想，实为故作镇静。

玛丽心想：要是他们在老妇毯下找出刀子，可如何是好？上帝啊，他们会像秃鹫一般，对我俩紧盯不放。

拉普朗特向水獭姑娘问了句什么。后者只是把头一歪，扬扬眉毛，一副毫不知情的样子。

拉普朗特烦躁不安，在营地到处踅摸，拿脚扒拉着东西。此刻，他朝棚子走去，老妇的铺盖就在那里。

"先生，"玛丽喊道，"可以去饭锅附近找找，昨天我们在那儿切过茨菰，说不定就在地上呢。"

"哦，我想起来啦。"他嘟哝着走向饭锅。古拉特又砸起核桃。什图姆夫太太晃着高大身躯，走向自己的铺盖，还要尽量不引起注意。她偷偷摸摸，动作夸张，一看即知是在搞鬼。玛丽便走过去，要分散古拉特的注意。后者猛一抬头，见到自己可望不可即的追求对象走来。玛丽嫣然一笑。

"求你帮个忙。"她说着，拿出斧头，是古拉特给她在树上刻痕用的那把，"斧子太钝，砍东西不好用，不过，砸核桃倒是好使。交换一天咋样？呃，等我出去，不妨给磨一磨，算是帮我个大忙。"她竭力让声音听起来和悦而自然，也不去瞅盖特尔，但内心却在发抖。

古拉特脸上渐现出一副得意的笑容。自早晨醒来，发现玛丽不在身边，他就一直阴着脸。明显看得出，此刻他以为玛丽在卖弄风情。"那是自然，亲爱的女士！"他殷勤地说着，将自己的斧头递来，又接过玛丽那把。

"啊，谢谢。拿这把砸个核桃试试……挺沉的……"

古拉特弯腰放核桃时，玛丽看到盖特尔偷溜到饭锅旁。老妇把刀扔在满是灰烬的地上，后退几步，俯身走动，似乎在地上找寻。

"哎呀，在这儿呢！"盖特尔快活地大嚷。拉普朗特望过来，她弯腰从扔刀处将之捡起，递给拉普朗特。后者喜笑颜开，上前接过刀，高兴得鼻孔哼哼有声。玛丽的心跳放缓。她只得屏住呼吸，以免因激动而叫出口。

没下次了。她感到，再不动身，还会发生类似意外，将她们拖住。"什图姆夫太太，"她神采奕奕地说，同时希望自己不要过于兴奋，"去那边咱们见过的山核桃林后头转转，咋样？……"她往南指去，"……我看见好多檫树①。古拉特先生给我一把快斧，可以拿它砍檫树根！"

---

① 檫树，常见于美国东部的树种。印第安人和早期拓荒者认为檫树具神奇的疗愈功效，将其根、皮、叶、花等制成煎剂、药膏和茶饮，用以治疗感冒、头痛、腹泻、风湿等诸多疾病。

"嘿！好啊！"盖特尔高声回应，语气可能有些过于迫切。

"那好，咱们走吧。"玛丽说。在她听来，自己的声音紧张而不自然。心在狂跳，似乎要将肺里的空气全部逼出。她真希望印第安人和法国人没留意到自己的紧张语气；他们一定会觉察出有些不对头。她一如往常，走过去卷起毛毯，往肩头一甩。盖特尔也一样。拉普朗特和古拉特还在砸核桃。印第安人大多在玩游戏或拾掇猎枪。

玛丽催促自己：赶快，转身就走，别去看孩子。你会乱了方寸，引起他们怀疑。别看孩子！

可她还是走了过去。哪有临行不看孩子的道理！

幸好婴儿在闭眼睡觉。水獭姑娘坐在旁边，补着一只莫卡辛鞋。她先用牙将鹿皮嚼软，再拿骨针的尖慢慢扎入皮革，把生皮条穿引过去。她抬起头，古铜色的圆脸上挂着称心遂意的笑容。玛丽跪在婴儿身边，背对水獭姑娘，尽量把脸贴近，而又不会触碰、惊醒孩子，相距仅一英寸。她闻到孩子的气息，忽然间心脏剧烈收紧，泪如雨下，婴儿细细的黑睫毛和小小的五官变得模糊。玛丽真想伸出双臂，抱起小东西就跑，不歇脚步，一路奔回德雷珀草地。

热泪滴落在女婴的前额，快要把她惊醒。她微微蹙眉，神情不再平静，上唇似小小的鸟喙，将又柔又红的下唇吸到嘴里。玛丽不能自已，吻了吻小嘴巴，感到痛不欲生，随后起身，跌跌绊绊向营地边走去。她泪眼蒙眬，真想嚎啕痛哭，便紧闭喉咙，憋住要冲喉而出的绝望哀叫。整个营地只有老妇看到她苍白而扭曲的脸。老妇见玛丽痛苦不堪，深受感染，险些大放悲声，只能竭力克制。

啊，尊敬的上帝，救救我吧！玛丽的心痛恰如孩子降生时下身的剧痛，却还要痛上十倍，痛上百倍、千倍、万倍。啊，尊敬的上帝，救救我！救救我！救救我！

她们走入林子深处，玛丽才恢复视力、听觉和感知。她首先感觉到的，是老妇有力的胳膊搂住后背，搀扶自己往前走，快要把自己架起。在一处铺满黄褐色枯叶的山坡上，周围是高大的山毛榉和杨树树干，老妇止步跪地，将玛丽拽倒，用毛毯捂住她的嘴，同时拍着她的后背。"现在，"老妇说，"他们听不见啦。哭出来吧！哭吧！"

过了一个钟头，玛丽才能起身继续走路。心里空空荡荡，身体绵软无力，和印第安人将汤米、乔吉从身边带走那天一样痛苦。

她倚在盖特尔身上，老妇还在轻拍后背。"我原以为做好了准备。"玛丽哽咽道。

"谁又做得到呢？"老妇应道，"我们还可以回去。"

"不行，可千万别再说。"

起初，她们漫无方向，用战斧在树上标出痕迹，以迷惑追兵。后来，她们走到一条清溪边，提着鞋，赤足入水，往西走向俄亥俄河。溪水冰脚。

走出一英里，小溪蜿蜒流进盐谷，注入盐溪，此处距营地已有些路程。她们将长裙收到腰间，涉水到对岸，踩入溪边臭气熏人的污泥，一抬脚，溪水就把足迹冲刷得无影无踪。阳光惨淡，空气带有寒意。附近山坡上的树叶大多仍为绿色，但在干枯变黄。随处可见粗枝和满是红叶和紫叶的树冠。

"哎呀，大河！"老妇叫出一声。

俄亥俄河展现眼前，映着午后的阳光，水面一片通红。溪水变深，两人只得爬上岸，走完到河边的最后一百码。她们停下脚步，仅仅注视了片刻。微风拂过，河水的潮气在四周飘荡。

"现在怎么走？"盖特尔低声问。

玛丽顺俄亥俄河的东岸望去，然后垂下头。她双眼红肿，泪水涟涟，视线依旧模糊，感觉即使迈出一步，也会耗尽最后一丝气力。"沿这里走，"她说，"走很远很远。"她叹口气，俯身穿鞋，拾起毛毯和战斧。两人开始穿行苇丛和灌木，紧盯几步远的前方，当心着蛇。长长的草叶在破裙周围唰唰作响，刺着裸露在外的小腿。河水反射的阳光照到左脸，烫烫的。一只只大蜻蜓在空中盘旋，又轻盈飞走。沿途，棉白杨、柳树和刺槐的叶子在河风里微微颤动，寂静无声。鸟儿飞起，落下，尖鸣着掠过水面。玛丽时而望一眼飞鸟，逐渐开始想起自由。在无比孤凄的内心，她想到，两个多月来自己终于不再是印第安人的俘虏，不再是奴隶。双腿不再沉重和迟疑，步伐开始变轻松。

她听到身后老妇呼哧呼哧的喘息声和东碰西撞、咚咚踏地的脚步声，偶尔还有德语的 [①] 咒骂声。

"脚步轻点儿，盖特尔。天黑前咱们得尽量多走些路。"

玛丽说话时，胸中飞扬起一种奇特感觉。

这是莫名如幸福般的感觉。

她走在了回威尔身边的路上。

夕阳将坠，一排高耸的阴云自西南缓缓爬升，天边电闪雷鸣。乌云越升越高，一股湿湿的风吹皱河面，吹得林叶翻转，露出白色叶底。不久，雷雨云砧飞掠而来，占据了河面上的整片天空，底部乌云在垂降，同时拖着其下的层层灰色雨幕。虫鸟默然。

雨水扫过河面向她们袭来时，有一刻寂静无声。此时，玛丽听到，更确切地说是感觉到，在湿漉漉的空气中，远远传来一声枪响。她止步抬手，盖特尔险些撞到她。两人站定，静听片刻。她觉得又听到一声，接着又一声，还有一两声被低沉的雷鸣所掩，似有若无。

---

① 在历史上，英文 Dutch 一词既可指"荷兰的""荷兰人""荷兰语"，亦可指"德国的""德国人""德语"。本书原文各处所用的 Dutch 即指后一组词义。

"嗯？"盖特尔问道。

枪声似乎来自营地方向。"拿不准。"玛丽回答，"暴风雨要来了，肯定不是打猎。"莫非他们杀了孩子？不至于开这么多枪。她由此断定不太可能。"对。我估摸，他们以为咱俩迷了路，在发信号，告诉咱俩回去的路。"这似乎是最佳解释。因解释巧妙，玛丽得意地笑了。

刮来的雨猛打在身上，嘶嘶作响，过岸入林。

"啊！不！"盖特尔抱怨道。

"不是的，这雨有好处。"玛丽解释说，"你看，下了雨，咱就不会留下踪迹，明早他们什么也见不到！准以为咱俩给熊害死了，给雷电劈死了，或是怎么死了，根本不会来找，我敢打赌！"她感觉终获自由，感觉大雨将为奴的屈辱冲洗得一干二净。她几乎跑起来，听到盖特尔在呼呼喘气，吃力地跟在身后，嘴里咕哝着：

"熊！雷电？啊呀！"森林和河水变得白茫茫，一时间天空裂开一道弯弯曲曲的蓝白色罅隙。在前面几码远，有棵树闪出火光，猛然炸裂，一声巨响震得玛丽双膝跪地。树冒起烟，一股奇怪而新鲜、闻之让人兴奋的气味飘来。玛丽重新起身，炸裂的回声传过河面，渐远渐小。

"雷电会要命的！"老妇哀号道。

暴风雨已过，雷声滚滚东去。她俩浑身湿透。天色太暗，河岸地形陌生，继续赶路有危险。羊毛毯吸足雨水，沉甸甸的；长裙贴肤，又湿又凉。玛丽估计，她们到河边后已走出约五英里。夜色昏暗，雨水从树叶和草叶上嘀嘀嗒嗒滑落。两人止住脚步，赶路带来的热气立时消散得无影无踪，腹内空空如也，愈感寒冷。玛丽这才想起，早晨因慌张，她们没吃东西。看来夜晚将寒凛难熬。虽疲惫不堪，也可能全然无法入睡。

两人摸黑找来找去，最后在树下发现一处排水较好的平地，陈年败叶堆积于此。她俩面对面站立，各自攥住毛毯一端，拧出雨水，然后披毯在身，彼此并肩蹲了些时。玛丽冻得牙齿打战，浑身哆嗦。相比之下，盐沼营地虽弥漫着原始气息，似乎也舒适惬意。"今夜怕是不好过，真抱歉。咱俩硬撑一下，好吗？等到天亮，找些坚果、巴婆果啥的，咋样？"

"给。"盖特尔说。

"嗯？"

老妇将冰凉而稀烂的什么东西递到玛丽手中，解释说："下雨前还是面包，临走我拿的。"

她们吃下稀成一团的面包。玛丽尝到玉米粉中有山核桃和橡子面的味道，煞是好吃。她舔净手指，感觉体内稍暖。

身披湿毛毯，两人哆哆嗦嗦熬过一个钟头，听着河水在流动，树叶在滴水，夜莺和蟋蟀在鸣叫，彼此在叹息。玛丽冷得要命，全没想起女婴不在身边。

"玛丽。"老妇说，声音低沉而沙哑。

"嗯？"

"来。"

两人贴身而卧。毛毯虽湿，也不能全然驱散她们给对方带来的暖意。原以为一夜无眠，最终却睡到天亮。

第 11 章

有动静。

离头仅有几英寸，树叶窸窣作响。玛丽乍然惊醒，吓得心突突乱跳。老寡妇在动：她掀起毛毯，小心翼翼地坐起。玛丽睁开眼，去摸战斧，周围绿意朦胧。然而，未及起身，盖特尔已冲到身后，嘟哝一声，曳走毛毯，钻进枝叶繁茂的灌木丛。有东西穿过沙沙作响的树叶，逃窜而去。老妇气喘吁吁地骂了一句。

玛丽的心在狂跳。她转头见老妇匍匐在地，紧盯灌木丛。毛毯从屁股上垂下，缠住双脚。玛丽抑制住内心的惊恐，询问怎么回事。

"早饭差点儿吃到肉。"老妇叹道，"差点儿抓到手！唉，要是有枪就妥啦！"

"就算有枪，咱也不敢用。啥动物？"

她俩跪在下层毛毯上，老妇从缠住自己的另一块毛毯中脱身而出。她说不知道动物叫什么，不过据她的描述玛丽断定，老妇差点儿逮到的不是浣熊就是灰狐。趁她俩熟睡，动物出于好奇，过来嗅气味。"它跑了，你得感谢老天。"玛丽大声说，"这些动物，没等我拿斧子砍到，早把你的胳膊咬烂啦！我发誓，盖特尔，你的胃口会要咱俩命的！"

此刻，盖特尔似乎明白过来，或许也因为没逮到动物而感到宽慰。她们钻出灌木丛，上到河岸，把毛毯如斗篷般披在肩头。老妇抱怨道："可我真的想吃早饭。"

早饭终有着落。在一处河湾，为抄近路，她们转向正北，朝内陆走去。途中，她们看到不仅有好多掉落的山核桃，还有两棵巴婆树，树不大，却果实累累。她们一个劲儿地晃树，将黄绿色硬果纷纷摇落，用一条毛毯包起来带走。她们发现，有十几颗棕黄的熟果早已掉落，散发出一股浓香。她俩迫不及待地掰开果子，拿手指挖出柔软香甜的黄色果肉，用舌头哑着滋味，将果肉从大颗的褐色种子上吮吸下来，吞咽到肚里，边吃边满足地直哼唧。不出几分钟，她们填饱了肚子，手和嘴上都黏糊糊的，满身都是这种果子腻腻的味道。她俩在一条冰冷的小溪边洗净手脸，迈步返回俄亥俄河，随身还带着巴婆果的香气。

天色阴沉，因昨晚下过雨，地面松软。她们往前走，玛丽不停回望。虽然可以肯定，雨水已冲掉二人在营地附近的足迹，但她也清楚，此时走路有脚印，今早印第安人若碰巧发现，很容易就追过来。

下午一两点时，她俩坐在河畔一块凸岩上歇脚，将山核桃敲开，"嘎吱嘎吱"地嚼起来。没有孩子吃奶，玛丽的乳房在渴望婴儿的嘴唇。为不去想孩子，她乐呵呵地讲起两人已走多远，讲起离开盐沼营地时两人表现得如何机智。"从肖尼村是跑不掉的。"她若有所思地说，"人多，还有狗。感谢上帝，盐沼营地没狗。不过最走运的是，咱们在河的右边。否则，要是偷不到独木舟，真不知怎么过河呢。不过，拿我来说，就觉得这些异教徒偷东西在行，防偷可就差着啦。"

临近傍晚，她们沿俄亥俄河吃力地向东走，这时玛丽意识到，古拉特管对岸河口叫……她回想着那个法语词，但只记得其意思是"石河"，印第安人称那条河为迈阿密祖。她想起，他们来时在最后一天的下午曾路过那里，由此估算，在获得自由后的首个完整一天中，她和盖特尔沿俄亥俄河谷已走约十五到二十英里。她默念道：十五到二十英里。听起来不错，她俩确实已走很远。然而，她回忆起从德雷珀草地骑马过来的那些日子，一个月时间，他们一天骑行约十五到二十英里；她又想起乘独木舟顺流疾行、从肖尼村来盐沼的四天。顿然间，她们今天艰难走过的路，似乎只是漫漫归途的最初一小步而已。啊呀，每天要走这么远，走上一个半月或两个月，才能到家！这条俄亥俄河谷虽说难走，但比起要遇到的阿勒格尼山里新河沿岸的地形，还算平缓。

得啦，她告诉自己，想这些灰心的事没啥好处！走一天是一天，每天都往前赶就是。就算走两个月，换来的是回去跟自己人过一辈子，吃这点儿苦又算啥！

天黑时，她俩饥肠辘辘，每人又吃下三个巴婆果。一天下来，毛毯已干，晚上不冷不热，她俩就没挤在一处取暖。每人身裹自己的毛毯，毯子散发出巴婆果的气味，几乎浓烈到让人作呕。河水哗哗流淌，黑暗中时而吱吱有声，时而鸟兽寂然，时而夜鸮哀鸣。她们躺在岸上，内心既怀希冀，也有恐慌，任双腿和后背的灼痛渐变成隐痛、麻木，不知不觉间进入梦乡，梦里尽是茫茫旷野和未知的前路。

次早，她们搜寻了近一个钟头，始终让河流不离视野，却没找到认为可吃的东西。她们还剩几磅巴婆果，不过，鼻孔和嘴巴满是甜得发腻的气味，一想到再吃就让人倒胃。盖特尔有意往内陆多走些路程，爬上山坡高地，指望找到坚果树。玛丽只得规劝，称她们主要是为沿河而上。随玛丽走，盖特尔有些不乐意。显然，她说想吃早饭并非戏言。

两人穿过灌木丛生的河漫滩费力前行，蹚过小溪和沼泽，手脚并用爬上坡地，奋力钻过荆棘丛，本已破烂的裙子又撕出些裂口，双腿划得鲜血直流。到下午一两点时，她俩累得喘息不止，不停拍打着大个褐蝇，这种苍蝇叮人凶狠似蜂。她们实在太饿，巴婆果又成美味。

走过约十二英里后，她俩从林木繁茂的坡地下来，猛然发现一个河口拦住去路，有条河从此汇入俄亥俄河。玛丽记得这条河，河名的意思是"野牛"。古拉特曾指给她看，称其为"野牛河"。此处河面过宽，水明显又太深，无法通过。盖特尔垂头丧气，一屁股坐到地上，一副被击垮的模样，汗水从扁塌塌的鼻端滑落。玛丽看着她，知道对方的心情。不过，玛丽自然早已考虑过，遇到这种阻隔要绕行。"呃，是这样，"她无力地勉强一笑，用战斧沿支流河岸前指，"咱们沿这边走一段，找个地方涉水。"什图姆夫太太只是坐地凝望，慢慢晃着脑袋。玛丽担心，若坐想太久，老妇有可能考虑返回盐沼营地，比较来说，毕竟那里既舒适又安全。玛丽故作轻松，握住老妇的手，拽着她，直到对方叹口气，站起身来。两人边走玛丽边轻声哼唱：

> 十成百，百成千，千成万，
> 万里路漫漫，誓要把家还。
> ……

然而，整晚及次日全天，她们都在逆支流而上，离俄亥俄河这条正路越来越远。艰难跋涉，走出五英里、十英里，或许二十英里，究竟走了多远她们也说不清，只为返回距当时站立处仅有投石之远的地方，这叫人沮丧至极，几乎和返回营地同样令人灰心。然而，除此别无办法，她俩都不会水。

在逃离盐沼营地的第四天傍晚，她们终于来到一个微波粼粼之处，可见这里是浅滩。她俩疲惫交加，遍身刮伤和淤青。树枝几乎将河面遮得严严实实，绿荫幽深，一片昏暗，尤其现已筋疲力尽，因此她俩想明早再过河，便在两株并排倒木中间铺上树叶，摊开毛毯，又下到河边，强迫自己吃完余下的巴婆果。果子变得过熟，加之已吃腻，几乎让人作呕。一顿接一顿只吃巴婆果，两人都得了严重腹泻。盖特尔站起身，未走几步就蹲下，将裙边收到腰间，随即"噗嗤"一声，一泡稀喷到树叶上，回来时，脸上带着反感的表情。几分钟后，玛丽也憋不住了，离开去解手。她不希望遇到这种状况。她的体会是，拉肚子会把身体拉虚，而她们还得尽量保存体力赶路。

午夜后，有什么东西走来，脚步沉重，喘着湿湿的粗气，在周围呼哧呼哧地嗅来嗅去，折腾了近一个钟头，将她们吵醒，吓得两人心惊胆战，直到快天亮才又睡着。她们确信来的是熊，便背靠背坐起。玛丽手握战斧，随时准备摸黑反击。她听见盖特尔响起鼾声，最终自己困得再也扛不住。她俩全都坐着打起瞌睡，直到被一只林鸟的尖啼唤醒，瞥见珠灰中染有珊瑚红的晓色透过河对岸的树梢。

她俩需要些体力涉水过河，因而忙着找吃的，直到天光大亮，其间还得常停下，将又稀又烫的秽物泻到地上。玛丽回想起她们在漫漫长夜提心吊胆又无计可施的情景，打算做武器来防身。她喜欢山核桃木的质地，便找到两株笔直的小树，树的下端直径约有两英寸。她抡斧将其砍倒，刮掉树皮，剁成大概七英尺长的木杆，再将粗端削得尖如枪矛。两人武器在手，精神有所提振，于是准备过河。

玛丽率先踏入湍急的冷水，光足踩到滑溜溜的圆石，借助山核桃木长矛钝的一头，探知前方水深，并在水流中支撑身体。老妇拼命拽住玛丽的裙背，一边倒吸着气，一边嘟哝，可能在用自己的语言祈祷。往深处多走一英寸，脚趾就愈难踩牢光滑的石头，被无情的河水冲倒、卷走、夺去性命的可能就愈大，头昏目眩的感觉也愈强。这条河她原来估计有五十英尺宽，此刻却似乎同俄亥俄河一样开阔。总的来说，水流仅没到大腿，然而，她踏入一片满是淤泥和卵石的凹坑，感觉水流猛烈冲击着屁股和腰，仿佛这番煎熬已到尽头，自己就要葬身于左边几英寸远的深水中。

对岸那些裸露的树根，她仿佛已盯视几个钟头，这时突然间抓到了手里。她顺势爬上河岸，水从裙上滴落。"啊——嘿——"盖特尔长出一口气，兴奋得大喊。树丛里落满枯叶的地面沙沙作响，看不见身影的动物纷纷奔逃。她们成功涉水。两人气力全无，冻得剧烈颤抖，然而却满心欢喜。她们得意洋洋，彼此相拥，捶打着对方后背，几近癫狂地大笑；最终两人消停下来，一边哈着气，一边哆嗦，拧出裙摆和毛毯下端的水。玛丽注意到腰带，打算像来时那样记下归家的天数。她回想起今天是逃离盐沼营地的第五日，便打个表示出发的三重结，又打下四个单结。同时，盖特尔道出自己念念不忘、常挂嘴边的事：

"肚子饿呀。"她说，"我想吃早饭。"

二人爬坡走出一小段路，去找吃食，同时留心不让河流离开视野。因急于沿东岸返回俄亥俄河，玛丽在担心走远了看不到当前这条河。

山坡高处有一片地方早前被火烧过，遍布灌丛和次生林木。在这里她们发现，野葡萄藤随处可见，紧紧缠住小树，仿佛要把树拖倒、扼死。葡萄不过豌豆大小，但一串串密密匝匝，几分钟的工夫两人就摘得满满一毛毯，再将毯角扎起。她俩又摘了些，坐在地上把葡萄从梗上咬下，一点点嚼起来。葡萄甜中带苦，味道强烈。她们把葡萄籽也嚼碎咽下，发现如此吃法让人更感饱足，就这样把胃填满，不过奇怪的是，因为没吃面包或肉食，感觉只是半饱。她们爬下坡地，回到河滩，沿滩地往北走向俄亥俄河。

中午时分，天气闷热，天空阴沉；循支流走出约四分之一的回程，她们沮丧地看到，面前又出现一道障碍：一条又宽又深的溪水汇入河流，也拦住去路。玛丽叹了口气。看来在绕行的路上又得再兜圈子，这比预想的更糟。如今她们已逃亡五天，尽管可能已走出六七十英里，但因为不得不绕来绕去，往家的方向前进了不过三十英里。

她想：实际上，因为这些该死的岔路，相比刚逃出那会儿，我们兴许已离家更远!

不,那么看只会把人逼疯。

与这条小溪不期而遇,又多走出五六英里。她们沿溪水南岸前行,见一株倒伏的桦树横跨溪上,于是以树为桥,走到对岸,再沿北岸折回,连走带爬,重返野牛河。夜幕降临,依然未见俄亥俄河的踪影。在获得自由的第六天上午十点左右,她们再次站到俄亥俄河边,此刻是在野牛河河口的东岸,身体既疲顿,又因腹泻而虚弱。

玛丽暗忖:走出两天半,离家近了一百码。

这过于离谱,简直是个笑话,但她决定不跟盖特尔说。老妇鼓着这种劲头,已够不易。

"欸,瞧!"玛丽装出欢天喜地的神情,高声道,"这么一小段路给绕过来啦。往前好多天路都不难走!"

第 12 章

在田纳西腹地的一处山巅，松林幽暗，四匹马正沿林中一条崎岖兽道小心前行。

骑头马的一身印第安装束，是印白混血的向导甘德·杰克。他四十一岁，讲英语和切罗基语，平生频频往来于罗阿诺克与坎伯兰河^①以南切罗基各村落之间。他熟悉去南方各部落村庄的路途，这种人寥寥可数，所以他被威尔·英格斯高价聘为向导。威尔就骑在杰克身后的那匹马上。约翰尼·德雷珀骑第三匹马，手里还牵着一匹驮马，马背上是他们的干粮，还有用来送礼和赎人的几磅镜子、玻璃珠、发梳和小型工具。甘德·杰克曾提议带朗姆酒，但威尔起初不同意。一来杰克酒瘾大，威尔怀疑是他想喝；二来威尔觉得跟印第安人打交道，头脑得清醒，喝酒没好处。不过最终他还是勉强应允，带上几加仑威士忌，小心看护着。

他们抵达山梁尽头，穿过桧柏林往下走，来到光秃秃的山坡。低头望去，只见一大片花楸林色彩绚烂，满树满林尽是小小的黄叶和红彤彤的浆果。雪松蜡翅鸟、蓝鸦和雀鸟在树间蹿来跳去，啄着果实。远处山坡上，阔叶树纷纷凋零，黑苍苍的常绿树立于其间，云影沿山谷徐徐浮动。

三人骑马约莫下到半坡，遇到一条窄涧。涧水哗哗作响，在巨石间奔涌跳跃。山坡太陡，马匹险些一屁股滑倒。半小时后，他们走进一处地势平缓的马蹄形山谷。这里遍地衰草，发红的泥土中长着松树。三人并辔而行，让马匹一路小跑，这样走了一小时。他们头戴宽檐三角帽，给眼睛遮阳。甘德·杰克头缠一块扎染印花黄巾，帽子挂在肩后带子上。

杰克指向前方。威尔注意到，距此一英里，黑压压的松树如一道壁垒，侧旁烟雾低垂。"是切罗基村庄。"杰克说。他勒马止步，威尔和约翰虽不明缘由，也勒住马。杰克又是听，又是瞧，足足过去一分钟，然后咂咂舌头，三人继续前行，不过脚步放缓。周遭空气闷热，阒然无声，弥漫着不祥氛围。威尔浑身冒汗。从眼角余光里，忽觉人影晃动。他环顾四周，手下意识地握紧横在鞍上的步枪，因为他看到，他们左右出现约十多名印第安武士。这些人步行，有些手握弓箭和兽皮盾牌，有些端枪，押送他们朝村子走去。这一带地势开阔，印第安人竟一下子冒出来，真是匪夷所思。

骑马走入松林，周围飘荡起一股柴烟气。忽然间，他们发觉自己置身于一座整洁有序的村落。村中木屋以劈开的木板作顶，格外牢固，有的比德雷珀草地自己原来的房子还大。烟囱由木棍糊泥做成，可见屋内有火炉。在路边凉荫下，俊俏的棕肤姑娘们赤裸上身，在研磨粮食、做饭、织布，此时纷纷停下手头的活儿，起身瞧着这些白人骑马进村。光溜溜的孩童不再玩耍，畏怯地看着他们。威尔猜想，这些孩子以前没见过白人。一条清溪拐入，流向村子中央。小溪里有好多光身儿童在戏水，还有不少女子在洗衣。眼前一派安宁有序的景象，令威尔惊叹。他朝身旁的约翰尼看去，对方赶忙也看向他，还说了句：

"村子不赖，是吧？"

威尔回头看到，众人聚拢过来，悄然跟随，满眼好奇地瞧着。

---

① 坎伯兰河，俄亥俄河支流，流经今肯塔基和田纳西两州，全长约 1 100 公里。

"首领来啦。"甘德·杰克轻声说。威尔扭头见一位头发花白、腰板挺直的老者，手拄一根顶端饰有黄、白羽毛的长手杖，沿阳光斑驳的街道朝他们走来。杰克向他举起手，勒马止步。首领还了礼。杰克下马，站在首领面前伸出手。两人紧扣前臂。杰克开口说话。首领点着头，目光敏锐，偶尔抬头扫一眼两个白人。"下来吧。"杰克说，"你们低头看他，他不乐意。"两人急于讨好，便溜下马来。

威尔、约翰尼和甘德·杰克走进棚屋。屋顶很高，屋内宽敞凉爽。他们和首领以及村中另几位头领一同吸过烟斗，吃下一大碗饭，吃的是肉条炖豆角南瓜，尝不出是什么肉。甘德·杰克老奸巨猾，等吃完才说是狗肉。威尔一阵作呕，后来不去想，也就忘了。

切罗基首领话不多，但热情好客。经杰克翻译，他听着威尔的述说。威尔讲了德雷珀草地的屠杀，跟他说俘虏可能在肖尼地界，希望通过切罗基人居间帮忙，赎回他们。他提及精美礼物，称若能让亲人回身边，他便将礼物赠给肖尼人和切罗基人。首领耷拉着眼皮，听着这一切。听到礼物，不管他是否真的心有所动，脸上反正丝毫也未表露。他对甘德·杰克匆匆说了什么，随后起身。

"他从没跟英国人当面讲过话。"甘德·杰克说，"他心里有几件事，希望你们听一听。"

约翰尼俯身凑近威尔，半张开嘴，笑道："你觉得呢，威尔？我们要听他讲吗？"

"反正也没有什么更急的事。告诉他，"威尔对甘德·杰克说，"能聆听指教，我们实属有幸。"

甘德·杰克让首领先讲一会儿，待他一停下喘气，便开始翻译：

"他说，今年见过两回肖尼兄弟……对方跟他讲了心里话……

"肖尼人被英国白人赶来赶去，这才拿起战斧反抗他们。肖尼人原本活得好好的，可英国白人一来，辟出大片农场，杀光了猎物。肖尼人只得往北搬到生地……

"后来，他们又被迫西迁，在俄亥俄河边找到新土地，因为来了更多英国白人……

"他说，他同情肖尼人……今天见你们是白人，就警惕起来……他担心，切罗基部落为保护家园，有一天也会同英国白人开战……

"他说，肖尼人不会轻易交出俘虏。他希望你明白，因为白人到来，他们有人死亡或遇害，为补充人口，就抓俘虏，收留他们……"

"问问他，这是不是说兴许他们还活着。"威尔说。

杰克跟首领交谈几句，然后告诉威尔：

"要看家庭。他们失去一个人，就得到一名俘虏。若恨意难消，为报仇，也许会折磨或害死俘虏。不过，若觉得俘虏是好样儿的，就会收留，像对待自己人似的保护他，让他过得适意。"

威尔和约翰尼焦虑地看看彼此。接着，威尔又提出一个总也想不明白的问题："问问他，既然肖尼人对白人恨之入骨，为啥还要给法国人当帮手。法国人也是白人，跟我们没啥区别。"

听到问题，首领不假思索便给出回答。"他说，"杰克翻译道，"法国人和你们不同。他们跟肖尼人一样打猎、捕鱼，跟印第安人一样建小村子，种田只为自己吃饭……他说，法国人不会驱赶印第安人，不会毁坏土地，不会杀光猎物。他说，法国人和印第安人可以和睦共处、相互帮忙。英国白人可不行。这就是肖尼人找法国人帮忙的缘故……"

此刻，首领坐下来。一名年轻人看到示意，又取过烟斗，用木炭点燃，在大家中间传吸。首领再次开口，这回举止较为随和。

"他说，很高兴你来找他。他觉得，你们敢单独到此很有胆量，来意也友好。切罗基人同样爱自己的家人，同样会像你们这么做……他说愿意帮你们赎回家人，只要有肖尼人来，就替你们讲好话。不过，他说肖尼人不大可能说来就来。要等……"

首领又说起来，朝西南方向挥着手。

"他告诉我，那边一座村子有个叫蛇杖的切罗基人，两天前路过这儿，说入冬前要去找肖尼人议事。他说要是蛇杖还没动身，你们可以聘他做中间人。"

威尔目光急切："去找这个蛇杖要走多远？"

"我知道他住的村子在哪儿。往西南走五天，除非遇到洪水或麻烦。"

威尔稍作沉吟。他们进入这片生地，已骑行两周，到此处毫发无损算是万幸。在切罗基地界再走五天着实危险。他扭头看一眼约翰尼。

"这是去救贝蒂和玛丽她们。"约翰尼说，"我不能没尽力就回去。"

"我也一样。"威尔回身又问向导，"你能带我们去吗，杰克？"

印白混血儿耸耸肩，面露令人反感的笑容。

"你的意思是要报酬吧。"威尔说。

混血儿点点头。切罗基首领再次开口。杰克翻译道：

"他说，你们该知道，蛇杖可能不愿帮英国白人。他想问题像肖尼人，说话也像肖尼人，做不到没偏没向。他去找肖尼人时，听他们讲起这些，听得怒火直冒。首领提醒我们要明白这一点。"

威尔·英格斯食指弯曲，掩住上唇，注视着首领，心里在盘算。最终他说：

"我觉得，这个蛇杖跟别人也没啥两样。只要给酬劳，他多半会帮咱的。感谢首领款待。告诉他我有礼物相赠。接下来咱就上路，去见那个蛇杖。"

甘德·杰克觉得，为答谢切罗基首领和朋友们提的主意和建议，应送些威士忌。但威尔知道，杰克出这个点子是因为他自己酒瘾大，便没答应。"你可千万别说咱们有酒。"威尔警告他，"今晚会相安无事的。没必要浪费好酒让善良的切罗基人变坏。听我说，杰克，我睡觉时酒罐和枪就在身边，只要醒过来听见塞子响，我就开枪。懂我的意思吗？"

当晚，没人进屋偷威士忌，可威尔倒不如去站岗；尽管累得腰酸背痛，草荐也比几周以来睡过的任何地方都干软得多，但他却全无睡意。

让他无法入眠的也许是不同声响，或各种气味。不时听到有轻微动静路过屋外，像莫卡辛鞋踏在松软的地面，像绑腿相互摩擦。一听见这种声音，他便紧盯有微光的长方形门口，拇指按住步枪冰冷的击锤，枪就横在腰上。他一直盯视，最后灰黑色的长方形开始晃动。他稍稍抬眼看向上方，发觉用眼角余光反倒看得更真切。附近房屋有孩子在睡梦里咳出一声，毯中的威尔猛然一惊，心狂跳达五分钟之久。

约翰尼·德雷珀和甘德·杰克都毫无觉察，实则威尔·英格斯已怕到半死。在走进切罗基地盘的漫长路途中，每过一晚，威尔的恐惧便加深一层，只是他能将之压在心底。此刻，他身处切罗基村落，躺在黑暗中，慌得几乎要尖叫。还得深入切罗基领地再走一周，不是去见一位和善老者，而是去找一名不怀善意的切罗基年轻人，每念及此，他就愈加畏惧。前一刻，他想到自己如今已胆战心惊，后一刻，他又想到下个礼拜自己该怕到何等地步。

威尔在心里说：该死的，为让人相信自己不是孬种，男人得经历多少艰险，真是可怕。

没人讲过威尔·英格斯是孬种。多年来有太多证据，说明他不乏胆气。"那个威尔·英格斯啊，他可是人不怕鬼不怕。"谁都会这么说，也确有好多人这么说过。

嗯，威尔·英格斯的确有胆量。不过，他这个勇者似乎也有怯懦之时，比如当下。

威尔想：不知约翰尼是否跟我同样害怕。不知他睡觉或是躺在那儿，是否跟我同样心在翻腾。甘德·杰克心慌能瞧见，可在约翰尼身上却看不出，在我身上也看不出。

但我真是怕。我敢打赌，约翰尼也一样。

他听见外面有轻响，吓得头发直竖。他瞪圆眼睛，抬起头，支棱起耳朵。听上去像是有人吹了半声口哨，又像是发出暗号，也许还像是印第安人模仿猫头鹰的叫声。

没准儿是猫头鹰在模仿印第安人的叫声。他边想边笑了笑，试图驱散心头的恐惧。

他伸长脖子，侧耳细听，直到脖子感觉酸痛，直到耳朵嗡嗡作响，即使有只森鸮停在肩头也听不见叫声。什么也没发生。他缩回头，盯着漆黑一团、了无可见的屋顶，盯着屋顶最高处的灰色烟孔；他冷汗涔涔，听见心在胸口咚咚直跳，有如骡子在踩踏木板地面。

他想：只因身在印第安村落。白人在这里待不惯。

白人女子也待不惯。他在想，此刻念起玛丽。

这就是他深更半夜身处印第安村落的缘故，因为在这夜半时分，玛丽身在另一个印第安村落。

我是说，她要是还活着，有可能身在印第安村落。他想。

此时，他躺在那里，努力揣摩玛丽在考虑什么。以往他俩常异想天开，讨论能不能猜透对方的心思、看懂对方的眼神。彼时两人何等亲密。

他尽力去想象玛丽的心思，最终得出的结论是，玛丽在想他念他。

假如玛丽也在揣摩我的心思，看透我心里的恐慌，可如何是好。他暗忖道，我不能再心慌，让玛丽知道对她没好处。

这个念头让他忆起一件可怕的事：发生屠杀那天，他眼睁睁看到玛丽被俘，却只能一逃了之。

他想：玛丽也许能猜透我的心事。果真如此，我怎么再面对她呀？

上帝啊，可别让她知道。他暗自祈祷。

他担心玛丽知道。玛丽揣测他的心思，往往都能猜透。

兴许玛丽觉得我是胆小鬼。他想。

可上帝作证，玛丽，重要的不是男人想什么，而是他做什么。

亲爱的玛丽，为你，我要继续前行，去找那个叫蛇杖的切罗基坏家伙。

我是说……泪水顿时涌出，淌进耳朵。我是说，玛丽，我爱你，胜过爱自己的命。你在那边印第安村子里都不畏惧，我在这儿也没理由胆怯。我是说，你仅仅是个女人！

第 13 章

溪水清澈，水下不过十英寸，大鲇鱼待在积满淤泥的溪床上，旁边是一根沉底的黑色原木。绝对有三英尺长，这般大的鲇鱼玛丽从没见过。鱼背灰青，颜色极近溪床。若不是为在水流中停稳而须子微动、鳍和尾缓缓摇摆，玛丽不会发现它。

玛丽蹲在鲇鱼上方的溪岸。她单膝跪地，将削尖的山核桃木长矛举过右肩，尽量轻手轻脚。盖特尔站于身后，急不可耐地扭动身子，嘴里嘀咕着，可能在祷告或在出主意。

"嘘！"玛丽悄声说。她的手在抖，原因既是心慌，也是饥饿。她俩绕过野牛河，连走三天都没寻到吃的，连一颗黑莓都没找见。为让肚里不空，盖特尔今天竟以草为食，但玛丽听男人们说过，这样不明智，所以没吃。在过去两天，饥馁难耐时，她就喝水，直喝到腹胀为止。饥饿感便从腹部转移到四肢的筋骨中，也转移到心里。

此刻，她手举长矛，矛端用战斧削得又细又尖，离水面有一英尺左右，对准摆动的背鳍下方一英寸处。她在迅速盘算下手时要做什么，不要做什么。扎高扎低都不可超过一英寸，否则矛尖就会顺鲇鱼光滑的侧面出溜开。必须用力，让矛尖刺入鱼身，否则会将鱼拨到一旁。而且，矛尖无抓鱼的倒钩，所以必须把鱼扎穿，按在溪床上，任它如何扑腾也不能松手，要等到探手入水，牢牢抓住。直到此刻她才明白，狩猎原来既是体力活，也要动脑。一个人饥肠辘辘时，身体难以受脑子控制，等不及什么都想妥。她攒足右臂力气，最后感觉胳膊如枪上扳起的击锤，蓄势待发。只有亲手杀死一只活物，自己才能保命，这种经历还是初遇。以往凡有必要的捕猎或屠宰，都是威尔或父亲的活儿。和印第安人一样，他们也认为这事该男人做。她的心嘣嘣直跳。

动手！

手臂猛然向下运力。矛杆"唰"的一声戳入水中，在水下似乎上弯，随后触到溪床，原来鲇鱼所待之处，搅起团团淤泥。

她叫声苦。老妇用自己的语言大声骂了一句。

因水有折射，鱼的位置看上去比实际要高。长矛刺穿溪水，却偏了足足两英寸。

她想：下次再见有鱼可抓，教训得记取，只要还有下次。机会难得，实在难得。不是每天都有大鱼等你抓。

老妇在岸边急得直跺脚，高声痛骂着，嚷着说下次让她来，一逮一个准。玛丽无力地站起身，眼冒金星。等金星消失，见泥水从矛尖滴下。她狠盯着盖特尔。老妇火气渐消，像一锅沸奶从火上端走。

"下次你来。"玛丽咕哝道，"可没你想的容易。"

脱逃第十一天，又一道溪水拦住沿俄亥俄河前行的路，她们只得朝上游先走五英里，再往下游走五英里才绕过来。当晚，在一片天然牧场边，她俩发现一丛植株高大、处于凋零中的黄花。玛丽在肖尼村旁见过一块块花田，由此猜测这些花应该能入口。她和盖特尔试着先吃花朵，再吃叶子，但味劣难咽。盖特尔揪住一株花梗，用尽气力一拽，花株被拔离地面。她们看到花根又圆又肥。玛丽拿斧头切下几片，发现内里白白脆脆，几乎和生甘薯一样可口。她们拔起所有花株，弄到一磅左右的块茎。当晚就以此为食，之后在一株倒木的背风面以落叶为床，躺到上面。胃里饥饿的灼痛暂时消退，只有备受摧残的腿脚阵阵酸疼，令她俩难以入睡。周身疲乏至极，让人神经麻木，不久便压制住腿脚的痛楚。午夜前两人进入梦乡，上空是镶满蓝色寒星的巨大天幕。

第十二天，她们被迫绕过另一条小支流。夜幕将垂。在这条河旁，她们发现一株栗叶橡树底下落有许多橡子。没火，也没锅，无法熬出橡子中的鞣酸，只能剥壳后带苦味生食。最初几颗尽管味苦，还算可口，再吃下去就只能强迫自己去嚼、去咽。不过，当晚睡觉时总算胃里不空，醒来后手脚有了些许力气，可以在逃离的第十三天继续赶路。似乎十三果真不吉利，那天连一口吃食也没寻到，睡觉时枵肠辘辘、腿臂酸疼。玛丽卧看繁星，静听水声，透过长裙裂口，用手指抚摸身体。皮下的骨盆仿佛无肉，摸上去就像蒙着布的木头家具。德雷珀草地的屠杀虽仅过三个月，却似时隔多年。受难之初，肚子怀有身孕，鼓鼓囊囊，而今骨盆和胸腔之间却凹陷松垂，乳房又硬又干，已然断奶。

为不想婴儿，她凝望繁星，直到双眼发酸。身体正忘掉孩子，心里不去想并非太难。除了脑际还会浮现出孩子的眼睛和嘴巴，她几乎已忘记这回事，仿佛从没生过。最终，盖特尔有节奏的鼾声起到了催眠效果，玛丽进入梦乡，梦见汤米、乔吉和母亲。

她俩已逃离盐沼营地两周。傍晚时分，玛丽望向俄亥俄河，见一只独木舟正朝北岸横渡。远远看去，独木舟只是绿水上被阳光照亮的一道灰影。玛丽止住步伐，老妇险些被她绊倒。玛丽遥指移动的船影。二人望着船直奔北岸驶去，而后消失。

玛丽认得彼处，是赛欧托河河口。心狂跳起来。

"盖特尔！"她发觉自己在悄声低语，"看！肖尼村！沿那条河朝上走！"

老妇望过去，目瞪口张。"上帝呀，"她嚷道，"没错！"

"盖特尔！这就是说……这就是说，咱们走了一百五十英里！算上所有弯路，可能有两百英里呢！"

"啊，什么？"老妇像一匹气喘吁吁的马，呼哧呼哧地说，"我倒觉得有五百英里呢。"

两人躲在岸上高高的草丛内，躺着歇脚，谈起挨肖尼村这么近有多危险。她们抵达之处几乎正对赛欧托河河口。在红黄交织的落日斜晖中，可见对岸三五田舍，还有升起的炊烟。不时有犬吠或缥缈的人声传过宽阔的河面。玛丽提醒说，得隐藏行迹，尽量不出声。她想起在河这边有座印第安人的小农场。八月时，自己和其他俘虏曾被押至那里，等候独木舟渡他们过河去肖尼村。那儿有狗吗？她在努力回想。她似乎记得，在一只独木舟的阴影处睡着一条大黄狗。如果那里是常规渡口，自然会有危险：许多印第安人来来往往，包括成群结队打仗和狩猎的。

"咱们应该在这儿过夜，"她说，"天亮就离开河，绕过去。"

老妇凝视着对岸袅袅的炊烟，眼中透出渴望。"他们那边有吃的。"她边说边摸肚皮，还晃着身躯，"我吃得下一两条狗。哎呀，狗肉，可惜吃不着。"

玛丽嘴上没说，可也始终感到饥火烧肠。她随后想起，印第安小农场有块玉米田，可能还没收割。

她越是想到玉米，就越无心躺到天明。怎么都睡不着，便壮起胆子，变得不管不顾。"跟我来。"最终她悄声说。

夕阳已坠到下游陡岸背后，天色入暮。玛丽和老妇顺栅栏穿过草丛，朝玉米地爬去，同时眼睛紧盯印第安小屋，看有无灯火或动静。还没听到一句说话声，也没闻到一丝烟气，更没看到一点火光。然而，玛丽记得在此见过的小男孩，知道他们若在附近，会像看门狗一样警觉。

在栅栏边的草丛里，她和老妇似蛇一般，悄无声息地爬行，却突然僵在原地。几乎就在头前，听到一声沉重的脚步——更确切地说，是通过身下松软的地面感觉到的——之后听见一声叹气般的粗重喘息。她俩在草丛里趴得更平，心在狂跳。此时，又听见两声脚步，随之是一下沉闷的金属撞击声。隔着杂草，一个巨大暗影从前面不足三码的地方走来，又碰出金属声。玛丽脸贴地面，朝上看到一只深褐色眼睛，那只眼在俯视她。

是一匹马！

一匹沙毛马，颈上挂铃。在玛丽认出是何物的同时，牲畜也看清草丛里的她，惊得往后直退。马前蹄腾空，半直立而起，往旁一侧身，晃得铃铛发出响亮的当啷声，而后跑进灌木丛，地面被踏得嘭嘭作响，草木则被刮得沙沙有声。玛丽和盖特尔趴在地上，心咚咚乱跳，浑身冷汗骤淌，料想马一跑定会有人出屋，而小屋只有几英尺远。

暮色渐深，她俩等了有五分钟。房内毫无动静。远处，马铃声仍在叮当作响。

"也不清楚有没有人住。"玛丽悄声对盖特尔说，"在这儿等我。"

腿关节咯吱作响，她强撑着起身，左摇右晃地站立片刻。体重再次落于双足，脚上一阵阵抽痛，她便斜倚山核桃木手杖。等脑袋不再眩晕，她望过栅栏。栅栏是围挡牲畜用的；附近有两根栏杆倒伏在地，这匹拴铃的马才得以四处乱跑。此时，她能看清整座小屋和周遭的主要环境，更加肯定小屋已荒弃。她拿出超乎预料的胆量，蹑手蹑脚地来到小屋墙边，将耳朵贴过去，然后缓步绕到正面，掀起兽皮门帘，俯身向幽暗的屋内看去，闻到里面一股混杂霉味的沉闷烟气。她战战兢兢，准备一有动静就刺出尖矛。

就在身后，有根小树枝忽然折断，一条身影"嗖"地凑近。玛丽顿感头皮发麻，心跳至喉咙处。她一转身，对准突现于蒙蒙红色余晖中的庞大人影，将长矛狠命刺去。

"哎！"

玛丽听出是盖特尔的叫声，也认出老妇的身形。与此同时，矛尖未遇阻碍，捅入软绵绵的东西，吓得她浑身战栗。

"老天啊！"老妇低声怒道。她抓住矛杆，从裙布里将矛搜出。矛尖偏离一英寸，没刺到脖子，扎透了右侧衣领。

玛丽头脑发蒙，虽松了口气，但怒火升腾。两人彼此瞪视，僵持良久。"这时候，你怎么敢朝我摸过来？"最终，玛丽气呼呼地低语道。

"上帝呀！我以为你需要我呢！"老妇同样因气恼而声音发颤。后来，她俩一边哆嗦一边叹气，朝彼此倒身过来，抱住瘦骨伶仃的对方以求安慰。老妇轻拍玛丽的肩膀。两人再次意识到处境的凶险。方才她们又是大喘，又是嚷叫，而此刻却站在小屋门口，弓身朝四下窥望、细听。黄昏寒气逼人。对岸点点篝火在闪；弧影似的月亮挂在东天一处陡崖上；从不同的地平线上传来两只夜鹈的对鸣，有如笛声。玛丽怀疑出声的并非夜鹈。

屋内一团漆黑。两人认定屋子确实无人居住。她们四处摸寻东西，仅找到一只破陶罐、一条约一码长的皮带，后墙边还有一方垫着碎枝和树叶的睡铺。在小屋中间，一圈河石围着一堆冷灰。显然，这户印第安人家即使并非一去不返，也已走了些时日。

她们步出小屋，走进玉米地，惊喜地发现玉米已近成熟，尚未收割。玛丽在一片明月下做了饭前祷告："感谢天主赐予食物。"接下去有一阵，只听见玉米秸秆的窸窣声、她俩啃玉米的咔嚓声以及满足的哼唧声。

不久，玛丽就感到一阵反胃，取代了之前饥饿的痛苦。她咽下一口嚼得稀烂的玉米，提醒说："一下可不能吃太多，盖特尔。晚点儿还可以再吃一顿，好吗？"她们下到河畔，掬水来喝，然后回到放毛毯的栅栏处。两人肩披毛毯，坐在草丛里，夜气冻得耳朵和头皮冰凉，鼓胀的胃在疯狂地消化。她们听着胃里发出的咕噜声，时而左右晃动，既为暖身，也为促进消化。稍后，玛丽觉得，几小时内自己再也吃不下，可老妇一如往日，仍在想着吃东西，睡前对玉米地一直念念不忘。她钻进田里，又啃下两个玉米棒，总算饱足。

"咱能不能到屋里去睡？"填饱肚子后，玛丽睡意渐浓，便试探着说，"我觉得脑袋上在落霜。"

"噢，到屋里睡，没错，为啥不呢，是吧？"

她们走进小屋，在先前印第安人的睡铺上摊开毛毯，将身子裹住，长矛搁在手边。之前玛丽已拆松后墙的一块树皮板，万一有人进前门，可由此逃走。睡在蛮人家里让人惶恐，谁也不知他们是否回来。虽说舒适惬意，越发不想动弹，但她内心仍惴惴不安，如此过了一个钟头。她决定听天由命，心中默默祈祷。盖特尔也还没有打鼾，深夜玛丽听见她轻笑了一声。

"笑啥？"

老妇叹道："你没扎着鱼，我气得不行！可今晚你没准头，我倒是庆幸！"

她俩轻轻笑着，之后进入梦乡。

玛丽睡醒时倒吸一口气，一只有力的手紧紧握住自己的胳膊。盖特尔抓着她，裹毛毯坐起，盯向门口拂晓前朦胧的银光。门外某处，枯叶沙沙乱响，仿佛众人在无所顾忌地走动。

两人甩开暖暖的毛毯，各自抄矛在手。在惊恐中，玛丽定神细想两人的处境，想起自己曾在后墙拆出个逃生口。她跪爬在地，转身揭下那块树皮墙板，朝附近的玉米地望去。

声音正从彼处传来。她看见秸秆在乱动。两人不敢从这边逃跑。玛丽如冻僵般呆望着，等待印第安人从玉米地现身。

在糙韧的玉米秸秆间探出第一张脸，但高不过膝，接着又露出一张。忽然间，玛丽几乎乐不可支。她往后一伸手，抓住盖特尔的胳膊，将老妇拉到出口，给她看来犯之敌。

这些面孔正望向小屋。它们戴着黑"眼罩"，样子好笑，小黑鼻嗅来嗅去。其中一只浣熊直立起身，向上探出小小的前爪，抓住个玉米棒，熟练地剥开外皮，自中间啃起鲜嫩的玉米粒。

"啊！"盖特尔大叫道，"我们的玉米！抓住它们！"她慌忙起身，抄着山核桃木长矛，不顾一切地冲向前门。等她一头扎进玉米地，抢矛去抽打时，这群毛茸茸的小强盗早没了踪影。玛丽笑得几乎不能自已。心里一畅快，长久以来的痛苦似乎烟消云散。她揉着眼睛，此时盖特尔弓身进门，嘴里在抱怨。

"哎呀，盖特尔！瞧瞧你和你的浣熊！"

在粉色的晨曦中，她俩掰着玉米，直到兜满两块毛毯，边忙活边啃着饱满的玉米棒，不时扭头望向树林和灌丛，还留意着河上有无独木舟。在这个寂静的清晨，两人的笑声可能会让对岸听到。肖尼村的响动清晰可闻：断断续续的说话声、远处工具的锤击声、俄亥俄河对岸远远传来的猎枪声。玛丽急于要在天光大亮前远离小屋和村庄。她们手脚麻利地掰下浣熊还没吃到的玉米。小家伙们已吃掉好些……

"嘘！"玛丽悄声说，同时在侧耳细听。

是马铃的当当声。玛丽走到畜栏旁，见那匹沙毛马站在栏里望着她。马看似颇温顺，显然已忘记昨晚的惊吓。玛丽看到希望，心头一阵兴奋，悄悄把倒地的栏杆重新立起，而后进屋取来皮带。"我们弄到一匹马，你觉得咋样？"她对盖特尔说。毛毯兜满玉米，老妇正在给毯角打结。

"好！你是说，吃了它？"

"不是，骑它！"

"啊，那也行，我的脚同意。哈！"

喂了一把玉米粒，又好言安抚两句后，玛丽赢得马的忠诚，轻易就将皮带拴到铃绳上。这是匹母马，性情温顺，牙口已老，爱向人献殷勤，容易驾驭，由此玛丽猜测，这匹马已习惯了白人。也许是从白人那儿偷来的——她想。盖特尔找来几条革木树皮，重新扎好毛毯，手法既快捷，又巧得惊人，鼓囊囊兜满玉米的毛毯可搭挂在马背两侧。待太阳升起时，她们已准备好，要逆河继续赶路。自认识以来她俩从没如此乐呵过。昨晚和今早都有玉米果腹，于是有了气力。接下去几天都不会挨饿，另得一匹马驮吃的，也可骑乘。她们已成功走过头一百五十英里。有吃食，还有这匹天赐良马，前面的三四百英里会相对好走。

"你先骑，玛丽。"老妇慨然道，"我来牵马。"

玛丽怀疑，盖特尔是因为不知马的底细才不敢先骑。想归想，当然也不好说出口。"不行。"她说，"要等离开这儿再说，还是小心为好。咱俩都不骑马。"

"啊，好。"

为防止河对岸有人看到，她俩试图远离河边而走内陆，但很快发现，除却河畔的印第安小路，到处遍生芦丛和灌木，无法通行。因此，多数时间她们只得走这条小径，指望着不要迎面撞见成群结队的印第安人。

这是个惬意的清晨。尽管衣衫褴褛，但因脚步不歇，腹中有食，并不觉冷，而且走出阴影时，暖阳抚面。马蹄嗒嗒轻响，提醒她们这是上天所赐。长久以来，她俩已听惯急流奔涌、狂风呼啸、荒野邃寂，已听惯枪声、惨叫、初走在这蛮荒炼狱时的痛苦抽噎。而此刻，小小的马铃叮当作响，在她们听来，铃声美妙悦耳，是文明之音。铃铛由青铜铸成，暗淡无光，颇有些年头。玛丽不清楚铃铛的来处，但可以确定是出自文明之手；铃铛是文明世界的物件。也许是印第安人劫掠来的，是拉普朗特和古拉特用来换取毛皮的那种东西。她想：对，很可能是从那个贸易站换来的。衬衫布的蓝白格子图案在脑海中历历闪现。做衬衫生意仿佛已是多年以前。即便那种经历，与过去两周的风餐露宿相比，多少也像是文明世界的生活。不过，她还是暗自开心。不再被迫做法国人的搭档，值得庆幸。她终获自由。有玉米可吃，有人陪同，虽说这人行事古怪、不好相处，但毕竟是个旅伴，此外还有一匹良马，佩戴的铃铛来自文明世界。

她突然想：可那个铃铛，也许为安全起见，应该扔掉。她勒住马，伸手去摘铃。

"你做啥，啊？"

"把这个扔了。声音有些大，会让印第安人听见的……"

老妇攥住玛丽的双手，猛地向下一甩。玛丽错愕地看着她。

"不行。"盖特尔一脸严肃，边说边摇头，"铃铛是吉祥物，得留着。我做了个梦，梦见铃铛带给咱好运。"

"瞎说。它会让咱们丧命的……"玛丽又伸手去摘，盖特尔再次推开她的手，动作十分粗暴。后来，老妇的面孔转为和悦。她指指太阳穴，意思是已有主意。她弯腰拾起一把树叶，将其塞进铃铛，卡住铃锤，又扯下一片破裙布，将铃铛裹起，防止树叶掉出。"好啦。"她说，"这样就不用扔了，会带来好运的。"

玛丽耸耸肩。一时的小争执就此化解。

说实话，要真把这个出自文明世界的小铃铛弃之荒野，玛丽也心有不舍。小小的迷信观念虽说天真，但盖特尔做得没错。

这匹马可算帮了她俩大忙。时近中午，玛丽爬上一处石灰岩的岩架，将一条腿试探着搭在宽阔的马背上，生怕这匹母马不习惯人骑。她想：再也不比当初了，那时一蹿就上去。马动动耳朵，又抖抖鬃毛，想扭头去看，但盖特尔用力拽住缰绳。玛丽将整个身体都挪上马背，坐到两包玉米前头。马轻喷鼻息，但还是站得稳稳当当。

"嗯，好啦。牵马上路吧，盖特尔。我觉得它毫无意见。"

马走路的颠簸让玛丽昏昏欲睡，她这才意识到自己有多疲乏。双腿一阵阵刺痛和抽痛。没有内衣，外面也几乎衣不遮体，身体直接触到马的皮肤。她能感到大腿内侧受到擦蹭，如同按摩般在缓解劳累；能感到马肋骨上的肉略略下塌；能嗅到马身上那股如麝香般好闻的熟悉气味。她一阵阵打起瞌睡，更确切地说，是没合眼而进入毫无知觉的恍惚状态。她看到德雷珀草地的一张张面孔和一幕幕场景：面孔是母亲和两个儿子的；威尔劳累一天，正美滋滋地坐在壁炉前，她在给丈夫洗捏双脚；老座钟嘀嗒作响，温存过后，她醒着躺在那里，看着威尔熟睡的侧影，下体的欢愉渐渐消退，转而变为最深度的恬适。他们那种艰苦却又妙不可言的昔日生活如梦似烟，在眼前浮现。威尔常说，彼此间最贴心的事，莫过于晚上伺候对方的脚。他常伺候玛丽的脚，几乎和玛丽伺候他的脚同样频繁。此刻，她能感到威尔温暖有力的双手揉捏着脚背，用力之大几乎让她难以承受，有时甚至会让双腿抽动；威尔爱抚的手指活动着、拉抻着脚趾，让关节冷不丁轻轻发出"啪"的一声，然后绕脚踝转动僵硬而紧绷的双脚，直到小腿肚松弛下来。啊，她的威尔，一个多温柔的好男人！用力最大最猛，可又体贴入微，但有需要，他总具耐心，不管自己多累，也不管是否满脑子正想着明天的事……

我在回去找你的路上，威廉·英格斯；啊，我发誓，一定要回到你身边……

突然，恐惧如一道霹雳，将她从幻梦中惊醒。脑海中，只见一张张黑脸在逼近。她睁开双眼，周围是黄灿灿、红艳艳、于人无害的秋叶，眼前只看到马的脖子、耳朵，还有盖特尔铁灰色的乱发、后背弛垂的皮肤上受刑所留的道道笞痕。然而，这种感觉却挥之不去；就是这种感觉，让她在七月的那个周日上午一回回望向屋门。对此，她不能置之不理。"盖特尔！我要下来。"她低声说。老妇朝她扭过脸，听出话音中的恐慌，也面露不安。她勒住马，玛丽出溜下来。腿脚还未歇够，全身重量一下子落到上面，压得腿脚一阵刺痛，她险些跌倒。"听我讲，"她悄声说，"我感觉咱得离开这条路……"

那一刻，母马竖起耳朵，发出一声低嘶，将头转向一片高树下的阴影。

从阴影某处传来一名男子的低语。她俩在静听。片刻后又传来一句，这次声音更大。

玛丽伸出一根手指，指向左边坡下临岸的一片悬铃木和槐树矮林。两人拖住马脖上的缰绳，带马过去。她们走在林下落满败叶和枯枝的地面上，发出"沙沙"和"噼啪"声，刚走到一处齐头高的树丛背后勒住马，玛丽就望见一群印第安人，离此仅有五十英尺。

全是武士或猎手，沿小路步行，往西走向肖尼村。他们未涂作战油彩，但身侧背有火枪。几名武士两人一组，肩扛木杆，杆上悬挂死去的野兽和野禽，猎物的脚或脖子绑缚其上。玛丽数了数，有十三人在通过，之后是一匹驳色驮马，背上有两只死去的小鹿，接着又是一匹马，一匹枣红大马，背上横捆着一头黑熊，熊头下垂，随马的行走又晃又颠。盖特尔盯着他们，身子越蹲越低，似乎希望大地一口将她吞下，藏起自己粉一片、灰一片的大块头。玛丽躲在马脖子下瞧着，同时给马以轻轻抚摩，不让它受惊或嘶鸣。

猎人们走很久才过去。他们轻松快活，聊着天，时而突发一笑，笑声短促，似在咳嗽。

猎人的走路声已消失。两人一动不动，又待过许久。她们站在原地，让心跳和呼吸回归正常，同时望着小路，看有无更多人马跟来的迹象。最终，盖特尔的脸上绽露笑容，让人想到马的模样。她有些疑惑地看着玛丽。"我不明白你是咋知道的。"她说着，晃起脑袋，"不过，往后我听你的。"

"我担心的是，"玛丽说，"天黑前，这些猎人一低头，会发现咱们来时留下的脚印，然后派人回来查看咱们到底是谁。除了怕再碰见蛮人，我也同样担心这个。"

盖特尔在思忖玛丽的话，点着头，微动下颌，似在细细倒嚼，舌头舔着后牙床，一副若有所思的神态。最后，她开口道："我盯后头，你盯前头。该我骑了，咋样？"

"好吧。"

"给我找个上马的地方。"

玛丽将马牵到一株倒木旁，盖特尔脚踩树干，翘起又宽又瘦的屁股，侧身坐上马背。令玛丽感到既吃惊又好笑的是，老妇随即抬起左腿，而非右腿，搭在马背的另一侧，倒骑马上，脸朝马臀。她扭头往下瞧一眼玛丽。"咱们走吧。"她说，"他们要是跟过来，我看得到。"

玛丽目瞪口呆，盯视老妇片刻，之后摇摇头。"就这样吧！"她笑道，"坐稳啦！"

在这条迷人之河的峡谷中，她们沿印第安人的小路继续前行，穿过绚烂秋林，时刻警惕着前后的动静。

第 14 章

她们意外得马，大走好运；运气似乎还不止于此，天公也在作美。一连三天，南风吹拂，温和而干爽；天空淡蓝，飘动着被阳光镀金的轻云。风飒飒作响，高高吹过头顶的树木，吹皱河面，也吹落率先脱枝的秋叶。在高大阔叶木的树巅，常呼呼扫过一阵强风，树叶如阵阵黄色雪暴，飞旋飘下。红褐、橙黄、深红的落叶厚积于地，在脚下散出清香，踏上去松脆有声、柔软舒适。在斜射而下的光束中，不伤人的黄蜂和有倦意的苍蝇悠然穿飞。在这种干爽温和的天气里，玛丽与盖特尔一路前行，轮换着骑马、牵马，涉水过河，蹒跚走过沙沙作响的落叶，高举自制长矛，衣衫褴褛，俨若亚马孙族①骑兵队伍的两名残卒。一路上，玛丽常哼起那首归乡短歌。在攀爬一处陡岸时，马猛然前抢，盖特尔无马鬃可抓，自此不再倒骑。夜晚干燥清凉，但不冷。玉米在慢慢减少，当然，若敢生火熟吃，会消耗得更快。棒子上的玉米粒一天天变干，嚼起来又硬又粉，简直像吃白垩土，不如先前可口，就吃得少了。每天找到的几把莓果、核桃、野葡萄和柿子是绝佳的调剂。盖特尔缺了槽牙，只好想办法将玉米粒砸开、磨碎，常常在石头上用战斧的钝面把玉米捣烂，得到一小堆脏兮兮、白中带黄的糙粉，可就水冲下。这种粗陋的碾磨掺入不少泥土和石粉。因为吃得糟糕，玛丽的牙齿出现疼痛和松动，牙床莫名感到痛痒，从槽牙间可咂出一股朽坏的味道。不过，至少吃玉米已止住腹泻。每天早晨，两人都解出一小团硬便，为此而窃喜。

玛丽估计，自得此良马，每天所走路程已比先前翻倍，部分原因是，遇到不敢涉渡的溪口与浅河，马能驮她们过去。这匹母马擅长涉水，入水不慌，立足稳健，即使急流高到鬐甲也能通过。两人跨骑马上，河水及臀，玛丽紧抓马鬃，盖特尔搂住玛丽的瘦腰。当马爬上对岸时，两人就会对它一番宠爱，搂抱脖子，亲吻嘴巴，抚摸喉革，用手喂些玉米，遇到草地，也许会让它歇歇脚、吃吃草。玛丽一向喜欢马，可从没如此喜欢过。这匹马善良可爱，在亟需时出现在生命里。对它，玛丽爱到哽咽、流泪。有时，她会盯住那对长着柔软睫毛的深褐色眼睛，心头涌上一股几如祈祷时的感激之情。"啊，上帝，"她曾呼喊道，"真希望人也这么善良！"

然而，有时这种交流却令她心碎，因为在深情涌动的内心，三个失散子女的样貌会蓦地闯入，仿佛冲开一扇不意间未设防的大门。

得马第三天，她们来到一条河沙铺底的支流②。这条河玛丽清晰记得，被野猫队长押解途中曾见过。当时，印第安人乘独木舟过河，将船藏于这边河岸的一处芦苇丛。"等我。"她说着，将马交给盖特尔，钻入随风起伏的黄绿色高苇丛，把山核桃木长矛端在身前，既为分开芦苇，也为防范水蝮蛇或印第安人。她吃力地蹚过淤泥，在搜寻独木舟的踪迹。

前方几英尺远"扑通"一声响，吓得她直往后缩，冒出一身冷汗。她站住脚，心怦怦乱跳，最后断定，自己只是惊到一只晒太阳的牛蛙。这片区域到处是黑泥和微光闪闪的苇秆。她蹑手蹑脚地深入其中，鞋里灌满冷水，可就是不见独木舟的踪影。她想：嗯，好吧。有可能是哪支

---

① 亚马孙族，希腊神话中的一个部落，居住在黑海边，成员皆以彪悍骁勇著称的女战士。
② 即现在的小桑迪河，在肯塔基州东北部。

外出的队伍把船留在了对岸。她刚迈步往回赶，就注意到一坨黑亮亮的东西一张一缩，几乎就待在脚边的浅水中。

是一只大个牛蛙，一半没在水里，正准备跳开。

她急忙抄矛猛戳，将其刺穿。牛蛙猛力挣扎扭动。她背过脸，一直等到牛蛙不再动弹。

"玛——丽？玛——丽？"老妇喊起来。此时玛丽钻出芦苇丛，得意地举起长矛，矛尖上扎着软塌塌的牛蛙。

"瞧，盖特尔，瞧，咱们终于有肉吃啦。"

她俩拧下牛蛙的大腿，脱袜一般扒下黏糊糊的皮，像两个土著似的，蹲在河岸上，嚼起凉凉的、白中带粉的生肉。玛丽啃着骨头，一抬眼，见盖特尔扔掉蛙的腿骨，又开始仔细查看其余部分，一道口水从老妇的下唇淌下。

盖特尔伸手去扯牛蛙细小的前腿，玛丽只得看向别处。

盖特尔饥饿的眼神中有什么东西，似一道冷森森的闪电，让玛丽心头升起莫可名状的恐惧。

她们沿西岸走出五英里，一路跌跌撞撞地穿过沟壑，挤过灌木和棘丛，皮肤被割伤、被抽痛，本已残破的长裙被撕得更烂，最终发现一处沙石铺底的浅水，可骑马涉行。之后，又顺东岸回返。此处有一大片刺槐，葡萄藤交缠其间，只能牵马走过。葡萄又硬又老，皱皱巴巴，有些触手可及，但显然已过季，食之无味。尽管如此，两人还是揪下几串，塞进裹有剩余玉米的毛毯中。她们确信，到时这也是美味。

她俩终于挤出棘丛，满身是血。两人用河水洗净四肢，从伤口内拔出一根根小黑刺，继续朝下游去往俄亥俄河，没走几步就来到一处溪口。水不过膝，但水底有几码宽的地方布满苔石，石块扁平，边缘尖锐，小则如餐盘，大则如桌面，在脚下倾斜、滑动、翻转。待跌跌撞撞踩过石头到对岸时，烂鞋已彻底散架。她们只得丢下鞋，光着血糊糊的双脚，沿河岸继续走，感觉每块脚骨皆似断裂。细枝、石块扎痛足底，她俩颠着碎步，龇牙咧嘴，最后柔软的双脚到处都在突突抽痛，再戳再扎几无感觉。两人轮流骑马，可是，双脚垂在马的两肋旁，相比徒步似乎疼得变本加厉。

更令人忧心的是，踏石过溪后，马走路变得一瘸一拐。玛丽检查一番，发现马身有擦伤，伤口在渗血，一处在左前腿的蹄骸上，一处在右后腿的球节下方。玛丽明白，这都是要害处，如果她们倒霉，马会因此瘸腿，变得毫无用处。

两人全都下马步行。下午三时左右，俄亥俄河进入视野，一天的行程到此为止。

在这里，她俩将马颈上的缰绳系到马腿上，放马去吃草。玛丽跛着腿四处转悠了一阵，想寻些聚合草，给两人的脚和马腿做敷料，可惜一无所获。她由此推测，聚合草已过季。尽管没什么把握，但她还是决定，从河边挖些淤泥，敷在马的伤口上，觉得这样起码可缓解疼痛。弯腰时，她见到芦苇里有段又长又黑的东西，起初以为是烂木，细看之下，发现是印第安人的一只破独木舟，半淹在浅滩中，外覆的树皮已从山核桃木船体上片片脱落。这只能让她意识到，两人一直走的都是常过印第安人的小路，因此决不可掉以轻心，也不可过多出声。她渴望燃火取暖，渴望烧水疗治脚伤；就算无燧石和火镰，或许也能点起篝火——她见过肖尼村女人用弓钻取火的简易工具点燃引火物。然而她知道，这样做简直鲁莽至极。

她将冰凉的黑泥糊在马的蹄骸和球节处。盖特尔坐在近旁瞧着，面露赞许，同时用战斧在一块扁石上将玉米和野葡萄一同捣碎。稍后，两人添入一捧水，将粗粉和成紫色面糊，虽说味道奇怪糟糕，但确有营养，也让所剩不多的玉米能多吃几顿。

她们每次睡醒起身，在营地周围走动时，阵阵剧痛自备受摧残的双脚上冲。玛丽想到近两天对威尔的思念，还有对他俩贴心伺候对方双脚的回忆。她看着身旁可怜的老妇，看着老妇皱纹纵横的皮肤刮得伤痕累累，似肉垂般从两臂下耷，骤然被一股强烈的怜悯之情左右。"来，盖特尔。"她说。

随后的一个钟头，夕阳照暖脸庞，她们坐在河畔，玛丽给老妇的双脚抹上黏稠的泥巴，又是抚摩，又是揉捏。这双脚布满老茧，瘦成两把骨头，关节凸出，已成畸形。盖特尔发出低沉的呻吟，既是痛苦，又是享受。玛丽边给老妇揉脚，边讲起威尔，泪水不时从鼻端淌下。

后来，盖特尔又给玛丽揉脚，跟她谈起往昔的荷兰①，自己是二十年前从那儿来的，"当时我跟你一样命好"；还谈起自己熟悉的大厨房：各式铜锅铜勺一应俱全，椽子上挂着香肠，裹在布里的奶酪在熟化，黄油盛在搅乳器中，大瓷炉逸出新烤面包的香气；最后，听得玛丽不禁大喊：

"求求你啦！你一面给我揉脚，一面又折磨我的心！"

次日晨起，体重初落两脚时，足痛钻心，不过，等走走路活动开以后，疼痛出现缓解，变得不轻也不重。显然，脚伤确乎大为好转。

这个早晨，两人都没骑马，而是牵马走路，留意着马的步态。马不再瘸，后来也没瘸过。她俩据此推测，泥巴不仅对自己有好处，对马也同样起作用。"兴许明天就能骑啦。"玛丽说。

整个上午，她们一路东行，没见到印第安人的踪迹，只觅得些掉落的橡实，来补充越来越少的玉米。中午时，她们折向东南。玛丽回顾着记忆中的地貌。按她所记，还要渡过三个主要河口，才能到达俄亥俄河

---

① 老妇先从当时的德国地区移居荷兰，后又来到北美。

拐向东北的大河湾，找到那个令人兴奋之处，在那儿新河汇入俄亥俄河。她想：大概还有七八十英里。可要是过那三条河也同样绕来绕去，加起来怕有两百英里。

正午时分，宜人的天气退场。冷风骤起，扫过河谷。无数叶片形成一股股红黄交杂的旋风，打着转儿飞走。风来势汹汹，发出吼啸，击打着树梢。铅灰色乌云自低空疾驰而来，拖着丑陋的边沿掠过山顶。未出五分钟，河水呈现出燧石般的灰黑色，翻涌起朵朵白头浪花。狂暴的冷风将两人的头发吹散到脸上，平贴在头皮上。周遭空中满是飞旋的树叶和枝条。身上的破烂衣裙随风飘摆。她俩眯起眼睛，躲在马的背风一侧，紧贴马身，一点点往前挪。不多时，大风刮来冰冷的雨点，重重打在身上，似冻雨般让人刺痛。此时，衣裙已被狂风撕扯得四分五裂，大部分身体都裸露在外。风愈刮愈猛，格外寒冷和强劲，似要夺走气息。距头顶几码远的斜坡上，一大株山毛榉枯木站立不牢，轰然倒地，同时也压垮几棵较小的树木，砸得这些树桠权断折、七零八落。马受到惊吓，人立而起，随后猛跑开去。玛丽死死抓住马颈上的笼头，双脚几乎离地，如此过去惊心动魄的十秒钟。跑出五十码，她终于拽住这头牲口。马惊魂未定，鼻中呼哧呼哧地喷气。盖特尔在风里低声尖叫，上下摇动胳膊，一路小跑赶来，闯过笞刑时她就是这般怪异姿势。

她俩强打精神，迎着冷雨和烈风，直走到天黑，手紧抓缰绳，生怕被吹进河里。玛丽长大后虽说主要靠近荒野生活，可从未有过此番感觉：自己形同微微一粒谷糠，毫无重量可言，被遗落在一个风狂雨骤、林木呼号、群山漠然的世界。

脚下的树叶湿漉漉，又凉又软，淋湿的衣裙残片紧贴着起满鸡皮疙瘩的惨白皮肤。此刻夕阳将坠。终于，隔着水花翻涌的河流，一抹暗淡的瑰色晚霞照亮对面陡岸。西天上空，紫云间横向裂开巨隙，闪出猩红亮光，似一道道血淋淋的伤口。不久，落日透过裂隙露出部分真容，照亮每根枝条与每片草叶的每滴水珠。最终，太阳的整张圆脸冲破云层的遮蔽；风雨越过河面，渐渐远去，形成一片青紫巨幕，以此为背景，现出一道绝美彩虹，似乎横跨两岸。玛丽虽狼狈不堪，但仍觉见到上帝杰作，而自己已有多周没怎么想起过上帝。当晚，她和盖特尔裹严湿湿的羊毛毯，彼此搂抱，紧紧偎依，冻得浑身直抖，好在心脏如同微火尚存的炉子，最终暖了血液。

趁两人熟睡时，胆大的花鼠和松鼠悄然靠近，偷吃她们从毛毯里倒出的一小堆霉玉米。

次早，玛丽先骑马。盖特尔牵马，光脚踏上亮晶晶的白霜。湿叶匝地，从微红到火焰黄，色泽不一，因雨水、白霜及惨淡朝阳的点染，所有色彩皆愈加浓重。盖特尔用德语在自顾自地哼唱，声音近乎耳语。她和马呼出的气息凝结成团。玛丽肩披毛毯，如印第安人一般；玉米已所剩不多，用一条毛毯包裹绰绰有余。她俩商定，骑马的披毛毯，因为走路的会自己生热。不过，即使盖特尔不冷，也看不出来。她的皮肤疙疙瘩瘩，像拔光羽毛的火鸡，而且每过几秒就从头到脚一阵猛颤。

玛丽暗想：上帝啊，她一把年纪，可真能吃苦。但我还是该跟她换个位子，现在就把毛毯给她，否则，不到天黑，她就会冻感冒的。

玛丽在毯里缩成一团。

还是再等一等吧。她想。

转天，强风再起。乌云曳动雨幕，掠过山顶。狂风劲吹，一分钟的工夫，乌云即从一侧天边被刮到另一侧。灌丛摇晃不止，哗哗作响，似乎被一只无形巨手掴来掴去。空中一直黄叶飘飞，树上的几片残叶迎风一再坚持，但总被扯下卷走；此刻，树木几乎已褪尽叶子，只剩灰白和褐色枝干，光秃秃一派萧条，令人心生寒意。玛丽边走边琢磨：我真觉得，瞧见这些火焰色的秋叶，我可怜的心就不再冷，跟瞧见火堆身子就暖和一样……

玛丽骑着马，低头看向盖特尔，此刻老妇在引马前行。玛丽不禁想到：

毛毯要是红色，是好看的大红，而不是这种冷灰，我们就会暖和许多……

对自己的异想天开，她感到好笑。

你今天有点儿发疯啦，姑娘。最好还是让老盖特尔骑上来晃荡晃荡，做会儿白日梦……

那天，她们来到另一处河口，河面过宽，而河水又太深太凉，无法涉过。盖特尔望着对岸哀叹。如此绕来绕去，她似乎比玛丽还沮丧，也许是因为她不像玛丽，不了解地形。每条新出现的河溪就是又一重意外障碍，似乎上帝有意刁难，每天都在创造新的河流，挡住去路，让她俩多走行程。

两人转弯，溯这条新的河流前行。

绕开河谷一处沼泽时，他们发现一片在转为棕色的茨菰茎秆，便将马拴在附近，在冰冷的泥水中踩来踩去，用脚指头探寻茨菰块茎，一旦找到，就弯腰拔起。她俩花去一个钟头，采到五六磅，与发霉的玉米搁在一处，继续循河而前。

因近日下雨，河面宽阔，棕黄色的水流速迅疾。看来要沿河走很远方可寻见涉渡点。俄亥俄河落在身后，渐行渐远，但在意识深处，两人一直记挂着她们的荒野向导。

当晚在一处凸岩下安营，几英尺下河水泛滥咆哮。两人试着吃了顿茨菰块茎，生吃味同嚼木，苦涩难咽。"要是有锅煮一煮，去去苦味就好啦。"玛丽皱着眉头说，"我豁出去了，现在非生堆火不可。"

不过，这东西一吃即饱。

两人顺这条无名河①大概已走出二十五英里。转天，盖特尔往前一指，喊道："看！有桥！"

在河水轰鸣闯过似石阶之处，有一大片浮木卡在那里，泡得发白的树干、粗枝和树根挤在一起，横过整个河面，确像一座桥。河水棕黄，自中间和下方冲过，但这一大堆混杂的烂木仍待在原处。

"咱们能过去，对吧？"盖特尔催促道。她兴冲冲地咧嘴一笑，露出黄牙。

但玛丽看了看，心存疑虑：似乎没问题，不过……

"等等。"她说，"我有一种不好的感觉。不知为啥，我一点儿把握也没有。"

盖特尔脸色一沉，指向上游："哎，你到底想沿着河走多远，啊？看吧！"

在浮木桥上游，河水依然又深又急。也许还要走二十五英里或更长，才能寻到涉水点。也就是说，从对岸返回俄亥俄河，要走五十英里乃至更远，想想都心怵。

而桥就在眼前，仿佛上帝放置于此，意在让她们少走三四天行程。

然而，这座桥却带给她不祥的预感。而且，她正在学会认真看待自己的预感。

"瞧我的。"盖特尔话音未落，已下到河边，伸手抓牢一截凸起的树枝，将一只脚踏上一根原木，接着，小心翼翼地将另一只脚抬离河岸。她在桥头站立片刻，而后开始曲膝、晃身，试探立足点是否牢固。后来

---

① 即现在的大桑迪河，位于肯塔基和西弗吉尼亚两州边界。

她蹦得更用力，还高喊着："看！看！禁得住！"

玛丽暗想：别这样。这似乎太莽撞，不顾死活。

木头的确禁得住。盖特尔退上岸，粲然一笑。"好过。"她说，"看见了吧？"

"咱俩兴许好过，可马走不了木头，盖特尔。"

"我觉得可以。这跟桥没啥两样，玛丽，跟桥没啥两样。"

"我有这种预感……"

"让你的预感见鬼去吧！"盖特尔失去耐心，一脸怒气，"你要是不过来，我就自己走！没错，瞧着吧！谁要你，谁要你的预感！"

"不行，盖特尔，求你了……"

"可以，该死！要不我自己走！"

"那咱就先走一趟试试吧。"

"好！我来。"老妇一心想让玛丽看看过桥有多容易，于是摇摇摆摆，脚步轻捷，再次踏上浮木。她走在木头上，步履轻盈，每走一码左右就找到个抓点。不出两分钟，她已站在对岸，开心地举起双臂，露齿而笑。随后，她再次跳上浮木，走了回来："看见了吧？"

"可是马……"

"跟桥没啥两样。"

玛丽这才同意。她和盖特尔合力将马拉到水边。马不愿走，蹄子牢牢钉在岸上，就是不上浮木。玛丽看着它惊恐的褐色眼睛，心里一阵难过。

"快走，你这畜生。"盖特尔喘息道。

马还是一动不动。

"嘿，那好，咱等着瞧。"盖特尔吼道，"你来拽，玛丽。我拿棍子捅这畜生的屁股，它就得走啦。等着瞧吧。"

她抄起一杆山核桃木长矛，绕到马后，用矛尖戳马臀，起初很轻，马依旧畏缩不前，老妇便加大手劲。见到马的双眼流露出极度恐惧和痛楚，玛丽真想大哭。她一手扯着缰绳，一手握住树枝，对马好言相劝，给它鼓劲。马终于依从，向前迈出一步。

马在木头上立稳前蹄，因在脚下找到支撑点，便比先前稍有顺从，但依然十分胆怯。脚下河水咆哮，马受到惊吓，玛丽并不怪它。

盖特尔用德语吼骂一句，或是发出命令，将矛尖直接刺入马的屁眼。母马一声惨嘶，离开河岸，猛然抢上浮木，险些将玛丽撞进河中。

玛丽一手向后去够树枝，一手扯住缰绳，在浮木上缓缓后退，任脚下河水奔腾，任浮木被马踩得摇颤不定，她全不理会。

令人意想不到的是，这匹马竟脚步稳健，往前走起来。每当它止步不前或要惊慌失措时，盖特尔便抄起已血糊糊的长矛捅它，马就往前猛抢一步。对马又捅又戳很危险，但显然不如此，马就寸步不行。

此刻，她们已到中途，仅剩十五英尺。

忽然，马的两只前足踏破乱木，落入水中。它发出哀鸣，猛晃脑袋，屁股高高撅起，胸膛倚在木头上，后腿紧绷，想拔起前腿。徒劳的挣扎仅持续数秒。有只后蹄侧向滑落一株树干，戳入浮木间隙，接着另一条后腿从树干另一侧扎进水中。一截断枝自右侧的肋骨后刺入，也不知刺进多深。马发出啾啾哀叫，胸膛托在浮木上，而四条腿浸在水中，身下的河水泛起血红。

玛丽又喊又叫，给它打气，毫无意识地对它发出指令和乞求。她开始呜咽，往上拽缰绳，似乎单凭拖拉就能帮这匹不断嘶鸣的母马脱困。盖特尔站在马后的树干上，丑陋的面孔不停抽动，满是疑惑和痛苦。她开始用德语大嚷，丢下长矛，握住马尾，用尽气力往上提。

由于两人用力，加之河水不断冲击，浮桥在抖，枝干在挪动、在嘎吱作响。"要散架啦！"玛丽大喊。马不停地晃头和惨叫，猛力挣扎却无以脱身。每动一下，身侧的伤口就被撕裂得更宽更深。

此时，老妇正从马的身侧爬过，一边朝玛丽过来，一边使劲朝她挥手：“下去！下去！”玛丽转身离开爱马，手脚着地，爬上河岸。盖特尔跳到她身旁。玛丽站在那里，哆嗦着，哭喊着，不忍去看在遭罪的牲畜。她急忙掩耳，不忍去听马的哀鸣。她看向地面，因痛失爱马而无助地大哭。盖特尔立在原地，无可奈何地打着手势，来回看玛丽和马，最终说了句“等一下”，重又爬上浮桥，悄悄靠近母马。

马顿时静下来，仿佛指望这人来救自己。它不住地从胸膛深处发出低嘶，从口中喷出湿气。

盖特尔缓缓来到侧旁，从马背上取下毛毯包裹，然后又往前挪，在马头旁边停住，解下马缰和铃绳。

老妇把两人的全部物品拿上岸，一只大手紧扣玛丽的上臂，拽起她，离开垂死的牲畜，朝下游走去。猛然间，马又开始尖声嘶鸣、晃起脑袋。

“哎呀，别叫啦，别叫啦！”玛丽抽噎道，“我受不了啦！”

她们沿东岸已走出一百码，但透过奔腾的河水声，马的哀嘶依然清晰可闻。玛丽感到，即使走出一百英里，似乎仍会听见马叫。

向下游约莫走了一个钟头，两人停下歇息。玛丽感觉要比以往虚弱十倍。似乎她们失去的，不只是马本身的力量，还有马的陪伴所给予她们的同等力量。

她俩坐在一株黑色朽木上。玛丽不再哭泣。她以手掩面，坐了片刻，之后将脸冷冷地转向盖特尔。

“你真是个蠢老太婆。”

盖特尔眉头一皱，垂下目光，而后又举目看向玛丽的眼睛，伸手去拍她的肩膀，说道：

“唉，得啦。的确，咱们也是没辙。”

玛丽躲开盖特尔伸来的手。片刻后，她说：

"你讲过，我有预感你就听我的。"

盖特尔点点头："对。"

"可你没听。"

"唉，得了，玛丽，算啦。"这声音变得有些生硬。马的事她很难过，知道全因自己，本已痛苦不堪，这会儿没有心情再领受玛丽的怪罪了。

"上次我感觉印第安人要来，过后你就说，打那儿起都听我的……"

盖特尔一蹦而起，站到玛丽面前，双手握拳过顶。"什么？"她吼道，"什么，玛丽·英格斯？我觉得听你太多啦！要不是听你的，我现在就暖暖和和待在印第安屋子里呢！又有火堆又吃得饱！"

"对，没错，是吧？满肚子都是南瓜和狗肉，这就是吃得饱！"

"反正能吃饱！有肉就行，活物是'汪汪叫'还是'哞哞叫'，我的肚子才不在乎呢！"

"你的肚子现在不在乎啦？"玛丽气冲冲地说，"可当初抱怨印第安人吃食的是你，不是我。是你吹嘘自己的漂亮厨房，还有可口的德国饭菜，要啥有啥……"

玛丽这样骂着，用起母亲的爱尔兰土腔，她生气时就会如此。她将失去爱马的哀痛和怒火一股脑儿发泄出来。老妇又坐回那根木头，陪在玛丽身边，拍起她的肩膀。

骂完后，胸中的委屈有所纾解，玛丽意识到自己的头正倚在老妇肩上。盖特尔轻柔地捋着她的乱发，同时说着："好姑娘，得啦，好姑娘。在这个世界上，你是我的全部，玛丽·英格斯，我的全部。"

第 15 章

她们已吃光玉米。在俄亥俄河北来又西去很远的河湾处，她们吃完最后一粒玉米。虽然夏日的盛叶已落尽，晚空满是翻滚的乌云而不见夕晖，但玛丽还是认出此地：就是在这里，印第安人停下脚步，凝望宽阔的河谷；就是在这里，她发觉野猫队长在审视自己，眼神奇怪而得意，仿佛自己已成他的称心物件。她没和盖特尔讲起这件事。此刻，盖特尔满脑子想的都是再无玉米可吃。

两天前渡过失马的那条河之后，她们又绕过两条河流和两道溪水。此刻，两人坐在那里，顺青灰色大河前望，毛毯罩头，紧抓在喉咙处，以免被狂风吹走。见到盖特尔了无生气的阴郁眼神，玛丽忧虑不安，最终试探道：

"我知道咱们在哪儿。"她勉强一笑，"照我的估算，咱们刚好走了一半回家的路。"

盖特尔沉默片刻，说道："嗯，一半。"

"咱们能走这么远，没想到吧？"

"也没想过能走更远。"

"噢，是的。"玛丽竭力摆出兴冲冲的神态。她知道，两人的处境苦不堪言，为此，盖特尔在怪她。她看得出，每迈出痛苦的一步，每次腹中空空，一阵饥饿的刺痛袭来，老妇在内心都怨恨不止，而且自此怨恨定会越积越深，因为食物变得几乎无从寻觅，因为一两天内她们就会离开地势相对好走的俄亥俄河谷，转入那条巨石遍地、峭壁高耸的峡谷。彼处，新河蜿蜒流过阿勒格尼的崇山峻岭。"我估算，还不到三个礼拜，咱就走出总共三百五十英里左右。"她接着说，"这是不是让你觉得有点儿自豪？反正我挺自豪的，当然你跟我一样！"

"嗯！"

"来吧。离天黑还有一个钟头。到时候找个背风、舒坦的好地方，咱俩都暖暖和和的，我伺候伺候你的脚，好不？你说呢？"她站起身，每个关节都在痛，却强作欢颜。她倚着山核桃木长矛站立。身裹毛毯，腰间打结的绳带上挂着战斧，冰冷的钢质斧头紧贴赤裸的肋部，令她直打寒战，但她并不想让盖特尔来拿。失马后，她对盖特尔几乎已无信心。盖特尔很可能会弄丢战斧，如同丢失自己的长矛和两人的马一样。这把战斧可丢不起，弄丢将全无指望。

她向下伸出手，说道："快，起来，亲爱的。"

性情乖戾的老妇不情愿地拉住玛丽的手，呻吟着起身。此刻，在毛毯的遮蔽下，光线暗淡，她面色苍白，眼窝深凹，两腮塌陷，在阴沉的天色中，一缕缕白发又乱又脏，被风吹散到脸上；她俨如鬼魅、女巫，脖带上挂着用布裹住的铃铛。

玛丽心想：唉，她只是个可怜的老妇，以为自己已到生命尽头，还能起身真是奇迹。我要回威尔身边，因而有前行的力量。可是，除了有朝一日能吃顿丰盛又热乎的德式晚餐，她还有啥念想呢？

"太好啦，真不赖。"玛丽鼓励道，说着带老妇转身，领她顺河岸往前走，"哎呀，没你我真不知道该咋办！"

她们直到次日傍晚也没觅得一口吃食。这时，老妇提起那匹马。

夕阳最终透过冷冰冰的乌云，有如将熄的篝火，在下游陡岸间投下余晖。盖特尔回望下游，阳光反射在眼中。忽然间，她开始用德语痛骂不止，令人意想不到。玛丽止步回身，站到老妇面前。老妇双眼闪出红光，仿若发了疯。"究竟咋回事？"玛丽问道。

"那马。我咋这么笨？"

"不，不，盖特尔，都过去了。我也很难过，可咱尽了力，是马没挺住。别怪自己……"

老妇紧握拳头，托起下巴，拳在抖动："不！我是说肉！是肉。"

"啥？啥肉？"

"马肉！马肉！"

玛丽眨着眼睛，向后退去："啊，不，不要说……"

"咱们该吃肉！马死了，咱们该吃……"她突然用拳头做出个动作，仿佛在拿战斧劈砍那头可怜牲畜的眉心。而后，她两眼冒火，转向玛丽。"听着，"她低声怒道，嘴角挤出惨淡的笑容，"给我斧子，我回去拿马肉，马肉！"

玛丽将一只手放在她的手腕上。老妇的胳膊紧绷，在不停颤抖。玛丽舔舔下唇，努力思索该如何劝她——她还没遇过这等事。"亲爱的，"她开口道，用的是劝慰语气，似乎在跟孩子讲道理，"你看，打那天发生不幸，咱走了三天，顺顺当当，准保有五十英里。得啦，你和我都不傻，不至于往回走五十英里，就为那匹可怜的老马。就算没豹子，也早让秃鹫给吃啦……"

"那么多肉啊！给我小斧子。我回去……"她猛然去扯玛丽的毛毯，要撕开毯子抢夺战斧。双手强壮有力，将毛毯扯下，冷风吹遍玛丽的全身。玛丽一转身，端起长矛，拦住盖特尔。

"还有，"玛丽继续说，这回语气更为坚定，"咱俩都喜欢那匹马。它是咱朋友，是在需要时上帝给的。所以，咱从没想过要吃它，从没想过……"

盖特尔的脸上显出无可奈何的神情，看上去狡黠而怪异。不管神志是否清楚，至少此刻她明白，玛丽手握长矛，而她没有。然而，在似乎默然接受的同时，她的脸上始终有一丝坏笑。

"唉，但愿你懂我的意思。"玛丽语气平静，继续说，"亲爱的，拜托把毯子还给我吧，我都快冻僵啦……"

盖特尔把毛毯递给她，玛丽裹上毛毯，面露微笑，仿佛一切顺利如常，不过她并未放松警惕，长矛时刻在手。她俩找到一个树枝遮蔽处，是在一块凸岩的背风面，下铺厚厚的枯叶。玛丽给老妇捏了很长时间的脚。之后，她俩各自裹进毛毯。玛丽在等盖特尔入睡，约一个钟头后，自己才睡去。

次日黎明前，玛丽睡醒，不见老妇的踪影。盖特尔带上自己的毛毯，也拿走了战斧。玛丽知道，老妇已动身，要回返五十英里，去屠宰那匹马，她们的老朋友。

玛丽身裹毛毯，跪地有几分钟，考虑该如何是好。饥饿已让老妇丧失理智和人格，玛丽对她大为气恼。一时间玛丽曾想，干脆不再管这个疯癫的丑老太婆，独自赶路回家。她还有毛毯和长矛。失去战斧是个大问题。不过，走了老妇，不必再和她分吃的，不必再迁就她，不必再跟她争吵，这会多出很大自由，可能也省却不少麻烦。盖特尔吃苦耐劳、令人钦佩，可又性情古怪，有时咄咄逼人，做事不讲章法。

然而正因如此，老妇到处瞎转，拼命找吃的，肯定会转向、丧命，或彻底发疯。

在玛丽的想象中，老妇要弄吃的，拿战斧猎捕一头熊或什么动物，结果反而丧命；接着，玛丽又幻想老妇已迷路，独自在森林游荡，又喊又叫，疯疯癫癫。

想到此，她别无选择，只有起身裹紧毛毯，以矛为杖，沿河回转，但有希望，也要找到老妇。可往回走真是举步维艰。

但她折回的主要缘故是，只身一人走进阴森的群山、河水咆哮的峡谷，以及狂风怒号的临冬寒夜，着实不可想象。

太阳是一块白斑，试图穿透云雾，已升到群岭上四分之一的天空。玛丽大概走出三英里，面前是一处溪口，昨天她俩曾绕行过。这时，她听见左侧附近传来一声怪异的呻吟和嘟哝。

玛丽停下脚步，将长矛斜端身前，蹑手蹑脚朝声音挪去，脚下的枯叶嘎吱作响。她停在溪边，低头去看。

只见盖特尔裹在暗灰的毛毯里，面色苍白，如四周衰败的景致。若非身子在晃，玛丽也许发现不了她。

老妇坐在溪边一条悬铃木裸根上，来回晃动，不住地呻吟和自言自语。战斧丢在几英尺远的地上。面对这个可怜的老人，怜悯之情瞬间溢满玛丽内心。

可怜的人啊，这种小溪她自己一条也绕不过。玛丽暗自感叹。

玛丽缓缓下到溪畔，拾起战斧，将其挂在腰间。老妇不再哭泣和摇晃，朝玛丽转过脸，满面涕泪，鼻子通红。她见到玛丽并未惊讶。猜不出她究竟在想什么。玛丽伸出手："来，亲爱的。你走错路啦。"

无论老妇想清楚多少，显然她已忘记去找马，或已放弃找到马的希望。更重要的是，她似乎已明白必须得跟玛丽走。没有玛丽，茫茫荒野完全寻不到路，根本辨不清方向。玛丽就像罗盘磁针，总是指向某处。若凌晨独行已让老妇明白什么，那就是，没有向导，脑袋会空空如也，这或许比饥饿还糟。因此，盖特尔百依百顺，紧跟玛丽身后。她们循冬灰色的俄亥俄河，继续北行，最后来到大山之河 ① 注入俄亥俄河的地方。

---

① 现称卡诺瓦河，在西弗吉尼亚州，由新河与高利河交汇而成，汇入俄亥俄河，长 150 余公里。玛丽与老妇即将走入当时所称的新河峡谷，即现今的新河—卡诺瓦河峡谷。

尽管季节更迭，已变换模样，但玛丽还是一眼认出：就在这个宽阔的河口，河水从陡直壁立、两侧幽暗的大山中间流出，淌过葱郁的窄滩。河口对岸就是那一大片树丛，他们曾在彼处安营，做药的武士还给她编了个山核桃木的婴儿篮……

她旋即把婴儿抛之脑后，领盖特尔往东南走，来到印第安人渡河后的藏船处。她想：要能寻见一只独木舟可真不错。她并非特别希望由此过河；河谷的这边看上去和对岸同样好走，若在这侧河岸走一阵，她们与印第安小路之间就有河水相隔。不过，此处河阔水缓，乘独木舟逆流而上则可免去行路之苦，或许可以让遍布伤痕、流血不止的裸脚歇一歇、养一养，这是她们需要的。她也知道，将独木舟倒扣岸上，船下铺好厚厚的树叶，即可舒舒服服地躲避冷雨。从绳结推算，再过一礼拜左右就到了十一月。她清楚，在崔嵬峭拔、环境恶劣的阿勒格尼山脉，十一月会是何等状况。

然而在此处，她仍未找到独木舟。即使在这条支流的河口有独木舟，也在对岸，想也无济于事。

她回到盖特尔身边。老妇蹲在地上，晃着身子，可怜巴巴地望向河口。"唉，得啦，盖特尔。这儿没独木舟，咱还是迈开脚板儿，走起来吧。"

老妇缓缓摇了摇头，朝河的方向伸出一只糙手："有啥用？这条大河，咱甭想找着过去的地方。"

"欸，可你忘了我跟你说过啥！咱不用过河，一直走就到家啦！"

盖特尔抬头看她，似乎这句话无法理解，或只是哄她起身的花招。"家。"她说得低沉含混，仿佛对这个字眼不屑一顾。

"对！家！相信我，亲爱的。我认识路。"

我倒希望自己认识路。她暗想，同时记起那条迂回路线，印第安人带她走过。他们循条条溪流，翻山越岭，走过兽道，途经峭壁之下。记忆中的路标间杂着空白：一连几个钟头，有时则是从早到晚，当时她沉浸于悲伤，加之临产时痛苦不已，根本无法留意沿途。

可我认识路。甭去管蛮人带我抄的近道，只要沿河走得够远，就会走到认识的地方。

"对，"她重复着，非常肯定自己在讲实话，"我真的认识路。跟我走。十成百,百成千,千成万……"

玛丽有了底气，声音格外动听。老盖特尔舒展开嘎吱作响的骨头，站起身，竟面露笑意。

第 16 章

约翰尼·德雷珀倾身靠近威尔·英格斯，对他耳语道："这个蛇杖跟鹅莓醋有一比：鹅莓醋味道酸，他待人尖酸。我看威士忌能让他温和些。"

威尔瞧着蛇杖。印第安人面颊上的深纹左右排布，一直延伸到低垂的嘴角下方；眉间也有两道深深的竖纹。威尔暗想：一个人得接连皱上四十年眉头，才能有这么一副看啥都不顺眼的模样。"不清楚。"他对约翰尼低语道，"也可能会让他发酒疯，任意处置咱们。"

"英国厮别私底下嘀咕。"蛇杖警告说，眼神更加冷酷，"英国厮要对蛇杖讲话坦率。"他重重捶了一下自己宽阔而硬实的胸膛，向前探身，为议事而燃起的一小堆无烟火从下方照亮他的脸。村里的二十名男子坐在身后，在棚屋里围成半圈，似乎在互相争比，看谁和蛇杖一样表情严肃。此时，蛇杖开口问道：

"英国厮说威士忌？"

"嗯。"威尔答道。他想：主啊，这个词他们听得可真清。

"英国厮给蛇杖威士忌。"威尔·英格斯的姓氏听上去极像"英国厮"，对此，这位首领似乎十分好奇，于是两名白人下午到来后，他就一直称呼威尔"英国厮"，语调轻蔑。

威尔点点头，将手伸进挂在肩带上的粗呢包，掏出一只外覆皮革的白镴小扁瓶。他拔下瓶塞，把酒瓶递给蛇杖。从接瓶姿势，威尔看得出首领好酒。印第安人表现出不在意的样子，而冷森森的眼里却遽然迸射出光芒。他将酒瓶送到嘴边，狠嘬一口，看似匆匆一下，实则喝进好多。他也许蒙得了印第安伙伴，但威尔·英格斯看多了男人饮酒，清楚蛇杖可能喝下去足有三分之一。首领将酒瓶放在面前的地上，拿手背擦擦嘴，辣得眼泪直流。他说：

"英国厮在马背上有更多威士忌？"

"我有。"

"蛇杖可以从英国厮手里抢，英国厮拦不住。"首领说着，脸上露出似笑非笑的傲慢神情。

"不，"威尔说，"蛇杖不会。"

首领使劲眯起眼睛："英国厮说不会？"

"我知道印第安人讲道义，不会抢客人。我钦佩印第安人这一点。"

首领垂下目光，继而再次看向威尔的双眼："可英国厮要给蛇杖很多威士忌，让他的武士喝。"他回了两次头，意指坐在周围的那些人。

"对，我会的……如果蛇杖允诺找肖尼人帮我这个忙，否则就不给。我要把威士忌送给愿做我朋友的切罗基人。"

首领呼出一口气，酒味十足，威尔想象到这口气在火堆上骤燃的情景。首领拿起酒瓶，又猛喝一口。威尔心想：我的老天！最好能在接下来五分钟让这个异教徒答应，时间一长他会迷糊的。况且，蛇杖的道义是否靠得住，威尔并无十足把握。刻薄的人许下的承诺可比不上随和的人，这是威尔的人生体会。

"英国厮要给我的人拿威士忌。"蛇杖高声说。

"甘德·杰克，"威尔对向导说，但没有看他，"你能出去一趟，给我取一大瓶酒过来吗？"他感觉到向导从背后起身离开，此刻听见许多莫卡辛鞋的蹭地声，意识到背后的屋子暗处站满了人。人们是偷偷摸摸进来的。他也清楚，若蛇杖不准，他们不会来。他强忍住才没打哆嗦。

看来这个切罗基人真是个阴险的无赖。威尔感到，对于自己和约翰尼，甚至还有甘德·杰克，此番交谈很可能是今生最后一次。

杰克拿来一大瓶酒，将其搁在威尔面前的地上，扬起眉毛瞧着他。这个暗号有何特别用意，威尔只能猜测。他想：但愿该死的蛇杖听不懂英语。我真希望在这儿跟杰克商量一下，听听他的想法。

威尔用拇指抹掉瓶颈上的封蜡，拽开瓶塞。蛇杖指指酒瓶，又指指威尔、约翰尼和杰克。威尔双手举瓶，喝了一口。接着，约翰尼"咕嘟嘟"喝下一大口，把酒瓶递给杰克，然后呼出一口气，上下舔舔嘴唇。杰克上前将酒瓶递给蛇杖。后者痛饮一口，将酒瓶传给右边的武士，还用切罗基语说了些什么，威尔猜测他的意思是"给我留点儿"。武士们传着喝酒，蛇杖的黑眼睛一闪一闪，动着反复无常的心思。

此刻，切罗基人微垂眼皮，狠毒的眼神又增诡诈。威尔愈发怀疑其诚信。

"英国厮听着，你们来这儿提这个要求，蛇杖不高兴。"他往下一挥手，"去肖尼兄弟那儿替英国厮说话，蛇杖脸上无光。肖尼人会跟蛇杖讲：'你为什么和英国厮说话？'他们会讲：'你说话挨英国厮那么近，就该袭击他。'"

"我觉得你会这样回答：'因为切罗基人没有跟英国人打仗。'"

"他们今天没有。"蛇杖嘟哝道，"明天会的。今天蛇杖在心里就在跟英国厮打仗。"

威尔鼻孔大张。他说："我提醒你，今天我是你房里的客人；伙计，你喝下我的酒，也是我的客人。我觉得咱都是对方的客人，最好别吵架。"威尔听见甘德·杰克在身后急急吸了口气，但他对蛇杖的傲慢无礼实在忍无可忍，难以保持克制，"要是我的威士忌让蛇杖像凶狗一样咬人，兴许我就不给他喝了，是吧？"

印第安人眼冒怒火，但他毕竟是首领，懂主客之礼，故此没发作。

甘德·杰克在他们之间看来看去。两人的交锋让他惶恐不安。不过，他发现，英格斯先生如此大胆直言，竟安然无恙，便看着他，对之心生无限敬意。这个白人男子着实了不起，五官外貌、言谈举止都像白人《圣经》中的首领，可来到这方地界，太了不起反倒于己不利。

此时，威尔·英格斯开口道："即便你在心里跟英国男人打仗，我也希望你别跟英国女人和孩子过不去。你的肖尼兄弟害死了我的岳母，害死了我妻兄的男婴，抢走了我的女人和儿子。我不在乎你心里对英国人怎么想，但是，杀害、劫走他们的女人和孩子绝非什么英雄作为。问问你的肖尼兄弟，他们的大神是不是允许这么做。问问他们，如果雇用印第安人欺凌弱小，法国人是不是比英国人善良。"

蛇杖一直在听，对威尔·英格斯怒目而视。他把双手放到大腿上，深吸一口气，准备反唇相讥，在竭力琢磨该如何回应。此刻，威士忌的酒劲儿开始上头。

"法国人不怕大神。法国人有天父的巫师，穿女人的黑袍。他们宽恕肖尼人打仗时的必要行为。"

"他到底在说啥？"约翰尼问道。

"神父，"威尔说，"我听华盛顿上校跟吉姆·巴顿讲过。法国人用起他们来可不一般……"

"英国厮别私下嘀咕。"切罗基人再次警告。

"我只是说法国人亵渎了他们的大神。"威尔对蛇杖说，"你最好别亵渎你们的大神。"

首领想了想，决定不反驳。他拿起酒瓶，又喝下一大口。

"你喝了我的威士忌，"威尔说，"所以我觉得你愿意跟我谈正事。"

"英国厮说。"

"那好。你去见肖尼兄弟时，烦劳打听一个叫玛丽·英格斯的女人，玛丽·英格斯和她的两个小儿子，还有个女人叫贝蒂·德雷珀。贝

蒂·德雷珀。她们是从一处定居点被劫走的，靠近河的上游。杰克，他们管新河叫什么？"

"奇诺达塞佩。"

"奇诺达塞佩。"威尔说，"往上游走很远，在蓝岭边。"

"英国女人。"首领说，"英国女人和两个儿子，还有个女人……"

"贝蒂·德雷珀。你记得住吗？另外有个男人也让他们带走了：亨利·莱纳德。我也要把他赎回来。"

蛇杖摇摇头："英国男人不能赎。肖尼人跟英国男人打仗。"

"还是打听一下吧。亨利·莱纳德不是士兵，是猎人。"

"猎人会变成士兵。不能赎。"

"那就让肖尼人决定可以赎谁吧。我只是劳驾你捎过去赎礼。"威尔说，同时在强掩不耐烦的情绪。

"英国厮拿什么赎人？"

"我会给你看的。"威尔原本盘腿而坐，这时探身站起，"杰克老兄，帮我把包裹搬进来。"印第安人朝两旁分开。他俩穿过人群，走出屋门。马匹拴在外面，夜空繁星闪烁，空气清新。"咱们咋办，杰克？"威尔问道。起初他怕得要命，担心把事情搞砸，可是对那个该死的印第安恶人发了通脾气之后，反倒壮起胆量。此刻，他近乎感到开心。

"只要不挨杀，咱们都比我预想的走运。"杰克咕哝道。

两人解开束带，将包裹搬进棚屋，摊出物品，让蛇杖全都看清。武士们和各位头领围拢过来，观赏这些宝贝。他们瞪起贪婪的双眼，但面无表情。威尔尽力从对方角度看这些东西。他买这些破烂玩意儿已倾尽所有。

稍后，首领抬起目光。威尔知道，他已记下每个物件，尤其是棕色酒瓶。"给蛇杖多少酬劳？"首领问道。

威尔在急急思考。"这张毛毯上的都是，"他答道，"或者所有这些威士忌。"

"蛇杖可以不找肖尼人，可以从英国厮手里把这些全抢走。"他再次奚落道。

"我相信蛇杖是讲信义的。要是你背信弃义，过不多久，所有切罗基部族都会知道，因为我会告诉他们你让我有多失望。"

"死的英国厮开不了口。"

"我是你的客人。"

"等你离开蛇杖的村子，你就不再是客人。我的武士会让你闭嘴。"

"我猜他们会的。不过，要灭我的口，你的武士也得死几个。活下来的就会知道你不讲信义，这你是没法灭口的。"衣服下面冷汗直淌。威尔清楚这么讲很危险，但他觉得，对待蛇杖的奚落、恫吓，或是什么，只能大胆回击，不能怯懦退让。威尔心里说：蛇杖没想动真格的，不然，话先出口可够蠢的。他只是在考验我有无决心和脑子。

"要是蛇杖把这些都带给肖尼兄弟，可他们说不够，赎不了英国女人和贝蒂·德雷——帕呢？"

"那你就把东西全拿回来，派人去找我，咱们再商量。"威尔在指望这个切罗基人替他多说话，而不是把东西带到俄亥俄，最后无功而返，或根本没去，把东西据为己有。威尔明白，不管蛇杖将事情办好办坏，起码要来年夏天才会见分晓。到时恐怕妻儿早已遇害、失散或者被糟蹋。

恐怕他们早已失散，再也无处找寻，或已彻底改变，再也无法救赎。他暗忖道。

可你不能这么想，不能丧失信心。他提醒自己。

就算不丢信心只为骗自己尽量久些。

第 17 章

玛丽坐在霜地上，呆看着色彩斑斓的脚趾。在荒幽峡谷，这是两天来所见唯一有色泽的东西。困乏中，脚趾的颜色泛着光，吸引了她的注意。

脚趾因瘀伤而呈蓝灰，趾甲周围渗出鲜红的血水。

盖特尔的脚同样如此。

走进峡谷，俄亥俄河滩地已成记忆。相比之下，先前走过野草蔓生、枯叶匝地的平坦河滩可谓难得的享受。而在此间，每走一英里都堪称一场酷刑：脚踵和脚踝被碰伤、擦伤，脚底被割破，脚趾骨被撞坏。滩地及河床遍布亿万年来滑落山坡的巨砾卵石、乱石碎石、裂木断枝。

为抄近路避开一处河湾，她们爬上陡岸，在一株橡树下觅得一把橡子。四天来，再没吃过别的。

这种捷径抄过好几回，加起来大概省下五英里，但两人本已虚弱不堪，爬山倒像是枉走五英里。她们攀援树根、岩石、灌木，爬上陡坡，每走约二十英尺就要停下，紧贴山坡，呼呼喘气，等攒足力气，再走一小段。上到山梁，风又湿又冷，吹打着身子。她们歇上几分钟，又动身走下对面山坡。说是走，倒不如说是往下滑，时常撞上树干和凸岩，划破、碰伤皮肉，撕裂长裙。如今，即使被她们视为宝贝的毛毯也已烂边，钩出窟窿。

最近两天，盖特尔满面愁容，沉默不语，只回应直接的提问，有时连这种问题也不理睬。玛丽不再盯着自己一阵阵抽动、感到刺痛和烧灼的双脚，而是抬头望向老妇，见后者在怔怔地看着她自己的脚。盖特尔猛一转头，眼神恶狠，与玛丽的目光相遇，嘴巴颤抖着一撇，出现扭曲。

"我就是听了你的话。"她说。

玛丽心想：主啊，赐我个小小奇迹吧，我得再让老东西高兴高兴。

"没错，亲爱的，"她说着，勉强温和一笑，"你听了我的话，咱们才走出三百多英里，也没怎么伤着，是吧？"

"伤着的是我。"

"呃，是这样，我跟你一个心情，也不太好，但是，我不缺胳膊不少腿，你也一样。还有，妈的，咱俩都没做印第安女人。记住，盖特尔，亲爱的，咱如今自由自在，像鸟儿一般！"

盖特尔瞧着玛丽开导她，满眼怀疑，最终怒道：

"自由自在，像鸟儿一般？哼！你知道鸟儿有多自由自在？它总是飞这儿飞那儿，不是找种子就是捉虫子，成天找吃的！可它从来也吃不饱。这就是你的自由，跟鸟儿一般！哈！"

这一发火，玛丽反倒挺高兴。老妇的脑子终究还是活的！对着盖特尔满是皱纹和怒气的面孔，玛丽一笑："欸，你看！咱们真的是自由自在，跟鸟儿一般，难道不是吗？"

瞪了一会儿眼，盖特尔竟哈哈大笑。小小奇迹果真出现。

她们远远就能认出山核桃树、核桃树和橡树，只要能到，就过去。莓果和野葡萄已过季，但有时仍可寻到坚果。

此刻，她们正费力攀爬一面遍布岩石的陡坡。离河面几码高有两棵树，样子像山核桃树，因树皮粗糙，颇为显眼。玛丽把长矛给了盖特尔作手杖，老妇似乎比她更需要支撑身体。两人边爬边喘，气息微弱而急促，两脚在山坡的败叶间拖行。早晨干燥无风，除却爬坡的动静和下面潺潺的流水声，峡谷一片岑寂。被冬寒剥光叶子的树木了无生机。失去绿叶的遮蔽，地势棱角突兀，望之森然：座座山坡倾斜向天；条条 V 形沟壑遍布生满苔藓的巨砾和碎石；山坡上，沟壑中，倒伏的巨木横七竖八，随处可见，有时则半伏半立，挂在其他树枝上。有些山脊陡然而收，灰色绝壁正对河面。水从一些岩面渗出、滴下，沤黑了岩石；有些地方，山泉和山溪冲过壁垒般的悬崖，喷到空中，散作蒙蒙水雾，落于谷底。

玛丽和盖特尔来到山核桃树下，发现松鼠已抢占先机。树下尽是裂成四瓣的青皮，还有少量黄褐色的碎壳，而绝大部分坚果都已不见，余下几个完整的却出现黑色小蛀孔，可见果仁已遭虫噬。两人在铺满落叶的山坡上扒拉了一刻钟，才捡到十几个完好的坚果。于是，盖特尔对玛丽怒目相向，在无声地指责她。最近，她俩运气不佳，老妇时常如此。

她们长吁短叹，在一块布满苔斑的灰岩石板上坐下，想敲开山核桃，弄出其中的一丁点儿早餐。玛丽从腰带上摘下斧头，没等她砸第一个坚果，盖特尔便开口道：

"给我斧子。"

"嗯？啊，等等，我要……"

"快点，先给我。"

玛丽耸耸肩，将斧头递出，最近她常这样顺老妇的意。此刻，她内心深处骤生一念，提醒她要谨慎。盖特尔已拿到长矛，如果玛丽再给出战斧，满肚子怨气的老妇就将手握两件武器。

玛丽感到迟疑。她惊诧于该念头，惊诧于似乎毫无来由的疑虑。盖特尔定然不会加害她，可她却无法摆脱这莫名其妙的些许惧意。

"给我。"盖特尔催促道。

"啊，你能先把长矛给我吗？"玛丽问道，语气尽量装作若无其事。

"要那干啥？"

"我，呃，我想在树叶里翻翻，看能不能再多找些坚果。这点儿都不够一只鸟活命的。"她说这句玩笑话是想探知盖特尔的心境。然而，老妇却眯起眼睛，伸手要战斧。玛丽则伸出手要长矛。她俩如此僵持了一会儿，都感到迟疑和局促。后来玛丽开始想，就算这种恐惧只是出于想象，盖特尔也一定看得出，即便先前没想过，这时也会产生把两件武器都拿到手的想法。

"请把木棒给我。"玛丽说，因喉咙堵塞，声音几成耳语。她称长矛为木棒，生怕流露出内心的惶恐。

"唉！像个孩子似的！"盖特尔叹口气，拾起木棒，递过来，尖头朝前，玛丽注意到。她握住木棒时，盖特尔也握住了斧柄。两人同时换手。

玛丽琢磨：我是在胡思乱想吗？要真是这样，那在她看来，我确实像个孩子。

盖特尔弯下腰，拿斧头去砸山核桃，玛丽则手握熟悉的矛杆，记起眼见盖特尔扒下牛蛙的小腿时，内心产生的莫名恐慌。

她想：我太疑神疑鬼了。这种念头真是多余。

尽管如此，她还是一边拿木棒在枯叶中扒拉，搜寻更多坚果，一边用眼角余光留意盖特尔。她打定主意：等盖特尔还回斧头，就在附近砍一棵山核桃小树，再削根长矛。

当日下午，北风将暗空吹开一片闪耀的蔚蓝。洒满阳光的最后几片残云消失于河谷尽头，峻拔攒立的山岭明朗起来，色彩从铅灰、生铁灰变作银白与铜黄。一棵棵秃木轮廓分明，宛若雕刻：树枝呈现白色与棕黄，树影则呈蓝黑。崖面布满燧石，一英里远历历可睹，仿佛近可触及。

在一处河湾的粗砾滩地上，两人正谨慎前行，每迈一步都很小心，要把鲜血淋漓的脚踩在石头间隙。这时，听到嘚嘚轻响，朝左侧的河边传过去，两人于是抬头，看见小鹿。

是一只白尾幼鹿，出生才数月，身体仅如大狗，但走路一蹦一跳，边跑开边扭头回看，既胆怯又好奇。它跑到河滩尽头，靠近水边。两人似乎立刻意识到，她们站在小鹿和树林之间，已堵住其去路。她们听见彼此的喘息和低语，看见对方将矛尖对准小鹿。玛丽居然能感觉到体内的些许余力冲至胸膛和手臂，随时准备爆发而出。她转向小鹿，眼睛一眨不眨地盯向它，双脚的疼痛已无关紧要。

她俩还从未交过如此好运，比待在溪床上的凉鲐鱼要强百倍。这只动物能让她们吃上至少一礼拜的红肉，皮还能做莫卡辛鞋。在想象中，玛丽也不管有无危险，已在生火，要烧第一顿饭，要熏烤余下的鹿肉，留作路上吃。她双手握住矛杆，自右胯处斜伸向前方。出于直觉，她和盖特尔动作一致，慢慢缩短和小鹿的距离，不给它留下从两人中间或侧旁逃跑的余地。

此刻，小鹿停在水畔，左侧身体朝向她们，脸也转过来，明澈的褐眼似乎各瞧一人，闪亮的黑鼻颤动着，在凭气味识别她俩。无疑，小鹿在她们之前没见过人。可它似乎并不胆怯，还朝离自己十英尺远的盖特尔伸长脖子。玛丽向小鹿的侧面靠近。她想：再近一码，就可以出击。她双手发抖，急于将长矛刺入那棕黑间杂的软皮。对这种渴望，她几乎感到厌憎。

她听到身后石块嗒嗒有声。与此同时，幼鹿朝声音来处望去，似乎意识到危险，身子猛然略缩，四腿绷紧，准备逃离。

玛丽举矛狠命朝幼鹿扑去，结果向前摔倒，同时感觉有什么大个动物蹿过身旁，奔向小鹿。她摔在砾石河滩上，疼痛钻入膝盖、胯部和胳膊。几英尺远处，蹄踏石间，咔嗒作响。盖特尔在吼。接着，蹄声嗒嗒，顺河岸远去。有个硬挺的东西越过岩石，循声飞去。玛丽睁开双眼，扭头回望，见幼鹿和雌鹿母子疾如野兔，沿河岸蹦走，跃上林木丛生的山坡，不见了踪影。盖特尔掷出的长矛出溜着停在它们背后的岩石之间。

玛丽将脸贴在鹅卵石上，痛得直咧嘴，发出呜咽，在等待疼痛消退。

玛丽内心感觉又冷又空，盖特尔则沮丧得大吼大叫。玛丽据此知道，这次失败之痛要远比被石块磕伤的痛苦更难消弭。

"啊，盖特尔，这东西看上去可真诱人，又肥又多汁！"

"哎呀，玛丽！嘿！都赶上御宴啦！"

玛丽从水边淤泥中拔出一条棕色茎秆，举在手里，泥水从灰色根部滴落。盖特尔刚从两块石头的缝隙中搜出一棵不知名的灌木，正在撸掉红褐色主根上的泥土。

自猎捕小鹿失败，她俩就一直如此，样子蠢得要命。小鹿逃脱后有几个钟头，她们又是哀号，又是祷告，随后陷入默默的沮丧和气恼之中。过后，仿佛不再为吃肉的奢望所困，心头一阵轻飘飘的欣快，盖特尔尤其如此。她们又开始搜寻，明知堪吃也罢，不堪吃也罢，附近长什么就抓什么。

两人停在每丛长有大个冬芽的灌木前，采下一把把芽苞，当作坚果来吃，同时踉跄前行。吃这东西像嚼木头，但往往更苦。有些芽苞又硬又韧，松动的牙齿嚼不动，于是先用唾沫将满嘴的芽苞浸软，再咬开、吞下。她俩跟对方装模作样，似乎芽苞甘美多汁、妙不可言。这个玩笑很可怜，但毕竟是个玩笑，她们不厌其烦地重复，最后纵声大笑，笑声在危峰陡坡间回荡。

终于，她俩再也嚼不下这又干又韧的芽苞，心里念起茨菰。此处水急，找不到茨菰的茎秆。不过，一见莎草和香蒲，就觉得下面必有美味的根茎或块茎，只要泥土足够松软，就拔起来，用斧头剁下硬根，将采集到的根茎洗去泥土，一面欣喜若狂地夸赞嘴里的东西有多好吃，一面抬起满是瘀伤和割伤的双脚，继续溯河蹀躞而行。

有些根茎的确不太难吃；有些像芜菁一样脆生，在指间一掰即断，也好嚼，或苦，或辣，或无味；有些则无论外形或颜色多好，和木头别无两样；但有些木质根茎的外皮却柔软可口，能啃下再将根扔掉。

她们发现，有些根的茎皮又老又柴，苦不可食，但剥开茎皮，发白或泛黄的内芯却如甘薯或葱头般脆嫩。要掘出根茎、剜出内芯，非用斧头不可。每天她们都要花大概两个钟头，不走路，而是跪伏在地，将根茎挖出、剁下、剥开，掰下芽苞。斧刃出现缺口，变钝，不再如从前好用。玛丽试过各种石头，最终学会辨认磨刀石。因此，尽管用得费，但她却能让这件武器刃口不钝。不对，这把斧头不再是武器，而是工具。她想。

每当她拔出一条新根，或揪下一颗干瘪的浆果放进嘴里时，脑海中都会闪过一个念头：但愿不会有毒。她听男人们讲过哪些植物、浆果和叶子有毒，可她本人对此所知甚少。她只是盯上片刻，若无不祥预感，就入口。她已学会相信自己的预感。

她觉得，不管怎么说，肚里空空才最要命。

且不说有无毒性，吃下去的有好多不合人的肠胃。她们接连又是腹泻、便秘，又是恶心、头晕，从来也没如此严重过。一天，她俩止不住地呕吐起来，哕出绿液和未消化的植物纤维，吐空后还是干呕，最后虚弱得无法起身。夜晚，冷月当空；白霜满地，闪着微光；夜鸦哀鸣，声似长笛，在山顶间回荡。她们几乎彻夜无眠，每隔几分钟就突来一阵剧烈干呕。次早，两人发起烧来，脸色蜡黄，冷汗淋漓，不仅胃痛，肠子也出现痉挛，最终疼得直不起腰，祈求速死。到了下午，每走几码就要停下，泻出热乎乎的灰白液体，后来连这种液体也已排干，可依旧想排。玛丽停下来，听不到身后盖特尔的脚步声，回头看见老妇正蹲在路上，脸憋得通红，分娩似的呻吟着，在用力排便，却什么也排不出。后一刻即轮到玛丽，她也蹲下，折腾一番却白费力气。

后来，视觉也遇到麻烦。河水忽然转黑，峭壁变黄。玛丽看到两个盖特尔，盖特尔看到两个玛丽。曾经，一个边缘白花花的大黑团从玛丽眼前的地面冒出，随着一阵嘶嘶响和交杂的人语，将她吞没，后来黑团消失，只留下她晃晃悠悠地站在那儿，周围的大地白得刺目，不见阴影，仿佛被闪电照亮。

这些病症，或者说其中有些病症会不治而愈。两人又有一阵变得神志清醒、性情平和，想找出让身体中毒的根茎、浆果或芽苞，以便下次不吃。然而，她们自然无从知晓，原因是但凡能嚼能咽的都已吃过，所以，注定每隔几天就这样被死去活来地折磨一番。

尽管经受种种痛苦，但盖特尔身上勇敢和乐观的性情似乎去而复返。受笞刑那天，正是这种性情首次让玛丽肃然起敬。

玛丽不时地打量她，内心惊叹不已，在想：我这么年轻几乎都撑不住，而她起码比我年长一倍。

从前，老妇一定很胖。在肖尼村初见时，玛丽注意过，她身躯庞大，肌肉松弛，似乎从被俘到押来印第安村落那段日子，或许瘦下去三四十磅。如今，老妇的身躯再也称不上庞大。她正从体内耗尽脂肪，已成一副裹有皮囊的沉重骨架。这张皮囊曾经充盈，而今却已空瘪；皮肤褶皱自手臂下耷，宛若猎装衣袖的流苏；乳房低挂，犹如两只空袋；两腿皮肤松弛下垂，膝盖和脚踝处七皱八褶，像套着大十码的长筒袜；小腿布满流脓的疮；指甲劈裂破损，黑泥积结；白发凌乱不堪，许多在脱落，细枝、叶子和污垢缠结于发间；耳周和头皮有疮，因虱子叮咬而不断抓挠所致；鼻端永远悬一串鼻涕；双眼深陷，红红的眼袋皱纹堆积；脸色如死尸般惨白。很久以前，玛丽曾见过这样一张脸。她努力回忆着是在何处，随后悚然一惊，蓦地想起：是在费城，当时她还小，在附近一处房屋的地窖中，邻居们发现一具尸体，是个弃妇。她爬进那里，已死一个月之久。尸体被抬出、搬上运尸车时，玛丽和街坊的其他孩子瞥见一眼，心中骇然。说那女人是盖特尔的孪生姊妹也不会有谁怀疑。

而面前这个可怜的老妇，俨如一具不倒的尸身。在这无边荒野，在这从无白人踏足（除了玛丽和其他俘虏在夏天刚刚走过）的峡谷，眼前的盖特尔并没死去，此刻坐在一块巨石上，仍努力照顾自己：从破裙上扯下布条，缠裹双脚。被包住的旧马铃像个吊坠，依然挂在脖子上，派不上任何用场。

"欸，"老妇瞅瞅自己的新鞋，扭头对玛丽一笑，说道，"我给你做一双，咋样？"

喉咙忽觉胀痛，玛丽向下强压，泪眼迷蒙中见到这张又老又丑的脸在微微闪光。"谢谢你，好的，盖特尔。好的，上帝爱你！"

玛丽止住步伐，惊愕不已。她倚矛站定，心中的迷茫和慌乱不断加剧。

有个河口拦住去路。河水自两山之间闯出，又急又深，打着漩涡，涌进她们跟循的河。这不只是又一条要绕行的河流；更糟的是，在玛丽所记的一个个路标中，并无此河。

数日来，她一直眼望对岸，寻找白河滩，也就是盐沼，她和贝蒂、亨利来时曾在彼处露营和劳作。盐沼应是下个路标。她不记得此地有河。

"啥？"盖特尔停在身旁，问道。

不能跟她说，断不可跟她说我觉得引错了路。她非要我的命不可。

"啥?"盖特尔又问。

"啊,亲爱的,不过是再绕一回,受点儿累罢了,也就这样。"她勉强一笑,"可咱费不了多少工夫,是吧?是吧,老伙计?如今遇到河,咱当然知道咋对付,是吧?"

于是,二人转走西南,但玛丽的内心却指向东南方。两人爬上冰冷苔石和漂流乱木,玛丽在遍寻记忆,要记起她俩可能在哪儿转错了弯,同时不让自己倒下和放弃。

几乎就在脚下,暗色急流奔涌而过。玛丽低头看向河水,心生可怕的渴望。

她在想,只要一侧步离开岩石,即可投进这条无名河,结束无尽苦难,不必再忍受煎熬而找到永久安宁,这样做轻而易举、悄无声息。

第 18 章

　　二人沿蜿蜒的山间峡谷，攀爬着，跋行着。玛丽既疑惑又沮丧。峡谷变得漆黑一片，仿佛在呼应她的心情。脚下碎石大多黑乎乎，宽宽的乌亮岩层顺崖面堆叠。天气原本晴冷，现已阴云密布，峡谷愈加晦暗，林木朦朦胧胧，河水黑如墨汁。峡谷似地狱般阴森，玛丽则沉浸于自己的阴郁中。盖特尔受到感染，一时的好心境如烛火渐熄。两人怅然无语，艰难跋涉，只听见自己在哧哧喘息，脚下的石片和石块在嘎吱吱滑动，黑河在奔流，声音沉闷而令人生畏，风在高坡树木间呼啸。枯叶已从盖特尔钟爱的铃铛里掉落。她们吃力前行，马铃当当，响声凄恻。

　　玛丽一遍遍对自己说：这条黑谷 ① 我完全不记得。走过是不会忘的。我记得前面有条蓝石河谷，可想不起这条黑谷。肯定没走过！

　　她不停望向对岸，寻找盐泉的踪迹。

　　要是没跟错河流，一定到了盐泉，一定的。

　　有一回，她望见前方河湾的沿岸有条白线，心为之雀跃，暗忖：那儿就是盐泉！她真想大喊出口。

　　然而，等两人走上前去，她发现那里并非白河滩，而是一处浅滩的白色急流。河岸灰黑两色，茫茫一片。她坐到地上，重新绑扎脚上的布条，发现布条已成乌黑。"这地方可真脏。"她嘟哝道，仰望背后似乎摇摇欲坠的黑色峭壁，"你见过这个吗？"

　　"见过，都是煤。"

"噢，对！就是煤，可不是嘛！"煤，她在费城见过，但只装在送往各家的马车上。她从没想过煤竟能堆积成山。

"可惜煤吃不得。"盖特尔说。

"盖特尔，让我自己待会儿吧，我得想想。去找些吃的吧，让我自己待会儿。"

玛丽在石上兀坐许久，陷入沉思。她紧闭双眼，集中心念，以前从没如此苦思冥想过。她要专心梳理头脑中的各个路标及其次序，试图从中剔除进煤谷以来出现的所有纷杂记忆。她将心绪退回德雷珀草地遭屠那天，沿新河而下逐日回想：途经印第安人用过的各个渡口、火泉、盐沼，一直走到俄亥俄河，路过各条支流，到达肖尼村，又去巨骨盐沼，后溯河回返。她在揣度，自己究竟在哪儿出了岔子，致使错过新河。她默想每处路标，一直想到头痛、眩晕，便深吸几口气，接着再想。

一个多小时后，她终于睁开双眼。只有一种解释，让她不再焦虑，让内心得以平静：

不可能迷失方向。一直跟循的就是新河，不可能是别的，煤河只是又一条支流。之所以不记得这条，唯一的缘故就是，印第安人带她来时，不知何故，她未曾留意。因此，如今这条河的出现令她始料未及，大为惊诧和困惑。这只是又一条支流，与别的河一样，一有可能就要渡过，然后沿对岸而下，返回新河。

她见到盖特尔坐在附近一根木头上，双臂交叉捂着肚子，来回摇晃身体，正在瞅她。

"你祷告了？"

"嗯，算是吧。"玛丽答道。

"我也祷告了。"

---

① 即今天的煤河河谷，在西弗吉尼亚州卡诺瓦县。

"好的。咱们过河吧。"

她俩踏进浅滩，被冷水一激不禁倒抽一口气。她们只看到这一处浅水，尽管水流快得让人恐慌，但天色渐晚，玛丽又急于涉水，要返回她认定的新河。她开始觉得，若在黑谷过夜，自己将再也辨不清方位。

长矛派上了用场。水下多石，她俩看不见，就用矛探底；水流冲击大，身体站不稳，就用矛支撑。

两人边涉水，边祷告。

天黑前她们回到了河口。玛丽揣测，进出暗谷，大概各有八英里。白日已尽，走了这么远，又费力涉过冷水河，她们疲惫至极，每走十分钟左右就得坐下歇脚。

到处一片漆黑，吃食无从寻觅。因为蹚水，加之自峡谷返回途中又遇两三波短时阵雨，毛毯仍湿乎乎的。在石路上行走一日，缠脚的破布已磨透或撕穿。连日来的腹泻一直在消耗体力，让两人愈加虚弱。黄昏来临，降起连绵细雨，看样子要下大半个夜晚。玛丽周身的关节都在疼，心似乎乱蹦不止，而非搏动。

自河口往上走出几英尺，发现一株倒伏已久的山毛榉大树，内里已朽烂，留下一个洞穴，洞宽三英尺许，松松软软堆积着烂木屑和刮入的树叶。玛丽握矛往洞里戳了几下，既担心又希望里面住着只什么动物。之后，两人挪进去，毛毯裹身，相拥取暖，在淅沥的雨声中沉沉睡去。

夜里，过来两条灰狐，其中一条叼着只死山鹑。它们一路小跑来至枯树跟前，嗅到不速之客，于是耸起毛发，鬼鬼祟祟地转悠了几分钟，将抽动的鼻子探进飘着霉味的穴口，低垂着湿漉漉、毛茸茸的尾巴，转身离开，另觅落脚之处，同时带走了山鹑。

啊，上帝呀，她死了。

"盖特尔，盖特尔！"

玛丽使劲摇晃老妇瘦骨棱棱的肩膀。没有反应。树穴温暖舒服，被虫蛀蚀，弥漫着朽败的气息，躲在其中酷似躺在棺木里。盖特尔翻个身，后背朝下，哼出一声，把一股臭气喷到玛丽脸上。她动了动，后又迷迷糊糊地睡过去。玛丽抱紧她。她没死，不过，躺在这里死去她倒也心甘情愿。

玛丽用一只臂肘痛苦地撑起身子。天色已明，从朽木末端望出去，只见满是湿淋淋枯叶的一片地面。然而，在淅沥沥的雨声和哗啦啦的河水声里，她听得见绝地遐荒传来的声籁。树洞避风挡雨、松软暖和，两人从没睡过如此深沉的觉。她想：就算躺在这里长眠不醒，也无比惬意；死在这里也舒坦。她闭上双眼，耳中仿佛万籁寂然。

可她再次睁开眼，得去撒尿。

还有，她不能说死就死，威尔在等她回家。

盖特尔怎么也不动。玛丽用力扯拽出自己的毛毯，扭身爬出，来到冷雨中，毛毯罩头，哆嗦着站定，叉开双腿，边撒尿边四下张望。暗色河水又大又急，已涨到离朽木不足几英尺的高度。

待的地方要再低些，我们早让河水卷走，冲回俄亥俄河，千辛万苦走过的路都白费了工夫，可我们自然不会知道，也不会在乎。她怀着一种奇怪的漠然心态，在痴痴地想。

她无精打采，趔趄着下到新河岸边。双脚踩到湿漉漉的树叶，感到冰冷，缠脚的脏布拖在地上。她立在河畔，望向上游，找寻着路标。河水呈灰绿色，宽逾半英里，因雨点洒落而唰唰作响，顺 V 形河谷奔涌而去。铁灰色的山坡倾斜入天，山巅隐没于层层雨云。与昨日的煤谷一样，整个河谷如地狱般阴森。令她懊恼的是，河谷看上去不再熟悉。

她想：要没跟错河流，我们肯定已到盐沼。

不，该死！别再怀疑了。

她闭上眼睛，身子左右摇晃。她听见了马铃声。盖特尔已起身，在走动。

上帝啊，我的肚肠好空。玛丽将手伸进毛毯，摸起自己的肚皮。在刚上路的几周，肚子饿得瘪瘪的，甚至凹陷下去。如今，肚子空空荡荡，反倒胀得鼓鼓的。

是什么气味？

越走近河边，气味越浓。

"玛丽。"盖特尔走上前，一摇一摆，步履蹒跚，一手揪着裹身脏毯，一手提矛。

玛丽已看到，河水将之冲上岸，混在漂流物中：是一只雌鹿的头，腐烂得厉害，眼睛乳白，舌头发灰，从头骨后面被齐刷刷地砍下、丢弃，大概是上游的印第安猎人所为。玛丽哆嗦着弯下腰，攥住一只又凉又湿的耳朵，拎着鹿头走向山毛榉树干。盖特尔随在玛丽身边，眼睛直勾勾地盯着鹿头。玛丽将其放在树干上，像是在摆放餐具，然后从腰间拔出战斧。

"好臭。"她说。

"是啊。"

"但愿吃了没啥事。"

"切吧，快点儿！"

皮一下子就从黏糊糊的肉上脱落。下颌有肉，白乎乎的，甚至有些发蓝，嚼时差点儿呕吐。

除舌头外也没多少可吃的。玛丽扯下舌头，不想看到那对眼睛，便将鹿头扔掉。她纵向切开臭烘烘的鹿舌，把一半递给盖特尔。她们分坐树干两侧，谁也受不了看对方吃烂肉的样子。

下午，她们途经另一条大河①的河口对面，这条河自东流入新河。烂

---

① 即今天西弗吉尼亚州的埃尔克河。

鹿头的恶臭还留在鼻孔、手上和衣服上。河口看上去眼熟，但玛丽却开始怀疑，冬天已全然改变一切的模样，自己凭记忆再也认不出另一处路标。

她想：要是这样，我们就得全凭信念往前走。

盖特尔在身后大咳了几次，玛丽心中涌起一股同情。

她心里说：全凭信念。一路下来，可怜的盖特尔凭的都是信念。

"那些鹿啊，"暮色中，两人正缓缓走在河边因下雨而湿滑的石板上，这时，盖特尔开口道，"哎呀，那些鹿！我统统想吃！"

"嗯？"玛丽止步回看。盖特尔正指向河对岸。在四分之一英里远的河边，有三只白尾雄鹿和两只雌鹿，皆低着头，像在吃草。玛丽感觉手本能地握紧矛杆，真希望自己在对岸。她想：我要抓一只，非抓一只不可。我们再生堆火，烤鹿肉，简直美妙至极……

她注意到什么。

鹿都在舔舐河滩。滩地是长长的一片灰白，仿佛落了雪。

"盖特尔！"她低声说，语气激动，心在欢跳，"是盐沼！"

"是啥？"

"是盐沼！盖特尔！我知道咱到哪儿啦！"

"我以为你一直知道呢。"

"没错，不过……"

两只雄鹿听见说话声，抬头望过河面。远远看去，它们机警、漂亮，个头很小，身后黑沉沉的巨大山坡高上千英尺，耸入云端。

盖特尔举矛过顶，大喊道：

"嘿！我要生吃了你们！"

"生吃了你们！生吃了你们！"山坡发出回响。

当晚，她们在离河面二十英尺高的凸岩下落脚。这里称不上洞穴，入口约三英尺高，深入峭壁有六英尺。地面干燥，散落着枝叶和鸟兽粪便，靠里发现一块陶罐碎片。地上有一方烧黑的平石，洞顶沾着煤烟，可见，或久或近曾有人生火。在洞的一头，玛丽看到零零落落的火鸡或野鸭碎骨，还有些燧石薄片，包括两个虽锋利却已破损的箭头。她暗忖：我们生一堆火咋样？哎呀，熬过这么多孤独凄冷的日子，我真想瞧见一堆火！

她用斧刃从一根木棍上刮下一把引火的碎屑，将近旁的细枝收作一堆，左手握斧，右手捏一片燧石，颤抖着跪地。她拿燧石斜向猛擦几下斧面，但燧石又小又轻，只打出一两个火花。她换了一片燧石，可这片更小。洞穴渐暗，火花似微星飞溅，但由于太弱，点不着木屑。稍后，拇指和关节都碰出了血，感到刺痛。她罢了手，重又蹲坐下来，一面大喘一面咒骂，沮丧得几乎要痛哭。"唉，看来咱们没这命……"

"嘘！"盖特尔在窥望洞外的暮色，同时侧耳细听。

玛丽听见了：透过沙沙的雨声，河对岸传来一声人语，随即再一声，又一声，还有嗒嗒的马蹄响。话语不清，但听腔调，走过对岸的分明是印第安人。也许是错觉作怪，然而在彼处昏暗的暮色中，她觉得看到有人影正穿林去往下游。稍后，响动被雨声和河水声吞没，但两人挤在一处，没有动弹，又等了些时。

她俩裹进毛毯，玛丽向上帝做了一段感恩祷告，可方才她还在咒骂上帝，而前后缘由一致：没有将火点燃。

两人饥寒交迫，天明即醒，一大早就离开山洞，畏畏缩缩，沿石岸走了五分钟，冻僵的脚趾似乎总是踢到石块，双足又冷又疼，每迈一步都痛苦难当。最后，盖特尔停下来，坐在一株树干上，说道："不行，不行，不行。给我斧子。"玛丽感到迟疑。"快，快，给我。"盖特尔催促道，同时手掌向上，前后摆动着手指。

她接过战斧，走到一丛草木跟前俯下身，熟练地在一条树枝上划出切口，剥下几束外皮。

之后，她从自己的破裙上扯掉四大块长方布片。玛丽坐在旁边好奇地看着。老妇一边忙活，一边自言自语，呼出的气息在寒气中凝成白雾。每隔几分钟，她就得停下，把冻僵的手指夹在大腿间焐一焐。玛丽坐在那里，双手也夹在两腿之间。因长期忍饥挨饿，仿佛血液越流越缓，心脏越跳越弱、越跳越不稳定，手脚没有一点血液、得不到一丝温暖。她觉得，心脏输送的好像不是血液，而是冰冷的芦黍糖浆①。

盖特尔往每片布上把一堆干叶，右脚踩上其中一堆，拢起布片的四边，围住脚踝，拿一条树皮勒紧系牢。左脚也是这样。实际上，最后每只脚都裹在一包树叶中。"该你啦。"她说。

玛丽受到感动，双眼噙满泪水，看着可怜的老人跪在自己脚边，用冻僵的粗糙手指吃力地打结，而树皮又难以摆弄。玛丽扶起老妇，冲她微微一笑。老妇颇为得意，笑得合不拢嘴。她们再次沿河岸出发，走路格外小心，唯恐把自己这双临时的鞋子钩破或踩散，还要经常弯腰，重新扎牢，换掉踩碎的树叶。尽管如此，柔暖的感觉仍是莫大享受。玛丽不时看向盖特尔，朝她微笑、大声呼气、高兴地晃头，以此表达谢意。这也让老妇的情绪好了很多。

玛丽率先看到火焰。前方一英里处，橙黄的火舌自河床熊熊腾起。玛丽一时迷惑不解，稍后回想起来，便停下脚步，指向火焰。盖特尔正沿崎岖的河岸小心行走，这时抬起头，瞪大眼睛，脸色先是喜悦，旋即转为恐慌，紧紧拽住玛丽的胳膊，指望玛丽讲明白。玛丽告诉她，这种从淤泥中冒出的呛人气体是什么，印第安人是怎么点火的。"肯定是昨

---

① 芦黍糖浆，由甜高粱的茎秆榨糖熬制而成。

晚听到的那群，他们扔了火把进去。"玛丽猜道，"真好玩，是吧？"

在隔河正对火泉之处，她们找到一个岩架，在下面收起厚厚的一堆树叶，又在附近一条沟壑中遍寻了两个钟头。运气非同寻常：她们捡到半磅橡子、八个核桃、一把野葱头似的野花球根。紫暮四合，寒气砭骨。两人蜷缩在毛毯中，隔着宽阔的河面，凝望欢跃的火柱及其映在水中的倒影，吃着各样食物，几乎感到欢愉。"好神奇！昨晚咱多想生火啊，可在这儿才等一天，谢天谢地，咱就等来啦，是吧？"

火焰太远，自然觉不到温暖。然而，吃下的东西化作营养，悄然传到四肢。山间，夜鸮悲鸣，群狼哀嚎。两人凝望火苗，直到深夜，同时念起自家壁炉。眼望远火，至少内心感受到温暖。

第 19 章

午夜后，时间漫长，空气冷峭，风愈刮愈大，逆转向西北，呼啸着吹过河谷，"嘎啦啦"摇动无数秃枝。后来，风骤然发狂，沿陡直的山坡发出尖啸，从地上卷起树叶，将断枝似冰雹般抛过林间，掀翻浅根树木。大枝和树干纷纷劈裂、断折、砰然落地。玛丽和盖特尔霍然惊醒，恐慌中抓紧毛毯。寒风将身下的树叶一扫而光，尽皆吹出山洞，又扬起杂七杂八的碎物，击打着她们，还要从身上扯走毛毯。两人挤作一团，眯起眼睛。在河对岸，燃烧泉亲切的火柱面对风的淫威，跳跃着，躲闪着，横在水上飘动着，而后"噗"的一声被吹灭。

她俩背对岩石，紧紧相拥，让毛毯上端裹严肩膀、下端用脚踏住，在阴风怒吼的暗夜中坐等天明。毫无睡意，只有战栗和等待。每有巨物重重砸到上方或下面，发出破裂和撞击声，两人就抱得更紧。风声诡异多变：时而如野猫惨叫，时而似牛在低哞，时而像男子透过齿间在尖声吹哨，时而众音交杂。时近拂晓，又增刺耳的嘶嘶声，冻雨扑到脸上如针扎，二人只好脸贴膝盖。

这夜足以把人逼疯。玛丽感觉无情的寒风似乎刮了一年。她紧咬牙关，不让自己喊叫，因为她知道，一旦叫出声，心魄就会被风暴卷走，融入其野鬼般的灵魂，再也回不来。任狂风肆虐，她守得住自己的魂魄，可挨到破晓，对此玛丽有些自信，但她担心盖特尔的精神状况。自那天清晨要回去找马，玛丽就怀疑她的精神不稳定，间或处于崩溃边缘。

玛丽心想：今晚，换作别的女人，都可能彻底发疯。

因此，她不时探出手，摸到盖特尔的手，紧握一下，以此给予安慰，希望能让她保持神志清明。

她俩爬出另一条寒溪，走入更冷冽的空气中。怕自己晕倒落回冰冷的激流，她们挤进两块巨石的缝隙，哆嗦不止，大口吸气，没有倚靠根本站不住。这是今天蹚过的第二条小溪，水深至胸，而上一条仅没到臀部。

她们挤在石罅中，想喘匀气息，可五分钟后玛丽就感到，如果不走起来，自己非冻死不可，或者冻脆的身体会因发抖而散架。"来，"她咕哝道，牙齿咯咯作响，"得走啦。"

"不，不走。"

"快点。"

老妇圆睁怒目，晃起脑袋，松垂的下唇已冻裂，在流血，随着头的摇晃颤来颤去。最近两天，玛丽看见盖特尔将嘴唇剥落的皮吃进口中，像是咀嚼食物。自从离开火泉，她俩还没找到正经可吃的，一直嚼芽苞和滑溜的榆树皮，还在一小片红漆树林发现成簇的浆果——毛茸茸、又硬又酸。这些东西将皱缩的胃填满、撑大，却似乎无以提供可感知的力量，疲惫的筋骨依旧饥饿，亟需营养。

盖特尔抱紧冰冷的巨石，一侧脸贴在上面，闭起眼睛。

"你得走，盖特尔。"一阵剧烈的寒战打断玛丽的话。

"不，我不必非听你的。"

"欸，可你得听。"

"不，听你的，我非死不可。"

"你会死在这儿的。"

"就因为听了你的话！"

"来。"她伸出一只冻得灰白的手，握住盖特尔的手腕。老妇猛然挣脱，还打了玛丽的手。这一下虽说绵软无力，却打痛玛丽的骨头。

"不！"

"盖特尔……"

"不！该死，该死！别再碰我，不然宰了你！"

"盖特尔！"玛丽大吃一惊。她抬手到脸上，将垂在眼睛上方的一缕湿发往后拨开，似乎要把老妇突来的抗拒情绪看得更清。

"我宰了你，"盖特尔咕哝道，仿佛这个新想法已在她绝望的内心扎根，"宰了你。"

玛丽尽力面带笑容，觉得可怜的老妇只是在发泄痛苦，她的胡言乱语令人同情。然而，玛丽看到盖特尔瞟了一眼仍挂在自己腰带襻上的战斧，笑容随即消失。她蓦然记起，多日前将战斧递给盖特尔砸山核桃时，曾有过预感。她靠住巨石，缓步后撤，不让盖特尔够到自己，同时把矛尖放低，挡在两人中间，做好防备。盖特尔痛苦地转过身，右肩倚石，也将矛尖指向玛丽。

两人如此僵持了几分钟。玛丽的心在狂跳。老妇的双眼冻得泪水直流，却又迸射出不加掩饰的仇恨，看上去令人心悸。肮脏的白发乱缠着碎叶、苔藓和痂块，湿淋淋地贴在脸的右侧。

玛丽摇起头，满腹疑惑，倒退着绕过巨石，要走出溪谷，远离危险的目光。

是她让老妇活了下来，是她带老妇安全逃离牢笼。她不明白，如今盖特尔怎能加害自己，除非她真的已疯。有时在路上，尤其在火泉附近的狂暴之夜，玛丽自己也险些发疯。可即便在当时，她也从没起过要伤害盖特尔的念头。尊敬的上帝啊，除彼此外我俩还有什么？她在内心发问。

她穿过光秃秃的灌丛，痛苦而费力地攀爬一处山坡，同时不住地回看，唯恐盖特尔从背后举矛冲来。她到达坡顶，山丘由此往河岸倾斜而下。她持矛站立，向后望去，看到溪边巨石，也希望看到盖特尔从石后走出，满脸堆笑，一副追悔莫及的神情，准备继续上路。她想：唉，我真是于心不忍。一起走过这么远，却要失去她。不能让她待在这儿死去。没有我，她不知道往哪儿走。

兴许她会清醒过来，跟我一起走，我们还会和好如初……

盖特尔面色苍白，有如鬼魂，从石后缓慢走出，停步执矛，猎人似的四处张望，最终瞅见玛丽站在坡上。玛丽心中顿生同情。"好的。"她向下喊道，"过来吧，亲爱的。我就知道你会……"

老妇开始朝她吃力地爬坡，还不停动着嘴巴，似乎在数步伐，或是在吩咐自己的双脚迈步。旧马铃当啷作响。最后还有不到四码时，她止步站立，气喘吁吁。然而此时，她再次把矛尖放低，气势汹汹地指向玛丽。

玛丽心想：她还是没完全清醒。主啊，请赐我智慧，让我帮她恢复理智吧。

"盖特尔！想想看！我认识这个地方。亲爱的，顶多再有一百或一百二十英里，咱就到家啦！啊，听起来好像挺远，可咱都走了五六百英里，还好端端的，不是吗？像咱这样，再走一百英里也不在话下，是吧？"

但与此同时，她在质问自己：走一百英里？再走一百码我能做到吗？

老妇的神情毫无变化。她拖着脚迈出一步，依然手端尖矛，怒目而视，像一名要发起进攻的士兵。玛丽沿河岸走出几步，确切地说，是侧步挪动，为的是紧盯盖特尔，同时在好言相劝："好的！哎呀，你走起来啦。觉得自己走不动，这不又可以了吗？呀，真不赖，真的。我早就知道，你不会放弃。不会的，盖特尔。你是我的朋友，我需要靠得住的朋友……"老妇越逼越近。玛丽佯装突来一阵高兴劲儿,虽四肢又痛又累,竟迅速跳开,在二人之间多空出十五英尺的安全距离。"往前走,亲爱的!啊,过这两条小溪我感觉好极了,走到那儿一下子就蹚过来啦,对吧?也没有绕路。啊,我觉得今儿天好,适合赶路!天真好!哎呀,像这样的天气再有一礼拜,咱就差不多到家啦。家里有个大大的旧餐桌,上头摆满了热乎的面包、汤团烩鹌鹑、一大罐牛奶。还有,盖特尔,我保证给你做一张脆皮黑果馅饼,那可是在整个弗吉尼亚都有名气……"

就这么不停说下去,创造出希望、力量和令人垂涎的画面,而在荒野熬过一周又一周,玛丽的头脑几乎已丧失想象力。下午,在纷纷洒洒的冷雨中,玛丽哄诱盖特尔又走出两英里,绕过一座座陡丘的山麓,越过凸岩、碎石、错杂的树根,穿过凌乱的漂流木,在她前面保持安全距离,对她既怕又同情。玛丽看不懂这张布满皱纹和斑块的丑脸,看不透她匪夷所思、气势汹汹的沉默,永远不知道她的脑子里究竟在想什么。

离天黑还有约一个钟头,她们遇到另一条岸陡流急的小溪,溪口太宽,加之水流太快,无法涉过。

玛丽止住脚步,惊愕地盯着小溪,顺令人生畏的溪谷望去,溪水远远地拐进山中,看不到浅滩。在哄盖特尔时,说到兴起,她仅有的一点气力也水涨船高,此刻却忽地散得精光,她险些摔倒。

她听见旧马铃"当啷"一响,感觉有只手扯住毛毯,恐惧如一道闪电,骤袭心头。

趁着玛丽遇阻,愕然站立之时,疯癫的老妇摸上来了。

第 20 章

玛丽要从盖特尔手中夺回毛毯，而后逃离，可力气太弱，蓦地一拽让她顿失平衡，重重摔在石坡上，碰得浑身青肿。盖特尔几乎同样虚弱，随她一起被拖倒，跌在她身上，嘴里哼出一声，马铃"当啷"一响。玛丽扭动身子，向后推她，要从老妇身下挣脱。两人哼哼哧哧，喘着粗气，翻搅起落叶，掀动了石块。盖特尔抓扯着玛丽的毛毯，似乎要骑到她身上，将她制服。臭气熏人的老妇扔下长矛，双手狠命拽住毛毯，死活不松开。玛丽奋力挣扎，要摆脱老妇的控制。两人的重量全压在身下的石块上，玛丽被石块和自己的骨头硌痛。她又气又怕，心在狂跳，却似乎未给疲惫不堪的肌肉送来半分力量。

最终玛丽抽出一条腿，将膝盖抵住老妇的咽喉。老妇挤出"咯"的一声呻吟，脑袋侧歪，黄牙咬住玛丽裸露的大腿，嘴巴一开一合，似要啃下一口肉。有颗大门牙松动掉出。玛丽攥起拳头，朝盖特尔的太阳穴捶打几下。由于手指冻得生疼，关节肿胀，每一拳都像砸到石块一样痛。不过，最后一击还是让盖特尔开口痛叫一声。鲜血从玛丽大腿的牙痕处渗出。

玛丽的毛毯几乎被扯掉。她躺在冰冷的地上，全身赤裸，只剩腰带和几块长裙残片。她感觉到战斧冷冷的钢刃割到腰部，这才意识到盖特尔已握住斧柄，正试图将战斧从腰带襻中扭脱。

此刻，她真的豁了出去，已战胜满身疲惫，将手探到下面，攥住钢制斧头，要从盖特尔手中抢回战斧。有几秒钟，两人都在用力，喘着、哼唧着。随后，纱线襻绷断，钢刃刺到手指，玛丽疼痛难当，老妇夺斧在手。

盖特尔拿到战斧，开始起身，似要占据更有利的攻击位置。趁对手离身，玛丽一骨碌爬到旁边，手脚着地，右手摸到已磨损的一根矛杆，抄在手里，同时起身。

老妇站在坡上，离玛丽有几英尺远，举斧要剁。盖特尔抡斧劈下的一瞬，玛丽急挥长矛，矛尖划出一道弧线。指节撞到矛杆，盖特尔痛得大叫。战斧脱手飞出，"嗖"的一声穿过秃枝，砸到坡下几码远的一处岩架，"哐啷啷"顺着到处是细碎页岩的山坡滚落，撞到溪边一块苔石，弹至空中，而后"扑通"一声落入这条支流又深又急的黑水中。

盖特尔痛苦的尖叫传开去，消失于哗哗的流水声和茫茫旷野中。两人眼睁睁看着赖以求生的宝贝工具从此永远消失。就连前一刻明显还疯疯癫癫、一定要拼个你死我活的盖特尔，此时好像也意识到损失之大。她站在原地目瞪口呆，俯视着战斧落水之处，不自主地慢慢将蹭破皮的手指弯起，焐在另一只手中，脸上浮现出类似恐慌或愧疚的神色，俨然从凶神恶煞变作自知有错的孩童。

她的怒火似乎移至玛丽胸中，就像滚烫的液体换了杯子。玛丽朝她缓缓转身，眼中冒火，满腔愤怒，裸露在外的枯瘦四肢抖个不停，嘴唇颤动着咒骂起来：

"呸，呸，你这头……大……笨……母猪！呸，你这个蠢鬼！你知道自己刚才做了啥吗？啊？知道吗？呸，你这个可恶的傻货！真不如让你这个贪吃鬼跟蛮人待一块儿，做他们的女人！没错，你只配那样。让你贪吃的可怜灵魂下地狱去吧！"她越骂嗓门越高，最后变作尖叫。她双手握矛，把它当成一条长棍，朝盖特尔逼近。盖特尔眨巴着眼睛，抬起双手护住自己，开始后退。"没错！现在弄丢东西，你倒明白过来啦，是吗？呸，你这个德国来的……大……臭笨蛋！"

说着，她挥起长棍，猛打老妇瘦骨棱棱的两肋和肩头，如同在拍出地毯中的尘土，棍子边打边呼呼生风。老妇在哀号、尖叫，马铃当当作响。此刻，曾让盖特尔闯过笞刑的尊严和胆量已荡然无存。她跟跟跄跄后退几步，一屁股摔坐到地上，两手交叉置于头顶，不住地告饶。

一通发泄过后，玛丽气力全无。她将矛尖戳在地上，倚矛站立，呼哧呼哧地喘着粗气，吐出的气息在寒风中化作白雾。在伤痕累累、毫无血色的皮肤下，肋骨一起一落；乳房干瘪，又小又硬，乳头冻得皱缩起来。

片刻后，一切复归平静，只听见玛丽在沉重喘息，盖特尔在低声呜咽，在用德语哀诉。

发泄完怒火，玛丽旋即感到冷意袭身。湿湿的寒气穿透裸露的肌肤，刺痛骨头。她挪到坡下，捡起破破烂烂的毛毯，将它裹在身上和头上，像穿了件带帽斗篷，而后又拾起自己的长矛，还有盖特尔扔掉的那杆，一咬牙，转身头也不回，溯支流去寻找涉水处，也没理会盖特尔是否跟来。她余怒未息，同时因在荒野失去砍削工具而满心惶恐，哪有心思去管盖特尔。

玛丽愤怒地想：反正盖特尔就像头犟驴，让人大伤脑筋。甩掉她真是庆幸。况且，她那么痛苦，对她来说，死了也许倒好。她自己也这样想，或是这样做的。哎呀，天哪，去了拖累，我可以轻轻松松走完余下的路回家。再者，给一个人找吃的总比给两个人容易。

她一边想，一边沿遍布岩石的陡峭山坡往前走，小心翼翼地落下麻木流血的双足，艰难地爬过岩架和错杂的树根，一手拖两杆长矛，另一只手奋力拨开树枝，以免钩掉自己心爱的毛毯。

然而，尚未走出四分之一英里，她就感到喉咙堵得慌，也疼得厉害，从中挤出窒息般的微弱声音。她一遍遍念叨着上帝，不意间泪眼迷离，只得抹去泪水，才能看清前路。此时天色渐暗，苔藓和悬铃木的暗灰与暗绿褪为灰黑，其他树干与河水几乎变为漆黑，日间的冷渐降为夜晚的寒。她听到前方几码远落叶沙沙作响，抬头瞥见有只狼尾巴垂地，在前一溜小跑，时而驻足，扭头看她。玛丽停下，倚在一株倒伏的树干上歇息，树干粗壮如她的身长。她竭力抑制自己，不去顺溪谷来路呼唤盖特尔的名字。她忙活了几分钟，解开腰间纱绳，又扯下毛毯，站立片刻，把毯子抖开，重新整妥，最后裹到身上，在腰间用绳扎住，两角拉过肩头，在前面系到一处，如此，毛毯即变为一件羊毛裙，可腾出两手持矛、握抓点。露出手和脑袋，虽温暖不如从前，但穿行杂乱的灌丛更方便。她一边裹毛毯，一边沿溪谷回望。泪水刺痛眼皮，胸口阵阵发疼，失伴的痛苦如一块污迹，在整片荒野蔓延开。说也奇怪，她开始认识到，自己需要盖特尔，或许盖特尔也同样需要她。

可盖特尔并未出现。在倒伏的树干处逗留十分钟后，玛丽告诉自己要继续赶路，天黑前找到涉水处，告诉自己不要原路折回去找盖特尔，否则将无法返家。

玛丽提醒自己：老东西除了带来麻烦，毫无用处。她是情感的安慰，可她已发疯，要杀你，你亲眼所见。若回去找她，就是愚蠢透顶。要想沿峡谷走完最后一百英里，便得永远忘掉她，就像忘掉女婴一样。多周以来，她一直强迫自己不去想女婴，然而此刻，念及婴儿，让她倍感孤独和懊悔。她重又倚在倒伏的树干上，紧闭双眼，咬住嘴唇内侧，熬过最剧烈的痛苦。她仰头面向前方峡谷，以矛为杖，两手各握一杆；关节磨得咯吱作响，每迈一步，与盖特尔打斗时被石块磕出的瘀伤都疼得她直咧嘴。就这样，她一瘸一拐地往前挪去。

有时，除去沙沙的脚步声和呼呼的喘息声，她觉得听见另一个声音，遂止步细听，透过脉搏在脑袋中的跳动声，以及风声和水声，使劲去听其他声音，然而是否听到，却始终无法肯定，尽管它似乎就在那里，比旷野的轻叹和风的低吟还弱，是细如发丝的人声。声音让浑身兴奋，也令内心痛苦。

虽不确定是否真的听到，但那个声音至为孤凄，她此生从未听过。

树干、岩石、挂藤等物体的轮廓渐趋模糊，隐没于深灰的暮色。玛丽在一块餐桌大小的平石上缓缓坐下，细看一个或可渡溪的地方。此处，溪水漫过、绕过石板和凸岩，泛起涟漪，溅着水花，而后急速下落。自此朝上游极目远眺，水面横着一道道怪异的线条，可见那是溪水过石涌起白沫之处，犹如顺一段凹凸不平的阶梯倾泻而下。

她想：对，我可以从这儿过溪。等天亮吧。得找个地方躺下，熬过今夜，可能的话就睡一觉。涉水需要体力，可我现在力气全无。

在眼角的余光里，有东西在动，离她不远，就在上游的这侧溪岸。她直视过去，但暮色朦胧，起初一无所见。她转回头又看向溪水，再次觉察到动静。这回看到了。

大概四十英尺远，有只狼正站在巨石之间瞅她。后来，她觉察到另一个模糊身影朝溪边移动。它们在一起站立片刻，然后小心翼翼地朝她偷摸过来。它们走路静得诡异，或者说似无声音，因为水流的汩汩和哗哗声掩过其他响动。它们时而停下不动，玛丽便看不到了。狼身的暗色斑纹使之与光秃的灌丛、败叶和山坡落石融为一体，除非走动，不然难以觉察。它们沿水边过来，穿行在岩石间，每次走出几英尺，不断向玛丽靠拢。此时，相距已近，加之有湿漉漉、颜色更暗的石堆作映衬，玛丽看清了它们：正停下嗅空气，头一抬一低地端详她，样子酷似目力不济的老人眯缝着眼睛、动着脑袋，要看清是谁进了房间。

玛丽抄矛在手，矛尖对狼，心咚咚狂跳，然而输送的却仿佛是冰冷的血。她侧身离开，挨近水边，赤足踩到又凉又湿、棱角尖锐的石块。

狼意欲何为？她感到纳闷。有多个夜晚，曾听到狼嗥山间，但都在远处；就她所知，还从未与狼狭路相逢过。她猜测：也许趁我们熟睡，有狼来过身边。它们要干什么？要猛扑上来？还是等你躺下再发动攻击？她想：你是强是弱，可能它们自有办法知道。她曾听亨利·莱纳德跟威尔讲过，狼会感知死亡。"狼有胆量，不怕发动袭击，"他说，"但狼聪明，不去冒险进攻可能更强大的对手。""就像印第安人。"威尔说。"没错，"亨利点点头，"就像印第安人。"玛丽记得当初的聊天，便决定即刻蹚过急流，因为她不敢在黑夜中躺在这边河岸。透过水的奔流声，她觉得又听到那种哀号，不过此刻她怀疑，自己听见的，或者幻想听见的，是心内恐惧使然。

毛毯已干至八九分。她不想让毛毯再沾水，这样等过溪后，可裹身取暖。她将长矛放在脚边，矛尖向狼，眼睛时刻紧盯它们，用冻僵的手指笨拙地解开系毯的绳结，脱下毛毯，卷成一包，用纱绳扎紧。长裙所剩，只有几片破布从肩头垂下。湿寒穿透全身，她簌簌发抖，知道湍急的溪水会更凉。

尽管没见狼在挪动，但它们只有十到十二英尺远，仍在注视她。一只狼张开口，只见弧形的一排白牙。狼舔舔嘴，细瞧着她。

玛丽将毯包放到肩头，又将纱绳迅速套过脑袋，如此，毛毯可高扛在肩，双手也能腾出。她最后长看一眼两只狼，心中顿生狂喜，对它们说："再见，伙计们，我得走啦。"听到话音，一只狼诧异地把头一歪，另一只则旁退几英尺。玛丽拾矛转身，将一条腿伸进冰冷的急流。寒气自腿上传，刺痛了髋关节，冻得她从头皮到膝盖一阵战栗。而后，另一只脚踏入水，她倾身逆着水流，用脚趾在前方探找立足点，就这样，每次一英寸，走入汹涌的溪水。她觉得又听见一个声音，片刻之后，确信自己已听到。她全神贯注，在寻找落脚点，在维持身体平衡，同时下盯黑乎乎的溪水，不敢分神而抬头，似乎能透过水面，看清水下的立足点和陡坡，但此刻她能听见一个声音，是在呼唤自己的名字。她将两杆长矛戳到水底，倚在上面，慢慢扭头环顾，寻找声音来源。

在下游十码远，盖特尔沿溪岸缓缓走来，一只手捶打着岩石。她面无血色，头发雪白，在峡谷深灰暮色的映衬下，整个脑袋宛若一盏昏暗无光的提灯。她走过来，正是那个执拗古怪、半带疯癫、又凶又丑的老太婆，正是她让逃亡雪上加霜。然而，玛丽这辈子见谁也没如此高兴过。

"在这儿！"她朝后大喊。

随即她想起两只狼。

狼看见也听见老妇走过来。玛丽见它们慢慢朝坡上退却，还不时回望老妇。狼不是怕，也并非要逃，而是后退，要打量这个新来的活物，也许要确定她是否行将死亡。

盖特尔看到玛丽，开始更坚定地挪过来，同时在喊叫，激流轰鸣，听不清在喊什么。不知何故，两狼壮起胆，止步回身，朝她逼近。

"盖特尔！当心！"玛丽举起一杆长矛，指向两只猎食动物，"有狼！"

老妇并未理睬。她在可劲儿叫嚷，喊出问候，或是央求，或是道歉，或是什么，同时忙着爬过、颤颤巍巍地绕过砾石堆和石板，朝涉水处蹚过来。

"有狼！"玛丽又喊一声。老妇几乎已到玛丽对面，仍在叽里咕噜地说着话，铃声勉强可闻。两狼影影绰绰，距她已不足十英尺。它们绷紧、弯曲灰色的狼腿，似要弓身扑来，或要抽身离开。令人沮丧的是，溪水咆哮，阻隔了声音，任凭她俩如何急切喊叫，也听不清对方在说什么。玛丽一个劲儿地指向潜近的野兽，然而，也许盖特尔认为玛丽在晃矛威胁自己，边说边继续朝她走来，很快就到了水边，恳求着，比画着，离较大的狼仅一臂之遥。后者蹲伏在与盖特尔齐肩高的岩架上，似乎正将嘴巴对准老妇的咽喉。

"盖特尔！"玛丽声音嘶哑，惊叫一声。情急之下，她忘了自己在激流中站得摇摇晃晃，于是变换一下右手握姿，将矛举过肩头，向狼掷去。

后一刻突陷慌乱。玛丽失去平衡，向前跌入激流；狼被矛尖戳中肩部，痛得在盖特尔耳边发出凶残的狂嗥，几乎直直跃起；盖特尔听到突来的惨叫和动静，受到惊吓，往前一扑，离岸坠入冷水。

两狼在岩石间四足乱蹬，慌忙跳开，因又怕又恼，嗷嗷直叫。玛丽和盖特尔跪爬在湍急的浅水中，竭力在溪底的岩石上摸寻可抓、可跪之处，同时把脸露出水面。水流拖曳着玛丽的毯包，猛扯勒住喉咙的纱绳。冰冷的溪水在周围打旋、推挤，要将二人掀起、冲走、卷入浅水之下的深潭。盖特尔一心要保命，便丢下毛毯，水流将毯子从身上卷挟而去。

玛丽最终立稳一只脚，摇摇摆摆地站起。她喊着盖特尔的名字，左手仍紧握长矛，将矛的一端递向她。老妇感觉长矛触到肩膀，伸手去抓，反应还算沉着。溪水冰冷彻骨，玛丽几乎无法吸气。她拼尽衰微的力量拉拽长矛，终于让盖特尔爬起。天色将黑，两人几乎浑身赤裸，喘息着、哆嗦着、呻吟着，在咆哮的急流中跌跌撞撞，狠命挣扎。每人攥住长矛一端，往往不是你摔倒，就是我爬起。最终，在身前的水面上，玛丽伸出的右手碰到硬实的东西：是树根。

她一把抓住，喊道："盖特尔，我们有救啦！抓紧！"她用右臂渐衰的气力，将身体收向溪岸，同时左臂使劲拽矛，把盖特尔往前拖动最后几英尺。

有一大株悬铃木，几乎被河水冲走，树根裸露在外，盘错扭曲，玛丽抓到的是其中一部分。树根有许多可抓之处，也有不少地方可让她俩冻僵、青肿的双脚踩踏，但两人气力全无，身冷体僵，用去大约五分钟才从溪水中爬出，其间还险些落回。此刻，天色几近全黑。玛丽趔趄着爬上陡岸，想用长矛撑住身体，却倒在石块和漂流碎木中，躺在那里吸着气，一阵阵的战栗不断从脚底传至头顶，而周身上下本已痛楚不堪。在深沉的暮色中，盖特尔在近旁某处，一边呼呼喘气，一边颤抖着嗓音发出长声呻吟，听来惹人怜悯。

玛丽感到寒气已侵入骨髓、穿透脏腑，心里仅存的暖意有如残烛，即将一闪而灭。

手指一弯就疼，她费了好大工夫，才取下挂在脖子上的毯包，解开捆毛毯的绳扣，同时牙齿在咯咯响，鼻涕直流，手指如细枝般僵直、笨拙、无力。此刻她记起，盖特尔的毛毯已滑落溪中。现在看来，损失不可估量。两个人，一条毛毯，这无疑关乎生死。

在这糟糕的一天，还丢了其他东西，她似乎回想起来；是的，仿若二十年前的童年往事，此刻重回记忆：她看到战斧滚落山坡，没入水中……

她想：上帝啊，这天着实让我们损失惨重。

还丢了什么。头脑太迟钝，差点儿想不出，不过她还是回忆起来：是掷向狼的长矛。没错！那杆长矛也有去无回！过溪时她浑身冻僵，已忘记和狼的可怕遭遇。

此时，有个绳扣松脱。她扯出绳头，又去摸另一个绳扣。

她想：一把战斧、一杆长矛、一张毛毯，我们那点儿保命的东西差不多全没了。她在合计：我们还可以再做个长矛。哎呀，不行，做不了！没有战斧，我们什么也做不成。上帝啊，救救我们吧。

躺在那儿的大个子德国婆娘既可笑又可恨。要不是她犯傻，我们什么也不会丢……

愤怒让心有些发热。哼，上天作证，盖特尔，你这老太婆，等着瞧吧，看我还能忍你这个烦人的恶妇多久……她想着，胸中燃起怒火，暖了血液。

然而，她又想起，当盖特尔消失在身后时，自己感到的，是孤独与痛苦难当的空虚。

"来，亲爱的，"她边说，边忍痛起身，任半湿的毛毯散开，朝盖特尔痛苦呻吟的方向走去，"就让咱俩挤在这块宝贝毛毯里吧，要不……要不咱准保完蛋……"

当然，安睡做不到。她俩拖着孱弱的身躯，摸黑四处乱撞，寻找凸岩或空心木，以便在下面蜷缩一晚。每滴冷雨袭身，每次湿布片贴肤，都会引起一阵战栗，抖得骨头格格响。最终，她们钻到一株巨木下，倒伏的树干横在一块裂石上；她俩用手耙拢来足够多的落叶，填入石罅，为栖身处隔开下边潮乎乎的泥土以及上头湿冷的空气。两人扎进枯叶堆，拉过毛毯裹在身上，紧贴对方，相拥而卧，等待着身体给彼此带来些许温暖，却发现对方冷如死尸。玛丽想起，有一次父亲凿冰捕鱼，把两条鱼扔在雪堆上。此时，她俩就像那两条鱼。她们前胸对前胸，肚皮贴肚皮，每人都抱着对方的一副骨架，心跳微弱，感觉到自己和对方的颤抖。在这寒风萧萧的漫长黑夜，感受不到丝毫温暖；知觉逐渐麻木，头脑趋于迟钝，梦境缓缓而至，愈加深沉，思维仿佛在凝固。玛丽最后清晰想到的是，这种无知无觉是死的解脱。在内心，她等待和谛听着熟悉的声音，留意着圣光和熟面孔，或者天堂的其他迹象。

雨已停歇。有一阵，点点水滴落下枝条，打在林地的枯叶上，啪嗒有声。林梢上空，乌云消散，洒下星光；稍后，一弯月亮现于山顶；两小时后，月亮转到溪谷上空，遍地枯叶尽染新霜，月华辉映，有如银片。对岸，从山岭高处传来狼嚎的诡异颤音。月光映于湍急的黑色水面，如冷焰摇曳。在斜僵的树干下，盖满枯叶的毛毯内没有一丝动静。

两个可怜的女人不再哆嗦，也不再挪动。

　　玛丽躺在一团漆黑中，想起死亡。她觉得，这就是死亡的状态，后来失去知觉。但此刻，她明白自己刚才没死，只是没了意识，因为尚有气息，刚刚梦到狼，被惊醒，听到狼远远地在外面寒夜中嚎叫。自己竟没死，对此她有所失望，因为毕竟死亡看似是个不错的归宿，当然要强于过去四五周的煎熬，这等苦难还得再忍受一两周。

　　可她一转念：不，我真的不想死，不想死时离威尔这么远；我不想死，威尔还不知道我是否活着，还不知道我的下落；我压根儿不想死，威尔还活着，我是他的妻子，他还指望我呢。她长叹一声，在想：不，我压根儿不想死，我还年轻，威尔也还年轻。天杀的蛮人夺走了三个孩子，我们还得再生一群延续血脉。没儿女替他收割种下的庄稼，威尔是不会快乐的。

　　她想：我死在这儿，他会另娶的。我讨厌这么想，还是断了死的念头吧……

　　此时，玛丽的呼吸缓慢均匀，心跳平稳，不再如前像风中之烛，起伏不定。她听见盖特尔的呼吸同样正常。

　　啊，尊敬的上帝，今夜我们走近天堂，瞥见过你，我和盖特尔，我发誓。

　　她想起来，涉过湍急冰冷的溪水后，两人又冻又累，周身疼痛难忍，彼此什么也没说。盖特尔只是跟随，她俩清理出这道裂缝，垫上树叶，盖特尔爬进来躺在她身边，可能老妇也以为自己死了。

　　玛丽想：过河后老盖特尔又恢复了神志。大概她太狼狈，没再去想杀我的事。之前她举斧砍我，我抢矛打她。而此刻我俩像夫妻一样，在这儿紧挨着睡觉。啊，上帝，真是匪夷所思！

　　夜间，她俩沉沉睡去后，不知怎的，寒气未能潜入体内、冻僵心脏，心非但没停止跳动，反而逼退寒气，将其逼出躯干和四肢，甚至最后逼出双脚，血液的温暖终于到达皮肤。玛丽的体温传到盖特尔身上，盖特尔的体温也传到玛丽身上，两人暖了彼此，就像离开冰冷的地面钻进被窝时，热乎的皂石①暖了双脚。她俩给对方带来如许温暖，感觉毛毯不再潮湿。玛丽完全麻木的双脚已恢复知觉，此刻隐隐作痛，甚至时不时感到像被数千根细针刺扎，两腿会随之抽搐。双脚有了感觉，她为此高兴。在这块毛毯里，并非真正称得上温暖，而只是没有冷得可怕。在两人身体挨到之处，确乎能感到暖意。

玛丽心想：我们睡着时，发生过奇迹。啊，感谢天主，又赐给我们一个小小奇迹。自七月以来，可能我对你偶有不敬之心。但我还是不太明白你为啥这样对我，可有时你又好像用自己的方式来眷顾我们，所以我猜呀，你没把我们彻底遗忘。

我承认，威尔和我常忘记祷告，有时一连好几天。住在大山的这边着实太忙，什么都得自个儿造，自个儿做，所以我们的确常忘记祷告，也许出于这个缘故，你就派野蛮的肖尼人来惩罚我们。今春那名马背上的牧师说，可能你是一位善妒易怒之神，要我们这些凡间儿女按时祈祷，就像威尔要汤米和乔吉常黏着他一样。可是主啊，你这样对我们似乎不公平。

她转念又想：或许这一切苦难只是偶然，和上帝毫不相干。一时间，似乎如此看待上帝更宽容，但不久她就感到羞愧：自己竟认为没天意也会有事发生。

玛丽在犯嘀咕：不知道明天盖特尔会怎样，但愿她恢复正常。要是不迷路，大概还有一百英里，迷路就得走更远。要是每迈一步都得对付

---

① 在冷天，早期拓荒者将扁平的皂石在火上加热后，以布包裹，因其缓释热量的特性，用于温床或暖脚。

疯女人，一百英里我可走不下来，不是吗？

玛丽再次昏昏欲睡，四肢倦意十足，可她还想把路标再逐个回忆一遍，因为这几天备受艰难，致使她已记不太清。

路标所剩不多，大部分已走过。她能想起的下个路标是一条大溪，印第安人曾在那儿洗掉身上的油彩，给树涂色。就是在彼处，他们扎过营，头领野猫队长模仿过肖尼女人生孩子。她心里说：让我想想。从德雷珀草地出发，我们走了十到十二天，没记错的话，是十二天，走出溪流，从一处浅滩渡到新河对岸。

她能回忆起这一切，相信自己认得出那条溪流，可在此之前，景物变得颇为迷离，几乎没有路标。她想起，他们曾沿高高的山梁骑马北行，一连几天也不见新河的影子。主啊，我无法带路走那条溪水和那道山梁，因为当时一路上昏头昏脑，脑袋不是一片空白，就是迷迷糊糊。我找不到那几天走过的路。得一直沿新河走，我可不敢领我俩离开新河。她这样想着，因畏怯而浑身颤栗。

她一如先前，感到疑惑：为什么印第安人弃新河而走山梁？她想：改道的唯一缘由就是，那条路最易通行。这可能意味着，我们之所以从山上过来，是因为那段新河太难走。

心一沉，她感到茫然无措，在过去困馁的几周，也从未有过如此强烈的感觉。她想：过了染树溪，上帝知道河谷会是啥模样。上帝，救救我们吧。她心里说：主啊，但愿你已给够对我的惩罚。我觉得需要你仁慈的帮助和引导，来熬过接下来的一两周。

盖特尔在睡梦里哼着挪动了一下，一条腿从玛丽的腿上缩回，两腿相搭处原是近乎温暖的感觉，这时凉下来。玛丽躺在暗夜中，闻着老妇和自身散出的臭气，仍在用一只胳膊抱着她，抱着这个曾经要害自己命的老妇。两人又打又杀，过后又离不开对方，玛丽磨蹭着等待盖特尔过来，盖特尔沿溪谷边走边呼唤玛丽，这真是不可思议，不可思议至极。

两人彼此依赖，因为在这荒山野岭，独自一人熬不下去。

然而，虽说此时抱着熟睡的老太婆取暖求生，但玛丽知道，等盖特尔睡醒，须时刻保持警惕；只要盖特尔醒着，就决不能睡觉。

玛丽想：我最好醒着挨到早晨，这样她就不会先我睡醒。

如此打算着，不觉头脑昏沉，而后进入梦乡。

第 21 章

玛丽年幼时住在费城，见一条流浪犬在街沟里嗅找泔脚，遂心生同情；狗抬头看她，深褐色的眼中有种无言的善意。她进家从食物储藏室拿出一根血香肠①，背着父母，给了流浪犬，回到家依然惦念它。当晚，狗就来挠门。此刻，玛丽梦到那条狗，醒来听到一阵抓挠声。

她猛然惊觉。天刚蒙蒙亮，盖特尔已坐起，半身露在毯外，两腿还盖着，不知在做什么，发出沙沙的抓挠声。玛丽顿起戒心，责怪自己睡了过去。她偷偷从毯里抽出手臂，伸到背后去抓矛杆。昨晚她将长矛放于石礴自己这一侧。

倒下的大树给她俩遮风挡霜。此时盖特尔正在抓挠树干下侧的烂皮，树皮碎渣和木屑不断落上毛毯。晨光熹微，映出盖特尔的侧影。她在朽木中扒找一番，然后停手，把什么东西放入口中。

玛丽想：这个可怜的人在吃木屑。她这样倒能填饱肚子，可是会害死自己。玛丽只感到腹空无边、饥饿难耐，心里仍在回念梦中诱人的血香肠，尽管她从不喜欢这种食物。

"够啦，亲爱的。"玛丽疲惫地说。听到她的声音，盖特尔蓦地回身，像个偷窃时让人发现的孩子，可下一刻她竟开心地说：

"不，玛丽，啥事没有。"

"拜托别吃木头。我看了想吐。"玛丽满身疲倦，硬撑着爬出毛毯，站到寒霜尽染的石礴外面，忍着腿的剧痛，蹲下撒尿，小便冒出一股热气。她浑身发抖，观察着天气，同时想辨清身在何方。山谷依然幽暗，昨晚渡过的那条急流溪在附近哗哗、汨汨地流淌。山谷上空蓝里透出粉红；下游远处，岭上秃木被晨曦照到，闪着柔柔的玫瑰黄。看来今日天气晴冷。等太阳升高照亮这些深谷，还需几个钟头。

她想：现在我俩只一条毛毯，给一人裹，另一人就得光身。

不，玛丽转而气愤地想，她丢了自己的毛毯，该光身的是她。

玛丽又一转念：对不起。我俩当然得轮着裹。只要老东西听话，我俩就轮换。我觉得要训训她。

水声之外，玛丽听见上方有脚步声，树叶被踩得沙沙作响，于是原地站定，举矛转身。

一头鹿从两块长满苔藓的岩架之间走下来，要去溪边。是头雄鹿，生有漂亮的鹿角。它觉察到玛丽的存在，停下望她一眼，又继续去往溪边。相距太远，无法投矛。她小心翼翼、颤颤巍巍地朝鹿走近几步，赤脚踩上白霜，感到冰冷刺骨，起了一身鸡皮疙瘩，哈气结成白雾。鹿喝完水，抬起头，沿溪岸蹦走，尾下的白斑消失在灌丛中。

玛丽心想：唉，也没啥损失，别对这家伙有啥指望啦。

她走回来，往枯树下凝视。盖特尔正坐在阴暗的石罅里，肩披毛毯，掌心捧一团木屑，在其中翻找，将东西放进口中。她太专注，没看见玛丽站到身旁。玛丽弯腰细看，惊得身子剧烈颤抖。原来盖特尔正从木屑中捡出黑色小甲虫，她嚼的就是这些。

盖特尔注意到玛丽，便抬起目光，突然将双手藏进毛毯，面露怒容："不够两人吃。自己去找树。"

玛丽目怔口呆，眼中冒火。她伸手进去，抓住毯边，用尽力气猛

---

① 血香肠，爱尔兰人的传统食物，将猪血、燕麦、洋葱和面包屑等原料填入肠衣，经或蒸或煮制成。

地一拽，将毛毯从盖特尔身上扯掉，也将老妇掀翻。“自己去找毛毯！”她厉声喝道，将毛毯一下子披到肩上，狠瞥老妇最后一眼，看到一堆凸起的骨头包裹在松松垮垮的灰白皮肤中，样子丑陋不堪，在枯树下挣扎着坐起。玛丽沿溪岸扬长而去。走出大约三十码，她止步看向道道危崖，深吸一口气，随后叹息一声，等待着，直到听见身后传来盖特尔的脖铃声以及嘟嘟囔囔的抱怨。玛丽转过身，望着老妇赶上来。只见她东跌西撞，有如醉酒，边走边踢起枯叶，松垂的皮肤摆来摆去，像身上的破裙片一样挂下来，掌心递来什么。

“原谅我吗？”她凑到近前，哀声道，“给，我给你带了些……”

“我不吃虫子！盖特尔，你听着，咱俩要还一起走，我就得告诉你该咋办……听着！”盖特尔站在那里，冻得直抽搐、直哆嗦，吃着余下的甲虫，掸去掌心的木屑。她一边倒嚼令人作呕的虫子，一边睁着昏花的淡褐色眼睛，呆看着玛丽，一副单纯的神态，在等玛丽训她。或许她觉得自己应当挨训。

玛丽暗忖道：她比我母亲还年长，可我非得训她一顿不可，就像训一个掏鼻孔的孩童。

“盖特尔，我逃走是因为我惦念远方的家，还有需要我的丈夫。亲爱的，就是这个缘故，什么也挡不住我，甭管是饥饿、疾病，还是什么伤害。嫉妒我有目标的女人也挡不住我。

“我知道你决心不强，因为你没人投奔。主知道你比我贪吃……天啊！居然有人吃虫子！

“我知道，在许多方面你比我强，嗯，没错！你在肖尼村受笞刑那会儿可真了得！换作我，一准活不成！我佩服极了，或许你都不知道。

“可如今，亲爱的，我有目标，比你坚强。虽说我挺需要你，呃，但是你再像昨天那样对我，我就自个儿走！没错，撇下你，也算甩掉个包袱！喂，一言为定，咋样？”

老妇把虫子咽下肚去，点点头，抱胸站立，不住地哆嗦："可以，可以。昨天干过啥我都忘了，但我不会再伤害你，玛丽。哎哟，好冷！"

"咱俩得赶紧走，不然会冻僵的。喂，听着，盖特尔，毛毯咱俩轮流披，不过你得答应，我要，你就还我。答应吗？"

"好，我答应。"

"你得说话算数，上帝作证。"

"好，我跟上帝发誓。"

"那就这样。走吧。"

临近中午，两人来到这条急流溪的溪口，然后转向东南。顺溪而下花去几个钟头，因为要翻越两处摇摇欲坠的塌方大石堆，一不小心石块就会从脚下滑落，"哗啦啦"滚进溪中。走得慢还有一个缘故：盖特尔对甲虫产生了胃口。她捡到个边缘锋利的石片，几乎每遇倒木，都要落在后面，拿石片削去糟朽的树皮，寻找早晨吃的那种甲虫。玛丽失去耐心，不停地连哄带催。不过，这倒也好；只要盖特尔有指望找到吃的，一门心思想着吃的，好像就不再那么凶暴，对玛丽就温和些，威胁也就小。尽管又是拖延，又是砍削，盖特尔再没寻到虫子，可她却似有把握，故此较为开心。

翻越石堆时，两人的脚受伤严重，脚踝和大多数脚趾都蹭掉了皮，落足处留下点点血痕。玛丽的右脚背划开一道深深的伤口，左脚底被槐树刺扎进至少一英寸深。她将刺拔出，但尖头折断，深嵌在肉里。盖特尔的左脚卡在两块带锯齿的岩石间，想搬开一块，却碾到小趾，皮肉伤得厉害，露出白骨，但她俩查看后发现没骨折。两人的双脚到处都被无数次踢伤、挤伤、擦伤，而每次受伤，旧痛之外居然还能感觉到新痛。她们到达新河峡谷的窄长滩地，在一根漂流木上坐下，沐浴着十一月惨淡的阳光,也顾不得冷,将冰凉的淤泥当作膏药,涂满彼此的双脚。她俩在这里歇过一个钟头,并肩坐在木头上,毛毯搭于后背,面朝太阳,让脚不再受力,让淤泥变干,吸走脚上的剧痛。"注意到没?"玛丽说,"脚突突几下,心就跳几下。"两人数了一阵,阳光照在脸上以及合在一起的眼皮上。盖特尔乍然惊醒,险些仰身跌下树干。

她俩坐在静谧的河谷中,等待着重新站起走路的勇气。眼前闪过一道鲜红,停在十英尺远的一株灌木上:是一只红衣凤头鸟。这只雄鸟站在摇来晃去的细枝上,突然微微转动起带羽冠的脑袋,左顾右盼,溜圆的小黑眼睛隐藏在喙基周围一圈乌羽中,几乎无法察觉。玛丽腹空如也,视力反倒格外清晰。在她眼里,这不仅是一只红艳艳的小鸟,装点唯有褐、灰和衰绿色彩的冬景;这更是一位飞翔的信使,要在荒凉之境到处传递生命活力,让每一处都不乏生命的美好。玛丽先前从未有过如此想法。她注视着这只鸟,心中泛起暖意,几天前的晚上眼望火泉也是同样的目光。此时,盖特尔在身旁猛然一动,一直攥着的石子脱手而出。投掷的力道不足、准头不够;石子砸到灌木下方,灌木一阵晃动,小鸟安然无恙,振翅飞走。玛丽回看老妇,眼带疑惑。"为啥?"她问道。

盖特尔的目光中闪着喜悦:"我就是觉得,鸟儿啥时候都有,啥地方都有……鸟儿的肉不多,可总比虫子多!咱们带石子,咋样?偶尔会打中一次,对不?那咱就有鸟肉吃啦,是吧?"

玛丽摇摇头。真拿盖特尔的馋嘴没办法。

起身时,脚一承重,疼痛再度袭来,她俩疼得直呻吟,后来逐渐适应,于是上路。可玛丽还是在盖特尔身旁弯下腰,去捡石子,找见不少大小适合投掷的,攥在一只手里,做好准备。的确,即便在这个萧索的季节,也总有许多鸟飞来飞去。一只鸟,红衣凤头鸟或是嘲鸫,就算小黄鹂、知更鸟或小麻雀,也比她们过去一周吃的东西还有营养。

玛丽心想：或许这就是那只遍体鲜红、充满生机的小鸟带给我们的讯息。她饿得头晕目眩，可仍在思考。

午后不久，二人来到染树溪。到这时，她们已捡起、扔出好几把石子，却根本打不下一只鸟。玛丽逐渐明白，小鸟动作敏捷，石子轻轻一扔，要真能击中一只，那也不是手头准，而是运气佳。她不再强求，不过希望仍在。两人一路上都攥着石子，见到鸟就偷偷靠近，朝它们投掷。

但不知何故，越往前走，看到的鸟就越少。玛丽觉得，鸟可能有办法在互相提醒。

新河与染树溪都比七月来时水面更高、流速更快。浅水处也过不去，即便骑马也不行。看来又得绕走，找地方蹚过，于是她们拐入灌木丛生的隘谷。

来时曾下营的那片窄滩已被淹，只有小树和灌木露出水面，而溪谷两侧太陡，无法通行。两人蹚进齐膝深的冷水，紧抓灌丛、树干、根茎和藤蔓。此刻，她俩虚弱至极，双腿麻木，即使水浅，也难以站稳，直到握住下个抓点，才松开这一个。溪流绕陡岭山脚蜿蜒蛇行，山坡似乎升入云天，过午的太阳早早即隐没山后，就连先前的微微暖意也已感受不到。溪谷逼仄，有时玛丽须紧抱树干，抬眼四望，才确定两山并未靠拢，不会挤扁她。

两人沿溪流西侧走出约五英里，发现一处浅滩，决定从此涉水。拿主意的是玛丽。老妇只是跟随，因饥馁或疼痛，也许两个缘故都有，她呻吟不止，时而停下脚步，朝一只鸟无力地投出石子。她们轻易就蹚过溪水，只是紧咬牙关，任凭水底鸡蛋和拳头大小的砾石硌痛双脚。这都不再重要，必须在天黑前过溪，返回新河。

玛丽对自己的肚子也持同样看法。肚子只是要折磨她，令她痛楚、虚弱，带给她强烈的饥饿感，如此而已。她没再随意去找干枯的东西往肚里填；她可不像盖特尔，拼命为填肚子而填肚子。她觉得，空腹或许都好于装下半肚子不能吃的东西，就像盖特尔不停去捡、去啃、去咽下的那些：树皮、种荚、种壳、枯木上的蘑菇、沾满泥土的干苔，如今甚至是甲虫和肉虫。

然而，等黄昏返回河谷时，玛丽饿得头昏眼花，感到天旋地转，周围一切开始嗡嗡作响。她意识到，就算自己能忍受饥饿的痛苦，身体也撑不过多久。根茎、漆树果、滑溜溜的榆树皮都是几天前吃下的，那点儿营养早已耗尽，此刻身体在自我消耗。不管有无决心，也不管心里有无威尔，身体即将倒在这里。实情就是，她再也不能无视饥饿，也无法战胜饥饿。

借助这天最后一丝亮光，她和盖特尔一起，怀着同样急切的心情去找吃的。她们扯起、啃食根茎；吃下芽苞；觅得几颗橡子，拿石块砸开，吃下干硬苦涩的果肉；朝几只麻雀扔石子，都没打着；朝一只浣熊投长矛，也没刺中。最终，盖特尔扒开一株朽木的树皮，寻见些蠕动的肉虫。玛丽还真把几条拿在掌心，竭力转移心思，将虫子投进嘴里，也不敢嚼，直接吞下。虫子入肚，浑身一阵剧烈战栗，心里随即冒出个可怕的想法，令她暗自发笑：

你不吃虫子，虫子就会吃你。

早上，她感到体力稍增。乌云自西南升起，让河谷再度变暗，却让空气略暖。今晨无霜，地面冰冷而湿软，踩上去"噗嗤噗嗤"地响。盖特尔暖和了些，也不如前几天那么饿，因此心情尚好，甚至主动给玛丽投来个大大的拥抱。

玛丽暗想：我俩大体会相安无事，可要是状况太糟，我就得提防她。

为让盖特尔高兴，玛丽决定今早先花点时间找吃的，再沿河谷前行。

在一片曾烧过的洼地，她们找到些毛茸茸的漆树酸果，但因为已成褐色、干燥如土、一碰即碎，只吃下一把。两人从死树上剥下枯老的灰色檐状菌。这种东西又硬又难吃，但容易填饱肚子。她们从水边拔起几株草秆，吃下苦涩的球茎。玛丽对吃虫子仍感恶心，但已能接受，于是帮盖特尔去搜寻肉虫。她们一无所获。玛丽记起，亨利·莱纳德过去常翻起石块，寻蚯蚓作鱼饵。不知何故，比起白乎乎的肉虫，今早她想起健康的粉色蚯蚓，似乎觉得没那么让人作呕，因为一见肉虫，她就想到蛆。在山脚枯叶覆盖下的腐质泥土中，玛丽开始翻动石块，不出一刻钟，即收获满满一把油光发亮的淡红色蚯蚓。盖特尔受到鼓舞，也行动起来，不久就弄到一大把。

玛丽告诉自己：好了，别想，像鸟儿那样，只管吃就是。她紧闭双眼，抓三四条入嘴，匆匆嚼几口就咽下。吃起来牙碜筋道，又黏又凉，带些奇怪的酸味，但无疑是肉，能补充营养，增强体力。她把剩余的也全吃下。既有此想法，每一口都觉更好吃。"嗯，不错，亲爱的。"她对笑逐颜开的盖特尔说，"真是一辈子也没吃过这么棒的早餐，你说呢？可以上路了吗？来，毛毯先给你披一会儿。"盖特尔点点头，赶忙将毛毯披到肩上。玛丽注意到，现在盖特尔对她话语寥寥。自从两人动完手，老妇只说过十来句，但路上却经常用德语自说自话。

不出几小时，玛丽就开始注意到，染树溪前方的山谷变了模样。山势更陡更险，山脚就在河边，无平滩可走。从峭壁滚落的巨石大如房屋，躺在崖底。河水澄澈，泛起青、白浪花，在巨石间奔涌。山坡自急流河床陡直而升，耸起至少一千英尺，从水边到峰顶林木森森。灰色巨木被河水冲倒，又受其侵蚀，卡在大石间，扭曲的树根翻转向上，树枝泡在急流中，有时还缠着大团枯死的灌木和芦苇，这些皆由曾经的洪水裹挟而来。

有些地方，似乎整面山坡坍塌而下，落入河中，光秃秃的蓝灰色崖面陡立如壁，耸起数百英尺，崖顶林木高大，但远远望去，却如草叶般微渺。

前方有面山坡，自峰顶到山脚布满山崩留下的疤痕和碎石：大堆巨砾和泥土向上倾斜堆积，占去山坡的三分之一；到处是劈裂的树木和凸出的树根；因落石的重压和猛砸，大棵桦树与核桃树被拦腰折断或扭裂，如同一截截被磨断的绳索；上方是山崩后出现的新石秃面，升起上千英尺，斜入云霄。

玛丽心想：我俩得翻过碎石堆，但愿不再有坍塌。

虽说对荒野的威力和冷酷已习以为常，但两人仍觉峡谷的无情力量在压迫感官、挤迫心脏。被暗无天日、危岩嶙峋、河水咆哮的峡谷包围，如置身巨人洞穴，随时会被踏在脚下而未引起巨人的注意或在意。玛丽感觉就像爬行在自己肉褶中的虱子般渺小。她想：怪不得印第安人绕行山路。有一刻她曾打算返回染树溪，改走山路。

她转念一想：不行，那样非让我俩在山里迷路不可。峡谷虽说难走，可起码我知道它通往家的方向。

现在，远没有走路简单，多要翻越、绕过河床的巨大石堆，又是攀登，又是快走，又是爬行，又是出溜。要绕过一块大如谷仓的方角巨岩，就得爬过两三块木屋大小的石头。两人常常发现一大堆倒下的乱木或漂来的灌丛拦住去路，只得七拐八拐，从中间穿过，或从下面钻过；皮肤被刮伤，关节被扭伤，身体被棘刺和裂片扎伤，身上所剩不多的布片又被钩掉一些；她们时刻在担心会触动哪根关键的木头，致整堆乱木轰然散架，将她俩压扁，或是撞入下方的激流。

到下午三时许，两人已累得神情恍惚。玛丽趴在一大块倾斜的灰石板上。一片片蓝绿色地衣近在眼前，变得模糊又清晰，清晰又模糊；哗哗的水声在耳边由喧闹变得隐约，由隐约复归喧闹。或许睡过一觉，她无法肯定。然而不知过去多久，她感到很冷。该上路了。

顺急流望去，在 V 形峡谷的峭壁之间，只见陡岭自河中拔地而起，彼此相接，一座比一座高峻，一座比一座缥缈，灰色连绵，延伸到远方，渐趋暗淡，最终隐没于河雾。山谷沟壑纵横，昏暗无光，自河两岸斜入云天；淡雾袅袅腾起，散乱无状，似群鬼慢舞。此刻，玛丽开始怀疑，印第安人避开这条峡谷，原因不仅是害怕地势，也是畏惧邪灵。

她俩耗时一个钟头，到傍晚才翻过这堆崩塌的巨砾、碎石和枯木。有几次，岩石在脚下松脱，一路颠跳，"哗啦啦"冲进河中；更糟的是，两人一度听见头顶的石块碰撞有声，便紧靠一株凸起的树干，蜷作一团，只等被落石掩埋。

风寒石冷，涉河绕过陡岸时，水凉砭骨。皮肤冰冷潮腻，冻得惨白，常是一身鸡皮疙瘩。攀爬时，浑身发热，呼呼大喘，而一旦不得不停下歇息，身体立刻被冷风吹透。爬坡时她俩轮流披毛毯，涉水时都光身，倒地歇息时就一同挤在毯中。

终于发现一处狭长的缓坡，可走在林中柔软的枯叶上。又发现一株中空树干侧伏于地，她们便决定在此过夜。在河水的轰鸣中，要大喊方可让对方听到。玛丽犯起嘀咕：这么吵，如何能睡着？白天，流水声对神经冲击太大，有时她会觉得自己要尖叫，要发狂。流水咆哮不止，如同在火泉对面那夜的大风。玛丽觉得心跳因此而加快。相比于时刻不停的蛮荒巨响，铃铛隐约发出的金属声悦耳动听，有如妙曲，毕竟这是文明之音。

在林中，两人翻转石块，又寻到几条蚯蚓。爬坡体力消耗过多，玛丽感到从未有过的饿。来的路上，有时一连四五天她们都没东西入肚，可即便在当时也不如此刻饥饿。因而，这回把虫子吃进嘴里，心里想的只是虫子有多美味。

盖特尔规规矩矩，看上去心不在焉，没对玛丽怒目相向，且一直很听话。玛丽想：她真的很规矩，兴许不会再为难我，我的意思是，如果总能用虫子喂饱她。

她想：但愿不要结冰，否则蚯蚓会钻到地下。翻开几块石头就能找到肉吃，这可不赖。

在心里，她开始把蚯蚓当成肉，而不是虫子。这种想法很管用。

她俩给树洞垫满枯叶，拿毛毯钻进去。脑袋周围有树叶和毛毯遮挡，河水的咆哮声稍减，不再那般令人生畏。两人贴身而卧，身体暖起来，相应地，伤痛也略有缓解，同时睡意渐起。玛丽喜欢盖特尔的体温，想了很多她的事，还设法去想象她的心思。她可真坚强，真的与众不同。玛丽在心里说。

她抱紧这堆老骨头，感到泪水刺痛双眼，在心里对老妇说：你就像家人一样亲，像家人一样，有时让我大伤脑筋，但经历的一切让我俩比家人还亲。

她想起，在很久以前的那天，自己紧张不安，不敢把战斧交给盖特尔。当时自己是对的。由于精神出现错乱，老妇的确有意伤害自己。这其实不难理解。但玛丽似乎此刻才明白，自己之所以能看出盖特尔的意图，是因为两人共历磨难，已变得亲密无间。这几乎就像她听说过的孪生姊妹，两人之间有条纽带。她想：你我就像孪生姊妹般亲近，因为在这些河谷里只有你我，长久以来我们都在相依为命。

是的，老家伙，你就是家人。等回到家，你想要什么，我就让威尔给你什么，我会的。

她想：不知今天已走多远。一定超不过十到十五英里，虽说又是攀爬，又是下冲，更像走了五十英里。脚上的皮早已蹭光，如今膝盖和屁股也是一样。想到此处，她暗自好笑。

盖特尔发出呼噜噜的鼾声，边睡边咳嗽，身体剧烈抽动，呼出的臭气熏到玛丽，喷出的唾沫溅到玛丽脸上。玛丽有节奏地轻拍她的后背，像在安抚女婴。

自己的女婴。

有一刻，她想到孩子，或者更确切地说，是想到一个小小的形状。看不见婴儿的脸。她一直在刻意去忘掉孩子的模样。现在，即便努力回想，她也想不起孩子长什么样子了。

她想象着一个小小形状，在吃水獭姑娘的奶。

她渐入梦乡，看到威尔，看到自己和威尔在一起。威尔问起女婴的下落，他还没见过孩子。入眠时内心一片空白，因为她不知若威尔问起，该如何回答。

转天清晨上路时，山谷似乎开阔起来。河宽约四分之一英里，水不深，河面激荡。在这处敞阔地带，水声不再那般惊心动魄。这里有平坦的宽石板可走，不必经常攀爬，没费太大力气就走出三四英里。太阳看上去只是暗空里的一块淡斑，要冲破藏起山巅的灰云，但有时洼地的雾气如烟般飘旋而来，再次将太阳遮蔽。

有什么声音不断传到玛丽耳畔，听得渐趋真切：哗哗的水声之外，是低沉的隆隆声。转过河湾，声音更加响亮。

"盖特尔，你看！"玛丽用手一指。前方一英里，有一道白绿色线条横跨两岸。更远处，是一面黑森森的大山坡，山顶云气暖叇。"瀑布①，是吧？"

盖特尔朝上游望去，惊得嘴巴大张。她的下门牙焦黄，牙床沾着灰色的东西，下唇布满流血的疮和血痂。她点点头，看着玛丽，眼中带着

---

① 现名卡诺瓦瀑布，在西弗吉尼亚州费耶特县。

疑惑。玛丽知道她想问什么：瀑布又会挡路吗？

越往前走，瀑布声就越发清晰响亮、令人胆寒。瀑布有如巨人阶梯，灰绿色的水咆哮而下，每级降落五到十英尺，落至每段瀑布底下，溅起白色水花。瀑布横跨两岸，只是被下方大水潭中一座树木丛生的小岛切断。

此处河岸尽是细沙和粗砾。沙滩上树木高耸，树根弯转曲折，奇形怪状，凸出地面三四英尺，底下的泥土已被冲走。两人继续前行，来到岛屿对面，望见瀑布之上还有一座更小的岛，岛生灌丛。潭里黑汪汪的水泛着泡沫。空气湿漉漉，饱含瀑布的水汽。

玛丽站在右岸，盯着瀑布看个不停，得从这里通过，去看有无干燥处可以攀爬。总不能从水流冲下的地方爬，会被卷走的。

状况看似不妙，没有可上去的缓坡。在由条纹石构成的陡崖脚下，瀑布怒吼，涌过凸岩。

她想：不，啊，不。一路走来，吃过那么多苦，可不能被拦在这里。走近看看，一定能找到上去的路。

她们缓步来到陡崖下，沙砾窄岸逐渐消失。不久她们就登上一块潮湿而逼仄的岩架，瀑布的水花溅到身上，脚下数英尺，水泛着泡沫在打旋。二人紧贴垂直岩面，盯着从身旁落下的透明水幕，几近神志恍惚。玛丽用指尖抠住湿冷的岩石，觑眼仰望，寻找上崖的路。心在狂跳，皮肤和裙片皆湿。河水飞落，嘶嘶作响，兼有轰鸣，巨大的力量冲击着感官，令她意识模糊。她感到贴身的悬崖在动、在倾斜，吓得嘴巴发干，急忙倒吸一口冷气。

"往后退！"她大喊道，朝盖特尔扭过脸，又大喊一声，"往后退！"

老妇满脸畏怯，紧靠岩石，僵在原地，一动也不敢动。岩架过窄，玛丽没有余地，无法绕过去拉她回安全地带。玛丽被困于狭小的岩面，双腿不由得开始抽搐和哆嗦。盖特尔则呆立不动，挡在她和回岸的退路之间。内心再度渐生那个可怕的念头：只要放弃，一脚入河，即可了此一切苦难。

有啥大不了的？她转念又想。

不知何故，心念既起，反倒平静下来，双腿不再发抖。

她朝盖特尔咧嘴一笑。本想安慰老妇，但笑容却似骷髅般可怖。她能感觉到嘴角向后、向下扯动，贴到牙齿，眼周的皮肤紧绷。

得打动她，玛丽想，必须打动她。要不回退，下一刻我俩就得落水。

左臂斜倚宝贝长矛，她探出右手，去拉盖特尔的左手，却发觉后者牢牢抠住与眼齐平的一道微小石罅，有如扎根。她轻拍几下对方的手，然后握住，想缓缓拉开几英寸，让盖特尔明白，他们得折返。不料，老妇的手愈加坚牢，指头如利爪般嵌在缝中。盖特尔嘴巴大张，发出惊恐的哀号，脸紧贴岩石，眼神失魂落魄。

玛丽想：尊敬的上帝啊，她以为我要把她扔进河里。她要这么以为，就决不肯动。

或者她会把我抛进河去。

她松开盖特尔的手。老妇不再嚎叫。

玛丽苦苦思索，想说些什么。

"盖特尔，亲爱的，"她喊道，"我知道有条路更好走！我知道有条路能绕行！"她再度眯起眼睛，强作笑颜，望向盖特尔身后的来时路，点点头。

盖特尔的眼神稍有变化。她闭上嘴巴，朝玛丽的脸盯视片刻，眼神充满怀疑；该不该将注意力从玛丽身上移开，哪怕只有瞬间，她似乎拿不准。玛丽再次望向下游，坚定地点点头。

盖特尔终于开始扭头，可双眼仍尽量盯住玛丽。最终，她向后看去。

玛丽想：好，她朝安全的方向看了过去，也许会动身。玛丽慢慢伸手，轻轻去拍盖特尔的手。

手刚一碰到，盖特尔就转回头，尖叫起来，同时松开岩石，猛甩玛丽的手。这一甩险些让玛丽脱离岩面。盖特尔自己则摇晃几下，最后将利爪般的手指再次钩进石罅。玛丽浑身一阵战栗，令她体力全无，心脏似乎在喉咙里颤动。此刻，她双手死死抠住岩石，脸紧贴上去，身旁的水依然在撼人心魄地咆哮。实在太险。她呼呼喘气，直到恢复心神。

唉，好言相劝不顶用。她意识到，要说动这个德国呆子，有时就一个办法。她左手将岩石抠得更紧，右手抄起山核桃木矛杆，从身后挥出，扫过水面，喝道：

"盖特尔，你这该死的！快走！"矛杆打在老妇瘦骨嶙嶙的屁股上。打得并不重，因为站不稳，用不上力，但一下接一下没有住手。玛丽似女鬼般叫嚷着："快走，呆子！挪开你这发臭的死尸，别挡路！快点儿，该死的！"

盖特尔瞅着她，在退缩，仿佛忽然间不再害怕动弹，而是畏惧玛丽；她开始挪动，顺悬崖一点点后退。玛丽随着她。

两人很快就回到沙滩，累得瘫软于地。玛丽挨近盖特尔，将毛毯盖在两人身上。她们全身打颤，坐了良久。盖特尔在呻吟，顾自说着德语。

等两人平静下来，玛丽起身，沿河岸走出几码，时而驻足仰观山坡。稍后，她发现悬崖有道豁口，可手抓树根和岩架攀爬，到达崖上的山坡，再穿过高高在上的树林，从而绕过瀑布。

攀爬用去两小时。她俩停下步伐，透过秃树，远远回望脚下参差无状的巨瀑，但见灰绿色的水打着漩涡，泛起白沫，在无休无止地下泻，只觉头晕目眩。所在山坡顺瀑布上方的河湾右折。她们绕山坡走出一英里，望见一百英尺的脚下有两河交汇，一条迎面东来，另一条南来。两河在山麓相遇，汇成她们一直跟循的这条河流。已过一英里，仍可听见合流之水在瀑布上方奔腾。然而，见到合流处的宽阔河面，玛丽却止步不前，茫然失措。

两条支流中有一条是新河，可究竟是哪条呢？她在思忖。

她从未途经此地，记忆中没有路标，疑问找不到答案。

盖特尔就在身边，像往常一样等她带路。玛丽清楚，须立即做出选择。若老妇觉出她认不准方向，很可能再次情绪失控。

玛丽选择向南走河口右边，理由有二：其一，这条河看似略宽，或许是干流；其二，要去另一条，非过这条不可。

她带盖特尔走下近岸山坡，走起来信心十足，仿佛完全肯定这就是新河。然而她清楚，另一条是不是通往家乡的新河，自己一直拿不准。

她想：等发觉另一条是新河，也已为时过晚。

疑惑成为沉重负累，仿佛肩头另背一人。多多少少确是如此：所背的人就是另一个玛丽·英格斯，认为另一条河才是新河的玛丽·英格斯。

脚步已足够沉重和痛苦，此刻更不愿举足。

此时所走的峡谷更大、更惊心。所见的每座峰岭都直达河边，止于五十到一百英尺高的危崖，水流历亿万斯年切开山底。玛丽和盖特尔连滚带爬，距她们十英尺远的河中，有三四块巨石，大如船只，其上树木丛生。两人正从一道灰色峭壁下走过，壁高一百英尺，显然河中巨石落自上面。对岸，一条小溪从窄仄的幽谷涌出，冲过一处岩架，跃降二十英尺，沿自行切出的美丽狭槽倾泻而下。这番景致，若境况不同，玛丽必久久流连观赏。而此刻，因满心疑惧，绝美景物反倒令她触目伤怀。

盖特尔只是毫无意识地跟随，跌跌撞撞走出几码，之后坐地歇息，边揉捏双脚，边自言自语。对于在瀑布下玛丽曾棒打过自己这件事，她绝口不提，仿佛正躲进自我世界，同时裹上防卫斗篷，要将现实苦境挡在身外。

若只是跟从，无需思考，我也会这样。玛丽暗想。

她心里说：身后的那条河，唉，我总也忘不掉！

第 22 章

途经瀑布后的三天里，没觅到任何吃食。

倒是见过山坡高处有山核桃树、核桃树和橡树，然而爬上去后，除却几个碎壳，总是一无所获。松鼠和其他动物已收走一切。

在这条多石峡谷，没有静水，找不到有肉质根的沼泽植物。所有降雨和冻雨融水皆成涓涓细流，落下峭壁，流进小溪，奔过铺满岩石和卵石的褐色浅水溪床，闯过岩架，汇入这条河。河水曲曲折折，向前狂赶，仿佛急于要冲出阿勒格尼山脉的巍巍群峰，投入一百多英里外雄壮的俄亥俄河。

连蚯蚓也没了踪影。河边无土，只见岩石。而在山坡上，泥土冻结，即使有蚯蚓，也已深钻地下。

河溪里倒是有鱼：漂亮的大鱼，在急流中来去迅捷。和鲇鱼不同，它们不会慵懒地待在浅水河床、可轻易扎到，而是快如飞镖，在眼前一闪即深潜水底。玛丽没有材料做可用的鱼钩。纵有鱼钩，也无鱼饵。而纵有鱼钩和鱼饵，可能也无心坐钓。她不知此河是否为新河，内心备受煎熬，无法在这条水声轰鸣的峡谷里歇息。她决定容自己六天来找路标，找到印第安人走陆路前记忆中的任何路标。到时若一无所见，就想办法过河，涉险抱木头或什么飘过去，返回东来的那条河，再溯河而行，直到找见路标。她变得不顾一切。可以肯定，自逃离印第安人的魔爪，少说也走了六百英里。历尽艰辛，穿越蛮荒，好不容易走出这么远。若一切都是徒劳，只能证明上帝太狠心，太会捉弄人，不值得服从。而今，她每天数次仰头怒视萧索的天空，想知道像自己这样的规矩女人，为何被弃置此处水声轰鸣、似地狱般的阴冷深渊。

峡谷似乎连飞鸟都已绝迹。她记得，自从走过瀑布，连小个的林鸟也未见着。这里到处绝壁巉岩，只适合鹰隼和秃鹫栖息，她见过这些猛禽冲下崖顶或在峡谷上空盘旋。谁也无法将石块抛到高空，打下一只来吃。就算用步枪恐怕也打不中。她远远见过野火鸡，可它们易受惊吓，无法靠近。

林中动物过于机敏，没有火枪猎取不到。路过瀑布的三天里，她俩瞥见过一头狐狸、三匹狼，或是同一匹狼遇到三次；见过一只猞猁：目光灼灼，踞伏于陡岸，从二十英尺的高处俯视她们；还见过对岸的一头驼鹿。天刚破晓，在前方五英尺远的一丛灌木中，曾惊现一只猫科动物的脸：大如人面，随即在一阵"嗖嗖"和"沙沙"声中隐没。几周来，她们没见过熊，对玛丽来说这倒也好。天气寒冷，蛇也已蛰伏。

玛丽心想：对蛇来说是好事。我要见到一条，就拿石头把它砸死吃掉。

盖特尔整晚呻吟，两人度夜如年，都没入睡。饥火烧肠，腹内绞痛，玛丽遥望崖顶闪烁的寒星，继而身体一抖或心脏一颤，猛然回神，意识到自己仍望向寒星，却有一阵了无所见。该状况时有发生。盖特尔依然呻吟不止，有时身体剧烈抽搐，或者猝然收起双膝，蜷作一团，瘦骨棱棱的膝盖撞到玛丽的腰。毛毯原本在两人身上小心摊开，裹住手脚，这时却被扯歪。玛丽只得哆嗦着坐起，重新把毛毯理正，四边掖好。此时，她几乎满脑子都是盖特尔丢毛毯这件惨事。凌晨，白霜仿佛直接降自蓝白色的寒星，落在她们身上。此刻在玛丽心中，丢毛毯变成两人最大的不幸，甚于失去战斧、没有饭吃、无鞋可穿。而到白天，她越来越肯定，两人跟错了河，等不及核实、纠正错误就会死去，为此她惴惴不安。

玛丽想：这对盖特尔来说定是小事一桩。她总以为，饿得要死才是我们最大的不幸。

即使身下有铺好的苔藓和落叶作垫，可一整晚，玛丽都感到窄滩上的卵石仍在硌痛自己无肉的瘦骨。于是她想：

如今威廉见到我，怕也认不出。我一准不再有六英石①重。

胃一阵绞痛。她蜷腿眯眼，透过咬紧的牙关吸进一口冷气。牙齿遇冷，针扎般的疼痛传遍整张脸，钻入眼球。牙床在溃烂，牙齿已松动，遇冷甚至一咬东西就疼，喝水、嚼根茎更是痛苦不堪。

还出现一件怪事，是在途中一个思绪万千的无眠长夜想到的，那晚她在历数这场磨难的后果。按腰带上的绳结计算，该来月事了。生完孩子曾来过一回，当时她还是印第安人的俘虏，可在几天前就该来下一次。当然，没有月事的不便倒也好，不过，以往该来时总是会来，而今她怀疑，不来月事和牙齿松动、关节肿胀、总是发冷、一阵阵的视觉失真与思维模糊一样，也是一种迹象，说明自己太缺营养，而不只是已饿至极点。

她想着这些，静待天明，然而却感到气力全无，不知早晨能否起身，也不知为何要起身。

她怀疑自己跟错了河，也许离家越来越远，因此倍加不愿起身上路。

繁星渐隐，峡谷上空转为桃红。玛丽再次看见河道，看见巨砾和灌丛自峭壁的庞大阴影中徐徐显现，黑夜的无望再度退回内心深处。每天清晨，当她沿河远眺、看清前路时，总是如此。

————————

① 英石，英制重量单位。1英石相当于6.35千克。

用去五分钟才站起。她先是哼哼着坐起，之后收拢一条腿，每次挪动一点，疼得直皱眉头，接着拢起另一条腿，直到双脚平踩到地面；而后向前探身，或者拉住树枝，让重量落于双脚；蹲上片刻喘口气，因膝盖、双脚和臀部的阵阵痛楚而发出呻吟；最后蓄足气力，挣扎起身。

有些清晨，若找不到支撑物，她就翻身趴在地上，跪爬着站起。

夜间，腿、踝和胯三处的关节仿佛已冻结，而每早又仿佛将其重新活动开。等扶起盖特尔，倒抽着气走出几百英尺后，各关节不再咯咯响，也不再将疼痛传遍全身，她又可走一天。

盖特尔的脖铃当当作响，漫无节律，吵得玛丽心烦。而今多条河流纵横曲折，令她茫然失措，她觉得戴这只铃铛很傻，很滑稽。

可她毕竟是头骡子，就该戴个铃铛。玛丽有时会在心里冷冷地说句玩笑。

上午，她们来到一处河湾，河水在此左拐。顺河湾外侧，也就是她们趔趄而行的地方，河水切入高崖底部。前方一段河水长数百英尺，打着旋涡过崖底。激流与石壁间无路可走。

玛丽止步细看。过瀑布后，每天都遇到这种地方。仅两条路可过，有时就一条，每条都有其可怕之处。

她先尝试直接的途径。面对寒冷，她强打精神，在绝壁上抓牢握点，左手握矛，将其探入水中，触到石底。水不深，可踏出第一脚。她迈步入水，感到寒气直冲胸部，让心跳骤然一停。她将长矛重又探出，找到另一落足点，先踏上左脚，再收上右脚。冷水在屁股周围打转。她将右手从一道石隙移至另一道，之后再次探出长矛。

这回没扎到底。她继续下探，依然不行，便握到上端，将矛捅至更深处，直到手也入水。整支矛都没到水中，但仍未触底。可见，再往前就会没顶，不可从崖底涉水，只得改走另一路径。冷水再度刺痛关节。她顺崖壁转过脸，开始缓步回撤。盖特尔裹毛毯坐在原地，仿佛神志不清，只等别人吩咐。玛丽爬回河岸，身体在剧烈抖动。她和盖特尔争了一阵才要回毛毯，把自己裹在其中。"咱们往回走，"她说，"恐怕得爬山。"

盖特尔也不发问，起身跟从，凄切的铃声随之响起。看来她再也辨不清路途。

她们途经昨晚的过夜处。相比于走对方向，每折返一步都倍感艰难。凡遇断头路回撤，要耗费将尽的体力时，玛丽都几近绝望。

最终，玛丽发现一个爬坡处，这里可攀树根和岩石上山，翻越崖顶。

她们一上午都在爬山，每次仅走出几英尺就得停下喘气，重重地靠在树干上，或趴在坡上，手里紧拽树根，双腿累得直抽搐、直哆嗦。当感到头昏目眩时，当攀爬的巨石似乎摇摇欲坠，要将两人甩进坡下黑汪汪的河水时，她们也须止步。

后来，她们通过崖檐，不是走，而是一路小跑、出溜，不敢在大峡谷上站直腰板，唯恐头一晕栽下深谷。

常青树生于崖顶，一片墨绿，落下的针叶铺满砂石地面。两人在松软的针叶上坐了些时，沐浴着暖阳，比之崖下阴暗潮湿的仄谷，在此，呼吸似乎更通畅。此处，河水的咆哮变作低吟，天空湛蓝如新，似乎触手可及。玛丽心头涌起一阵莫名的轻松，近乎欢欣，身体感觉要随风飘走，于是和泥土贴得更紧。一缕缕头发吹散到脸上。猛然间，她被一个声音惊到。

是盖特尔。多日来，她主动说出第一句话：

"我想当老鹰。"

玛丽喜出望外。盖特尔似乎已恢复心智。"当老鹰，是吧？"玛丽面露微笑，转向她说，"对，我也一样。"

盖特尔嘴巴大张，笑容怪异："我要飞下去。"嗓音尖利而急促，双手如鹰爪般弯曲。猛然间，她用两手狠狠钳住玛丽的上臂，又说："抓到你啦！"她在狂笑，抓紧玛丽的胳膊，摇晃着、拉扯着、猛推着，手指虽枯瘦如柴，力气却不可思议。脖铃随之当当作响。玛丽惊恐不已，身在高崖，尽管被抓得生疼，也不敢反抗。对方目光凶狠，咧嘴在笑，或许以为自己已变成老鹰。玛丽强作笑颜：

"为啥抓我？"

"因为……我饿！"老妇使劲点头，依然大睁双眼，抓着玛丽的胳膊不松开。

"可我是你朋友。"

盖特尔来回摇晃玛丽的胳膊，稍后说道：

"你是坏蛋。"

这句话让玛丽大吃一惊："我为啥是坏蛋？"

"坏女人。"盖特尔把玛丽的胳膊捏得更紧，说道，"你吃了自己的孩子。"

玛丽惊得张大嘴巴："你说啥？"

盖特尔下巴撅出，左右动着，下牙前凸，同时鼻子皱起："你吃了自己的孩子。我知道你有过一个婴儿，现在没了。"

玛丽用力一甩胳膊，挣脱老妇的手："我没那么做！"

两只手又抓住玛丽。玛丽拉扯着，嚷道：

"我没做那种事，疯女人！"

"那就是我吃了你的孩子。"她突然松开玛丽的胳膊，神情凄恻。玛丽用另一只手握紧长矛，做好防卫，同时希望让盖特尔恢复神志。"你为啥那么做？"她问道。

"我饿。"

"啊，是这样。"玛丽心中一惊，但同时又感到委屈和愤怒。她张开坚如鹰爪的左手，捉住盖特尔的胳膊，用尽气力去掐，用参差不齐的破损指甲狠劲抠。"我也饿。"她厉声道,"你要记住!"

盖特尔的眼神忽然变得锐利。她与玛丽四目相对,最后被瞪得垂下目光,看向玛丽紧抓她胳膊的手。"疼啊。"她说。

"嗯,我知道。"

盖特尔痛得龇牙咧嘴,用手摁住玛丽的手,想让她松开。玛丽稍后放手,坐在那里,警觉地盯着盖特尔。

老妇似被降服,不敢直视玛丽的双眼。

"嘿,"玛丽说,"咱们下山,继续赶路吧。"

两人再次上路。然而,老妇那骇人的疯话,玛丽却怎么也忘不掉。

昨天玛丽曾质问上帝,为何将她一个规矩女人打入地狱。

而今天在山顶,盖特尔语气怪异,称玛丽是个坏女人。

她说是因为女婴。

当然,老妇有些疯癫。

可据说,疯人懂上帝。

午后,下了山,有一英里左右的路相对好走。她们走在一处河湾的内侧。河水沿山脚冲积出数百码长的淤泥和砂砾,对岸则是另一座底部被河水切开的悬崖。

曲折的河岸遍生灌木。有一处洼地,入口已经淤塞。在这个死水塘,她们发现一片苇丛,便趿着脚走过去,拔出芦苇,在污泥中寻找根茎,几乎将泥塘翻了个底朝天,得到十几段手指大小的黑皮根茎,一掰两断,露出白瓤。她俩尽量把黑乎乎令人作呕的外层刮去,忍着牙痛,嘎吱嘎吱地嚼起瓤心,虽毫无味道,却如至美珍馐。盖特尔又有两颗门牙脱落。她把落牙从一团咀嚼物中拣出,放在地上。瓤心越嚼越膨胀。不久,由于装满咽下的碎物,皱缩的胃鼓胀起来。接下去有几分钟,两人几乎感到恶心,不停地回咽,直到这种感觉消退。最后一段根茎玛丽再也吃不下，离开时攥在手中，留待下顿。两人虽冷泥沾身，但心情近乎喜悦，循岸走向下处河湾。玛丽哼起歌，但音量近乎耳语。

透过风声与水声，一阵隆隆声依稀可闻。

声音熟悉而可怖。盖特尔满脸恐慌，停在窄窄的沙嘴上，晃着脑袋。

"没错，又是瀑布。"玛丽说，"不用怕，多半能直接爬过去。"就算爬上一英里高的山绕行，她也不愿重蹈覆辙，像遇到上个瀑布那样进退无路。

她们走进河湾，在前方几码远的河岸，见一只黑色大鸟猛扑而下，消失在一块巨石后。

玛丽最先想到的是鹰。

但有个阴影在路上闪过。她仰见另一只黑色大鸟，正展开优雅的双翼，翼尖上翘，从天而降。是秃鹫。

过了一阵她才回过神：出现秃鹫意味着前方有死尸。

"快。"她催促道。

有三只秃鹫，弓身在啄食一个小东西，时不时互相推挤，振翅击打，在平石上笨拙地摇来晃去。不远处映衬出它们身影的，是一个水花翻腾的巨潭，河湾拐角可见一挂瀑布的右侧边缘；阳光照在升腾的水雾上，在河边形成一小段彩虹。

玛丽壮起胆，一瘸一拐地走过岩石，挥矛大喊："嘿，嘿！"秃鹫纷纷弓起双翼，晃晃悠悠，之后振动翅膀，次第升空。

秃鹫的美餐就在一块斜面平石的边沿，是潭水冲上岸的：一小团深色皮毛，被撕开，露出惨白的碎肉和白骨。好像是麝鼠或类似的动物，可能因坠瀑而死。肉不再新鲜，秃鹫已啄食一阵子，没留下多少，还被碎肠的内容物弄脏。玛丽蹲在水边，洗净小小的残骸，捡起一块碎石，用其锋利边缘把秃鹫留下的一点肉刮下，给了盖特尔两三盎司的肉和内脏，也给自己同样的量。

玛丽想：等回到家，有些事我可不愿讲，比方说，把孩子丢给印第安女人，吃秃鹫的剩食。

可天主啊，我真的不是坏女人，不然你也不会赐我肉吃。

她吃完才想起要做祷告，于是在心里说：感谢主的恩典。

先前的瀑布令人畏惧，而此处却叫人着迷，原因或许是阳光灿烂，一道彩虹斜跨其上，或许是两人略有东西下肚，看瀑布的心情不同。

此处河水平阔，出自缓坡山岭间的河湾，越过弯曲而巨大的瀑布石台，跌下二三十英尺，坠到已崩落潭中的巨石上，溅起泡沫和水雾，发出阵阵轰鸣。

这挂瀑布较容易绕过。瀑水奔过河岸处，有一堆砾石凸出河面，可攀爬。两人爬上石堆，不出十分钟即来到瀑布上方。

山坡陡而不险，大多时候可站立行走，不必手攀。两人经过一片壮美的树林，这里山毛榉、山核桃树、橡树和桦树杂生，枯叶遍地。时不时要绕过巨大凸岩，其上布满绿苔，间杂有斑斑点点的蓝绿色地衣。

她俩步履沉重，沿色泽柔和的峭壁，走过林地枯叶，此时开始莫名出汗。玛丽感到浑身皮肤刺痛。汗水流进双眼，视觉变得模糊。用手抹一把眉毛，手上湿漉漉的。冷冷的汗珠顺两肋淌下。面皮之下发烫，脸却冰凉。岩石的斑驳色彩倏尔消失，所看一切皆成白色、不见光影。心在狂跳。双膝忽地一软，她一屁股瘫坐于地。胃在疼，几周以来一直如此，这回并未加剧，但感觉有异，仿佛里面有人拿锐器在往外捅。每阵痛感袭来，胃都猛力收缩，痛得直不起腰。盖特尔停在身旁，低头看她，但她的脸仿佛笼罩在阴影中，看不真切。

"盖特尔！我……我觉得那些根不该吃。啊！啊！咱一块儿裹毛毯，好吗？哎哟！哎哟！天啊！你疼吗？哎哟！哎哟！"她弯下身，前额触到膝盖。盖特尔跪在身边，见玛丽在明显发抖。她皮肤苍白，却有点点红斑，且布满鸡皮疙瘩，闪着汗光。

盖特尔跪在身旁，不知所措，将她拉进毛毯，一面搂着她，一面望向四周，看到无路可循的森林，看到黑压压沿河道远去的重峦叠嶂。玛丽不走，盖特尔全然不知所从，不知如何是好。

她跪在那里，抱紧这个浑身抽搐的年轻女人。此时，太阳落到岭后，将两人笼罩在蓝色寒影中。河对岸沐浴着奶油色兼带瑰色的冬阳，而随太阳西坠，柔光上移，渐趋暗淡。就在此刻，盖特尔也开始腹痛，疼得直龇牙，感到头昏眼花，冷汗涔涔。她慢慢倒下，将玛丽一起带倒。山谷暗下来，两人躺在满是枯叶的山坡上，也不知过去多久。后来，她们感到一股巨压涌上胸腔。玛丽先开始呕吐，后是盖特尔。什么也吐不出，但身体在试图排出胃中异物。

两人干呕许久，边呕边不由自主地呻吟、哆嗦、淌口水。夜晚悄然而至。时光中出现一段段空白，接着又是一阵阵伴有发烧和打战的清醒状态，而后再是冰冷的空白。有时玛丽醒来，感觉盖特尔在边上扭动身躯，感觉心在狂跳，胃在抽搐，感觉口水和鼻涕哗哗直流，感觉到黑暗和寒冷，感觉到水声，感觉到躺在坡上身体的倾斜。她曾看到，或者在想象中看到几英尺远的星光下有张狼脸。她又想象到自己从明亮的高处坠落，更确切地说是飞走。

星辉灿烂。头在痛；胃里有个又硬又重的结，仿佛吞下去一块石头，但她不再呕吐；喉咙生疼，嘴里有团干巴巴的东西，感觉像毛线，味道像肥皂。她平生从未如此虚弱过，也从未抖得如此厉害过。下半身很烫，仿佛灌满热水。

不管是什么根茎，其毒性似乎已过。她自以为不再有事，但还不清楚肠道会有何反应，下定论为时尚早。盖特尔在身边熟睡，呼吸沉重，时而嘀咕着语无伦次的话。毛毯凌乱不整，地上寒霜闪烁。玛丽双腿外露，冻得生疼。她掖好毛毯，尽量将自己和盖特尔都裹严。接下去她觉察到的，是河对岸山头淡粉色的光。她感觉到从地面升起一股湿冷，侵肌刺骨。她躺在那里抖个不停，等待天光亮起，好继续赶路，同时努力寻回中毒昏迷前的意识。

她想起来，今天已到时间：若还没见熟悉的路标，就要过河，沿对岸折返，重回另一条冥冥之中向她招手的河流，那条就在头道瀑布上的河流。

可是，能否起身她都没把握，又如何返回呢？她想，怎样过河呢？这里依旧河阔水急，我连抱木头涉水的力气也没有。况且，我们离瀑布太近，没等渡过一半就会被冲下瀑布。

也许可以回瀑布下面，再抱木过河。她在盘算。

可转念一想：不行，会让急流拍死的，甚至会一路冲回下游瀑布，然后摔下去。在河里放根木头，就只能听凭河水摆布。耗费几天工夫才从上个瀑布走到这一个，但我想，要是漂在木头上，几个钟头就冲了回去。

在这场漫长痛苦、叫人绝望的跋涉中，她从未感到如此无助和沮丧。

她觉得，除沿河赶路、找地方涉水之外，别无办法。又是一段漫长的绕行，看样子很可能要绕一百英里。

破晓时，她们终于起身，沿河岸出发。夜间呕吐让两人又虚又冷、瑟瑟发抖，此时只能互相搀扶，笨拙而艰难地前行。毛毯披在肩头，她们彼此倚靠，腿打战发软，手不听使唤，有时一人开始瘫倒，另一人将她扶起；但是，两人虽相互扶持，也同样常把对方带倒。

走路的疲乏最终驱散中毒所致的颤抖和饥饿，代之以熟悉的旧痛。上午十点左右，玛丽再也憋不住，每隔几分钟就要呻吟着蹲到路边，泻出稀液，同时阵阵寒颤自太阳穴传至大腿。

好像连这也要有样学样似的，不久，每走出百码，盖特尔也得停下，忍受同样的腹泻痛苦。每停一次都让她们感到更冷、更疲惫。此刻，出现了一种怪异的晕眩和对时间的错觉，仿佛吃下的根茎麻醉了她们。玛丽常看见前方几百英尺处有东西，有树或岩石，便朝前走，满脑子都是如云般轻盈无状的思绪，仿佛过了一个钟头，等她再度觉察到那个物体，却发现似乎并未靠近。因此，当下午两人累得再也迈不动步时，玛丽判断不出到底已走多远。她们坐在枯叶上，背倚岩石的向阳面，躲开冷风。几分钟后，两人暖和起来，感到困倦，于是沉沉睡去。等玛丽醒来，太阳已落入下游河谷。恶心和晕眩多已消失，周围景物看得一清二楚。心脏不再骇人地狂跳，而是如同被裹起的铃铛，在胸中缓慢而郑重地发出有节律的声响。

她站起时，因过于饥饿，并未感到体力有所恢复，而是觉得身体轻如夏衣。脚和关节疼痛依旧，却仿佛来自更远处，因此就像遥远的声音，隐隐传来。

"我得讲，从今往后，那种根虽说可口，也不能吃。"已沉默这么久，玛丽的嗓音颇为怪异，是一种清晰而细弱的声音，被野外无边的寂静吸纳。她朝盖特尔望去。也许是被她的话吵醒，老妇开始动弹，在亮光中频频眨眼，看着她，勉强一笑，扬起眉毛，而后又闭上眼，下巴垂至前胸。"不能吃，"玛丽说，"你醒啦，咱们得赶路。"盖特尔嘟囔着。玛丽拉住她的手，哄她起身，二人沿河岸继续前行。两个女人裹一条毛毯，颇似一只畸形而瘦小的灰色四足动物，在峡谷危崖和浑河浊水间几乎渺不可见，佩戴的小铃铛响声沉闷，依稀可闻。

不过，假如此刻两人变作一只受难的动物，那也是双头动物：一个脑袋觉得跟错了河，另一个脑袋则以为前一个认识路。

第 23 章

中毒已过两天，既没觅到吃食，也未发现可渡河从对岸折返之处。一见沿岸有倒伏的树，玛丽就盘算要抱木过河，然而每每想到湍流险滩及水下的河床巨石，她都会认定，投入急流无异于自尽。

两天里，路过、越过或绕过六七座起于水际的高崖：有的直上直下，有的则凸向水面。她们又爬过两处塌方石堆，腿和手臂多处被擦伤。

渐渐地，盖特尔越发快快不乐、难以应付。这两天，她跟玛丽讲的英语不超十个词，包括答话。歇完脚她一次比一次不愿上路，得连哄带吓才会起身行走，或者得在后面拖延几分钟，因惧怕孤单才会跟上。她望着玛丽，眼神中再次透出先前的狡黠与敌意，似乎在等待攻其不备。

盖特尔的脖铃"叮叮当当"响个不停，几乎让人不堪忍受。有一次，玛丽咬牙切齿地转向盖特尔，一把揪住铃铛。"天啊！"她嚷道，"你扔啥斧头和毛毯，为啥不扔这个该死的铃铛？"

这突然一怒吓得盖特尔重摔在地。玛丽松开铃铛，决意再不提此事，除非忍无可忍。

她俩发现一处小山洞，于是睡在洞里的硬地面上。早晨，玛丽被盖特尔的挪动惊醒，发现老妇在够山核桃木长矛。玛丽睡觉时总将它搁在一只手臂下。玛丽迅速抓矛坐起，吓得心直扑腾，用矛推开盖特尔，质问她要干什么。

"我走路需要手杖。"盖特尔埋怨道,"总是你在用。"

"要不是你这个大傻瓜扔了斧头,我会给你做一个的。"玛丽厉声回道。

盖特尔未答话,只是在曙光中阴着脸。这天以此开始。

如今,长矛无论如何也当不成武器。不知有多少回,它曾被徒劳地投向动物,探路时矛尖无意间撞上砾石和峭壁,现已钝如指头,无战斧砍削,实际不过是根手杖而已。盖特尔本可像玛丽一样有手杖,随便从地上拾一根笔直的大树枝或细树干都行,可她并没想过这样做,而总是觊觎玛丽的长矛,玛丽也无意提醒。只要手握具长矛之名的木棒而盖特尔没有,她就有发号施令的威严。想到此处,想到这事的滑稽处,她莫名感到好笑,多日来头回面露笑容。

下午某时,盖特尔坐在一根木头上,多半个身子都露在寒气中,傻乎乎地不愿上路。玛丽脑子里冒出个顽皮的主意。她站在崖侧,扭头朝盖特尔瞪起眼,将钝矛尖在岩石上蹭来蹭去,似乎要磨尖长矛。这一招果然奏效。盖特尔起身跟过来。

玛丽惊喜地发现,只蹭几下,矛端竟锋利了些。她继续擦磨一阵,最后长矛几乎锐利如初,就像刚用战斧削尖时一样。

玛丽在想,不等找到涉水处,她俩就会死去。绕行的路太远,她又累又沮丧,几乎被击垮。两人一前一后,绕过一道右拐的悬崖。玛丽的心重重一沉,她哼出一声,双膝跪倒。

她们来到另一条河①的河口。

河水既宽且深,正好阻住去路。她知道,这种河将在山间迂回数英里才会变窄变浅、可以涉渡。又要绕行才能回来,而这条旁路已历尽艰辛攀爬一周!哎呀,狠心的上帝,竟要将两个可怜的受难者丢弃在河谷

---

① 即今天的蓝石河,流经弗吉尼亚和西弗吉尼亚两州。

纵横的荒野！为什么？"为啥要这样？"她愤怒而绝望地发问。

盖特尔本已止步，呆立在后，此时被这句痛苦的诘问惊到，急匆匆走到玛丽身边，弯腰喝问："咋啦？咋啦？"她似乎注意到眼前这条河，恍惚中，最后好像意识到这又是一重障碍，于是双膝跪地，开始哀号，任毛毯从肩头滑落，与在悬崖时一样，双手再次如鹰爪般狠狠抓住玛丽的胳膊。

片刻后，玛丽感到枯瘦的胳膊疼痛不已，甚于心痛，便将怒火由上帝转到旁边疯癫的丑老太婆身上。她猛一用力，将手臂挣脱，随即狠力回甩，手背扇在盖特尔的嘴巴上。

经此一击，哀号戛然而止。盖特尔不停地眨眼，泪水涌出，嘴巴一张一合，一道鲜血自唇角淌下。她仿佛明白了某个不寻常的事实，缓缓抬手，摸摸嘴，瞅着指头上的鲜血，感到难以置信，轻声问道："玛丽，你为啥打我？"

玛丽摇摇头，咬牙说出自己从没想过会说的话：

"因为上帝撇下了咱们，我觉得。"

两人沿又一条无名河，不情愿地挪起脚步。

这将是一段艰难行程。落石间几乎无路可走；河流每次转弯，蓝石悬崖仿佛都在迫近。

两人沿河跋行，玛丽在自言自语。就她所知，这还是头一遭。她真的在丧失尊严和自控。回家的漫漫征途再生枝节，实在令内心崩溃。她甚至都无法肯定自己是否还在乎。她有一种听天由命的奇怪感觉，觉得自己站着即会死去，而身体还会继续溯河而行，从大河走到小河，从小河走到溪流，从溪流走到更小的溪流，最终走到溪流尽头、荒野中央，死去的身躯站在那里腐烂，而骸骨永立不倒，成为一切河流源头的标记。

她想：有朝一日，威尔或许沿河溪而来，勘探土地，同时记起我，见到我的骸骨立在这里，起初受到惊吓，后来壮胆走近，认出这枚婚戒——戒指卡在指节骨上，不会脱落。啊，亲爱的威尔，身强力壮、体毛旺盛的威尔，弗吉尼亚最好的男人，啊，请你相信，我竭力要回你身边。啊，我已拼尽全力，只有上帝能作证。只有上帝能作证，我多么爱你，甚至把婴儿都留给了蛮人，就为回你身边……我不知道你能否理解、原谅我，可是亲爱的威尔，主会告诉你缘由。

我只想回来找你，再和你生儿育女，重新开始，虽然异教徒在那个礼拜天过来，毁了一切，但我们还会重新过上以往的生活……

脚下一绊，膝盖磕到石头，一阵剧痛让眼前直冒金星。她疼得龇牙咧嘴，忍痛起身，因虚弱和痛楚而头昏眼花，轻声诅咒着，一步一跛地往前走去。

这一摔让她从幻觉中惊醒，眼前的峡谷变得明晰。有一刻，她仿佛觉得来过此地，曾在蓝石悬崖旁，沿这条清水河前行。就是在此地，那株悬铃木植根于裂石。曾见过，不是吗，在以前，或者……

是的，曾见过。

她停下脚步。

望着悬铃木，望着悬崖。

蓝石。

啊，天哪。

啊，没错，我认识这个地方。

一股暖流涌出头顶，迅速传遍全身皮肤。

"啊，上帝，感谢你的恩典！"

记忆告诉她，来时路上，他们曾拐向这条支流，是屠杀后的第五日。

原来我们一直走在新河边！

"盖特尔！"她转身抱住老妇。两人瘫倒在彼此怀里。面对这突来的激动，盖特尔的脸上只有困惑和些许恐慌，像是担心又要挨打似的。"盖特尔！只剩五天咱就到家啦！"

第 24 章

玛丽兴高采烈，而盖特尔却郁郁寡欢。每当玛丽哼起歌，盖特尔就嚷着让她闭嘴。每次歇脚，老妇都拖延时间。顺蓝石悬崖溯河行进时，她捂着肚子，弯腰呻吟，每遇轻微磕碰都大声抱怨，而此类小伤其实她早已学会默默承受。

似乎她要破坏玛丽数周未有的喜悦心情。不过，玛丽理解她的表现。

长久以来，为哄她赶路，我一直都在许诺、唱歌、假装乐乐呵呵，兴许她以为这又是诓她上路的把戏。玛丽想。

盖特尔恶声恶气，不停抱怨，却没有影响玛丽的高昂情绪。七月时，印第安人把她从德雷珀草地押解到此用去五天。她和盖特尔若每天走的时间足够长，五天或至多一周即可到家。

她安慰自己：我俩再走一礼拜就行了。我清楚身在何处，就多了力量，一个月来都没有过这种感觉。

她想不起印第安人曾在哪里渡河。那日，她强忍分娩带来的剧痛和眩晕，几未留意。他们是在某处骑马过的河；她记得天气炎热，但河水清凉舒适；在她脑海里，血从大腿处被冲走，将河水染红。然而，似乎过的是另一条河。对这条没印象。

她回忆起来，在附近某地，也曾坐独木舟渡河。她想：那是在前方更远处。我们先是乘独木舟渡过新河，来到这边河岸，然后抵达这条河。我能确定，没错。哎呀，真庆幸当时我回头看，记下各处的样子。主啊，感谢你的恩典，即便那天我受尽折磨，也没丧失知觉。

此时，她对主的怨恨一扫而空，感激他所做的每件小事。发现跟对河之后，更容易对主充满信念。如今看来，主并非过于残酷诡诈。虽说她们历经四十昼夜的险阻和磨难，却还是可以原谅他。

但是，若让她们始终跟错河流，主很可能失去一名信徒。

玛丽想：可怜的盖特尔。真希望有个办法，能让她明白我们确实已接近终点。

她曾告诉盖特尔，跟她解释过三四遍，说这条河离家只有几天路程，可是白费口舌，如同让迟钝的骡子打起精神。对她的话，盖特尔或是充耳不闻，或是不再相信。

玛丽想：唉，实在不行，我就抓着她的后脚跟，任她踢蹦和哭嚎，一路把她拖回去。既然心里有了底，最后这几天我什么都能忍受。

威尔啊，我很快就会见到你。她边想边努力回忆丈夫的样貌。

她回忆不出，全然回忆不出。每当她努力去想自己的男人站在近旁，长什么样子，她只能记起另一个立在身畔的男人长什么模样：是野猫队长，那个皮肤光滑、全身涂满油脂、双臂戴银镯的男人；是野猫队长，那个带她沿河而下、让她遭受数月炼狱之苦的男人。

她对威尔的全部记忆只有温暖。

此刻，对威尔的记忆更像是对一段时光、一个夏天的记忆，而不是对一个人的记忆。

暮色降临前，已沿河走出大约两里格，抵达之处泛着白色微波，看来这是一片横跨两岸的浅滩。

玛丽想即刻过河，以便到对岸，等次日天一亮就沿河回返。天空晴冷，一轮将满的明月在河谷前方升起。现在能过河，或许还能趁月色沿对岸走上几英里。她想：现在多走一英里，明天就少走一英里。

然而，玛丽又是哄又是骂，折腾了许久才意识到，今天盖特尔再也不肯多迈半步。老妇坐在地上，前臂捂着肚子，来回晃动身躯，边摇头边哭闹，沉浸在自己的痛苦之中，可她并未完全糊涂，还能明白玛丽在催自己重新蹚进冷水，而这次几乎是摸黑。实在不行，今晚也可以打昏她，背她过河。玛丽便不再勉强。她耙些枯叶，垫在崖下的一处凹洞里，两人可在此裹毛毯睡上一觉。

她内心承认，也许这样最好。夜寒刺骨。两人又累又饿，晚上若再弄湿身体，从水里爬出受冻，多半会一命呜呼。

盖特尔尽管遂了心意，可还是哀声哭闹。她随着玛丽钻入凹洞，躺在枯叶里伸开手脚，却依然不停地抱怨、啜泣、蜷身捂腰，像个睡觉时因腹痛而耍脾气的孩子。

玛丽暗忖：要是她不赶紧消停下来，我还得教训她。玛丽不希望那样做。今天在暴怒之下，她失控打了这个半死不活的可怜人，可她不愿记起这件事。

玛丽想：我俩确是半死不活。她能感觉到死亡正在体内潜滋暗长，能感觉到身体正自我侵蚀，正消耗仅存的一点血肉，如同炉中的木头被自身余烬所吞噬。她知道，盖特尔和自己一样，正遭受真正的痛苦，数周以来她俩正一点点耗尽生命，即使成功自救，也绝无可能恢复如初。她俩正在死去；数周来，身处莽莽群山，两人曾无数次奄奄一息。

但是，只要还有一英里没走完，我就不能死。即使离死亡还有一周，我也能赶六天的路。她暗自发誓。

最终身体暖起来，她感到昏昏欲睡。望向梢头的月亮，仿佛看到上帝的脸庞，她祷告着，再次感谢上帝让自己看到石隙中的悬铃木和蓝石悬崖。后来，她想起威尔·英格斯，仰望此刻变得朦胧而温暖的月亮，仿佛那是威尔的脸，指望着不出一周，就能躺在他身畔，而不是躺在这个扭来扭去的老妇身边。

双眼忽然再次大睁，月亮重又变得清晰而寒冷。她有了个念头，这是一路上从未有过的：她真的不知道丈夫是否还在世。屠杀发生后，她没见过他的踪影。兴许在那个远去的周日，他和约翰尼已在田间遇害。

然而，这个念头过于可怕，只驻留心里几分钟。

他当然还活着。她想。

要是他已不在，这一路我走不下来。

可待到早晨，盖特尔还是不愿涉河。她弓身站在寒气中，望着潺潺流动的浅水，双手搂胸，瑟瑟发抖，喉咙里发出起伏不定的低声呻吟，摇头表示拒绝。这不难理解。此时，寒冷如月的冬阳从上游群山之间升起，玛丽赤足站在霜岸上，望着漾起涟漪的冰蓝色河水，想到入水时寒气袭身，不禁战栗。

"嘿，盖特尔，很抱歉，这事儿可由不得你。"她放低矛尖，猛戳盖特尔皮肉松垂的屁股。盖特尔尖叫一声，朝她转过身，圆睁两眼，既痛苦又惊讶。玛丽弯腰曲膝，把长矛对准老妇的脸。"快走！"她厉声道，"快走！"她刺出手杖，刺出这杆所谓的长矛，朝老妇的脸比画两三下，然后指向河水，"走，该死的！哎呀，你耽误我的工夫够多啦！"

盖特尔倒退着走向河畔，时而瞅瞅矛尖，时而瞧瞧玛丽凶神恶煞般的脸。后来，她发出一声响亮的抽泣，蹲下身，双臂抱头。又挨一下狠戳，她蓦地站起，速度之快出乎意料，而后踏入齐膝深的河水，使劲倒吸一口气。玛丽紧随其后，继续用矛尖捅她的屁股。两人踉踉跄跄去往对岸，同时不由自主地深深吸气。

到中流时，水漫至大腿中部，似乎已冻僵骨髓，但不出两分钟，她们就奔上对岸。这次渡河最冷，也最容易。

正午时，她们回到新河，循右岸转向东南。河水和山坡间有一片窄滩，此处灌木丛生，落石遍地，但至少相对平坦。

"平地感觉很好，对吧，亲爱的？"玛丽仍在试图打破老妇在两人之间筑起的幕墙，那道痛苦与忿恨的黑色幕墙，便对盖特尔开起玩笑，"在右边山坡走太久，我敢说，我都变得一腿长一腿短啦。你是不是也这样，盖特尔？"老妇没有回答。又脏又破的毛毯披在耸起的肩头，她晃晃悠悠地走在前面，并未回看，甚至没有动动肩膀来回应玛丽的话。她只是继续摇摇摆摆地小步往前走，嘟哝着自己的语言，每有石块把脚硌痛，就大喊大叫。"喂，你咋样？"玛丽大声问，仍试图让对方回应。与玛丽拉开距离，盖特尔才回头，转过一只恶狠狠的眼睛，没有看玛丽，而是瞧瞧矛尖，扭头继续踉跄前行。

"上帝啊！"玛丽感到又气恼又好笑，便喊道，"你可别让我变得像红种蛮人一样，让你自己变成我的白人俘虏……"

她想：不该说这话。可能差点儿就戳到痛处；话讲得过重，不像玩笑。

唉，我觉得说啥她也不再听了。

到黄昏时，两人已走出很远，此刻疲惫已极，又因饥饿而虚弱不堪，便坐下歇脚，再也不愿动。此处似曾相识，好像她来时在附近乘树皮小船被运过新河。

玛丽想：得找点吃的，不然我们连一天也熬不下去。

她用以撑过一整天的高昂情绪再也起不到足够作用。又一个寒夜在降临。玛丽感到灵魂好似要燃尽的烛心，在无力地摇曳。

她跪到地上，想翻动一块石头，但石块牢牢嵌于冻土中。她爬向一个更小的石块，将它用力搬起、翻转。

石下没有蚯蚓。地面黑乎乎的，冻得结结实实，洒满如雪花般美丽的小冰晶。

又翻过一个石块，还是一样。她用了这一点力，已经气喘吁吁。

几英尺远的盖特尔注意到玛丽的动作，也开始翻起石块，每次一无所获时，都一边喘息，一边用德语咒骂。

两人又开始拔起灌木找寻根茎。谁也无力单独拔动哪怕是最小的灌木。每次失败，盖特尔的声音都愈加绝望，忽高忽低地哀号着，听起来殊为凄惨。她恼人的、执拗的举动玛丽已忘得一干二净，对她深感同情，热泪夺眶而出，随即变冷，沿鼻侧淌下。

"来，亲爱的，"玛丽哽咽道，"咱俩一起，准保能拔出一个老根。"她撑杖挣扎起身，瘸着腿走向老妇。她将手杖放到地上，双手抓住盖特尔正在用力拔的灌木，和老妇紧靠肩膀，连喘带哼哧，手和指节生疼，发出脆响，周身虽痛，仍用尽力气。

突然，肩膀失去依靠。盖特尔已松开灌木，随即玛丽听见她得意地尖叫一声，冲向背后。

尚未转身去看，玛丽就知道，盖特尔已抄起武器。

玛丽慢慢回身，听到咯咯一笑。如此癫狂的笑声她平生从未听过。

第 25 章

最可悲的是，为狡猾的丑老太婆流下的同情泪水仍挂在脸上，又湿又凉。

毛毯和长矛都已转到诡诈的盖特尔手中。玛丽别无所有，只剩打结的纱绳缠在腰间，以及曾是夏裙的几片破布从两肩和脖领垂下。

玛丽向后退却，心在喉咙处狂跳。从盖特尔疯狂的眼神中她无从判定，老妇究竟是要拿矛捅她，还是要享受一阵可任意摆布她的权力。无论如何，玛丽都想离老妇远些，如此一来，她要袭击，就只能抛出长矛。

玛丽在想：她抛出长矛也未必能戳到我，而长矛又将回到我手中。

她不断后退，双脚留意着不让石块绊到。盖特尔逼过来，咧嘴在笑，但发出的只是微微的颤音。盖特尔认定这杆长矛是件真正可畏的武器。为管束老妇，玛丽一直拿长矛吓唬她，因此该看法在她心里已根深蒂固。她既握矛在手，该想法似乎正在心中盘旋。此刻，玛丽只能不停地告诉自己，这就是一根手杖。为避免惊慌，只能不住地这样告诉自己。她在心里说：不过是手杖，一根旧手杖罢了。

还是劝劝她吧，劝一劝。玛丽想，就算是疯子，也绝不会加害规劝她的人。"嘿，亲爱的，"玛丽开口道，语气紧张，"这个手杖你特别想要，看来你终于拿到了。嗯，很好，亲爱的……你可以用一阵子。我知道走路辛苦，有手杖就容易些……"盖特尔继续逼近，嘴里依旧嘶嘶在笑。

"欸，亲爱的，不知道你咋样，反正我是累坏啦。"玛丽接着说，"我觉得，咱俩今天走得够远了，对吧？该找个山洞好好睡一觉，是不是？兴许，呃，兴许……我觉得天还没黑，咱们可以……在附近拔些好吃的根茎……我觉得，咱们可以薅出后面那棵灌木，要是……咱俩一起再多用点儿力气，对吧？咱为啥不……"

"我再也不吃根茎啦。"盖特尔说，随即又发出嘶嘶怪笑，继续逼近。

"那好。唉，你知道，根茎我也有点儿吃腻了，既然你说到这儿……特别是几天前，咱们都吐得厉害……"她退至崖边，会被堵在那里，于是沿河岸转向。"……兴许咱可以找些好吃的芽苞，然后……兴许还能找到松鼠落下的坚果……"

"那些玩意儿我也不吃。"

玛丽从崖边挪开，用眼角余光瞥见灌丛和漂流木，担心被困，便退往河畔的开阔沙地。令她真正惶恐的并非盖特尔手持"武器"，而是老妇突然莫名表现出前后动作的一贯和坚决。老妇在无助地哀号叫嚷时，惹人心烦，而如今却用心险恶。是抢到长矛让她顿时判若两人，还是她为得到长矛一直在假装无助？玛丽听说过疯人善耍心计，此刻终于领悟。她叹口气，淡淡一笑，再次试图要劝慰她："嘿，咱们可以试试，呃，用那东西扎鱼……要是天不太黑的话……上次咱试着想抓一条大鱼来吃，都过了好久……"

"鱼我也不吃。"

玛丽故作欢快，勉强轻笑一声："哎呀，亲爱的，咱的菜单上差不多就这些啦……没太多选择，这你很清楚……"

"我要吃玛丽！"

这话说得令人震惊，玛丽意识到这绝非玩笑。她蓦然想起两人争夺战斧时，盖特尔在她大腿上留下的可怕咬痕。

玛丽回味着这句骇人的话，一时间动弹不得。盖特尔越逼越近，近至可打到她。

出于恐惧，玛丽原本疲惫不堪的肌肉猛地生出一股力量。她急忙转身，弓腰沿河岸跑起来。

还没跑出五十码，腿和肺就再也支撑不住。她四脚朝天，摔在岸边沙砾上，躺在那里呼呼喘气，听到盖特尔跟来，同时兴奋地说着：

"别跑！别跑！我逮着你啦！"

玛丽奋力起身，呼哧呼哧地喘着气，心怦怦直跳，跌跌撞撞地往前奔去，要和盖特尔保持距离。天色将暝，各种形状正隐没于暗影。多坚持一会儿，就能甩掉盖特尔。

要是可以的话。

她绊到岩石，再度摔在沙砾上。她喘了两口气，重新忍痛起身，回头看见迫近的身影，踉跄着又迈出几步，绊到树根，跌在乱石间，一股剧痛袭入脑髓。她跌倒之际，盖特尔逼近了几码。等玛丽重又站起，老妇离她已不足十五英尺。

不过，此时的盖特尔也力气尽失，站立不稳。这场追逐，二人谁也无力坚持多久。

一片灌丛长到河边。玛丽扎了进去，希望甩开盖特尔。枝条纷纷抽到身上，拦住去路。她挥起双臂，拼命前闯，没过几分钟再次耗尽气力。她用双臂扶住灌木，不让自己摔倒，同时大口吸气。除了自己呼噜呼噜的喘息声，她听见身后几英尺远树枝被折断、被刮蹭的嘎巴声和唰唰声，还有盖特尔可怖的咯咯笑声、滑稽的脖铃发出的叮当声。

又喘了几口，玛丽再次朝前闯去，双手遮脸以护住眼睛。她曾向后扫过一眼，没看到盖特尔，只见到灰、黑色的秃枝在乱晃，但仍可听到盖特尔从背后追来，发出哗哗啦啦和叮叮当当的响声。

玛丽暗忖：她要是听不见我的声音，兴许就看不见我的身影。她冲到一旁，停下不动。

老妇哗啦哗啦走来的声音已近在身边，随后戛然而止。

此刻，似乎盖特尔能听到她的心跳和呼呼的喘息。

玛丽想：她停下在留神听我的声音。主啊，你怎能容许这等罪恶呢？

"噢，嘀嘀，嘀嘀！"老妇连笑带喘，兼有奚落。声音来自几英尺远的灌丛，在玛丽和山坡之间的某处。"我逮到你啦，玛——丽！"

玛丽开始侧身挪向河边，尽量不出动静。然而，不可能全无声响。每动一下，灌丛就发出哗啦和沙沙声。

"我听到你喽！我抓到你啦，玛——丽！"老妇也在灌丛里再次走起来。

这实在有悖常情，需要解释。玛丽曾帮她渡过所有磨难，如今却被她像动物般追捕。玛丽气得面部变形，感觉就像儿时忍不住要大哭一样，撇嘴皱眉，眼泪顺脸颊淌下。她大声质问："这是为啥？"

盖特尔刚刚还怪里怪气，得意洋洋，但此时，她透过灌丛，扯起嗓门，可怜巴巴、半带哭腔地叫嚷道：

"因为！我饿呀！"

接着，她又动起来，一边抽噎，一边仍对玛丽紧追不舍。在深沉的暮色中，玛丽低弯下腰，朝河边的开阔地全力冲去。盖特尔像个伤心的孩子，仍在身后抽噎和哀叫："我再也受不了啦，玛——丽！我再也受不了啦！我……我……我饿呀！"

玛丽在想，要能早盖特尔几秒冲出灌丛，就能抓紧时间悄悄藏到岸边。树枝抽打在脸上，灌丛中的树根、倒木、岩石扭伤脚踝，一次次险些将她绊倒。喉咙里涌上绝望的祷告，却不知说给谁听。看来，容许这等罪恶的上帝也不配听人祈祷。她心里说：就是不配。别再想什么上帝，压根儿就没有上帝。

她怒不可遏，怒火带来一股力量。她闯出灌丛，面容扭曲，沿石岸趔趄前行，时常双手触地，防止脸朝前跌倒。

"玛——丽！"盖特尔的嗓音转为疯狂的哀叫。玛丽一听这声音就浑身颤抖。她扭头回顾，见老妇冲出灌丛，离自己仅二十英尺。她看见老妇止步抬臂，向前一扑，细矛杆在空中划出弧线，朝自己飞来，便一闭眼，抬双手去挡，但为时已晚。

长矛从耳边擦过，只听"咕咚"一声轻响，扎入河中。

现在，两人都赤手空拳，彼此相距二十英尺，喘着气，望向对方，都想弄明白陡然出现的变化。玛丽的心在咚咚狂跳，欣慰、愤恨、友爱、绝望、恐惧——种种情感在内心翻腾。盖特尔似乎发觉自己又顿失力量。她眨着眼，低头看向空空的双手。冲过灌丛时毛毯竟还披在身上，掷矛时从肩头滑落，此时掉于脚下。在渐浓的暮色中，两人面色惨白。周遭一切都呈现出更深的紫灰。河水倒映着暗银色夜空，在几英尺远处汩汩流淌，似在叹息。

玛丽最后深吸一口气，瞧着盖特尔，在想该如何是好。似乎没有答案。不知是否该捡起个拳头大的石块，砸烂老妇的脑壳，就此将她解决。这个老疯子，留她何用？

还是该扬长而去，让她自寻生路？玛丽曾这样做过，结果却发现无法忍受孤独。她知道，一个人独走河谷，精神会被摧垮。

玛丽想：她随时会死，反正最后也只剩我一个。她不死，死的就是我。

两人曾患难与共，玛丽对她情深意笃，如待母亲，可盖特尔这个老巫婆，却不知从何时开始，一直在打她的主意，把她当成食物要伺机猎捕。这个骇人的真相刚才还萦绕在玛丽心头，此刻却似乎一去不返。这事玛丽并没忘。然而，她站在那里，头脑昏沉，身体虚得摇摇晃晃，看到盖特尔和自己别无两样，无法真正相信自己所知的实情。

兴许我才是疯子。兴许这只是我的想象。玛丽头回这样想。

"盖特尔，能听见我说话吗？我觉得咱俩得谈谈。"她说道，语气平静而悲伤，像对孩子深感失望的母亲，"盖特尔，人是不会吃人的。你明白吗？我不想让你吃掉。你要吃我，我会阻拦你。"她嗓音颤抖，语不成声。

老妇仍在看自己的双手，一边慢慢晃头，一边抽着鼻子，不知是否在哭，天黑看不清。虽然又累又饿，几乎丧失思维，但玛丽仍说下去，希望能让既糊涂又可怜的盖特尔明白些许道理：

"我是说……要是一个非得吃掉另一个……要是咱俩非得一死一活，那好，你告诉我，为啥就不该是我吃你呢？是不是？告诉我为啥。呃，本来我随时都能拿矛戳死你，把你吃掉，可我没有。我跟你一样饿，你想过吗？而且……"她稍作停顿，感觉下巴起皱，喉咙发堵，因为她要说出下面的想法：

"我在为一个人活着，可你没有，你想过吗？"她从未说过如此狠心的话，话一出口就哭起来。哭声招致盖特尔又一阵惨叫。两人站在渐暗的河谷中，彼此相距二十英尺，大声喊叫着，膝盖在发软，精神在崩溃。

"那……那……你想咋样？"玛丽止住哭声，强忍极度的饥饿，说道，"往前走，还是……"往前走？可我连一步也迈不动。她暗忖道。

"我说过……我要吃你，玛——丽。"

还是那句话。那句玛丽本已开始怀疑自己是否真正听见的话。盖特尔没开玩笑。这事在她脑子里扎了根；就算在她脑子里扎根的只一件事，也是这一件。玛丽再无力气，动弹不得，感觉寒气重又侵入肌体，只能站在原处，努力去规劝、去应对。她担心盖特尔仍比她强壮，因为她还记得，老妇的一双大手在抓她时用力有多猛。她在想，若盖特尔再次发起攻击，即便徒手，自己也性命难保，这场地狱苦旅将无果而终。

可是，对一个铁了心要吃自己的人，能说什么呢？

后来，玛丽想起曾说过的事，这事或许能打动盖特尔至暗的灵魂：

"嗯，咱们该讲公平才是。谁吃谁，只有运气说了才算。咱们抽签吧，谁拿到短的谁被吃。你说呢？"不远处，河水在静谧的暮色中汩汩流淌。玛丽等候片刻，也不知盖特尔听到没有。老妇后来答道：

"可以。"

"这样做公平，是不是？"

"没错，公平。"

"这么一来，多半是我吃你。"

"我不在乎。反正不是我吃你，就是我死。"

话说得如此坚定、决绝、实际，玛丽觉得老妇已恢复神志。也许她从未丧失神志，而是始终都明白，身在这般绝境，唯一的真正疯癫就是，一个本可吃掉另一个活命，却双双饿死。

玛丽在地上摸来摸去，捡到一根干树枝，将其折作两截，一截四英寸，一截六英寸，攥在手中，短的露出部分比长的略高。

耍些心眼儿也并无不妥，因为即便盖特尔选中短棒，玛丽也没打算吃她。

盖特尔走到近前。说来奇怪，此时玛丽并未担心遭到攻击。老妇准备听从抽签的裁决，似乎不会再欺骗和背叛她。

天色尚未全黑，两人挨近，倒能看清动作。盖特尔在审视露出的两截木棒，玛丽瞅着她，闻到她的口臭。不知不觉间，玛丽看见老妇松垂的嘴巴和焦黄的大牙，突然想象到自己被这张可怖的嘴巴囫囵吞下，不觉毛骨悚然……

盖特尔细看许久，然后缓缓朝两根木棒抬起手。她碰碰短的，抬眼观察玛丽的表情，有所发现，又摸摸长的。尽管心头恐慌渐起，玛丽还是淡然一笑，并保持住笑容。盖特尔见后，又将手指移回短棒。

可她依旧没选，而是长吸一口气，又将呼出的臭气喷到玛丽脸上。之后，她仿佛不仅看透玛丽的表情，而且忽然间不知从哪儿得到预言，手指挪回长棒，放在上面。

嘴上说不在乎，可她真心想赢。玛丽在想。

盖特尔还是没抽，又将手指移回短棒，略微上提，似在试探玛丽攥得紧不紧。

玛丽心想：我明白了，她觉得我会把长棒握得更紧。

玛丽便顺势捏紧短棒。

果然奏效。盖特尔又去碰长棒，还轻轻一拔。玛丽松开手劲，为的是让盖特尔以为这是短棒。

然而盖特尔依然没抽，而是盯着两截木棒，在苦苦思考，脸上流露出至为精明的算计。玛丽暗忖：老疯子刚才是不是看透了我的心思呢？想到此处，她陡然一惊。

"这个。"盖特尔最终说。

她用拇指和食指捏住一根木棒，将其从玛丽手中抽出。玛丽的心略噔一沉，留在自己手中的是短棒。

"给我看看你的。"盖特尔笑道，仿佛知道已拿到长棒。

玛丽摊开手，但已在身后找到踏足点，准备逃离。在渐深的夜色中，她缓步后退，要摆脱老妇，动作几难察觉。

盖特尔大笑道："我赢啦！"

"欸，等等，亲爱的。这就是个游戏，对吧？哎呀，谁会因为抽签真的伤害好朋友呢？"玛丽想挤出一声轻笑，但笑声哽在发干的喉咙处。

"我赢啦！"盖特尔开始往前挪动。

"赢的要是我，也决不伤害你。"玛丽仍在后退，同时说，"听我讲，盖特尔，这就是个游戏。听我讲，咱快到家了。我丈夫阔得很……呃，我们给你摆宴席——啊，烤鸭，还有……还有肉饼、牛奶麦粥……还有炖兔肉……还有杏仁糖……等你吃饱喝足，呃，我们就给你金币，再为你配辆马车，让赶车的带你到处逛……"

盖特尔猛地扑来，玛丽朝后一缩。老妇利爪般的手抓到玛丽的裙片，烂布被扯掉。脚下有块松动的石头翻转过来，玛丽腿一软，扭身摔趴在地。她听见马铃当当响起，盖特尔猛然压到背上，一只手薅住头发，往后拗脑袋；老妇的另一只手臂弯转过来，要锁喉咙。两人都在用力，像猪一样哼哼哧哧。头发被抓，玛丽就使劲低头，终于将下巴压低几英寸，这样，老妇的胳膊勒住的是下巴，而非喉咙。她在狠命对抗盖特尔那不可思议的力量，最后叼住老妇枯瘦如柴的手腕，用尽嘴力狠咬下去，引来松动的牙齿和绵软的牙床阵阵抽痛。她尝到血味。盖特尔的哼哼声越来越大，变成咯咯吼叫。老妇开始乱蹬乱踹，松开玛丽的头发，但仍压在身上。玛丽听见脑袋旁一阵扒摸声，看到盖特尔正用左手从冻结的地上掀起一块石头。要是她拿起石块，我就完了。玛丽在想，于是咬得更用力，同时探出左臂，去抓盖特尔摸石头的手。她攥紧老妇的手，用指甲死命抠住。在将近一分钟的时间里，两人躺在河岸上，扭在一处，又拉又咬，但几乎没有挪动。后来，玛丽开始弓背耸身，要把盖特尔甩落。老妇疼得直抽搐。她们在石滩上扭打着、拉扯着，像垂死挣扎的昆虫。

此刻，玛丽在耗尽气力，但感觉到盖特尔也体力渐衰。有个念头一闪而过：要是喝点儿盖特尔的血，体力会因此增加。可她无法吞咽，只能咬住不放，舌头发干，颌骨累得火辣辣地痛。

后来，盖特尔狂吼一声，将脸贴到玛丽的后颈，嘴巴蹭来蹭去，寻找着下口处，最终在脖根碰到肩部肌肉的一道褶皱，便将马齿般的大牙狠狠啃下去。玛丽眼冒金星，几乎昏厥，松开叼住盖特尔手腕的嘴。

盖特尔来回动着下颌，真要把肉撕下。玛丽生怕疼晕，遂狠命一抖，侧过身子，将盖特尔掀翻下去。她从老妇身下挣脱，而后者犹如巨型蚂蟥，依旧紧咬住玛丽的肩膀不松口。剧痛之下，玛丽的心在发颤。只听见两人在沉重喘息，石子在翻动，铃铛在擦蹭，河水在喁喁低诉。

玛丽向脑后探出双手，手指摸到盖特尔的脸，便将一根拇指抠进凹陷的脸颊，拼命挤压颚肌；另一根拇指触到一处眼窝，开始抠眼，感觉到眼皮下方的眼珠像葡萄粒一样在滑动。仅过三秒，盖特尔即松开咬住玛丽肩膀的如鏊大口，向后仰身，同时要将玛丽的双手从脸上掰开。

两人终于分离。玛丽意识到，她俩的手都已从对方身上松脱。疼痛在消退，黑暗中到处金星闪烁。盖特尔躺在近旁地上，呻吟和喘息着，身体在动，搅起石子。玛丽旋即扭身越过石块，朝水边爬下去。这样爬出几英尺，她蹲伏起来，向上游挪动，同时双手在黑暗中摸索着障碍物。身后盖特尔的呻吟声越来越小，后来听到老妇无力地问道：

"你在哪儿？玛——丽？你在哪儿？"

脑袋里嗡嗡轰鸣、突突抽痛，玛丽不知道老妇是否在悄然靠近。但是，盖特尔的声音在背后越来越弱，她知道，自己在拉大两人的距离，在避开危险。她止步回望。此刻，一切阴影几乎都已融进夜幕，她只能认出墨色的河水，有颗早出的星偶尔在水上映出微光。

等再也听不见盖特尔的声音，她溜到河岸边沿之下，紧挨水畔，抓住树根，蹲伏于此等待着。莫名的睡意忽然而至，她觉得这定是濒死状态，于是强打起精神。

她蹲伏在这里，除纱绳外浑身赤裸，冬夜的寒气冻得皮肤失去知觉。在此期间，她想起独木舟。这简直是异想天开，独木舟绝不可能还在附近。沿战道①走来，在任何渡口都未能寻见独木舟。就算找到一只，她也不会撑，从没独自坐过。她也没指望驾舟溯河而上。水流过

---

① 战道，印第安武士穿林越岭外出征战时常走的小路。

急，而身体太弱。

可如今她明白，决不能与盖特尔走在河的同侧。找到独木舟，至少有过河的可能。

玛丽最终认定，自己已成盖特尔的猎物，老妇铁下心要吃她，就像豹子或潜近的印第安猎人，不逮到猎物不罢休。河岸窄，两人若走在同侧，必会狭路重逢，而下次相遇定然有人丧命。

她想：死一个或两个都死，最有可能死的是我。

近处有个微弱的声音传到耳际，她凝神细听。是说话声，非常模糊，接着是石块的摩擦声，还有铜铃的叮当声。

她在逼仄的河岸下往里缩了缩，大气也不敢出。声音越来越大。

盖特尔正从上方走过。玛丽听得见她踩到枯叶和石块的脚步声，还有树枝的断裂声。

盖特尔在喃喃自语，虽不知所云，但玛丽感觉听出了自己的名字。

嘟囔声后来稍有变化，几乎变作唱腔，并无曲调，但玛丽听后心中一惊。盖特尔唱的是：

> 万里路漫漫，
> 誓要把家还。
> 嗯——嗯嗯，
> 嗒嗒，嗒嗒……

盖特尔走得极缓，许久才过去，哀声融进河水的低吟。

玛丽从藏身处出来，明月已高悬山顶。天太冷，一个赤身女子若不动弹，一刻也受不住。河谷洒满银色月华，暗影愈浓。可以趁月光寻找独木舟。她迟疑片刻，决定到上游去找，但也意识到，小船有可能藏于自己被追捕时所经的灌丛。

她想：我往上游只走一段路；若寻不到，再回灌丛去找。

她告诉自己：唉，你知道这样欠妥。去上游，你决不会折返。最好还是往回走，先去灌丛看看吧。

往回走出大概一百码，她来到两人冲出灌丛厮打到一起的地方。稍远处，灌丛靠河边更近，在那儿藏船似乎合情合理。月色下的冬景与阳光中的夏景迥然有别，一切都变得陌生。

她在水边的无叶灌丛里搜寻了约十分钟，因寒冷抖得愈发厉害，时而停下，留意盖特尔的声音，老妇很可能顺河岸回来找她。

她看见个低低的长影，一端在水中，另一端在灌丛里。天啊，真的是吗？她边想边一瘸一拐地走过去。

只是一段树干，一段被水浸过、冻在原地的漂流木。

但更远处有个熟悉的形状。她吃力地迈过木头，走上前去。

呀，没错！

是独木舟：半埋地下，装满风刮来的枯叶。就算要确定船完好与否、推船入水、看能否漂浮，也得大费周章。她可能力不能及，但因希望而生力量，便开始动手。

又是捧，又是耙，花去半小时才清空船内冰块和半冻结的湿叶。

她想：接下来才难呢。

得将船侧立，倒出里面的水。

她双手抓住舷边往上提。船纹丝不动，可能已冻在岸上，或卡于灌木间。她用力上抬，最后感到眩晕，大口喘着气。她蹲在月光下歇息，冰冷的身体缩成一团。后来，她转到船尾，弯下腰，用肩抵住糙树皮，在鹅卵石上立稳脚跟，然后使劲去拱。船依旧一动不动，她感觉骨头行将断裂。

还得休息。而后她再次用肩去拱，直累得一声呻吟冲喉而出，最终船发出"咯吱""嘎嘎"两声，出现微移。

此刻船已能够轻轻摇动，里面的水和碎冰在"哗啦啦"地晃荡、碰撞。她又歇过五分钟，随后再去搬舷边。

船重得要命，但还是在动。船要落回原处。她边喘边抬，船慢慢升起。得换手，将一只手移到船底，不久即听到水从另一侧舷边流出，船体随之变轻。很快船就完全侧立起来，水也倒净。其间，她精疲力竭，险些让船落回原位。

又歇过五分钟，准备推船入水。别急，她想，先找到船桨再说。

不见船桨的影子。她爬进灌丛，在河滩和船下摸找，也没发现。

月亮升至更高处。用去一两个钟头才把船备妥，可现在却找不到驾船工具。

她沮丧得几乎要大哭，开始沿河滩寻找木杆或任何可撑船的东西。一旦离岸入河，任激流摆布，则性命难保。她想起曾路过的无数险滩和急瀑。

她转悠了近一个小时，头脑昏沉，思维恍惚，有几次甚至忘记在找什么，最终看见河滩上有段被月光照得发白的物体。

有棵树沿河岸倒伏，已断裂，显然是被闪电劈断或狂风摧折的。她发现一段近乎扁平的白色木片垂下树干，仅靠几根纤维相连，大概长三英尺，宽四英寸，若能扯下，倒是可作船桨。她将其一圈圈扭动，最后，用一块扁石的边缘捣烂纤维，将木片拽下。

算是有了船桨。

这几乎足以让她恢复对上帝的信仰。

她从未独自坐过船。现在多亏有月光。

她把船尾推进河中，趁船尚未飘走，跨过船头，跌入船里。身子虽轻，却将船头压进沙滩，独木舟困于岸边。她摸着树皮船身和山核桃木船架，能感觉到河水在流淌。

她记起印第安人的对策，于是双手扶住左右舷缘，顺中间走向船尾，体重后移，船头随之上升，离岸而动。她内心兴奋不已。对不会水的人来说，尤其对几无动弹之力的人来说，这着实太难。

玛丽转身跪在船尾。河岸洒满一片银白月光，正缓缓后退。独木舟顺水流转向，月影在近旁摇荡，破碎变形。

她将木片末端探入船边的水中，要撑船前进。终于船不再打转，然而却一侧朝前飘走，且速度更快了，并未靠近对岸。

玛丽感到寒水漫到膝盖之下。水从某处流入，越积越多。

她使出仅有的力气，开始用木片末端划水。独木舟出现转向，去往中流。她继续划，但更糟的是，船头指向上游，船身却向后被冲往下游。船底的水大概已有两英寸深，从膝盖旁流过，忽左忽右。

她将木片换至另一侧，用力划动，手指被参差的裂片划伤。她在竭力对抗水流，大口吸入寒气，引起牙齿阵阵刺痛。

但船头最后开始回转，朝向对岸。

她明白过来：左一下右一下地划动，就能一面顺流而下，一面让船头斜指向对岸。她想起，印第安人曾用什么办法，在一侧划水即可驾船。她想：可能有船桨就行，而我拿的是木片，只能咋行就咋办了。

船飘忽不定，有几回在水流中偏向一旁，或向后急退，而此刻正接近对岸。船里积水已有四英寸深，船身反应迟缓。她两臂累得生疼，手指血糊糊的，扎满木刺。

她感觉到船底刮到石块，发出轻轻的"砰砰"声。船头触到河岸，所坐的船尾甩向下游，撞到一块岩石，发出沉闷的"嘎吱"一声。原本腐烂的树皮裂开一道缺口，河水随之涌入。

玛丽连滚带爬，奔向船头，匆匆迈过一条腿。下一刻，她站到齐膝深的冷水中。独木舟半沉至水下，从岸边滑走。船缓缓转向，穿过水面颤动的月光。她望着独木舟弯曲的黑色线条，不久再无所见。

她从河里艰难爬出，感觉寒气入骨，几乎无法站立，跌跌撞撞沿河岸前行，枯柴似的手臂抱在胸前，眼泪顺鼻子两侧流下。然而此刻，她带哭腔颤抖着发出一声近乎癫狂的微弱笑声。她做到了！已过河！盖特尔抓不到她了。

此时，两人果真以河相隔。她们曾生死相依，共度四十昼夜，而今分开，将在荒山野岭间分路而行。

笑声在胸膛凝成一块巨大硬结，泪水已遮蔽视线。

第 26 章

与太阳传布温暖不同，似乎月亮散发的是寒气。如今，无毛毯御寒，身畔也没有盖特尔，夜间失去可依偎取暖的同伴，玛丽感到，只有不停走路，自己才不至被冻死。然而，在这个惊心动魄的夜晚，经历过极度恐慌与暴怒、生死搏斗与奔逃之后，她再无气力前行。沿左岸每走几码，她就会因眩晕而摔倒。

她跪爬在冰泥上。不知何处，有只夜莺在重复同一声孤凄的啼叫。这次不同以往，玛丽出神细听，总觉得这是最后听到的生命之音，纳闷上帝为何要送她这首死亡之歌。她想到"上帝"一词，可如今上帝仅仅是个词而已，似月亮般冰冷而遥远，似莺啼般毫无含义，已变得遥不可及，无法在内心激起任何情愫。祷告无济于事，她甚至连构思祷辞的心力都没有。居然能找到独木舟，成功过河逃生，这已是奇迹，是天遂人愿。她没理由奢望更多奇迹发生。她不再需要如此的拯救，因为这实际上只将她置于孤独死去，而非与人同死的境地。

体内最后一丝温暖仿佛在消散。她全身发抖，由跪爬姿势紧缩成一团，双膝压在身下，两臂抱在胸前，额头触地，月的寒光似乎穿透后背，越刺越深。

她想：可我真的不能没做祷告就离开。母亲、汤米和乔吉在那边等我，我走过去却到不了他们身旁，因为我没祷告就离开了，那可如何是好……

她从地上抬起头，看着摇曳的银光和暗影，注意到几码远的坡地上有个物体，形似一座房屋，认定这只是幻觉。她想：我不再抱愚蠢的希望。不过是自以为看到什么，一眨眼就没了……

　　然而，它仍在原处。

　　好吧，那就去探个究竟。她想着，开始爬过冰冻的地面，以为物体会像幻景一样，在眼前退避或消失。

　　她意识到，自己爬过的是一片满是玉米根茬的田地。她最终到达那里，伸手摸到一堵墙，真是一堵墙，一堵树皮墙，还找到一扇门。

　　是座小屋。营建者是印第安人还是上游定居点的白人，她不能确定。小屋已破败不堪，称不上真正的房子。月光透墙缝照入，泥地除去风刮来的枯叶一无所有。不过，屋顶倒是可为她遮挡刺骨的月寒。自从……自从她们住过俄亥俄河畔的小屋，发现挂铃的母马和玉米以来，这是她遇到的第一座房子。房子，她想，我在房子里。

　　她顺后墙根将树叶拢成一堆，钻到里面，再给自己盖上更多树叶。赤裸的身体不再暴露于寒冷彻骨的明月光中，即使枯叶也暖似毛毯。她颤抖了一阵，头脑时而一片空白，时而意识到身在小屋。后来，她梦见躺在自家窸窣作响的玉米壳褥垫上，翻身挨近威尔。她在睡梦中睁开眼，瞧见一只体大如人的猫科动物站在门口，在晨曦中盯着她。动物看到她的眼睛，转身从门口飞奔而去。

　　待早晨真正来临，她坐到屋外，倚靠被阳光照暖的东墙。几分钟后，皮肤变干，几乎感到暖意；心跳增强，不再震颤，而是稍有节律。她已恢复思考和记忆，甚至觉得自己还能多活一天。

　　她不记得来时见过此处。小屋虽看似破败荒凉，但也许当时还没建。她意识到：不对，我们路过时，走的是对岸。原来如此。

　　她立起身，摇摇摆摆，眼前的斑斑点点飘来飘去，于是只能倚在墙上，直到视线变清晰。她走进玉米田，寻找可能遗落在地的干玉米棒或零星玉米粒。

然而，除去被踩踏的根茬和野兽足迹，田里几无所留。动物似已捡拾干净，颗粒未剩。

玉米田旁还有一小块耕地，那里曾是菜园，有些枯萎的茎秆倒在地上，大多被啃食过。玛丽找到一根木棍，在硬地里拨弄着、翻掘着。她看到地面下有个上紫下白的东西。"哎呀。"她叫出一声，跪到地上，用手指刨起冻土。

花去半小时挖遍整片菜园，才找到两根没被动物发现的小个芜菁。玛丽满怀期待，激动得浑身发抖，把芜菁拿到河边，跪下来，水面的阳光反射到脸上。她仔仔细细地清洗，不慌不忙，如同待在自家舒适的厨间，在延长期待，知道有吃的，有真正的居家食物，不是虫子、芽苞、秃鹫的剩食，而是芜菁，真正的芜菁，而且知道，她不必因担心盖特尔抢食而狼吞虎咽。想到这些，内心感到欣喜。

她想：细嚼慢咽，不要急，千万别把自己吃伤。

即便想快吃也做不到。牙齿松动得厉害，她只能小心而艰难地啃透老皮和硬肉，疼得又是皱眉又是眯眼。咀嚼时，一颗白齿脱落，和嚼碎的芜菁混在一处。这是掉的第一颗牙。她像吐鱼刺似的，用舌头慢慢将落牙拱到嘴边，取出，一边嚼着、品味着满嘴的芜菁，一边不舍地看着落牙。她不停地嚼着第一口，几乎沉浸于极乐之中。芜菁在口中变软，味美超绝，胃已迫不及待。她想：我喜欢芜菁，是因为芜菁到嘴里越嚼越多。肚子呀，你想多吃，是不是？她在心里对自己的肚子说，为此感到好笑。接着，她吞咽下去，闭上双眼，面露微笑，感觉芜菁落到肚里。"嘿，好吃不，肚子？"她开口道。胃先是一阵抽痛，但她并未感到恶心，便起身回到小屋旁，再次靠阳面墙壁坐下，小心翼翼地咬起第二口，谨慎地嚼起来，一用力牙床又痒又痛。她不停地嚼着这一口，感到心醉神迷、喜不自胜，同时沐浴着微弱而干爽的阳光，时而寒风吹到身上，令她簌簌发抖。她觉得，自己从未有过这般幸福。

用去大概一小时才吃下第一根芜菁，共咬了四口。吃罢，她坐在那里，盯着另一根。她已吃饱，希望盖特尔能在这儿吃第二根。唉，可怜的人，但愿她没死，她和她的胃口都安好。玛丽在心里说。

她又在阳光下躺了大概一小时，心思如一团雾气飘来飘去，空荡荡、轻乎乎，眼睛望向河水，却并未真正在看，肠胃因久未消化食物而不习惯，在"咕噜噜"作响。她无比惬意，又过度疲乏，因此动弹不得。

一觉睡醒，太阳已转至屋南，时值中午，她感到迷迷糊糊。随着每次心跳，周围整个明亮的灰黄景致都在律动。

已吃饱睡足，得赶路了。她想。

她打个哈欠，边呻吟，边挣扎起身。"再见啦。"她回看一眼小屋和菜园，说道，"我在这儿过得很愉快，一定还会来的。"她想：我会的。我要和威尔同来，再来看这个曾救我一命的地方。感谢主。

她左手攥着余下的那根芜菁，沿窄滩趔趄前行。饥饿这种最直接的痛苦稍有缓解，对其他痛苦的感知就更强烈：腿脚处处在刺痛，肿胀的关节发出轻微摩擦声，肾周围感到种种阵痛，胸膛因为有痰而咯咯有声，寒气在侵袭赤裸的身体。不过，现在她至少觉得能忍受这些，可继续走路。恢复些体力至关重要，疼痛则全无所谓。

在乘独木舟过河时她曾回退几百码，因此走出半小时才看到对岸的灌丛。在彼处，她与盖特尔曾经打斗，后发现独木舟。往前又走出一小段，她看到自己曾蹲伏其下等盖特尔过去的低岸。

此处，新河继续蜿蜒流过群山。大山雄峻巍峨，令人赞叹，仿若世界之脊。不过，平整的滩地延伸出数英里，可以行走，但偶尔需爬过被风刮倒的大树和杂乱的漂流木。这些障碍耗费体力，身在其中又需全神贯注，但是，在走路的大多时候，她留意脚下的同时，每隔几分钟又会抬头望向对岸，寻找盖特尔的身影。她想：唉，经历了昨晚的一切之后，这真是匪夷所思，但如果看见老妇在对岸，那可让人高兴。

下午三点左右，太阳已落至高岭背后，山影爬上对面山坡，这时玛丽注意到了什么，其实她已看了几分钟却未留意：一群秃鹫，在前方河谷的一片楔形蓝天上盘旋，无声而优雅地朝河岸迂回下落。

死了什么动物。她想，同时记起在瀑布下从秃鹫群口中抢来的麝鼠残骸。真希望是在这侧河岸……

她转念想到盖特尔。

哎呀，但愿不是……

内心既惶恐又好奇，她朝秃鹫降落处走近，但浓密的灌丛挡住去路。她一头钻入，拼尽气力急急穿行，也顾不得冰冷的皮肤被树枝刮伤、抽痛。

她终于闯出灌丛，几乎隔河正对担心会见到的一幕。

在河畔一块平敞的岩架上，躺着一个灰白身形，是半裹旧毛毯的盖特尔。她摊开手足，侧身而卧，一动也不动，一条胳膊僵直地伸到头前，另一条无力地搭在腰上，好像是在石面上往前爬动最后一英寸时死去的。

秃鹫即将落上老妇的尸体；有一只则停于尸体上方几英尺高的秃枝，在注视她；其他秃鹫正朝她飞下，影子在毛毯上来回移动。玛丽瘫倒在地，心脏紧缩，满脸悲伤，发出一声声哀叫。透过泪眼，整个悲惨场景变得模糊不清。与当初看到印第安人手拿母亲的头皮走来时一样，她感到心肝俱碎。

玛丽祷告着：唉，上帝呀，我俩一起走了这么远。唉，尊敬的上帝，假如她规规矩矩，我俩仍会在一起，我可以让她活下去。我肯定做得到，好多个礼拜我都是这么做的。

无畏的老妇已走完多难的一生。玛丽抹去眼泪，望着令人心伤的最终一幕，想到抛石过河赶走秃鹫，至少能为她做到这点。

可这也徒劳无益。她几乎拿不起石块，连河心也抛不到；就算能抛到，也要不停驱赶饥饿的秃鹫，不让它们靠近老妇可怜的尸身。她又能在这儿待多久呢？她知道秃鹫有个特点：耐性没谁能比，胃口又最难满足。

唉，既然赶不走秃鹫，我想，就只能不去看。要是秃鹫吃我，我也不希望有人看。

那……盖特尔，老伙计……别了……我要走了……把你一人留这儿吧……

她望去最后一眼，起身上路，泪水顺鼻子淌下。她看到停在枝头的那只秃鹫半展双翼，正落向尸身，飞在空中的秃鹫有一只刚刚落上毛毯，在收拢翅膀。远远地只能看到它们光秃而丑陋的红脑袋。

"哈！"

整个场面顿时乱作一团：黑翅在扑扇；盖特尔的身躯猛然一动；老妇的叫嚷和当当的马铃声在河面上隐隐回荡。玛丽眨眨眼睛才看清这一切。

盖特尔正迅速爬起。她抓到一只秃鹫的腿，秃鹫狂拍翅膀，想要挣脱，翅羽纷纷掉落。"逮住你啦！逮住你啦！"盖特尔咯咯大笑。玛丽站在原地，惊得瞠目结舌，浑身抖动，随即回过神来，心头一阵喜悦，不由得大喊起来。

狡猾的老家伙竟饿得去伏击秃鹫！

玛丽平生从未如此高兴过，兴奋地手舞足蹈，又笑又叫，为盖特尔欢呼。这简直是她所见最神奇之事。尽管盖特尔袭击、伤害玛丽时所用的正是这种不择手段的诡诈心机，但玛丽仍为之喝彩，认定盖特尔是来自山外最了不起的疯女人。她的心已越过宽阔的河面，来到老妇身边。

伏击不太成功。双脚被毛毯所缠，盖特尔摔倒在地，秃鹫趁机挣脱，慌乱逃开，最后腾空飞起，经此一事定然已记取教训：再不要靠近裹毛毯的尸首。盖特尔衣不遮身，站在那里，俨如一具披着松垂外皮的骷髅，晃着拳头，仰望飞起的秃鹫，用德语不住声尖声叫骂。

然而，这一幕却让玛丽欣喜万分！

盖特尔俯身去捡毛毯，此时似乎觉察到附近有人，便直起身，讶异地环顾四周，愤怒与失望的情绪渐趋缓和，最终目光越过河面，看到玛丽正来回晃动身躯，向她挥手。

盖特尔举起双手，喊出玛丽的名字。声音隐隐传过河面。自己的名字相隔这么远传到耳畔，又在峰岭间回荡，听来殊为奇怪。

盖特尔在冬阳的照耀下浑身发白，背后是灰褐两色的辽阔冬景。她把毛毯扯到肩头，大声道："对不起啊！"

"嘿，"玛丽高声应道，"见到你真高兴！"

"对，对，我也是！玛——丽，你回来吧，好吗？"

"不行！"

"求你啦！回来吧！咱俩跟以前一样，还是朋友！"

"不！"

"还是跟你在一块儿好！求你啦，回来吧！"

玛丽摇着头："我在这边，你在那边！"

盖特尔将手窝起，罩在耳后："你说啥？"

"咱俩最好别在一块儿！"

远远地看不清表情，但是看姿态、手势和迟疑不决的样子，她知道老妇十分沮丧、满心懊悔。"对——不——起！"她拖长音调喊道，语气可怜。她停顿许久，再次朝玛丽伸出双臂，歪着头站在那儿。最后，她大声道："我不伤害你，我保证！我吃了段儿根茎！"

"好啊！我找到两根芜菁！"玛丽举起拿芜菁的手。

盖特尔沉默片刻："芜菁！哎呀，我想吃！"

"抱歉！"然而有一刻，玛丽渴望生出力气，把芜菁隔河扔给盖特尔。她对自己感到惊诧：昨晚的事发生后，竟还有这种念头。

她真希望能过河，来到盖特尔身边，给她芜菁，拥她入怀，让一切恢复到她发疯前的状态。她们曾彼此相伴，无论如何，那些日子都是美好的。此刻玛丽想起，两人沿壮美的俄亥俄河前行，沐浴着秋日暖阳，是何等惬意，仿佛在回首携挚友欢度宜人假期。

此时，河谷笼罩在阴影中，空气正再度变得峭寒，不走就会冻死。玛丽开始沿河岸前行。

"求——你——啦！"盖特尔哭叫起来，远远地在对岸单膝跪地，搓着双手，"我想和你在一起！"

"我过不去呀！"玛丽答道，"来，快点儿！咱俩走起来，好吗?"她想：只要能看到对方，也跟待在一处差不多。两人仍在一起，只是隔开一条河的安全距离。这很好。当然，她无毛毯可盖，而且在寒夜没有同伴睡在身侧，得不到对方的体温。不过，她也同样远离盖特尔夺命的疯癫：老妇一饿到不行，就会发狂、伤人。

"走吧。"她挥起手臂，再次喊道，"咱俩还在一起，亲爱的！"

最终，盖特尔脑袋低垂，沮丧地左右摇晃着，下巴贴胸，手抓紧身上湿漉漉的毛毯，步履沉重，沿对岸走起来。

两人以河相隔，用这种新的必要方式又来到一起，继续被昨晚惊魂时刻打断的溯河之行。

玛丽躺在厚厚的一堆树叶中，冻得浑身战栗，等待曙光照亮路途，以便起身前行。由于天冷，她彻夜无眠。与盖特尔同裹毛毯是暖的，而树叶却无温度可言，只能延缓体温散失，不至于让她静卧过漫漫长夜后冻死。

天空渐转为灰白。她拨开脑袋周围的树叶，尽力抬起上身环顾四周。天色也许足够明亮，已可以在满是乱石杂木的河岸行走。浓霜匝地，衬出道路和障碍，此时看清这些并不难。

起身时，寒气如刀剑般逼向裸肤。她饥不可堪。昨天的两根芜菁让她暂时吃饱，但也再次让胃产生期待。

她在哆嗦，越过雾气氤氲的河面，望向朦朦胧胧、霜华遍地的对岸，想看清盖特尔躺在何处。她有毛毯，一定睡得很香，也许还在酣眠。玛丽呼唤老妇的名字，哈气凝成冷雾。她一遍遍呼喊，不希望老妇消失在视野外，但同时也明白，若老妇迟迟不醒，自己无法在严寒中久等。

"欸！"盖特尔的答语从对岸传来，虽是一声抱怨，却让玛丽面露开心而深情的笑意。

玛丽在抖，用前臂上下揉搓着胸部的鸡皮疙瘩，兴奋地大声回道："懒虫，快收拾起老骨头！"有一分多钟没听见答话。她又喊道："亲爱的，要跟我一块儿走，就起来！"她试图并拢大腿来取暖，可腿实在太瘦，只有膝盖碰到一起。在等对岸的动静时，她想起要在纱绳上再打一个结。如今，这条绳子不仅是唯一的穿戴，也是唯一的所有，更是她的历史。猛然一阵咳嗽让她痛苦不已，涕流如泉涌。手指肿胀，且不停哆嗦，打结时几乎无法动弹，也不受控制。

在这个无眠之夜，她已估算清楚：根据计数和对地形的印象，可以肯定，离家仅剩三十多英里。她一点也不情愿浪费白天的分毫光阴，干等盖特尔睡醒。但是，既然生拉硬拽，又是催促又是胁迫，已让脾气乖戾的老妇走出七百多英里，在即将得救之际，玛丽决意不抛弃她。

她俩沿幽暗而荒蛮的河谷前行，匍匐、攀爬，脚步踉跄，中间是翻腾的灰色河水，在一天大部分时间里，能够望见彼此。对岸的盖特尔身在岚烟笼罩的大山脚下，似昆虫般渺不足道。见到此景，玛丽顿觉身处无情的茫茫荒野，自身何其弱小。

她想：我们不过是两只虫子而已。哎呀，天地多么辽阔，而我们又何等柔弱！哎呀，我俩在世界上已爬行太远！十成百，百成千，千成万。是的，主在俯视我们所有人，这毫不奇怪，恐怕主一直都在这么做。

为保持联系，也为振作精神，她俩常隔河互唤。玛丽唱起歌，盖特尔则哼着"嗒嗒，嗒，嗒，嗒，嗒……"。她们再也不怕被印第安人听见。玛丽冷冷一笑，心想：就算遇到肖尼人，盖特尔也定会要他的命，再生吞了他。

每到歇脚处，盖特尔总来水边蹲下，毛毯罩头，缩在那里，哀求玛丽再次陪她。她向玛丽表达愧疚，不断许诺要痛改前非，恳请原谅，乞求再续旧情，但河水哗哗奔流，林中风声渐起，她的诺言玛丽几乎都听不见。玛丽似乎也无法让老妇明白，即使自己愿意，也不能重新渡河。玛丽跟她大声提到独木舟，提到沉船，可盖特尔似乎一个词都听不懂。她也许不认识"独木舟"这个词，也许没听见玛丽的话，也许依然或再次处于先前常有的精神状态，此时除去自己的哀诉，她听不见任何话语。

天下起雨来，后转成冻雨，刺痛皮肤，驱赶两人往前走，也让她们愈加悲伤。

但是，我俩声似女巫的哀号将回荡在这魔鬼般的河谷，多代不绝。玛丽暗忖。

第 27 章

威尔·英格斯、约翰尼·德雷珀和甘德·杰克无精打采，在冷雨中乘马前行，雨水从垂下的帽檐滴落。每人都身披鹿皮斗篷，步枪横在腰前，鹿皮淋得又湿又黏，但他们在斗篷下穿着气味浓烈的毛料衣服，并不觉冷。

三人心情怅然。他们跋涉数周，远赴田纳西和佐治亚，来到切罗基人的地盘，却似乎虚掷了工夫和花费。蛇杖并未给他们信任感。他非但不愿将赎礼带给肖尼人，末了还告诉他们，他可能要到来春才去俄亥俄，而不是今秋就去。对蛇杖的蛮横无礼，约翰尼早憋下一肚子气。蛇杖如此一说，约翰尼简直忍无可忍，于是怒形于色，两眼冒火，要蛇杖归还赎礼："这些东西决不给你！还想坐在你的破棚子里美上一冬，妄想！"但威尔最终让约翰尼冷静下来，没有闹到不可收拾，否则恐出人命。最终，首领耸耸肩，只说道："蛇杖可能现在就去，也可能现在不去。蛇杖活着可不是为讨好英国厮。"

从切罗基人的地界返回，走得提心吊胆。一路上，甘德·杰克发誓有上百次，说他用眼角余光瞅见过印第安人，可从没看清。

三人败兴而归，走在回弗吉尼亚的路上。秋去冬来，周围一片灰暗。在阴郁而迷蒙的群山之间，他们走过无数条石溪，遇到田纳西河[①]，沿河又经诺利查基与沃托加两河[②]，最后翻越一道高山，到达新河源[③]。新河与别的河完全反向，从此北去再朝东流往德雷珀草地和英格斯渡口。

随后几天，他们将循新河而下，主要走这条河谷，到达各处定居点。行程即将结束。这一趟也许徒劳无功，他们都在为此而沮丧不已，可谁也没对别人说。

甘德·杰克走在约二十英尺远的前方，坐于鞍上耷拉着脑袋，让人以为在睡觉，但威尔和他同行已有数周之久，知道他低垂目光，是在察看每一英寸地面，寻找印第安人走过的迹象。约翰尼殿后，牵着已负重不多的驮马。马匹皮毛乌黑，因雨淋而闪光。

威尔和约翰尼也已练就一双锐眼。他们眼皮半闭，在时刻留意身前、身边和身后的小径和山坡，看有无风吹草动、怪影异声、鸟惊兽散，这些都可能说明印第安人就在附近。

但两人同时都在惦念各自的女人。他们知道，有可能再也见不到妻子，在努力为此做思想准备。在去往切罗基人地界的途中，他们曾对玛丽和贝蒂抱有希望。倘若赎人谈判在入冬前开始，就大有希望找到女人和孩子，把他们身心无恙地带回。然而见过蛇杖后，两人觉得，待到入冬，一是路上太冷，二是印第安人的生活会毁掉他们。威尔在胡思乱想，内心始终懊恼不已。在他看来，年轻妻子的身体只属于自己，神圣不可侵犯，如今却任由蛮人摆布，而这些人不会尊重妻子的身体，也不会尊重他对妻子身体所独有的神圣权利。的确，他听说过印第安人不凌辱女俘，但认为此说不可信。这些人赤身裸体，放纵肉欲，过着异教徒的野性生活，且逞凶肆虐，竟撺出婴儿脑浆、割下老妇头皮，定然不会克制自己，去尊重年轻女子诱人的身体。

威尔反复在想：唉，遇到这种诱惑，怕是连白人男子也把持不住，

---

① 田纳西河，发源于田纳西州东部，长 1 000 余公里，是俄亥俄河的最大支流。
② 诺利查基河与沃托加河，皆发源于北卡罗来纳州西北的蓝岭山区，前者长约 240 公里，后者长 120 多公里。
③ 新河源，在北卡罗来纳州西北的蓝岭山区。

会将道义抛之脑后，更何况异教徒呢。

尽管他竭力不去胡思乱想，可路上时间漫长，除却骑马和想事儿，别无可做，不堪入目的画面一次次重现脑际。

他想到一座议事棚，就像蛇杖那座，自己容貌秀美、身体绵柔的玛丽总在里面。她不着片缕，四肢摊开，被绑于放倒的木桩上，身下是一张野牛皮。在摇曳的火光中，她紧咬嘴唇，左右晃头，红褐色的头发披散开，娇贵的双乳布满咬痕，红红的，在淌血。印第安人个个赤身，遍体油光，流着口水，醉态蒙眬，全都貌似蛇杖。他们一个接一个，跪在她纤瘦而雪白的大腿之间，随后猛压上去，将黑硬肮脏、无比亵渎圣洁的淫物捅进她神圣的私处，尖声淫叫着，将异教徒的精种泻到她体内。而她在呼唤威尔或上帝。除去侮辱过她或等待侮辱她的蛮人，没有谁听见她的喊叫……

有时更糟的是，他会想到玛丽的表情由痛苦变成享受，听见她的喊叫转为呻吟，她开始抬起、扭动屁股，和他记得的姿势一样……

每当想到其细节令他悲哀和憎恶的这些画面，内心就会怒火升腾，之后又因感到冰冷和懊丧而紧缩，反感与仇恨的阴影令他情绪黯然。他不想看到甘德·杰克，也不想与之交谈，甚至不愿和妻兄说话。有时，他一连几小时都心情愤懑，翻来覆去地想这一幕令自己厌恶，却又不知何故让他着魔的场景。最后，他再也想不下去，于是深吸一口气，将这场梦魇从心内挤出。

威尔回头时，常看到约翰尼——脾气暴躁的约翰尼同样怒气冲冲，嘴巴紧绷，双唇抻得发白。威尔推测，约翰尼和他心思相同，也在这样想贝蒂。

为找回玛丽，威尔正竭尽所能，甘冒生命危险，但他却不清楚，重逢时，自己会否首先想到这幕淫猥画面；若真想到，自己能否足够宽容大度，拥她入怀。

三人来到岔路口，要在两条路中做出选择。一条是陆路，沿蓝岭山麓通往他们在德雷珀草地被毁的定居点，七月的袭击发生后那里已做了些复建；另一条路将横穿新河，通往登卡尔滩地的小堡垒，在收完庄稼后的初秋，本地的多数乡邻已聚到彼处避险。

"你看呢，妹夫？"约翰尼从滴水的帽檐下疲惫地望着威尔，问道。长途跋涉却显然无功而返，为此两人都失望至极，似乎觉得没什么值得一做，没什么选择值得多花心思。"想回草地，花几天工夫修屋顶吗？"

威尔仰头望望仍在落雨的天空。"天都回答你啦。"他说，"这天气不能修屋顶，要是下雪就更不行。"

约翰尼耸耸肩："那就去登卡尔滩地，杰克。"

"好嘞。"威尔说，"我也想顺道去瞧瞧渡口。"

向导点点头，面露宽慰。他们已出门太久，他想改睡在围桩里，太久没闭眼痛快睡过了。去登卡尔滩地要用三四天。到了地方，他会拿威尔和约翰尼给的酬劳买壶酒来喝，会脱掉莫卡辛鞋，躺在真正的床上酣睡。

第 28 章

早晨天色晦暗，冻雨潇潇。两人抵达之处玛丽清晰记得，河水在此变窄，似乎径直切穿高山硬石。她们小心走在两岸的崖底，频频隔河相望，看对方已到何处。"你还好吧？"玛丽喊道。喊声高出河水过石的呢喃，于峭壁间回荡，仿佛在大屋中呼喊。玛丽常隐约听到盖特尔脖铃的叮当声，铃声再度变得悦耳。

崖底有些路段河岸消失，她们只得踏进冰冷的逆流，用冻僵的双脚在水底探路，同时用冻得生疼的手指抠住石缝。盖特尔边走边惊恐地哀叫，但最终还是走了过去。每遇这种障碍，她就止步不前，似乎害怕涉水，但看到玛丽在往前走，她也就放胆下水。荒野孤眠一夜让她明白，最糟的事莫过于失去玛丽。

玛丽觉得，她们已在这座巍巍山脉中跋涉多周，现今必置身山脉主脊。她敢肯定，危耸于头顶的一些雄峰在德雷珀草地的高处曾望见过，当时看上去皆紫雾迷漫、巍峨壮观。在河湾处，她偶尔能瞥见前方六七英里远的一座平顶大山。母亲在跟孩子们念起"十成百，百成千，千成万"时，曾遥指西山，其中必有这座。

母亲，孩子们。在记忆中，他们似乎模糊不清，仿佛相识于前世。这一世自出生以来，似乎都在迷宫般河水咆哮的峡谷中溯河而上：摩霄凌云的蓝灰色峭壁，绿水，狂风，洞穴，枯叶，高高盘旋于头顶的秃鹫和鹰隼，猎取不到的潜伏野兽，阻挡去路的支流和落石，严寒，双脚所受的一次次无情摧残，对盖特尔无休无止的哄骗、劝慰和迁就，加之饥饿。漫长无尽的峡谷让头脑时而清醒，时而混沌，仅剩断断续续的直觉和梦魇。如此的一生，她似乎从不知晓母亲怀抱的温暖和哺育，而是如一粒蛙籽，被产弃在泥塘，或如河滩的一枚龟卵，终生只认爬行与冷血。

尽管大多记忆朦胧而遥远，但有一种却依旧清晰，那是体壮多毛的威尔·英格斯带给她的温暖。这种记忆犹如每条暗谷末端召唤她的橙红炉火，犹如炼狱尽头光泽闪烁的赏赐。在幻想中，天堂门口圣彼得① 浓髭密髯的脸泛着红晕，恍若小屋门前威尔·英格斯长满胡须的面孔。

心里想着那团暖光，她就能够在冰冷的岩石上拖动一只血淋淋、冻得发紫的脚，将其挪到另一只前面，然后再拖、再挪。

下午，玛丽在朝东北走向平顶大山。此前，她路过一座河中矮岛，有一阵没看见盖特尔。老妇正沿对岸崖底往前挪动，被岛上无叶的灌丛所遮。这时盖特尔出现在岛屿前方，腰弯得太厉害，看上去几乎匍匐于地，但还是抬起一只手，挥了挥。马铃叮当一响，两人继续前行。

一道弧形陡崖壁面光滑，耸起三百英尺。河流像一枚马蹄铁，沿崖底右转。当她爬进陡崖下的河湾时，越来越多的崖壁展现眼前，看似可能会逶迤延伸一英里有余，其间只有落溪切入崖壁而形成的陡直凹槽。这种崖壁她已懂得畏惧，因为此处未必有凸岩可抓扶，未必有浅底可涉水。

在对岸河湾内侧，坡地较缓，还有一片冲积河滩。盖特尔绕河湾的路会好走得多。玛丽想：换作我，就翻山过湾。上帝啊，真希望我在那

---

① 圣彼得，耶稣的十二门徒之首，被倒钉于十字架而殉教，后被尊为天主教会的首任教皇。据《圣经》载，耶稣将天堂的钥匙交由他掌管。

边。我会这么做，我会的。"盖特尔！"她喊着，抬起双手，拢在嘴边，"盖特尔！"老妇望过来。玛丽指向一条似乎可去山顶的平缓冲沟。"翻过去！"玛丽大喊，"走那边，翻过去！"

老妇望了望冲沟，又回看玛丽。玛丽指指自己，用手臂圈个弧形，表示自己要从河湾外侧绕过，又指指盖特尔，随后指向冲沟。盖特尔把肩一耸，点点头，拐进沟内。

玛丽走出几百英尺，一直在跟循的窄岩架逐渐消失。哎呀，又要入河。她想着，踏进深及大腿的水中，抠住参错的崖面。实际上，河水并不比空气冷多少，却似乎冲去皮肤产生的些许热量。浑身不由得一阵阵抽搐。

她踩着河底凹凸不平的岩石，继续前行。河水有时淹到膝盖，有时没至肋骨。她不时感到眩晕，便紧贴崖壁。视线变模糊，她仰望深蓝色弧形峭壁之上灰蒙蒙的弧形天空，恍若躺浮在石桥下。悬崖时而像一面黑幕，时而纹理清晰，一片明亮。有时迈出一步如过一小时。

最后来到歇脚处，是山泉在石壁上冲刷出的凹洞。她从河里爬出，缩成一团，皮肤又湿又冷，白如鱼肚。然而，在冬日的寒气中，落泉水花洒到身上感觉比泡在河里还冷。她蜷缩着，眯起双眼，在剧烈战栗，努力想喘过气来。每吸一口都要大喘一次；心脏似乎并非在跳，而是在抖。

透过淅沥沥的落水声，她听见一个声音，便环顾四周，又望过河面。在河湾内的山顶附近，距此有四分之一英里，离河面有两三百英尺高，盖特尔已成灰白微斑，正朝她挥手。见老妇爬了上去，真是令人欣慰。

此时，玛丽能顺河湾东侧望出去。也许沿崖底再走半英里，坡度才放缓；再往前，河流向左急转。在那处河湾，河边峭壁是在盖特尔一侧。玛丽想：她最好走山上。要是径直下山，会迎面遇到这种崖壁。她想大声提醒盖特尔。喉咙发出半低哑半尖厉的声音，一阵生疼，随即泪水刺痛双眼。多日来，赤条条暴露于十一月末的风霜，致身体受寒，嗓子已失声。

她疲惫地挥挥手，示意盖特尔仍走山顶。老妇是否明白，无从知晓。玛丽挺起身躯，摸索着湿岩裂隙，重新踏入崖底的河中，继续逆流而上。

黄昏时，感觉脚下坡度在上升，踩到了沙粒，不久即来到灌木丛生的平缓沙滩上。滩地宽五十到一百英尺，通往下个河湾。对岸，一座遍布肋骨般槽纹的危崖突立河中，耸起五百英尺。盖特尔应该正穿过崖顶边沿，除非她犯了糊涂，已下到河边。玛丽双膝跪地，两臂抱胸，牙齿咯咯打战，前前后后、上上下下地察看这座巍巍绝壁，想看到驼背老妇的身影。

一无所见。她在崖顶，或已跌倒，或已寻到窝身处。此时天色太暗。

我也得找个地方，不然会冻死。

她爬向山脚。一条窄溪出谷注河。她朝左拐进溪谷，在一块巨石和一株倒木之间发现一处凹坑，里面满是风刮来的枯叶，便深钻进去，边颤抖边无声喘息，感到寒气逐渐逼近跳得忽快忽慢的心脏。她躺在那里，几乎是无所在乎地想，不等自己再见天光，心脏就可能越跳越慢，因寒冷而冻结，最终停止搏动。

一个细长如发的声音旋绕着潜入混沌而痛苦的意识，持续了许久她才有所注意，听出是人声。是长长的高声哀叫，一遍遍从远处传来，与回音相应和。

接着，她还听到身旁小溪悦耳的潺潺声，溪水正流过岩石汇入低吟的新河；感到寒气袭身，遍体麻木；知道自己竟没死，也听出盖特尔的声音，从某处顺峡谷传来，在呼唤自己。她睁开眼，看到灰蒙蒙的点点日光从遮在脸上的枯叶间透下。

约莫已过十分钟，她总算能克服因寒冷所致的麻痹，挪动手脚，从枯叶中坐起。空气更冷，河面水汽腾腾，以对岸的深蓝色峭壁为背景，升起缕缕薄雾。边缘参差的彤云在缓缓飘过山顶，看上去雪意深沉。今早，因眼皮浮肿有脓，玛丽视觉模糊。盖特尔的叫声渐微，此刻已听不到。

巨石上有苔藓，已冻死，变成带绿的暗棕色。她用破损的指甲抓到手里一些，吃起来。苔藓一半是土，塞了牙缝，但她仍不停去抓、去吃，最后误以为肚里已有含营养的东西。这种错觉带来些许暖意。她知道血液正流向四肢，原因是麻木感在消散，阵阵疼痛从周身传来。

有疼痛，说明还活着。她想。

她难以思考，可还是在专心盘算：可能再走峡谷十英里，就会看到离家第一天歇脚的火药泉。之后，我就离河东去，一两天就能到达通往德雷珀草地的沉溪。

她想：都这么近了！离家已不过十五到二十英里！啊，威尔！啊，亲爱的威尔！等我，亲爱的！再过两天，我就能在你身边取暖，你这个大火炉般的男人！

想到此处，她感到欢欣。想法实在亲切、让人着迷。她向后仰头，两眼盈泪，想纵声大笑。然而，喉咙里却发不出声音，只有一声喘息，而这一声又旋即退回，变成一阵撕心裂肺的咳嗽，咳出大口的棕黄色浓痰。

只还有十五英里！我敢肯定，我已走过差不多八百英里。只要腿还在，就算断了，我也能再走十五英里。起来，快！

走出四分之一英里，河流向左急转。刚绕过河湾，滩地即消失不见。她再次沿一道高约两三百英尺、近乎垂直的绝壁往前蹭，两手交替，抓住树根、抠住石隙、扶住灌丛，脚下几英尺就是河水。绝壁似乎向东延伸出一英里，在平顶大山的山肩下南转。长久以来，大山都远远可见。

大多时候，她只听见喉咙咯咯有声，是嘶哑的呼吸声，还有脚下河水在哗啦啦流淌，但有时感觉又听到远远传来的哀号。大多时候，她只看见陡崖上的下一条树根、下一处抓点，但有时会紧贴悬崖，扭头去察看峡谷对岸的崖壁，前前后后、上上下下地寻找声音来源。

玛丽心想：我知道她还活着，但不知能否再见到她。

这地方实在太大，而我们太小。

两小时后，终于走过这道绝壁，又开始往南挪动。峡谷在此拐出个长长的缓弯。能看到大概两英里远下一个向东的河湾。这段路大多是崖底窄岸，因此可像人一样行走，而不必再像蜘蛛般贴壁。双手得以腾出，但凡能嚼的小块东西都拿起放进嘴里，只要咽得下什么都吃：白色细根；漂流木的小块内皮，冬芽；芦苇芯；一块臭乎乎、半冻结的碎鱼，不知是什么动物吃剩留在了水边；一个灰白色小球，又凉又软，可能是龟卵、鱼眼或是什么，管它呢。如今的任务是继续前行，走下区区的十二到十四英里，她和曾经的盖特尔一样，已饥不择食。上午十点左右，她蹲下来，满身鸡皮疙瘩，吃力地排出一小团硬便。她扭头细瞧，看其中有无没消化的东西可吃。

她感到作呕，身体猛地一阵剧烈颤动，心想：不，万万不可，我决不能沦落到这般地步，还是先躺下诱捕秃鹫吧。

可是，我确实到了这般地步，可以考虑这么做。上帝，宽恕我吧。想到此，她感到既恶心，又吃惊。

"欸——"

盖特尔的喊声异常响亮，顺河谷传来，仿佛她只有几英尺远。玛丽一惊，举目寻视曲折的对岸，虽两眼迷蒙，可几乎立即就发现了她：河的正对岸是一座岩石嶙峋的圆丘，老妇站在约一百英尺高的山坡上，全身青灰，颜色与板岩无异，但她在一个劲儿地挥手，在大声喊叫，嗓音粗哑，因此不难发现。熬过孤单一夜后，老妇的出现令人振奋。玛丽回以招手，还想回应她的呼喊，却仍发不出声音。

此刻，盖特尔在喊别的话，玛丽一时听不清，将手罩在耳后。盖特尔则双手拢到嘴边，大喊道：

"过不去！过不去！"她向右边坡下指去，手指在使劲点戳。玛丽望向坡下，明白了她的意思：在圆丘脚下出现一个泻水入河的溪口。溪流不宽，据玛丽估算仅有五十英尺，但两岸陡削，可能溪水颇深，这重障碍盖特尔实难逾越。漫漫归途中，此等障碍不知让她们走过多少冤枉路。

玛丽只能摇摇头。"绕过去。"她弱声道，想把话传给远处的盖特尔，于是指向溪谷，再将手兜回。"绕过去。"她再次弱声说，同时在想：主啊，她一定懂了我的意思。

盖特尔的确已懂。她转身俯视挡路的小溪，弯腰攥拳，狠捶大腿，如此耍起性子，嘴里骂着德语，也不知在骂什么，咒骂声在空谷回荡。显然还不解气，她又蹲坐在坡上，捡起石片，顺山坡掷向小溪。

玛丽想：还是省省力气吧，你是唬不住小溪的。

盖特尔似乎已领会玛丽的心思，不再扔石片，下巴猛磕到双拳上，垂头丧气地蹲坐在原地，晃动着身躯，俯瞰溪谷。玛丽朝她挥手，却无法引起她的注意。显然，盖特尔在跟无情的自然赌气，再次忘却了玛丽。

唉，真拿她没办法。玛丽心想，但愿她别呆坐太久，否则就走不动了。我呢，还得继续赶路。

河岸绕山左转，她顺狭岸蹒跚而行。沿河的最新景致在眼前展现，她的心一沉。

河谷峭崖夹峙，径直穿山而过，一直往东延伸出至少两英里，才再度转弯。一股更冷的风愈刮愈大，开始在山坡高处的秃木间嗡嗡作响，风带雪意，着实凛冽。

请赐我力量吧。她祷告着，在一块松脆的岩架上走得歪歪斜斜，脚下数英寸就是青灰色河水。请赐我力量，我要再做崖壁蜘蛛。

玛丽循崖前行，时常回望对岸溪口边的圆丘，那是最后看到盖特尔之处，始终都望得见。最初三四回，她尚能看到盖特尔低头蜷坐，在偌大的河谷中只是一点微斑。走出约半英里回头再看，仍见山丘，却不知盖特尔是否还在。即使在，她也已成为河谷这座永恒巨塑的又一粒灰色微尘。浮肿的双眼在灼痛淌泪，看到的东西模糊走样。玛丽不住地眨眼，想看得真切。

她想：要是眼瞎了，我非死在这道崖壁处不可。她用力合上眼皮，感到热泪流到鼻子上冷却下来，感到凉涕流到唇上，于是再次睁眼，探出右手在石壁上摸寻，摸到一处裂缝。她低头看到一小片右脚可及的凸岩，便一脚踏上去踩稳，大腿在狂抖，继而将左脚与右脚收并一处。八百英里后，又走出十八英寸。她伸出右手，去摸下一处抓点。

此时，只见一片雪花落到胳膊上，她感到一丝凉意。随后，有更多雪花落下，将丝丝凉意带给双肩、后背、大腿和脸庞。

雪花越飘越多。

就这样一味走下去，也不知已过多久，脱皮的手指和两脚在岩石的雪尘上留下点点殷红。玛丽走完崖壁，不意踏上一道大河湾旁的缓坡。

恍惚中，她离开留有薄薄白色雪痕的陡峭蓝崖，回头望去，意识到自己竟已走过。虽神思昏沉，却意念集中，她沿垂直崖壁，一点点往前挪，走过这两英里，此刻崖壁已在身后。

她跣足裸身，头晕目眩，沿宽阔而曲折的河滩跟跄南行。滩地似乎由两条小溪冲积而成。入河的溪水各宽十英尺许，来自一座锥崖的两侧，相距约三百英尺。两道溪水深仅及膝，她蹚过时视若无物，而后继续沿这段好走的河滩前行。看来又是一个马掌状的大河湾，大概有两英里长，不过她在内侧河岸，经年泥沙淤积成一片坡缓林茂的开阔滩地。河对面则是弯曲的陡岸，直直向上，高四五百英尺，河水切入崖底，显然彼处无法通行。尽管思想麻木，可玛丽还是明白，自己身在这边实属幸运。她在心里说：感谢上帝。

她又想：但愿前方不会遇到这种悬崖。

不出一小时，看似情状不妙。

她已走完河湾西侧，在沿东面前行，透过雪幕，忽见河水在前方又拐急弯。脚下的阔滩看似渐行渐窄，在数百英尺外遽然消失，再次现出一道直落水畔的弯折石壁。

此刻，神疲体倦已至极点，她再也想不出逾越阻碍的办法。回退两英里，绕过马掌形河湾，另寻缓坡翻越——这个主意断不可接受。已走过漫漫长路，决不能回返。她拥有多少步伐、多少心跳，仿佛已命中注定，恰好够回德雷珀草地，再也不多；即使回退一千步，多耗一千下心跳，也会让归途少一千步和一千下心跳，也会让她死在离家一千步、一千下心跳的路上。

她体衰力竭，根本爬不动山，只能径直挪向崖底，按经常的走法，像蜘蛛般贴壁通过或在崖下涉水。

若都做不到，就只有送命。

崖壁被河水冲得溜滑，无处落脚。

发肤全被雪花打得又湿又黏。玛丽已听天由命，身心麻木，踏进崖底的河中，双脚流出的血染红了河水。河底尽是散乱的碎石和卵石，以及沙粒和淤泥。她紧贴冰冷崖壁，迎着水流奋力向前。悬崖在上方探出，似乎顶着灰暗的天空摇摇欲坠。雪花飞旋而下，消失于灰蒙蒙的水中。河水升到腰间、肋骨处、胸部和肩头。

水流要从身下掀起双脚，将她拽倒，拖入其寒冷而轻柔的终极怀抱。她用指甲拼命抠住崖壁，试图用脚趾抓牢河底，然而脚趾却僵硬如木。她待在原地不敢动，也不知已过多久，寒气再度侵入体内，向心头的微火袭来。

她想到威尔。

她将右脚前移几英寸，挺直身躯，随后收上左脚，接着再迈右脚。

河底在徐徐抬升。肩膀露出水面；又挪出三步，水降到胸下；再稍稍往前，水退至腰间。上身满是鸡皮疙瘩，雪花落上皮肤，带来丝丝寒意，随即融化。而这时她望见崖下有一小块沙滩，再走几步就将出水。

还在河里时，暮色已降。此刻，她正好走到河曲的急弯处，于是站在狭岸上，背倚悬崖，朝河湾两边望去。河流绕过一长条宽仅百码的崎岖地带，几乎对折。此刻，她开始沿窄滩东侧前行，嘴里气喘吁吁，浑身剧烈抖动，脆弱的身体仿佛要散架。她感到眩晕。左侧山峰似在空中打旋，嘶嘶作响的一片白光涌过脑海。

她趴在雪地上。暮色愈浓。她将四肢撑在身下，缓缓起来。白光再度冲过脑海。又过许久她才蓄足力量重新站起，这次没倒下。

她毫无意识地挪动着。尚有些许光亮，在雪花纷飞的迷蒙暮色中，她一步步往前蹭，只感到骨白疼痛不已，只感到痛苦之余离家越来越近。她思维混沌，估算不出今天已走多远或余下多远没走。她甚至想不起找地方歇脚。更为容易的，是不停地把一只血糊糊、硬邦邦的肿脚拖到另一只前，同时"呼噜噜"地吸进一口口寒气，眼望峡谷随每次心跳在颤动。

她如此蹒跚而行，峡谷慢慢左转。河滩再次变窄、变陡，灌丛和小树几乎长到河边。她穿行其中，绊到树根，摔在雪地上。站起时，她想到啃下些叶苞，用牙碾碎。一颗后齿自牙床脱落，她将其和散发木头味的碎芽苞一起吞下，继续跟跄着穿过灌丛，险些迎面撞上水畔的一根灰色巨石柱，起初还以为是一株大山毛榉的树干，用手去摸方知是岩石，是脆石构成的柱子，直接阻绝了去路。她背靠石柱，呼呼喘气，想弄清状况。这似乎是自然开的玩笑：自然所创的其他一切阻碍都已见识，都已跨越，而此处却始料未及。

绝对不行。绝对不行，什么也别想挡路。眼看就到家了，我几乎已耗尽生命。时间不多了，不能再耽搁。是的，求求你，不能再耽搁。她默想着，仿佛在向上帝诉苦。

她想绕到左边，却发现一面近乎垂直的山坡，满坡白雪、岩石和树根。她转身想绕至右侧，不料踩到雪和泥，脚下一滑，栽到树干和灌丛中，又滚落近岸的水里，大腿被没，一只手臂钩住一条糙皮树枝，以此让自己站立。

她喘着气，坚持片刻，水流在双腿周围猛力打转。

因为离开灌丛到了近岸的水中，她能看清障碍的模样。

河面开阔，流水黑汪汪。矗立眼前的是一座悬崖，一座由风化石轴构成、布满道道沟槽的巨崖。崖壁兀立河边，乍看是一排边缘粗糙的灰色石柱，耸峙于头顶，概有三百英尺，柱顶高高俯视着河水，在飞旋的雪花中依稀难辨。

她在思索，在竭力集中散乱的心神，专注地想这道阻碍是怎么回事，能否设法绕过。究竟怎么回事呢？她想。似曾相识，却又生疏，令她不安……

随后，她认了出来。

记忆蓦地重回脑海：那是被掳后惊心的第一晚，她和贝蒂、汤米、乔吉、亨利·莱纳德被肖尼人带上崖巅，被赶到一根峻拔的石柱顶端过夜。

她仰望高高的崖顶，内心惊叹道：啊，上帝，我们到过那儿！在那儿，我们摸黑给可怜的贝蒂做过夹板来支撑伤臂！在那儿，我们紧挨着睡觉，生怕坠崖落河……

内心麻痹太久，她几乎已忘记情感体验为何物；往事、欢欣、遗恨、恐惧，以及庆幸与绝望交织的悲喜，种种思绪纷乱地涌入心中。

溯河之行已到尽头。翻过这道悬崖就是火药泉，然后沿沉溪经陆路可去德雷珀草地。在沉溪，他们曾遇见新河，开始沿河而下，直到俄亥俄河，而后回返。这段人生苦旅难以想象，夺走了三个子女和嫂子，全然夺去安适的生活……

而今这段苦旅还要夺去她的命，以此了结一切。

在她和威尔之间耸立着这道冷冰冰的绝壁。

历经六周艰苦跋涉，穿越人迹罕至的荒野，离家仅剩一天路程，竟被阻隔于此，这将是个糟糕透顶的玩笑。她觉得，上帝定然不会让行程就此结束，因为她和家人始终笃信上帝。

她从河边的水里挣扎而出，感到愤怒，决心又回，在原以为气力不存之处重燃力量。

我从无数崖底蹚过，没什么不曾见识。她想。

她在地上发现一株枯死的小树，长约八九英尺的一截，把它带回河边。她抓住灌木，再次踏入崖边的河水，用木杆探测水深。杆子触不到底，突然就脱手而去。

仿佛有条大鱼隐在水中，从手里叼走木杆，带到水底，消失得无影无踪。她紧抓灌木，迷惑不解。

稍后，在几英尺远的下游，木杆突现水面，如一条跃动的鱼，之后飘走。

玛丽恍悟：崖底有强大的漩涡，其成因显然是水太深；再者，河水在崖底折回。

遇到这股危险的暗流，无凸石或岩架借以过崖，她一筹莫展。

此时天色已暗。在一片漆黑中，只有白雪映亮眼前的景象。她浑身是水，感到从未有过的寒冷。今天，在峡谷中大概已走八到十英里，大多是贴壁挪动，或是蹚过冰冷的激流，令她神疲力倦。此刻，力量尽失，别无所依。一整天，只要想到跋涉已近终点，她就欢欣鼓舞，而此刻，面对无可攀越的崖壁，那股意气也已无影无踪。

仿佛脊骨已塌，她不再对抗想放弃的强烈意愿，一出溜滑倒，在雪地上稍坐，默默凝视白雪映衬下树木的黑色轮廓，嘴巴大张，万念俱灰，甚至无心去责怪上帝。几分钟后，她朝左侧躺倒，蜷作一团，两手夹在瘦骨伶仃的大腿之间。雪花纷纷扬扬，飘落身上，心渐跳渐弱。梦里，她听到断断续续的嘈杂人语，声音低沉而悲凄，仿佛来自时间走廊；时而还听到一个男子的嗓音，声音熟悉，几乎可辨，高过低沉的杂语，而后隐没其中。

午夜后，乌云飞散，雪霁月出。在银装素裹的群山间，黑崖默然危立。

第 29 章

　　她知道，自己本会死于漫漫长夜，然而东天却现灰白。她在看，而且在看到。雪色淡蓝；最后一颗星已消逝；一片晓月低悬于西侧彼岸，在渐隐的夜空显得单薄而通透；河面雾气升腾。玛丽哆嗦不止，感觉胳膊和双腿无法动弹。

　　东天渐变为温暖的桃红。玛丽听到微微一声碰撞，睁大眼睛，见一只白胸小黑鸟，停于脸上方几英寸高的细枝上，在晃来晃去，正瞧着她。玛丽真想抓鸟到手，怎奈抬不起胳膊。小鸟猛地飞去，雪尘从抖动的枝条上簌簌洒落。

　　它们是怎么活下来的？玛丽感到纳闷。

　　她一直有所见而无所想，而此刻却在思考。她想知道冬鸟何以活命，同时也注意到自己原会死去但仍活着。

　　她记起母亲曾讲过的话。那是一个周日早晨，在餐桌前，依惯例每人都要像牧师似的谈点什么，因为真正的牧师很少过蓝岭来德雷珀草地。母亲喜气洋洋，容光焕发，用爱尔兰土腔说道：

　　"只要一早仁慈的主让你睁眼，这天他就有事给你做。"

　　做什么呢？玛丽在想。此间是冰冷的河流，崖底河面水急浪涌。她记起昨晚河水从手中卷走探路杆的那股力道。即使在朝曦中，头顶的悬崖亦如夜晚时令人望而却步，似乎不可逾越；拂晓，寒气袭身，悬崖在晨光的映衬下现出黑色轮廓，俨如故事书里城堡的墙壁、雉堞和垛口。

她想：主有什么事给我做呢？

她仰望天空下这道绝壁，再次回想起近五个月前俘虏们在此度过的夜晚，那个痛苦而揪心的夜晚，而此后又经历上百个更痛苦、更揪心的夜晚，使得那晚相形见绌。她回想起从高崖边下望地面的情形：夏木森森，一片暗绿；谷底幽深，河雾弥漫；山峦东去，消失在德雷珀草地的方向……

当然，除此别无他法。印第安人之所以带他们过崖，就是因为再无路径可走。

要回家见威尔，唯一可能的办法就是翻越这重巨障。

她暗忖：天哪，真是痴心妄想！我连抬胳膊的力气都没有。

可是，只要仁慈的主让你睁眼，这天他就有事给你做。

"好吧，就这样。"她喃喃道，仿佛在回应母亲的话。她努力伸展四肢，要从雪中爬起。腿臂浮肿粗大，冷硬如尸。她看向右手，竭力将其张开，感觉手指不是在弯曲，而是在断裂。指尖的血已变干，呈现褐色，手肿至正常时的两倍。她用力从地上抬头时，似乎脖子要"咔嚓"一声折断，雪从面颊和头发上掉落。

过去半小时才舒展开身躯。屁股和膝盖最是疼痛。

她在思忖：我就像一整套锈死的合叶。在想象中，关节边活动边咯吱作响。这想法近乎可笑。

有朝一日讲给乡亲听时才可笑。她想。

讲给乡亲！

她在心里说：天哪，讲给乡亲听！这个想法多美妙！数月以来，她第一次想到世上还有乡亲，跟她说同样语言、知道她名字的人，和她同类的人，可与之共坐火堆旁或夏日的金色夕照里，只是……只是闲聊……只是胡诌瞎扯……

因为她觉得，对多数人来说，在生活的大多时间里，除去努力生存，日常想的还有不太紧要的事。

啊，天哪，没错，我差点儿忘了普通乡民在琐事、蠢事中度过的那些快乐日子……

她想：啊，回家！回家！你已受苦太久……

过了些时，她立起身，左摇右晃，倚住岩石以免摔倒。双脚肿大发青，当血液向下流入时，感觉处处有如针扎，简直疼痛难忍。

她硬撑着动起来，痛苦不堪地后挪几步，仰视悬崖，想找个攀爬的起点。

此刻，天色已明，她能够打量这座怪石嶙峋的悬崖。崖石在风化碎裂；石柱间是侵蚀而成的道道槽沟，遍布泥土、碎石、灌木、树根、小树以及扭曲盘绕的黑藤。看来只有沿槽沟才能登顶，和石柱不同，槽沟虽陡，却并非直上直下。

举臂去够第一处抓点，结果肩膀一阵锥痛，她险些昏厥，便闭上双眼，深吸一口气，再次伸手，用僵硬的手指钩住树根，阵阵钻心之痛传遍整条手臂。髋臼嘎嘎有声，痛得脸直抽搐，随后，左脚踩上一块长有斑斑地衣的凸岩。手脚既有支撑，她开始攀爬，向坡上挪动几英寸，再停顿片刻，看到头顶两英尺高的地方有一小株秃枝的山茱萸，便伸出麻木的左手吃力握住，眯起眼睛，呼呼喘气，稍稍往上拽动身体，裸露的肚子和大腿蹭在积雪、岩石和冻土上，冻僵的脚趾笨拙地想踩到实处。

下个抓点是另一条树根，接着是扭缠在一起的黑色粗质葡萄藤，然后是一块冰雪覆盖的光滑岩石，之后是一株断折小树残留的烂桩，再后是一段卡在两石间的枯枝。

每爬四五英尺，就须停下，靠在坡上喘息，咳出一团团浓痰。

爬坡正逐渐舒活冻僵的躯体，然而代价却是去而复返的酸疼和刺痛。吸入的清晨寒气在刺痛喉咙，涕泪流淌不止。

已爬升大概四十英尺，她拼命抓紧一块冰岩。此刻，旭日初升，第一缕光照亮了上方百英尺处一根齿状巨柱的顶端。她觉得阳光太美，美如天赐，美得醉人。她在内心感动不已，几乎攒不起继续攀爬的力量。

半小时仅爬升十英尺。她意识到，身体在不停哆嗦，还得狠命攥牢抓点，比起攀爬，这些对衰微体力的消耗更多。被朝晖涂金的柱顶看似遥远如前。

她想：真希望阳光能照到我。阳光对我有好处！她想起很久以前的情形：自己坐在德雷珀草地小屋的门阶上，背靠晒得暖烘烘的木墙，阳光已从肌肉中驱走田间劳作的酸痛和疲乏。她想起不久前的那个清晨，自己乘独木舟逃过河，又在猎人小屋睡过一觉，在冬日的阳光里背靠屋墙，吃着芜菁。她心里说：啊，那是多么幸福的时刻！现在只需一点阳光就能让我力量倍增。

然而在这处绝壁，不大可能晒到太阳，一时还不行。身在两根大石柱间的寒影中，照此速度，要几个钟头才能登顶去沐浴阳光。

她又爬上五英尺，一条手臂颤巍巍地钩住一株小树，趴在崖坡上喘气。之后，心思游离去往别处。她愕然回神，发觉自己正顺崖坡滑向河中，随身体带下的还有一小堆泥土、积雪和碎石，岩石和树根将皮肤刮伤、撕破。身子撞到一株小灌木，猛地停下，吓得心怦怦狂跳；她待在那里，在喘气、战栗、忍受疼痛，听着脱落的碎物"稀里哗啦"地顺崖面坠河。

滑退约有三十英尺，算是白爬了一两个小时。她大受惊吓，一时间动弹不得，真想爬回岸边，就此放弃，或者松手。透过树木，她低头看向明澈的河水，满心渴望，此刻河水倒映着蓝天。

河，沿河走了这么远。她经常望向河水深处，看到水下恒久的安宁。片刻间即可结束，定然不会有太大痛苦，总比活下去的痛苦要小。

但她想到威尔在等自己回家，再次想到坐在门阶上，和乡亲一同晒太阳、聊闲天。

她发出一声抽噎，又开始攀爬。

这回，她每爬大概五英尺就歇一歇，再专注于下个五英尺，不让心思游离去渴望或幻想。

中午时分，她攀上最后几英寸，登临两峰之间遍布泥土的桥状山鞍，趴在那里大口喘气，手指抓着一株矮杉的干枯针叶，防止滑落。

她在心里说：我做到了，爬上了这道魔鬼悬崖。鼻涕流到地上，咳嗽让身体痛苦不堪。过了一阵，她睁眼下望，望到树梢，望到树梢下被天空映蓝的雪，望到崖下流淌的河水。她想：现在，我可以翻过这道魔鬼悬崖去另一边。

她望过山鞍，心忽地一沉。她并非在崖巅。

所到峰顶与悬崖的其余部分隔开一条侵蚀而成的深谷。

登陟的峰顶不是崖巅，因风雨剥蚀，已变矮许多。她在高于河面略超一百英尺处。

其他石柱则高出近两百英尺。

得翻越山鞍，进入裂谷，再沿另一道槽沟爬上那座更高的石柱。

"唉，上帝，你这个诡诈的家伙，我总算认识了你。"她咬牙切齿，边流泪边喃喃道。

她在原地待了几分钟，感受着微弱的阳光，试图相信阳光在给她力量，随后便开始从背面下坡。

下谷比爬坡更让人惊惧。看不到路。脚趾在淌血，脆硬如冰，探寻着可支撑身体的凸岩。知道凸岩支撑不住的唯一办法就是，感觉它在脚下崩塌，听见它"哗啦啦"冲落谷底。这时只靠双手悬空身体，等脚踩到另一处岩面再作试探。足够牢固、可支撑身体的凸岩都已结冰。她无数次惊遇险情：一只手或脚滑脱，仅凭一只疼痛难忍的手垂挂身体，单靠皮肤紧贴山坡所产生的摩擦力以防脱手溜下陡槽坠河。

到谷底时，脸和身前的皮肤尽被刮伤，在流血，木刺和沙土粒嵌入伤口，但接着，她又开始沿两根更高石柱之间的槽沟向上攀爬。

儿时在费城，她见过烟囱清扫工从家里黑洞洞的壁炉烟道爬入，此后她有过多年梦魇，梦见人腿消失在黑漆漆的石头烟道里。而今，此处像极了烟囱：黑森森的通道，穿过带斑痕的松脆石壁，通往顶端有亮光的出口。她用胳膊和臂肘死死抵住两侧石壁，朝遥远的顶部奋力攀爬，只听见自己粗重的喘息声、时而剧烈的咳嗽声，以及土石"沙沙""哗哗"的滑落声。

大约爬升了三十英尺，通道变宽。她长舒一口气，发现已在那段令人窒息的通道之上；此刻，这里才更像两根石柱间的陡峭槽沟，但离柱顶仍有一百多英尺。

非歇歇脚不可了。手臂因紧绷和疲惫，在不由自主地发抖，五脏六腑都在翻腾、在抽动。昨天——才过一天吗？她感到诧异——吃过的那点儿苔藓、树皮和芽苞早已消化，经一夜卧雪、赤身受冻，提供的些微营养已耗光，此刻肚子空空如也，仿佛已整月未吃一口东西。身体仍在自我消耗，且已消耗殆尽。这道绝壁无任何能入口、能假装充饥的东西，岩石上连苔藓都没有。

她紧贴槽沟石壁，两脚踏住一片凸岩，低头望过血肉模糊的脚趾，望过槽沟，望向此前翻越的柱顶，再仰头望向上方状如铁砧的柱巅。

指肚有血在渗出、在变干。她每次将一根手指含进嘴里，以此缓解抽痛和刺痛。一尝到自己的血，就口水直流。她感到好奇的是，血会不会滋养自己。不会的，兴许跟檫树茶一样寡淡。她想。

她记起檫树茶，记起春天冰雪消融、泥土松软后，她和母亲领两个孩子去定居点附近高处的檫树丛——母亲称之为治病树，拔起、掘出带芳香的树根，切成薄片，放进茶壶熬煮，再加入槭糖浆或蔗糖浆，做成春天喝的补药，以稀释因过冬而变稠的血液……啊，她闻见茶水飘出的热气味道……

哎呀！得啦！别再傻想，要不就摔下山去了……

接着爬吧。她想。

她见到头顶凸出一块窄岩，随后瞧瞧右手，竭力抬手抓住岩石，接着仰头发现左侧石柱上有道细缝，再看看左手，奋力举手抠住裂隙。双臂在抖，将身体拽上去半码，脚趾卡进崖壁的鳞隙，而后举头寻找下个抓点，拼命去够到，随即又是下一个，之后又得歇息，再后还要拼命继续爬。

她仍在攀援，每攒一回力气就登上三四英尺，连爬两个钟头，却恍若一世。太阳移走，转到左边石柱背后，微微暖意随之消失。灰色巨岩上点缀着泛蓝的斑斑积雪，她沿巨岩之间布满冻土和石块的槽沟一点点上移。

此时，疼痛反倒帮了她。周身痛楚不堪，让她无法心神游离、胡思乱想，而只能想到血糊糊的手脚和尖利的碎石，想到剐蹭到皮肤的冰块，想到吸入的寒气对坏牙的刺激，想到呼出的臭气和口疮，想到碎石"啪嗒嗒""哗啦啦"地从身下滑落，想到骨白的锥痛，想到暴风雪般白茫茫一片扫过大脑的阵阵晕眩。整个世界就是崖面上这道满是燧石的陡峭槽沟，以及攀爬这道槽沟在承受的种种痛苦。备受折磨的身体紧贴凹凸不平的一平方码土石，她与威尔的相拥也从未如此紧密。本次攀陟和分娩一样情势紧迫、生死攸关，而且和分娩相仿：若能挺住、过崖，即可活命，否则，一切将终结。

每次歇脚，她都会俯视树梢和其下的河流，而每看一次，都会发现下面的世界愈加迷人。她似乎属于河床。那儿是熟地，她曾伫立彼处仰望良久，这时于此俯瞰，倒觉惊心和失当。低头看时几乎心怀渴求。她想：无需多加考虑，只要一松劲，张开这双麻痹而血污的手，随后落下，即可永得安息。

她抬眼久看双手，动起念头，最终淡淡一笑，狠心要松开抓点。

然而，两手却紧握不放。

天色向晚，悬崖已在脚下。她抓到一株矮杉的树干，爬上一块满是泥土和积雪的石台，意识到已抵峰顶。

此处崖巅有一片树林。一块块积雪的石台是根根石柱的顶端。

她无心欢欣鼓舞，可在心底却自知，她成功了。她趴在那里，脸贴冻土，在把心里话说给上帝听：

主啊，我要是活到八十岁，再也遇不到这么一天，可真得感谢你。

这样的一天谁也不该遇到。

我熬过太多地狱般的日子，而今天最可怕。我永远都恨这一天。

赐我力量吧，让我走下这座魔鬼悬崖。成全我吧，兴许我不再记恨你。

她身体太弱，站立不稳，再也走不动，只好沿崖畔跪爬或匍匐向前。因风雨侵蚀，崖顶多处被深深切开，只能绕过这些仍在崩塌的裂隙。她停在一处，背靠树木，望向一座遍布无叶灌木的窄崖，认定就是在彼处，他们受一名肖尼哨卫监视，曾度过惊心动魄的一夜。没错，还有那块岩石，他曾坐过，火枪横在膝盖上……

她实在不愿爬到那个鹰巢般的地方；那里离崖边太近，她原本也无此打算。

可彼处算是神圣所在：贝蒂因伤流过血，她们曾摸黑尽力互帮。如今回返途中再次过崖，不重访旧地终归是种亵渎。于是她爬了上去。

而今景物不同当时。灌丛已脱尽叶子，冰雪满地。在远远的崖下，河湾处泥土坚实，雪地上光秃的黑树清晰可见，一座座童山雪岭向东南延伸，地平线的尽头是蓝岭。对，曾让他们夜难安眠的碎石仍在。贝蒂的血迹已消失。

当时我怀着要出生的孩子，也满怀恐惧。

如今腹内空无所有，最后心里连恐惧也已消失。

她望过崖畔，河流在正下方三百英尺处。在右侧，一座座石柱不与悬崖相连，全然独耸，犹如巨型石树，兀立河边。左侧是归家之路。从这里可见火药泉，高处应是哈蒙家的猎营小屋……

她看不真切，便在岩架上使劲探身寻视。

卵石纷纷从手下松脱，无声地穿空坠落，许久才"噼里啪啦"地掉进远在崖下的寒水河，溅起白色小水花。

没错，就在那里。她认定，是那座小屋，一个暗色小长方体，在一道溪谷的出口，位置比火药泉高，掩映在蚀刻般的树木之间。屋旁低处有一片秸秆枯萎的玉米田。

她自忖道：天哪，屋子看上去好舒适。下了这道该死的悬崖，今晚就在那儿落脚。我敢打赌，我看到有烟飘出了那个……

她心里说：不，你又做起了白日梦。

不，不是幻觉。看见炊烟，她就能认出。小屋上方有炊烟，仅半英里远。她的心直跳。

兴许是印第安人。她揣测着。

也可能是亚当·哈蒙。

没多大区别。就算是印第安人，她也去。见到她这样的，印第安人也会给吃的、让取暖，兴许过后会杀她，但会让她先吃饱。

她张开嘴，要大喊，却依然发不出声。

趁天色未黑，抓紧下崖，赶去诱人的小屋。她想。

她感到眩晕，感到奇妙的眩晕。

我能张开手臂，像老秃鹫一般飞过去。她暗想。

第 30 章

亚当·哈蒙给屋后牛圈的出口挡上横木。两头棕色母牛和一只牛犊相依取暖，站着看他，在暮色中哈气成团。

亚当弓下敦实而衰老的身躯，自檐下拾起最后一抱野豌豆饲料，从围栏上方投给它们。两只大手从胸前毛茸茸的熊皮背心上掸掉草末，同时一双褐色锐眼在察看河谷。从眯眼纹可见，这是一双爱笑的眼睛，但此刻却目光严肃而警觉。他瞄着河谷的阴影，用右手掌抚平花白的须髯，舌头在下牙和下唇之间动来动去。"汉克，过来。"

亚当·哈蒙的长子绕过屋角。他比父亲还高还壮，衣袖挽起，手滑溜溜的，沾满动物油脂，握一把油乎乎、血淋淋的刀。他在扒一头驼鹿的皮，鹿皮就摊在屋前木杆上。"欸，爸？"

"先别干啦。咱们最好趁天还没黑，去帮小亚当收玉米。我感觉不妙，咱明早就得赶去登卡尔滩地。"

"连你也怕了，是吧？"

"嗯。"亚当·哈蒙承认道。

汉克朝小屋一甩手，刀子扎进角木，嗡嗡直颤。他在马裤腿上擦擦手，翻下衣袖。父子抄起靠在屋侧的步枪，朝玉米地走去。显然，大部分玉米已被过往的印第安队伍顺走，有些为野兽所毁，余下的又干又硬。因为听到有关印第安人的警报，他们很晚才从定居点来到这处新河营地。三周前才来，大部分时间都在对岸的山里打猎。就在昨天，小亚当见到印第安人的踪迹，吓得惊慌失措，匆匆离开下游约两里格远的一处小猎营。因走得匆忙，丢下一锅炖着的肉和一条皮裤，还有一匹老迈的母驮马，虽被缚住腿，但仍然走失，也没来得及去找。为此，他有些难为情，话也少，躲开父兄，闷闷不乐地独自干活。曾有两三次，他称要回去找马。"不行，还是算了吧。"老亚当说，"就为那匹马，一个人冒险回去不值当。要有蛮人，马早落在了他们手里。"

小亚当停下掰玉米的手，抬头见父兄走进玉米地，随即又低下头。"正要收工呢，"他说，"天黑了。"他提起掰下的那袋玉米，走出几英尺，又放下，从枯秆上"唰"的一声掰下个玉米棒。

"把能找到的全收走。"老人说，"明早天一亮，咱就收拾东西离开。"

小亚当抬起头，感到诧异："为啥，爸？"

哈蒙先生耸耸肩，嘟哝道："我的小拇指有感觉。"

小亚当点点头，感觉好了些。不光只有他担心印第安人。老哈蒙先生胆量可不小，因为只有胆大的才敢远离乡邻，在常过印第安人的偏僻处搭营。若哈蒙称自己的小拇指有感觉，往往真会有事发生。"我也是，"小亚当说，"感觉最糟是在昨……"

"嘘！"小伙子汉克突然提醒道。他一只手按住小亚当的胳膊，弯腰举枪。

另两人屏气细听，扭身端枪，将枪口调过，指向玉米地远端的灌丛。

父子三人都已听见：是沙沙声，或在灌丛，或在干枯的玉米秸中间。暮色茫茫，他们了无所见，但知道不是野兽。有人说话时，野兽能嗅到和听到，不会靠近。因此，他们都明白，不是家畜就是印第安人。附近的家畜只能是自家的：圈里的母牛和牛犊，还有围栏中的马匹。

哈蒙先生父子竖起耳朵，定睛细看地头一处：灌木在动；反复传来同一声怪异、嘶哑、热切的低语，能断定是人声，最有可能是印第安人在互传信息。三人单膝跪地，为隐蔽自己，也为保持稳定，以便开枪。他们查看了药池里的火药，缓缓向后拉动燧发机的击锤，将长枪瞄准迫近的声音来源，等待目标出现。

"救命，救，救命。"玛丽在竭力叫喊，"救命，哈蒙先生！"然而，喊出的却只是粗哑的低语。

她停下静听，却听不见父子的声音，担心他们已离开玉米地。

她爬下崖坡时曾望见哈蒙先生父子，望见一个年轻人在玉米地里干活儿，后来又望见老亚当·哈蒙和他另一个儿子从小屋下来。她本欲走向父子所在的玉米地，可最终两腿全不听使唤，便爬过灌木丛去往地头，用嘶哑而怪得瘆人的嗓音喊叫着，以引起注意。

她想再次起身，两腿却瘫软如泥。此时，她爬进满是积雪和残茬的玉米地。

透过玉米秸，隐约看到前方的人影。

他们在那儿。她想。

她用肩膀挤过一片玉米秸，忽然间便和他们面面相对。心猛然一沉。

"不！"她弱声道。

小亚当扣动扳机，药池橙光一闪。但与此同时，父亲抬手在枪下一撞，让枪偏离开目标，弹丸呼啸着穿过树叶。哈蒙先生大叫：

"是女人！"

他和汉克的枪还扳着击锤。父子对此情形仍不敢肯定，只知道面前几英尺远的玉米地里有张枯槁而惨白的女人脸，而脑子里想的还是印第安人。这个赢瘦不堪的人在朝他们爬来，会不会是印第安人的诱饵，哈蒙先生一时搞不清楚。

玛丽跪起来，向哈蒙父子抬起一只手。她不解的是，他们为何不过来，反而朝自己开枪。之后她听见哈蒙先生说：

"天哪！是英格斯太太吗？"

听到有人叫自己的名字，她感到天旋地转，又一阵晕眩似暴风雪般袭来，这次再也无力抵抗，脑子随即失去意识。

父子三人站在她身旁，默默无语，如此过去几分钟。这般悲惨的人他们见所未见。她俨若骷髅，外裹伤痕累累、残破不堪的皮肤；手脚鲜血淋漓、肿大畸形；膝盖磨穿，骨头外露；头发又乱又脏，却皤然如雪。

"拿着。"哈蒙先生声音哽咽，把枪递给儿子，跪在这个不省人事、唯剩一堆骨头的人旁边，给她翻过身，让背部着地，一只手伸到她的膝盖下，另一只手探到后背下，将她抱起。

当感觉到女人的身体有多轻时，他喉咙堵塞。哈蒙先生泪眼模糊，抱着她走向小屋。两个儿子也在落泪。

第 31 章

"去把牛犊宰掉。"哈蒙先生吩咐小亚当。小伙子看着父亲,看着这张生络腮胡须的阔脸——在炉火和烛光的映照下,这张苍老而坚强的脸哀伤不已。

"为啥,爸?"

"你妈妈总说,身子弱,牛肉汤是最佳滋补。宰了小牛,给我拿块牛腰肉过来。"

"咱有三百磅鹿肉和熊肉呢,爸。"汉克说,"那些肉不行吗?"

"得熬牛肉汤。"哈蒙先生又说一遍,低头看了看几乎和骷髅无异的女人。她盖着熊皮毯,躺在屋角草荐上,昏迷不醒。"要快,小子。汉克,去给炉子加柴,把水烧开。"

两个小伙子并无二话。如今,对父亲和他们而言,屋角的可怜女人就是一切的中心。他们想到威尔·英格斯,大概没见过比他更好的人。要是威尔从切罗基地界回来,发现没救活她,他们将颜面无存。

炉火熊熊燃起。

夜晚的屋外,好一阵折腾。小亚当抓到牛犊,束蹄屠宰。他进来时手和前臂沾满血,将一块肥肉放入锅中。哈蒙先生在用另一口锅煮布片。他要拿木棍把热气腾腾的布片挑出,敷在弱小女人肿胀的手脚上。

深夜,牛肉汤已熬好。哈蒙先生拿瓢舀出一些,跪在草荐旁,用手托住、抬高那个骷髅般惹人可怜的脑袋,将瓢凑近嘴唇。她咕哝一句,从熊皮毯下伸出畸形的双手，把瓢扶住，从边沿一点点地抿。哈蒙先生明白，每次只能让她抿几口。

几小时后，她逐渐睡去，睡得过于深沉，哈蒙先生只得将耳朵挨近她的嘴巴，以确定她在睡觉而未死去。

小亚当和汉克轮流在星空下放哨。汉克出来接替兄弟时，两人在一起站了一会儿。小亚当说：

"我在纳闷，五个月的光景，你说她去哪儿啦？"

"大概是在那边迷了路。"汉克说着，挥手指向河边绝壁和更远处的比尤特山，"我觉得不远。你也知道女人，出门二十码就找不着家啦。"

"是啊。"小亚当说，"可怜的人哪。五个月！上帝呀！"

她感觉到温暖，多周以来，头一遭不再抖抖瑟瑟，浑身都在发热、出汗。她记起身在何处，可怕的乱梦正如烟般消散。她听到炉火在劈啪作响，有人在打鼾，闻到睡觉时盖的熊皮毯在散发麝香般的气味，炖肉在飘香。满口流涎，刚咽下又淌了一嘴。

她尽力睁开浮肿的双眼。眼睛黏糊糊，所见一切都影影绰绰。火光在木杆和树皮搭建的屋顶上摇曳。她还看到细微而模糊的一隅灰光，知道那是屋门裂缝透过的日光。

她有个极重要的问题要提："哈蒙先生？"还是说不出话。喉咙堵着口水和浓痰，发出轻微的咯咯声。附近的鼾声停止，她看见庞大的暗影在身旁晃动。

"早安，女士。"耳边响起哈蒙先生低沉而柔和的嗓音，这嗓音宛若乐声，感动内心、予人慰藉，令她不意间泪水盈眶。啊，天哪。她在感叹。奇迹般的获救让她心潮澎湃、感慨万端。她意识到，食物、话语、火光，这一切的一切，都有可能让自己泪水涟涟。

"哈蒙先生，"她喃喃道，吞咽了一下，继续说，"威尔跟约翰尼咋样？"她在说出两人的名字时悲喜交加，险些窒息。

哈蒙先生清清喉咙："啊，他俩很好，我觉得。"

"能带我去见他们吗？"

"你先吃饱睡足，将养一两天，过后咱再说。"哈蒙先生和儿子相互嘀咕几句，她没听清，便声音低哑地说：

"要不就让他们来？"她觉得，两人从德雷珀草地骑马过来，半天就到，"啊，先生，今天我就得见威尔！"泪水再次夺眶而出。

"汉克，给她盛些熊肉杂烩汤。"哈蒙先生吩咐道。他想先给玛丽补些营养，再告知威尔和约翰尼的事，"来，喝这个，英格斯太太，喝完咱商量要做啥。"

他舀出一匙香喷喷的肉汤，送到玛丽嘴边。汤里的肉炖得又烂又碎，还掺有玉米。她从没吃过这么香的东西，深受感动，不得不停下哭上一阵。肉汤在瘪缩的胃里翻腾，汩汩作响，几乎每呼吸一次都打嗝。肉汤太香，喝完困意蒙眬，便又昏睡过去。她醒来时，哈蒙父子正围坐在一起，一面摆弄步枪，一面低语。"……等到能走的时候。"哈蒙先生在说，"每回咱都得有个人在外放哨。"

"对。"一个小伙子说。安静一阵后，同样的声音又说："我看见了脚印，她是从悬崖下来的。"

"瞎说！"

"真的。"

"嘘！她醒啦，孩子们。"

哈蒙先生走近，蹲在草荐旁，将粗糙却轻柔的大手放上她的额头，帮她把头发捋到后面："你好。感觉咋样？"她一边打嗝，一边点头，弱声道：

"请让威尔过来吧。"

哈蒙先生从鼻孔长长吸入一口气："呃，女士，要知道，你丈夫不在，你哥哥约翰也不在……"他看到女人枯槁的脸上忽现万分沮丧的神情，意识到她以为事有不测，遂匆忙解释："他俩骑马南下，去找切罗基人商量，想赎回你们，女士。嗯，他俩可能回来啦，甚至……我们离开定居点都三个礼拜了。对，他俩可能到了家。很快你就能骑马，到时咱们一块儿回去看看。"他又清清喉咙，"你的脚咋样？汉克，把布条泡泡热水，给可怜的脚再敷一敷……"

汉克忙着给她敷脚，老哈蒙宽慰她说威尔不会有事。讲真的，他心里也没底。在他看来，英格斯先生这一路危险重重，可他不希望玛丽担心和沮丧，怕影响康复。

汉克虽外表粗疏，照顾人却周到。经他细心护理，玛丽的脚痛有所缓解。有时，他又是皱眉又是摇头，仿佛手脚皮开肉绽、在渗血的是玛丽，而遭痛苦折磨的却是他。玛丽的身体有严重冻疮，或许还出现些溃烂，但尚无坏疽的气味。

"女士，"他惊叹道，"我看你这双脚，怕是足足走了一百英里吧。"

玛丽冲熊皮毯那头的汉克浅浅一笑，但笑容怪异。"不止啊，伙计，"她弱声道，"一千英里还差不多。"

"没错，"汉克赧然一笑，重又低头去看玛丽的脚，以为她在打趣，便附和说，"一千英里差不多，看起来确实差不多。"

"你去哪儿了？"老哈蒙问。

玛丽久久凝视屋顶，眼中闪着泪光。老哈蒙以为她在出神，没理会或是忘了自己的问题。可后来她声音细微地说："到了俄亥俄河，再沿河往前走。"

哈蒙先生的眉毛略略扬起，若有所思地注视着她，怀疑她是否真的清楚自己在说什么。汉克瞧瞧父亲，同情地摇摇头。稍后，哈蒙先生俯身道："听说这条河，"他指了指，"径直穿过大山，通到俄亥俄河。是这样吗，女士？"

玛丽睁着泪花闪闪的双眼，注视着屋顶："是的。"

"你，呃，你知道是吧？"

"对。"她喃喃答道，"我去过。"

亚当和汉克·哈蒙盯视她许久，依然不太信。他们在想：果真如此，这个弱小女人就是第一个穿越那片茫茫荒野的白人。老哈蒙暂时不想再追问，怕把她累坏，却觉得顿然间有满脑子的问题在翻腾。片刻后，他转而问道：

"跟你一起的，两个孩子，还有别人，他们呢？"

这话问得不妥。玛丽·英格斯不由得浑身战栗，无声地哭起来，一直哭到晚上，最后再次睡去。

父子三人听见她在说梦话。老哈蒙俯身去听，却不知所云。那像是低声吟唱："十成百，百成千，千成万……"

玛丽深夜醒来，请求哈蒙父子回避片刻。此时她意识到，熨帖的肉汤已让自己恢复嗓音。三人带上枪，走到屋外的暗夜中，给她留下一只桶当夜壶用。起身时一阵剧痛猛烈袭来，但并非彻心的痛；她感到气力有所增加，筋肉在康复，而非在衰颓，疼痛自然不同。

肠胃里满是肉的油腻，一时难以适应。排出的竟不再只有种荚、虫翅和木质纤维，真是不可思议；至少不再是损伤体力的腹泻，那种腹泻她最近多次在误食毒根后得过。她钻回熊皮毯，眼望发亮的余烬和烛焰，再次感受到火的美妙。对奇迹般的火焰，内心满是惊叹和感激。她忆起很久以前一个寒夜，从远处火泉那里曾获得灵魂的慰藉，同时知道，在自己眼中，火焰绝不再只是用来取暖和烧饭。如今，火焰俨如一幅表现生命之光的图画；过去六周，身处荒寒之地，她在内心的火炉中，仿佛看见生命的熊熊烈焰烧为余烬，变作火星，最终几成死灰。她知道，余生只要再见到火，自己都会这么看。

心猛然一跳，她想：余生！我居然还有余生！

　　父子三人，每次有两人在屋内，一人则在屋外暗中放哨。大半个夜晚，他们都在哄劝玛丽讲故事，直听得晕头晕脑；听到此处倒吸一口凉气，听到彼处又龇牙咧嘴，听闻俘虏惨遭笞刑、被活活烧死，他们破口大骂；听到盖特尔发疯似的要杀她吃她，他们惊骇不已，气得直抖。

　　"怕是死在了那边。"玛丽语带哀伤，轻声道。

　　"那倒好。"汉克·哈蒙咬牙切齿地低吼，"让狼撕她的肚肠，让秃鹫啄她的眼睛！"

　　"啊，不。"玛丽大声道，"哎呀，听我讲……"接着，她给他们讲起盖特尔倒地诈死、伺机猎捕秃鹫的神奇故事。她面露笑容，等待父子哈哈大笑，可他们并没笑。于是她想：你们没领会是因为没亲眼看到，是因为不了解她。

　　"求你了，哈蒙先生，让两个小伙子沿着河去找找她吧。骑马一天准能找到。她要没死，兴许还有救。"

　　"天哪，我才不去找吃人魔呢。"汉克吼道，"除非她死了！"

　　"我也是。"小亚当怒道。

　　"那就把她可怜的尸骨带回来吧，埋了也行。"玛丽恳求道。哈蒙先生同样满腔怒火，宽脸膛儿表情坚决："他俩不想去。我也同样恨这个老妖婆，决不许他俩去。"

　　任凭如何央求，父子都无动于衷。她叹口气。他们真的不懂她和盖特尔当时的情状。

　　她叹着气，回想起当时的一切。

　　她想：他们当然不懂，怎会懂呢？

　　玛丽把布雷多克将军七月兵败的传闻与他们讲起。父子点点头，告诉她说消息早在八月就已像乌云般传遍英国各殖民地。

她把武士红鹰在肖尼村说的事讲给他们。"他可杀不了华盛顿上校，我敢打赌。"她大声说。

老哈蒙点点头："听说那天他的两匹坐骑都死了。有好几颗弹丸射穿了衣服，可他却毫发无损。那天主在护佑他呢。主也在护佑你，英格斯太太。"两个年轻人在悄声说话。他俩守候在左右，对玛丽几乎要顶礼膜拜。不知何故，似乎他俩一见她，就想到迪凯纳堡惨败，仿佛她大难不死，给英国殖民地居民带来了希望：这场军事灾难的阴霾笼罩在心头已然太久，但终有消散的那一天。

玛丽清楚，自己来此养伤，迟误了哈蒙父子回定居点的行程。他们对放哨不敢大意，由此她看得出，他们在担心印第安队伍。而她刚刚做过印第安人的俘虏，比他们更有理由害怕印第安人会突袭这处偏远的营地。他们英勇顽强，似乎会拼死护她，不让她再受伤害和折磨，可她也清楚，父子三人，身在一座木杆和树皮搭成的小屋，带着牛、玉米、牛肉、鹿肉、兽皮，还有一个病恹恹的女人，逃脱突袭的希望微乎其微。

次早一醒，她便嚷着说只要他们想走，自己随时能上路，越早越好。"我有感觉，"她说，"威尔和约翰尼回来了。都好久没见他俩啦。"

哈蒙父子劝了劝，说她身子又累又虚，还是不要急于赶路，但玛丽跟他们保证，说感觉能吃得消，三人便乐滋滋地去备鞍。他们只用几分钟就撤了营，把能带的都装上驮马，牵肥牛上路，迎着旭日，沿沉溪河谷，朝德雷珀草地走去。

玛丽穿的是老亚当·哈蒙闲置的麻毛狩猎衫，衣服足足将枯瘦的身躯围了三重，垂到膝盖下。他们给了她一双汉克的羊毛长筒袜，将她裹进毛毯，毯子罩头，像修道士的兜帽，然后把她抱上小亚当那匹枣红马的马鞍。小亚当则骑一匹驮马，身前是驮载。一行人走在河谷中，两侧是白雪皑皑的大山。玛丽来时，河谷曾蚊虫肆虐、绿树葱茏。父子忐忑不安，时刻紧盯枣红马上的瘦小女人。马在崎岖的地面上小心前行，她虽摇来晃去，却稳坐其上。汉克催马赶到她身边，马呼哧呼哧地喷着白气。"你咋样？"他问道。玛丽从毯下扭头冲他一笑，样子可怜，像一位戴着头巾、身体羸弱的老祖母。"挺好的。"她说。汉克看到一颗泪珠从她鼻子上滑落。

玛丽念起上次骑过的那匹马。

德雷珀草地空无一人。经部分重修的木屋敞着门，业已废弃。玛丽骑在马背上，停在自家被烧焦的小屋前，紧咬牙关，望着满是积雪的草地，屠杀场景历历在目，喊叫和枪声在记忆中隐约回响。她再也看不下去，于是转头，西眺走过的阿勒格尼群山。

"十成百，百成千，千成万。"她听到母亲在说。"十成百，百成千，千成万。"她听到汤米在回应。

汉克·哈蒙从一座小屋处穿过积雪走来，纵身跨上马鞍。他指向从草地通往远处的雪中足迹："乡亲们好像走得很急，大概是昨天刚走，是印第安人给吓跑的，我想。这些脚印去的是登卡尔堡。"

"咱也去那儿。"老亚当·哈蒙说。

他们骑马前行。玛丽低头看着雪地上的足迹，想知道这些是不是约翰尼和威尔骑马所留。

沿新河走出几英里，他们停在一处低岸上。哈蒙先生突发一声喊，玛丽受到惊吓，从委顿中回过神。她抬眼看见一条粗索，穿过一只绑在悬铃木上的滑轮，通往河对岸。此时，绳索穿过滑轮，开始移动；接着，对岸驶来一艘带木杆扶手的宽木筏，筏上男子在转动绞盘。

"嘿，"她问道，"这是新的吧？"

老亚当冲她咧嘴一笑。"这是英格斯渡口。"他答道，"是威尔去切罗基地界之前建的。去登卡尔滩地走这儿再好不过啦。"

"他是不是……"

"咱们去看看。"哈蒙轻拍一下她的肩。

但掌筏的年轻人却说，威尔·英格斯和约翰尼·德雷珀没与德雷珀草地的人一同过河。他称没有两人的音讯。小伙子又高又瘦，火枪搁在身边，玛丽从未见过他。他转着绞盘，看上去紧张不安。等返回运牛过河之后，他问能否跟他们同去登卡尔堡。

"满可以。"亚当·哈蒙说，"换作我，这段日子可不会自己待这儿。"

他们骑马离开时，玛丽又回看一眼这个巧妙设计，替威尔感到骄傲。"真想不到，"她几乎是在自言自语，"过这条该死的河还能这么容易。"

夜幕时分，他们抵达登卡尔堡。这里不过是麦科克尔家的院落，四周是新竖起的原木围桩，称不上堡垒，但是位置有利，适宜警戒防守。里面挤住着约二十人：麦科克尔一家；登卡尔派①的两个小家庭；詹姆斯·卡尔，德雷珀草地七月遭屠时，他负伤藏入近处的灌木丛逃过一劫；从沉溪来的菲利普·利布鲁克夫妇，听到有关印第安人的警报后，他们经德雷珀草地来此。后两家是玛丽的老乡邻，一见她，先是愕然，吓得连连倒退，而后又惊又喜，一个劲儿地问长问短，简直让玛丽喘不上气。她最终被安置在一张真正的床上。艾丽斯·利布鲁克在床边手举蜡烛，玛丽透过新的泪幕看到烛晕，随后陷入昏厥。

这里谁都没有威尔·英格斯和约翰尼·德雷珀的消息。

---

① 登卡尔派，也称德美浸礼会教派，是基督教浸礼会的一个派别，1708 年创始于德国地区。因受迫害，其成员分别于 1719 年和 1729 年移民至北美。1745 年，三名教派成员在新河边建立书中所提登卡尔滩地定居点。

威尔·英格斯全身赤裸，站在街头，街边并立两排手持武器的印第安人。首领一棍击中后背，威尔向前冲去，被无数印第安人的笞条和棍棒打得遍体鳞伤。有根木棒伸到两腿之间，将他绊倒。他倒下时，发出无声的呐喊。印第安人围拢上来，大喊大叫，又抽又打⋯⋯

　　玛丽·英格斯醒来时大汗淋漓，悲泣不止。人们正身裹毛毯，睡在床周围的地上，此刻纷纷起来安慰她。灰白曙光从木墙缝隙透入。

　　"可怜的人哪，怪不得会做噩梦。唉，天哪，她遭了多大的罪呀！"两人烧火做饭时，利布鲁克太太跟麦科克尔太太悄声说。

　　"也不知她怀的那个孩子咋样啦？"黛安娜·麦科克尔低声问。

　　"呃，"利布鲁克太太用近乎耳语的声音说，"哈蒙先生说他问过，可她没回答。"她摇摇头，"可怜的人哪，可怜的人哪。有些事儿怕是她永远都不会讲。"

　　"比方说啥事儿？"麦科克尔太太悄声问。她停下手里的拨火铁棒，仍注视着腾起的火苗。

　　"嗯，你知道的。比方说，那些光身的异教徒，会怎样欺负一个无助的女人⋯⋯"她不再往下说。麦科克尔太太扭回头，偷望一眼枕上那个满是白发的小脑袋，好像能发现什么端倪似的。利布鲁克太太的沉默倒让她想象出一些场景，一些既不忍去想却又忍不住去想的场景。整个早晨心都在怦怦乱跳，她又偷瞧玛丽好多回。那个女人躺在黛安娜·麦科克尔的床上，形同骷髅，满头华发，未老先衰，虽弱小却非比寻常。

　　"哈蒙先生？"

　　"欸，英格斯太太？"

　　"请过来说话。"

　　"嗯？"

"我跟你讲过可怜的老盖特尔要害我，你没告诉这儿的人吧？"

"没，没有。"

"你家儿子说过吗？"

"我没听他们说过。"

"那就好。我不想让大伙儿恼她。"

"我就恼她。"

"哎呀，可别这么说，哈蒙先生。你是虔诚的基督信徒，不是蛮人，对吧？我再求你一次，拜托骑马回去，到我告诉过你的地方，把她找到……"

"这，女士……"

"哈蒙先生，连我都不恨她，你跟别人就更没缘由恨她！"

他垂下目光："对，你说的有道理，我得承认。"

"去吧，求你了，哈蒙先生。"

他坐在那里，紧咬嘴唇，隔床盯着对面墙壁；后来，内心的强烈情绪似乎有所缓和："好吧，我答应你。"

玛丽委实感到惊讶。亚当·哈蒙性情执拗，却违心听从女人的意愿，这种男人玛丽少有遇见。此时，玛丽意识到，自己的影响已远超以往。

"还得要你帮个忙。"她说。

"啥忙？"

"让你家儿子也保守秘密。万一你找到可怜的盖特尔，带她来见乡亲，我可不想她被轰走。"

但为时已晚。小哈蒙已经在围桩旁告知吉姆·卡尔，卡尔又讲给麦科克尔先生。等到老亚当·哈蒙沿西岸骑马去找德国老妇或她的遗骸时，要塞里已人尽皆知，大家对玛丽·英格斯的这段遭遇莫不骇然。

哈蒙先生虽已答允英格斯太太的请求，但实非所愿。他沿新河西岸策马小跑，紧盯前方积雪的冰冻小路，没留意有三名男子骑马持枪，从南边去往登卡尔滩地的堡垒。他们牵一匹驮马，出一道山谷，缓步穿过荒秃的树林，走向立在河边蓝雪中一方不大的暗色围栏。

"老亚当又沿河边出去啦。"威尔·英格斯远远就认出他来，"这伙计真让我不放心。咱这地界甭管啥状况，他也待不住。"

"跟我认识的另外几位一模一样。"甘德·杰克说。他脸上半露微笑，斜睨一眼威尔和约翰尼。

此前，在距登卡尔滩地约八到十英里的新河上游河畔，三人度过一夜，欲晓即起，要走完漫长归途的最后一程。在甘德·杰克看来，这处小堡垒真是不错。在过去一周，他几乎天天见到印第安人的踪迹，感觉三人是在侥幸脱险。

"喂！"

堡垒的招呼声顺山谷传到耳际。三人望见围栏旁有个人影在朝他们挥手。

三人中嗓门最大的约翰尼·德雷珀高声回应："嘿！"

小小的身影穿过雪地，挤过圈在围栏里的牛马和猪群，边跑边朝房内叫喊。顷刻间就有十几人蜂拥而出，向他们又是欢呼又是挥手。威尔眉毛一扬："这架势，有点儿太隆重啦，真是没料到。是不是把咱看成华盛顿上校了？"听到这句戏言，约翰尼粲然一笑，但随即由喜转忧。早在多周以前，大家就知道他们外出的事由，听到他们的凄凉讲述定会失望。

"看到咱还活着，兴许他们是在庆祝呢。"甘德·杰克说，"我要喝上一杯。"

"来，"麦科克尔太太说着，在玛丽背后又垫上个枕头，"现在你就安安稳稳坐这儿乐吧。"她忙活着，给玛丽向后捋平白发，几分钟前刚替她梳过头，"哎呀，你模样很美——对于瘦成这样的人来说……"

"是啥事儿？"玛丽问道。在她看来，大家都在傻傻地忙来忙去，外面到处都是兴奋的说话声。

"有人来看你啦，亲爱的。打起精神来吧。"

威尔·英格斯弓身从过梁下方走入，目光好奇地扫过屋子，最终停在玛丽身上，两眼睁大，一只手伸向自己的喉咙。

呀，他还活着！这是玛丽的第一个念头。第二个念头则是：婴儿的事咋跟他说呢？

在光线昏暗的屋内，威尔看到床上这张脸，认出玛丽的同时，心里确实闪出那个可怕的念头：她让人糟蹋过吗？

威尔活像一头笨熊，拖着脚进到屋内，一只手还摸着喉咙，另一只开始举起，似乎要跟玛丽打招呼。身后的门口挤满屏住呼吸的人们，他能感觉到他们在那里。他向前三步，来到床边，眼睛最终适应了昏暗，看到玛丽的白发、下凹的双眼、塌陷的面颊，随即一层泪幕让她的模样变得扭曲。

"欸，威廉。"玛丽开口道。

"对不起，玛丽。"威尔说着，跪到床边，要讲出刚刚想到的念头，但旋即改口，遮掩了过去，"……你来了，我没在……"

他的双手搁在床罩上，挨近玛丽的手，可两个人似乎都无法伸出手去碰对方。他们就这样注视着彼此的脸，却只看到模糊的形状与暗影。

"呃，"玛丽说，话几乎要卡在喉咙里，"我真的回来了，威尔……"说完，她颤抖着声音长舒一口气。

威尔蓦然想起多日来一直不愿回首的往事，那就是自己见玛丽最后一面的情景。他想起自己转身逃离，一路奔过草地，印第安人穷追不舍，真不知那一幕该如何跟她讲。

玛丽的左手轻轻移过来，放到威尔的左手背上。他们看着两只手放到一起，泪眼迷离中，见到两枚婚戒在微微闪光。威尔用右手拇指抹去眼中的泪水，看清了玛丽的双手：肿胀的指节、遍布的擦伤、累累疤痕、块块血痂、淤青碎裂的指甲。威尔抖起下巴，鼻涕开始淌出。

玛丽感觉有人靠近床脚，抬起眼，依稀见到哥哥约翰尼站在那儿的身影，知道他要打听贝蒂，却不知自己能否回答。

要说的一切俨如河边那道危岩峭崿，赫然耸现眼前。

"欸，约翰尼，"她喃喃道，"你好吗？"

老亚当·哈蒙沿新河西岸急行，午后不久，已经离儿子五天前舍弃的猎营不到一里格。亚当见到许多印第安人的痕迹，大多是最近几天所留：莫卡辛鞋的印记，是印第安人阔步踩出的那种内翻脚印[①]；独木舟船底在水边雪地压出的槽痕；还有零零落落染脏融雪的粪便。距自家猎营不远处，他发现一片踩踏过的凹地，那里留下了被浇灭的篝火冷灰，还有一些用树枝搭的床。可见，或许有多达八到十名印第安武士曾露营于此。脚印大多去往上游，大体是各定居点的方向。在他看来，自己小拇指的感觉没错；搭救英格斯太太的同时，以及她躺在营地从死亡边缘恢复过来的一天两晚，确有众多印第安武士在附近活动。

英格斯太太请他来寻的疯婆子，那个食人魔般的老妖妇，自然没有踪迹；他也没指望见到什么踪迹。连年纪轻轻的英格斯太太都险些丧命，更何况一个老妇呢，想必已死多时，或者陈尸树林，头皮被割走，白发从某个年轻蛮人的腰带间垂下，或者狼群、秃鹫早将她骨头上的肉剔食干净。

他想：嗯，要是那样，带回一堆骨头倒也容易。

哈蒙先生来此一趟主要是迁就英格斯太太，但他首先是个讲求实际

---

① 印第安人打猎或突袭敌人时，需蹑足潜踪，因此习惯于脚尖朝内的步态。

的人，不会白费工夫和力气空跑一趟。不管能否寻到德国老妇的尸骨，至少要取回儿子落在猎营的东西：铁锅、屠宰时穿的皮裤，如有可能，再找回那匹被拴住腿的老驮马。

他骑马穿过荒林，步枪已填火药，横在前鞍桥上。白雪茫茫，他觑起眼睛，在时刻留意有无伏击的迹象，时不时勒马细听。前方一英里处，透过树木、在树梢之上，赫然耸现曲折的蓝灰色河湾绝壁，他和儿子们称其为"大马掌"。

左前方是一块边高中低的马鞍形地带，可以穿行，从而抄近路绕过凸入河湾的长形半岛。他驻马细听，在马镫上微微起身，此刻目光扫视四周，愈加炯炯。空气里有些异常。他竖起耳朵，静听荒野轻响——河水汩汩、空谷呢喃、冬鸟啁啾，要从中听出异样。后来，他留意到一种不属荒野的微弱动静，是沉闷的金属音，似有若无，重现，消失，复又响起。

接着又传来异响，是语带颤音的短促哀叫，仿若瞬间的狼嚎，听得他后颈直冒凉气。之后是当当的金属声，依然缥缈；再后又是哀叫，这次声音更大。

虽是光天化日，亚当·哈蒙却感到半信半疑的莫名恐惧。曾经在夜晚的篝火旁他常有这种恐惧，当时他和两个儿子听一位半印第安血统的老猎手讲这条河谷的闹鬼故事，讲的是古老印第安部落的鬼魂，该部落曾在河谷到处构筑土墩和石墙 ①。哈蒙先生不是特别迷信，但周遭的某些氛围和光影却吓得他颏须底下直起鸡皮疙瘩。每逢此刻，他总是虔诚祷告，同时查看步枪药池里的火药。现在，两件事他都已做完。

他勒马向左，用膝盖一磕马的两肋，让马走起来，进入灰岩陡岸

---

① 古代印第安人曾构筑大量土墩和石墙，现遗迹尚存。据推测，土墩可能用于祭祀和墓葬等，石墙可能用于防御和围猎等。

的一道裂口。此处两面皆有遮挡，向下又可对半岛一览无余。他调转马头，让马停在原地，长步枪的枪托搁在大腿上，随时准备开火，同时左手抚摸着马的鬐甲。马听到怪声，在紧张地抖动耳朵，一下下喷着白气。

他边等待，边细听。声音越来越近，不再怪异瘆人。金属音显然是畜铃所发。有个声音在喊：

"喂——喂——"

他的马"咴咴"嘶鸣，附近另一匹马给予回应。

不久即听到马蹄声和铃音，料想他们还有不到五十码就将通过。他扳起击锤。

骑马者绕过陡崖拐角，出现在前方。看到来人模样，亚当·哈蒙悚然而惊。所见宛如鬼魅，比他听闻古老鬼故事后想象出的任何鬼魂都要怪异。

活人的脸竟如是衰老丑陋、枯槁惨白，亚当·哈蒙平生见所未见：满头卷曲的白发在午后阳光的照耀下闪闪发亮；面颊深陷，两眼下凹，脸皮松垂，如戴恐怖面具。来者身披一条肮脏破烂的灰毯，胯下是一匹瘦弱的驽马。哈蒙当即认出这正是自家走失的驮马。悬于马脖上的铃铛每走一步都叮当作响。

两匹马已在你呼我应，受惊吓的亚当·哈蒙这才意识到，连声哀号的幽灵原来是个女人，想必是自己来寻的德国老妇。显然她在下游偶遇小亚当舍弃的猎营，还逮到母马。

他用膝盖夹紧马的两肋，催马朝老妇奔来。"喂！"他高声道。老马止住脚步，老妇扭头看他，目光呆滞无神，嘴巴塌瘪大张，嘴唇被咬坏，满是烂疮。

"是斯顿普太太吗？"哈蒙先生毫不友善地看着她，问道。

老妇呆看他许久，一声不吭，在马背上摇来晃去，似乎想瞧个明白。哈蒙先生误以为她要晕倒。老妇的嘴巴像鱼似的翕动了好几回，然后她说："啊……啊……什图姆夫太太，对……"老妇瞅着举起的步枪，流露出恐惧，缓缓朝哈蒙先生抬起一只枯手。"我不会伤害她。"她咕哝道，"请别开枪，英格斯先生。"

女人们把男人统统撵到屋外，而后将玛丽搀到壁炉旁，为她脱衣，帮她上上下下洗了澡，给数不清的伤口和皲裂的皮肤敷上药膏，为她穿上黛安娜·麦科克尔最柔最暖的一件长睡衣，替她梳过头，让她喝下鲜牛奶和汤、吃下锄头饼。男人们再次进屋时，她正坐在椅子上，望着火，颧骨上现出一丝红晕。

屋外暮色降临，威尔坐在身边，握着她的手，抿着威士忌，和她一起凝视着火光，时而转头看一眼样子怪异、形同骷髅的脑袋，还有那双深深凹陷的眼睛。

念念不忘的事两人都难以跟对方启齿。玛丽将自己被俘和逃亡的始末尽述一遍，但有些事没提。威尔也不想逼问，要等她似乎愿意谈的时候再说。他则原原本本讲了自己南下切罗基部落的经历。当玛丽的侧脸对着他时，威尔怯生生地盯视她许久，心里在想：她得到照料，还会恢复年轻容貌的。可女人年纪轻轻却头发雪白，总还会让我们记起过去的。

他念及此处，胸中悲喜交集，感觉要再次落泪。

约翰尼·德雷珀和他们坐了些时。他凝视着炉火，仿佛看到上千英里之外，在努力表现得乐乐呵呵。然而玛丽注意到他的表情，见他抬起手，用牙去咬拇指甲廓。她把自己纤弱枯瘦、满布疤痕和伤口的手放到约翰尼的腕子上，轻轻将其按下，同时说：

"记住，妈妈过去总是讲，绅士不会拿手捂脸，除非在祷告。"

稍后，约翰尼答道："嗯，兴许我是在祷告，不是吗？"

"约翰尼，要有信心。总有一天她会回来的。我不是回来了吗？"

"对，但她不是在德雷珀家长大的，可以说她更……娇弱。"

玛丽思索片刻："不，身子只有让它娇弱才娇弱。"

屋外隐约传来一声叫嚷，下一声更为响亮。人们纷纷出门，去看个究竟。"是亚当。"有人喊道。威尔起身走到壁炉对面，等待着，脸色苍白而凝重。

几分钟后，大家又从屋外一拥而入，都在嘟嘟嚷嚷，或在高声争吵。他们将燃烛的屋子挤得满满当当，踩得地上尽是泥巴和雪，男人的帽子几乎触到低处的屋顶托梁。人们向屋子两侧的墙壁退去，在前门和玛丽身边的壁炉之间空出一条过道。玛丽转头望向屋门。哈蒙先生从过梁下方弓身而入，连大腿都溅有泥巴。他随即回身，向门外暗处一伸手，领盖特尔走进烛光。

盖特尔眨巴着眼睛，摇摇晃晃地站在门口，目光登时就被炉火吸引过来，落在玛丽·英格斯身上。她嘴巴大张，双唇开始嚅动，仿佛在说却没声音。两人各在屋子一端，彼此对视。全屋人都知道这就是要杀玛丽·英格斯为食的那个外国女人，因此带着既仇视又好奇的目光，无声地盯着她，在留意丑脸上的每个表情和每次抽搐。老妇口中只剩上颌的两颗犬齿，形如獠牙。不管先前登卡尔堡的人把这个食人魔想象成何种模样，她都没有令人失望。

玛丽从椅子上徐徐起身。即使穿有羊毛袜和莫卡辛鞋，体重一落，双脚仍剧烈疼痛，她靠住椅背才立稳。盖特尔站在屋子另一端的门口，两边是一张张嘟着嘴、带恨意的面孔。她神情凄恻，仿佛又要经受一场印第安部落的笞刑。

玛丽和盖特尔开始朝对方一瘸一拐地走过去。盖特尔腿上是那条血迹斑斑、屠宰穿的皮裤，是她在哈蒙家的猎营发现的，而毛毯的破布片则曳在溃烂的双脚之后。

不过是各在小屋一端，却仿佛历经漫漫无期的等待。两个满头白发、步履蹒跚的劫后余生者彼此盯视，走向对方，其表情屋里没人见过。

相距两英尺时，她们停下脚步，从深凹的黑眼窝中闪出炽烈的目光。屋内听不见喘气声，只有炉火在劈啪作响。老妇开口道：

"你真该跟我待一块儿，玛丽。我找到一锅肉。"

屋里站成两排的人们愤怒地嘀咕起来，之后又渐渐静下去。玛丽回应道：

"我也挺好，亲爱的。我找到了乡亲们。"

她俩又站立片刻，然后俯身向前，似乎要抱起对方，最终搂在一起，互拍着后背。

两人如此待了良久，全屋人站在原地，边眨眼，边竭力抑制自己的感情，开始领悟到自知将永不忘怀的东西。

最终，玛丽抬起头，颤抖着声音长舒一口气。她拉起盖特尔的胳膊，转身领她来到壁炉旁。

"来这儿坐吧，"她说，"脚得烤烤火。"

威尔·英格斯和玛丽同卧大床，其他人则睡在屋地各处的草荐上。在黑暗中，他听着人们的鼾声和咕哝声。无法与玛丽独处，他反而为此庆幸。

他害怕单独和玛丽同处一室、共睡一床。

他们刚上床，玛丽就偎依到他身边，身体碰上去有如一捆帚把和锄柄。她将头枕在威尔的臂弯里，又凉又瘦的胳膊搂住他的胸膛，请求对方给自己温暖。一触到玛丽的身体，威尔就在内心发出惊声尖叫，全身都打起寒颤，真想一跃下床，睡到地上某个角落。

后来，玛丽在他身上摸来摸去，喉咙里轻轻发出"嗯嗯"声。他在黑暗中瞪大眼睛，真想躲开触碰。最终，玛丽进入梦乡，让他舒出一口气。

威尔不确定玛丽是否想跟自己爱抚。他想：当然不是，她的身体还没缓过来，况且这里又黑又挤。可仅仅想到该问题就让胃里一阵翻腾，汗珠顺太阳穴淌下。

他不明缘由。

不只因为而今在他看来，玛丽已成陌客，或因为她俨如孱弱老妪。这是原因，但不是全部原因。

也不只因为那双凹眼里的光芒，那种野兽般凶狠可怕的目光。这也是原因，但仍不是全部原因。

也不只因为她见到那个德国丑老太婆时的样子——见老太婆比见他还亲切，仿佛跟老太婆比跟他还熟，仿佛爱老太婆胜过爱他。这也是原因，因为这让他伤心和惶恐，但也不是全部原因。

或许是因为那桩心事，是当初印第安人抓到玛丽而他却独自逃离的记忆，那件事始终令他汗颜。是因为听闻玛丽所到之处、所作所为时，听到她熬过六个礼拜、重返自己身边的经历时，他所感到的羞惭，那种情绪的低落。

他躺在床上，感觉玛丽手臂的骨头硌到胸膛，想到她受过的饥寒，走过的岩石、河川以及崇山峻岭，这些别人从未经历过。他意识到，玛丽的所作所为，换作自己做不成。

似乎这就对了。这件事，再加上其他那些事，就是重要原因。

第 32 章

玛丽再度心生不祥预感。她怵惕不宁，每晚都在睡梦中大叫。威尔心急如焚，想让她静心将养，便提议带她去沃斯堡①。那处堡垒更大，去此往东约七里格，聚集了罗阿诺克河源的拓荒人，包括威尔·英格斯的两个胞弟——单身的约翰和有妻儿的马修。一支民兵小分队在沃斯堡驻守。威尔觉得玛丽在彼处会更安心。她情绪脆弱；劫难过后，支撑她熬过来的钢铁意志似要瓦解；每晚她都梦魇缠身，梦到又被印第安人俘获。

什图姆夫太太已被登卡尔派教徒接纳。他们在给她疗伤，让她养膘，希望等身体好转、天气回暖，就带她回宾夕法尼亚。他们向玛丽解释说，老妇叫格蕾特尔，发自喉咙后部的"r"音让名字听似"盖特尔"②。对这个误会大家开怀大笑。

玛丽与登卡尔滩地这一小群曾悉心照料自己的人话别。她和亚当·哈蒙父子讲了好几分钟，握住他们的手，表达着无以言说的谢意。"要谢就谢天主吧。"亚当说，眼里溢满爱和信仰，"让你找到我们是天主创造的奇迹。"

她又坐到格蕾特尔床边，握住对方的手久久不放。泪水从老妇深凹的淡褐色眼睛里不断涌出，同时下巴在抖。玛丽明白，她是希望自己逞凶的事得到谅解。但玛丽只是摁了摁她的手，意思是让她放心，事情无需再提。在暗冷的河谷，支配她们的是生存法则而非人间法律。两人既已活命，相比于作奸犯科，那桩往事更易忘却。

然而临别时，格蕾特尔还是点到那件事，用近乎耳语的声音说：

"你过河离开我，哎呀，我的心比肚肠还要空啊。"

"对，我也是。呃，格蕾特尔，没有哪两个比咱更亲啦。"她将脸颊紧贴那只扭曲变形、满是血痂和鳞屑的手，那只曾在另一世界要杀她为食的手。此刻，她想到一句话：最近的两个灵魂，莫过于猎食者和猎物。她明白这话的道理，却未诉诸言语去思考。

印第安头领野猫队长从溪谷中举目，仰望下午的太阳，脸现怪相，后又看回溪谷，目光如鹰，循溪岸的兽迹投向远方。六名肖尼武士蹲伏在陡岸各自的哨位上，不时朝他望去一眼，而后继续窥视溪谷。

在基斯波科肖尼头领中，野猫队长最熟悉弗吉尼亚的地形，因此手下武士对他忠心耿耿。在今夏对一处定居点的突袭中，他缴获大量战利品，割下好几张头皮，还抓走数名俘虏。那处定居点临近奇诺达塞佩，离现在的设伏地不远。野猫收养了一名白人女俘的两个幼子。年纪小的已病夭，另一个正成为优秀的肖尼孩子。听人说，女俘生的女婴已被法商女人领养，但多周以来，野猫和武士们一直在外行军，没回肖尼村，不知传闻是真是假。

在此设伏的同时，野猫常念起男孩，也常想到男孩的母亲。她是个勇敢、有尊严的女人，模样俊俏得很，可就是太蠢，竟不愿做肖尼头领的妻子。他还记得那个夏日，在贸易站她推开自己的手。她和野猫生活在一起才对。要那样，她也不至于死，如今正过着适意的日子。可她偏跟那两个贪心的法国傻瓜去巨骨盐沼，结果在荒野走失，再没寻见。

---

① 沃斯堡，由拓荒者埃弗拉伊姆·沃斯建于 1753 年，位于今弗吉尼亚州蒙哥马利县。

② 老妇的名字实为 Gretel（格蕾特尔），玛丽误听成 Ghetel（盖特尔）。

不过白人就是这样：很难对付，又不识时务。野猫已学乖，再不会找白人女子做老婆。他是武士头领，而武士头领不可受迷惑；想要白人女子就是迷了心窍。此刻他不能再想那个白人女子，要把心思放在伏击上，这可是平生头等大事。

他们在此设伏已久，时近一整天。今天上午，华盛顿——那位大名鼎鼎的北美民兵上校，和他的两名军官该走这条路，去视察一个叫沃斯堡的地方，沿溪走一里格即到。他们轻装简行，坐骑是新换的良马，按理说早该到了，过溪谷耗这么久说不通。

野猫队长急欲割下年轻上校发红的头皮。议事时，他听赛欧托塞佩河畔肖尼村的二首领红鹰讲过，在迪凯纳堡附近的大战中，红鹰要射杀这名弗吉尼亚上校，但多次未果。若杀掉连红鹰都奈何不了的军官，可谓非凡之举，但要巧妙部署，时刻警觉，周密行动。

此刻，野猫意识到，虽说自己在此埋伏已久，渴望着那份荣耀，但它也可能从手里溜走。

他自蹲伏处起身，去找第一名武士。"我得确定那个弗吉尼亚上校真的还没过去。"他告诉武士，"我要翻过山，看他走没走支路。"武士点点头。"你也有所耳闻，"野猫说，"要杀这个军官可不容易，一定要攻其不备，等他裹上大神的护身斗篷可就迟了。"武士又点点头。野猫继续说："所以呀，你们谁也不许出声，不准开火，要等我打探回来。把我的话传给他们。"武士点头领命，去传达指令。野猫翻山而去。

他离开后，弗吉尼亚民兵的乔治·华盛顿上校、安德鲁·刘易斯少校、威廉·普雷斯顿上尉等三人骑着马，沿溪床去往沃斯堡。普雷斯顿上尉是巴顿上校的外甥。巴顿上校在今夏德雷珀草地遭屠时遇害。普雷斯顿告诉华盛顿上校，当时他奉舅父之命出门，沿沉溪去请乡邻帮收庄稼，逃过一劫纯属侥幸。年轻的上校点点头，说就算最优秀的士兵，生死也往往全凭运气，或看似全凭运气，实则出于天意。

这就是华盛顿上校和助手边骑马边谈论的话题。而在头顶，埋伏在陡岸上的六名肖尼武士正举枪对准他们。武士们焦躁不安，在动来动去，拿枪瞄了白人军官足有五分钟，却眼睁睁望着他们走过崖下。武士们已接到命令：头领不回，绝不许开火。他们是肖尼士兵，守纪为要。

　　野猫从山的另一侧返回，听到了猎物逃脱的消息。而此时，华盛顿上校和另两名军官已安全无虞，沃斯堡也已在望。

　　普雷斯顿上尉推开房门，华盛顿上校正在屋内和沃斯堡的首领们议事。桌上有一壶朗姆酒，屋顶托梁的铁链上悬挂一盏油灯。普雷斯顿面露微笑："上校先生，打扰了。真是巧啊，我发现一位老邻居也在这儿，她有神奇的经历要讲。"

　　华盛顿站起身。此时，一个满头白发、瘦得不成人形的小女人跛脚走进房间，搀扶她的年轻男子身强体壮、一脸胡须，华盛顿依稀记得他。"这是威廉·英格斯和他的妻子玛丽。"普雷斯顿介绍说。有人给她腾出一把椅子。上校坐下来，两手交叉放在桌上，从对面看着她。在这张形容枯槁的年轻面孔上，半带野性的双眼引起了上校的注意。近些年，他已学会识别历经种种凶险者所特有的目光，对其深感同情和敬意。

　　"这里的先生们谈过你。"他说，"新河穿过大山，直通俄亥俄河，是这样吗？"他对土地的兴趣非同一般。

　　"不直，先生，不是的，绝对不直。但确实通到那儿，先生。我估摸，坐船去俄亥俄河大概有两百英里。不过，但凡能找到更好走的路，就别走这条，先生。"

　　她讲到盐泉、火泉、煤河等去处，上校听得兴致盎然。她跟上校讲起赛欧托塞佩河畔的肖尼村、被押解到肖尼村的迪凯纳堡俘虏、巨骨遍地的另一处盐沼。此刻，上校肘压桌面，使劲探身，听得如醉如痴。

"有多远？"他问道。

"坐船的话，估摸得有五百英里。我绕走好多路，要远不少。"

"请问女士，"上校像个勘测员，希望得到可靠结果，便追问道，"这些估算你是怎么得来的？"上校怀疑估算严重失实，是饱经磨难后的夸张想象。

玛丽放到桌上一条纱绳，一股油乎乎、软塌塌的绳子，已被磨得脱线，从头到尾打满了结，看上去颇为怪异。她解释道："这三十个结，每个表示做俘虏时走过的一天，一直去到肖尼村，一天约莫走十五英里，在盐泉待了几天。这四十四个结，每个表示从巨骨盐沼逃回时走过的一天。"

华盛顿上校不再看纱绳，抬头看向玛丽的眼睛，感到头皮发麻。在他过去三年的艰苦经历中，有一段最刻骨铭心的记忆，那便是1753年冬乘马五百英里赶赴勒伯夫堡 ①。此举让他在各殖民地声名大振。他主要靠骑马，还有一名身兼向导和翻译的武装随从，可即便如此，也险些丧命。此刻坐在面前的是这个眼神焦虑、与自己同龄的弱小女子。她没有食物和武器，竟穿越蛮荒，一路的艰险远超自己那次。年轻的上校少有被人折服，此刻却肃然起敬。他清清喉咙：

"女士，今天我刚和普雷斯顿上尉说过，我们有些人好像受到上帝眷顾，他愿意替我们出手。"他站直高大的身躯，鞠上一躬："多谢了，英格斯太太。见到你很荣幸。"

晨曦中，威廉·英格斯和弟弟马修站在沃斯堡门口。马修身着羊毛

---

① 法英战争前夕，时年 21 岁的华盛顿于 1753 年 10 月 31 日奉命前往勒伯夫堡（在今宾夕法尼亚州沃特福德），要法国人从俄亥俄河谷撤走，于 12 月 11 日抵达，但要求遭拒，于次年 1 月 16 日返回弗吉尼亚威廉斯堡。往返途中历尽艰险。

长猎衫，胸前皮带交错，上系牛角火药筒、弹囊和猎袋。他要出发，去打上一天的猎，来调剂伙食。在堡垒中尽啃玉米饼、喝牛奶，实在乏味。威尔愁眉苦脸，马修冲他粲然一笑。威尔略感难为情。他觉得，玛丽又是惧怕又是有预感，让他像个傻瓜似的。如今玛丽又心生强烈预感，觉得沃斯堡就要遭袭，催促人们离开，过蓝岭去更安全之处。华盛顿上校一走，她就翻来覆去说起来，最终威尔答应带她过岭，去水獭峰①附近一座更大的堡垒。

"呃，马特，"威尔说，"等到春天，兴许她就全好了，到时我们就回来，在渡口把房子建完。我，嗯……"

马修把手搭到威尔肩头："不用再说啦。换作我，也会吓坏的，兴许得回多尼戈尔郡才能好呢。一路顺风，伙计，来春再见吧。"

稍后，威尔和玛丽向马修妻子、约翰，还有堡垒中另外四十人道别，骑马朝东南方的蓝岭山口而去。一路上两人话语寥寥，彼此间依然有点生分。此前，他们曾大谈各自在外的经历，大谈汤米、乔吉、贝蒂和亨利，可有些话却依旧没讲。朝北的洼地仍残留几片湿雪，但地面大多一片棕色，光秃而硬实。

当日下午，马修·英格斯正返回沃斯堡，袋内有只野兔，肩搭一羽头朝下的母野火鸡。陡然间，他听到枪声，便催马小跑起来，死火鸡猛撞肋部。一时间他想起嫂子的预感。

堡垒围桩的上方和周边树林腾起蓝色硝烟。枪声"噼噼啪啪"，交织着印第安人带颤音的叫嚷。马修的心已提到嗓子眼。他想起堡垒中的妻儿，便弓身钻入最密的灌丛，左拐右拐，奔向围桩。别无他法，只有冲进去。他只管朝前跑，莫卡辛鞋踏上冻实的地面，"蹬蹬"有声，火

---

① 水獭峰，包括蓝岭山脉的尖顶山、平顶山、哈肯宁山等三座山峰。

鸡猛撞身体。他甩下火鸡，往仅余百码的堡垒飞奔过去。

此时，一小队印第安人挡住去路，他们正从前面穿过，从一个遮蔽处跑向另一个，涂油彩的脸一转，发现了他。

马修朝一人直冲过去，近距离朝他的脸开火。武士扭身倒地。马修从他身上跃过，但又一名武士拦在身前。此时，所有武士似乎都将堡垒抛于脑后，止步转身，朝他扑来，面露凶相与喜色，仿佛正投入一场竞技，意在阻止这个独行的白人男子到达堡垒。马修咆哮着，同样气势汹汹，感觉肌肉紧绷如钢簧，两足似生双翼。他攥住枪管，如握铁头木棒。一张涂有赭、蓝条纹的棕色面孔现于眼前。他挥起枪托，感到"砰"的一声击中肉和骨头，那人被生生砸晕。他又舞动枪托，朝另一张脸扫去，只听"咔嚓"一声巨响，枪托断裂。此时，有多只手抓到他身体各处。他将断裂的枪托刺进一个裹着鹿皮的肚子，断枪随即被夺走。他兴奋地发出呐喊，朝已近在眼前的堡垒冲去，却感到自己被一只只手死死拽住，肩背正受到重击。

他赤手空拳，摔倒在地，几名武士压到他身上，扭动着躯体。前方几英寸远有一口长柄大平底锅。锅怎会在此他不清楚。他从狂吼乱叫的众武士身下挣脱，抓锅在手，一骨碌爬起。铁锅重如斧头，他抡锅拍死两名武士，随即有锐器刺入后背，他疼得喘不上气，看到棕色泥土迎面撞来。

约翰·英格斯一边透过围桩上的小孔向外察看，一边将弹丸裹进油布，塞入长步枪的枪管，给药池捏上一撮火药，把枪管探出小孔。身后有个男子尖叫一声，摔倒在地。围桩里已有两个男人丧生，还有三个女人受伤倒地。约翰·英格斯没弄清击中他们的子弹从何而来。堡垒位于一处不大的高地上，射进院落的子弹只能来自更高处。硝烟刺痛眼睛，约翰觑起双眼，搜寻目标。

"在那儿！"有人喊，"在那棵杨树上！"

约翰再次俯身看向小孔，察看周围的树林，终于寻见了狙击手：那名武士离此两百码，高踞一株大杨树的主枝。此时，堡垒内有一些守卫似乎已发现他，纷纷朝树开枪。约翰瞄定远处树枝上的小小身影，开了火。没打中。他把枪收回，要重新装弹，这次冒险多填了火药。他塞好弹丸，填满药池，心在狂跳，生怕别人抢先射中狙击手。他再次瞄准高枝。树上飘出一团硝烟，一颗枪弹击中身后屋顶。约翰·英格斯把枪瞄高半度，肩膀用力抵住枪托，扣动扳机。随着超量的火药炸响，枪托向后猛撞肩膀。透过飘起的硝烟，只见武士斜身坠下，摔落五十英尺，砸到地上，引来一阵叫好声，他冲大家咧嘴一笑。

半小时后，约翰·英格斯躺在地上，感觉鲜血从肺中汩汩涌出。他已竭尽所能，此刻肺部中弹，无力起身。围桩在起火，大门已被烧坏、撞开。印第安人闯进围桩，恶魔般嚎叫着，挥刀将婴儿劈作多段，把女人砍成碎块，哀号声惨不忍闻。约翰义愤填膺，却无能为力，嘴里哼哼着，眼见一名戴熊爪项链的印第安武士满面愠色，弯腰薅起自己的头发，利刃切入头皮。

下午三时许，沃斯堡的人不是被杀，就是裸身站在冰泥中，绳索套颈，被拴在一起，眼望房屋遭大火焚毁。尚有些神志者想起英格斯家那个可怜的怪女人曾发警告，可谁都没听。

背后的西风几乎要将二人吹过蓝岭山口；斗篷向前飘摆，马鬃在颤动、散乱、分开。低地在前方和脚下起伏绵延，一路向海岸倾斜，融入珠灰色雾霭。真正的文明在彼处，骑行一天即到。

他俩在山口勒马回望。风在呼啸，吹得两人眯起眼睛、泪水直淌。落日下，一排排灰暗山峰向西延伸。那是蛮荒世界，他俩在彼处结为夫妻，生养、失去了子女，丢掉了内心或曾有过的一切柔情，将其丢在那些黑障障冷酷无情、曾塑造自己灵魂的大山里。

威尔勒马转身，似要为玛丽遮挡狂风。夫妻俩紧挨一处，有一刻曾面面对视，在彼此眼中见到远方、憧憬和哀愁。此刻，面容红润的高大男人和脸色苍白的瘦小女人已看懂对方心思，知道他们终有一天将归返，因为未来在西边。

威尔看到玛丽脸上浮过别样的悲戚，如云影掠过草地。

"想啥呢？"威尔问。

"真希望他们跟咱俩一块儿来。"玛丽说，"对沃斯堡，我的感觉还是很糟。"

"唉，但愿这回你料事不准。"威尔叹道，"现在告诉我，对汤米、乔吉，还有贝蒂，你是咋预料的？"

"咱们得一直找下去才知道。"

"会的，我发誓。"接着，他又说，"嘿，玛丽，你知道，有件大事还没告诉我呢。现在就咱俩，让我们说明白吧。"

玛丽注视着威尔，咬牙觑眼，面向狂风，面向他身后的冬日落阳，面向告知实情后他的目光。"屠杀发生三天后，女儿生在了地上。"玛丽说。她看到威尔的眼睛变得湿润，看到对方嘴唇无声地做出个"女儿"的口型。"我把她带在身边养了三个月。后来……"她垂下目光，锁起眉头。

"说啥？"威尔问道，以为是狂风吹散了玛丽的话。

"……后来，"她鼓足勇气，看着丈夫，不管威尔讲什么，都已做好准备，然后说，"……后来，我没办法，就把她留给一个印第安女人照顾。否则她活不成，看我的样子你也知道。"这事她总算有勇气说出口。

一股劲风吹打着玛丽的耳朵和斗篷的兜帽。威尔只得抬手摁住自己的帽子。他凝视着妻子，最终说：

"你给女儿起名了吗？"

"嗯，可你不用知道。我想尽快忘掉。"

威尔在马上看着妻子。玛丽不知道这事丈夫如何接受。最终，威尔说：

"也没别的办法。"他语气沉着，泪水流出眼角，不知是因为动情还是因为寒风。

"你有啥事要跟我讲吗？"稍后玛丽问。

威尔用舌头舔了一遍下牙，又吸入一口气：

"就是这事：看见蛮人带走你，我跑开了。"他叹口气，似乎想看向别处，可依旧盯住妻子的眼睛。

玛丽说："也没别的办法。要是当时你犯傻，去白白送死，我现在可咋办？"

两人都咧开嘴，却不见笑意，而是从对方肩头望向他处。最后，威尔伸手挽住玛丽的手。

"等你养好伤，咱们再生一群孩子。你瞧，"他西眺阿勒格尼群山，"五年前咱就待在这儿，在蓝岭上，只咱俩，望着远处。"

"没错。我比那时更爱你了，威尔·英格斯。"

终于听到这句，威尔语气哽咽："是真的吗，玛丽·英格斯？"

"我又回到你身边，这还不能证明吗？"

此刻，两人都面露真正的微笑。

"快，"威尔说，"咱赶紧下山躲开这股风，不然就给它径直吹走啦。"

第 33 章

1768 年 10 月

威廉·英格斯策马奔至两名旅伴前，沿一条穿过黄绿色草地的路，登上圆形山肩。他勒住马，在镫上起身，俯瞰新河谷地。自己的家业全在那里，掩映在金黄的林叶间，望去恬静祥和：英格斯渡口和客栈，渡口路旁整洁的农舍、谷仓和酒馆，烟囱里袅袅升起的木柴烟，房屋附近缓坡上泛黄的玉米地，客栈边院落中的石井，一切尽如三月前因此事离开时那般安宁。

如今，威尔·英格斯生活富足，体格健壮，身披精致的羊毛斗篷，鹿皮外套里穿着蓝白格的法兰绒衬衫。同伴赶到身侧。威尔转过脸，透过斑白的胡须，粲然一笑。其中一名同伴是比尔·贝克—— 一个惯于冒险的人，相貌粗犷、头发乌黑，做过多年的肖尼俘虏，学得肖尼语言，是一名出色的向导和翻译。

另一骑手是个十七岁少年，身着鹿皮装，外披毛毯，头扎肖尼发带，骁骑马上，鬐甲挂有弓和箭囊。

少年来到山肩，比尔·贝克用肖尼语对他说了什么，然后指向山下的那片房屋。少年手撑马脖，俯身向前，目不转睛地盯着彼处。随后，他又望向秋林远山，来回扫视逶迤流淌的河水，不露神色，却将一切看在眼里。威尔·英格斯急切地瞅着他。少年最终点点头，依旧毫无表情。

三人放马一路小跑，进入河谷。威尔·英格斯满面喜色，洋洋自得。他们骑马奔向农舍，鸡群咯咯乱叫，从路上逃开，一头猪在院中瞧着他们。威尔·英格斯突然在嘴边拢起手，尖声喊道：

"嘿！玛丽！嘿，玛丽，我们回来喽！"

三人在木屋门阶前勒住马。门开了，一个模样非常俊俏的女人走上门阶，看向他们。她身穿毛麻交织的蓝色长裙，肩罩白披巾，后背挺直，体态优美，面色红润而富活力，一头雪白浓发。她先瞅向威尔，只看上片刻，朝他眨眨眼，之后望向另一男子，说道："贝克先生，你好吗？"

"好得很，英格斯太太。你也好吧？"

"还过得去。"她答道，可热切的目光已转到少年身上。她凝视着后者，端量他的同时脸色转为苍白。这时，三个小姑娘出现在敞开的门口：一个八岁左右，一个大概六岁，还有一个约四岁。见到威尔·英格斯，她们立刻跳起来，异口同声地喊着："爸爸！爸爸！"

"嘘。"玛丽·英格斯说，眼睛依然盯着少年，向后张开双手，不让小姑娘们跑进院子。接着，另一身影出现在门口。她头发乌黑，脸色冷峻，身材苗条，三十五岁上下。

"你好吗，威尔？"女人说。

"你好，贝蒂。"威尔回道，"没想到你也在。"

"这可不能错过呀。"她说，"但就是约翰尼在收庄稼，脱不开身。"她的双眼泪光闪动，转头看向骑马少年。七年前，约翰尼·德雷珀在奇利科西①肖尼村追寻到贝蒂的下落，从收留她的首领处将其赎回②。贝蒂

---

① 奇利科西，即肖尼部落五大分支之一的 Chalahgawtha（查拉高萨），Chillicothe（奇利科西）是另一种英文拼写。按肖尼人传统，五个分支的总首领须来自奇利科西。若村落名为"奇利科西"，则说明总首领居住于此。故而，奇利科西村不限一地。在肖尼人的历史中，曾有多个奇利科西村。
② 贝蒂被一名印第安猎人带走后，曾试图逃跑，被抓回，险遭火刑，幸得一位丧女的老首领搭救，后被其收留。

永远表情冷峻，满面悲戚，又动辄感伤流泪，而往往并无明显来由。

"欸，玛丽。"威尔·英格斯招呼道。

"欸，威廉。"玛丽应道。

"跟他讲。"威尔对比尔·贝克说。贝克伸手拍了拍肖尼少年的肩膀。少年正注视着白发女人，此刻转头看向他。贝克先生指着玛丽，开口道：

"尼加。"

少年又转向玛丽·英格斯，一直盯着她。玛丽·英格斯也盯向少年。

她想：举止像野猫。

她朝少年点点头。少年打量着她，面无表情，但眼神多有变化。他忽然一骗腿跳下马，脚尖轻轻着地。

他把缰绳交给贝克先生，朝门阶走去。他长得高大修长，年纪虽小却举止庄重。

少年在走近，玛丽·英格斯开始浑身颤抖。小姑娘们张大嘴巴，默默呆望着少年。

离门阶还有几步远，他停下来，看着玛丽。玛丽颤巍巍地迈出两步，走下门阶，站到少年面前，相隔一臂之遥。她注视着少年的深色眼睛，以及被饰珠发带整齐束住的红棕色头发，眼皮开始颤动，眼角淌出泪水。

"尼加。"少年开口道。

玛丽疑惑地看向贝克先生。

"他说的是'妈妈'。"

玛丽皱起下巴，似要大哭，可嘴角却绽露笑容。她伸手握住少年的手，而后突然一阵抽泣，揽少年入怀，脸紧贴他的脖子，禁不住放声痛哭。少年立在原地，缓缓从身侧抬手，羞怯地抱住玛丽颤动的双肩。此刻，少年涕泗俱下。门阶上的贝蒂和马背上的威尔都紧咬牙关，强忍啜泣，但身体在抖，面颊已湿。

过了一阵，玛丽·英格斯抬起头，鼻子通红，表情半哭半笑，细微的笑纹在嘴边深深显现。她端详着少年闪亮的眼睛，又用掌心捧住他的脸，说道：

"十成百，百成千，千成万，汤米乖乖。啊，儿呀，欢迎回家！"

作者手记

　　据估算，在法英战争期间，发生白人拓荒者遭劫事件达两千起，遭劫者有男有女，有成人亦有孩童。玛丽·德雷珀·英格斯被掳仅是其中一例。多年来，为房、受虐与逃亡的磨难曾为艺术想象提供素材。源自这些历险的故事，包括纪实和虚构，皆成为美国民间传说里一股激动人心的潜流，也催生出种种偏见。在美国西进运动①中，正是这类偏见致印第安各部落遭无情对待。当然，这类偏见也促成了美国民族性格的塑造。

　　在法英战争期间和之后，此类历险的众多亲身讲述被刊印成册，但往往夸大其词，令读者既惊骇又着迷；对同处一片大陆、"恣意妄为的赤身生番"，读者抱有各种想象。在宗教信徒眼中，此等凶多吉少的历险是对信仰的终极考验，或者常是有象征意义的地狱之行，其间要遭遇裸身恶魔，经历烈焰焚身。在信仰圣公会②的殖民地居民中，这些小册子也常用于反天主教宣传。许多此类故事提及法国天主教神父。他们在印第安人中间活动，据说替后者赦免因杀人和施虐所犯罪过。

　　在身陷印第安牢笼的相关记载中，有大量对遭难和受虐的讲述超乎想象，有些逃亡经历听上去简直不可思议。

　　但于我而言，本书的记述最令人惊叹和激励人心。书中故事集中表现出人类的坚忍精神——这种精神不单为训练有素的职业军人或探险家所具备，更为栗栗危惧的弱小"普通"人所拥有。

玛丽·德雷珀·英格斯虽历经本书所讲的苦难行旅，但终得康复。她和丈夫威廉又生有三女一男，在英格斯渡口周围的荒野将子女养大，并与丈夫又共历至少一场印第安人对边疆家园的袭击而幸免。威廉·英格斯于 1782 年先她故去，终年 53 岁。

遭逢大难后，她又度过不凡的六十载，于 1815 年离世，享年 83 岁。据亲熟所讲，直到生命末年，她依旧精神矍铄，身体硬朗，生活可自理。

幼子乔吉被虏时年仅两岁，据传与母分离不久即死于肖尼部落。长子托马斯在被肖尼人收养的十三年中，几乎已忘记母语和白人父母。

然而，威廉和玛丽·英格斯却从未将他遗忘，始终在打探其下落。1768 年，获释俘虏威廉·贝克捎回他的音讯。威廉·英格斯和贝克两赴肖尼地界，以约合 150 美元的赎金，从肖尼养父母处赎回托马斯。但他不愿回归白人文明，而宁可携弓箭长期隐居荒野。他逐渐重受白人教化，曾在弗吉尼亚阿尔伯马尔县学习过一段时间，与托马斯·杰斐逊③、帕特里克·亨利④、詹姆斯·麦迪逊⑤结识。

年轻的托马斯·英格斯最终结婚，决意安顿下来务农，但受荒野召

---

① 西进运动，18 世纪末至 20 世纪初，美国东部居民向西迁移和开发西部的运动。其间，印第安人遭大肆屠杀和驱逐。

② 圣公会，即英国国教会。英格兰国王亨利八世（1491—1547）宣布英国脱离罗马天主教会体系，创建英国国教，并自立为英国国教领袖。

③ 托马斯·杰斐逊（1743—1826），美国第三任总统（1801—1809），《独立宣言》主要起草人，弗吉尼亚大学创办者。1803 年从法国手中购得路易斯安那地区，使当时美国的面积增加一倍。

④ 帕特里克·亨利（1736—1799），政治家，演说家，曾任大陆会议代表和弗吉尼亚州长。"不自由，毋宁死"是其流传至今的名言。

⑤ 詹姆斯·麦迪逊（1751—1836），美国第四任总统（1809—1817），美国宪法主要起草人，被誉为"美国宪法之父"。任内爆发第二次美英战争。

唤，不时离家，住到弗吉尼亚地区白人所去的最远处。如有可能，他则前往俄亥俄肖尼部落访旧。

他执意不住大定居点而离群索居，最终在 1782 年 4 月，遭遇了一场袭击，与 1755 年亲生父母的劫难极为类似，近乎离奇。当时，托马斯正在田间劳动，一大队印第安人包围他家，掳去妻子和三名儿女，劫走财物，并烧毁房屋。托马斯望见浓烟、听到喊叫后赶回，但他没带武器，且孤立无援，难以施救，只能眼见家人被劫，正如 27 年前自己和母亲、弟弟遭劫而父亲却无能为力一样。他熟悉德雷珀草地受屠的历史，彼时心境可想而知。

托马斯带领营救队伍，在劫持发生后的第五夜追上印第安人。在凌晨的混战中，印第安人用战斧劈死了托马斯·英格斯的五岁女儿——与祖母同名的玛丽，以及三岁的儿子——与祖父同名的威廉。托马斯·英格斯冲入敌营，救下妻子埃莉诺，当时印第安人正抢斧砍她的头。因母亲倒地以身相护，女婴得免。印第安人在撤逃时杀死一名民兵上尉。一双儿女伤重身亡，但妻子获边疆医生救治，有几片碎骨从头部取出，终得康复。

1761 年约翰赎回贝蒂·德雷珀，夫妻从此在德雷珀草地生活。贝蒂归家后，育有四儿三女，于 1774 年离世，终年 42 岁。

贝蒂去世当年，约翰·德雷珀和托马斯·英格斯任中尉，曾参加波因特普莱森特荒野大战 [1]，战场位于俄亥俄河畔，19 年前贝蒂和玛丽遭劫后到过此地。

两年后，约翰·德雷珀再娶，又生育两女，寿至 94 岁。

在沃斯堡外发生的肉搏战中，威廉胞弟马修·英格斯杀死至少两名

---

[1] 波因特普莱森特荒野大战，1774 年 10 月 10 日，在卡诺瓦河与俄亥俄河交汇处的波因特普莱森特（在今西弗吉尼亚州），肖尼部落与弗吉尼亚民兵发生战斗，最终印第安人败退。

印第安人，最终寡不敌众，但未当场阵亡。与悍勇者常有的境遇相同，遭俘的马修·英格斯赢得印第安人的敬意。他在屠杀发生后不久或被释，或逃离印第安队伍，但伤重未愈，数月后死于英格斯渡口。妻儿均在沃斯堡被杀。

肖尼人确实以为，其俘虏玛丽·英格斯和德国老妇在巨骨盐沼周围的荒野走失或为野兽所伤。直到若干年后弗吉尼亚居民遇见肖尼人时，后者方知，原来她俩经长途跋涉已返家园。听完讲述，印第安人惊叹不已，可以说这故事在他们中成了传奇。

德国老妇陪同玛丽·德雷珀·英格斯艰苦跋涉、走向自由，但遗憾的是，其真实姓名和最终命运湮没于历史。有关英格斯和德雷珀两家的史料显示，老妇搭马车终返宾夕法尼亚，此后新河各定居点再无她的消息。研究该地历史的学者认为，老妇姓斯顿普或什图姆夫；布雷多克在宾夕法尼亚迪凯纳堡附近战败后，老妇被俘，沿俄亥俄河被带至赛欧托河畔的肖尼村，遇见玛丽·英格斯。这就是她的历史，是我愿意相信的版本，因为无人能提出严谨的反驳意见，而且参照布雷多克兵败后的其他俘虏所讲，上述行踪似颇为合理。

由于英格斯家在小说所涉时期的史料匮乏（家庭的大量旧文件已毁于火灾和袭击），我依据的主要素材是 1886 年发表的一篇叙述，出自《翻越阿勒格尼山的拓荒者》一书，作者是约翰·P. 黑尔医生（1824—1902），即威廉和玛丽·英格斯的外曾孙。黑尔是一位内科医生、实业家、银行家和历史学家，回忆外曾祖母的文字似乎主要取材于约翰·英格斯（1766—1836）的一篇手写记述。约翰是玛丽·英格斯最小的儿子，曾多次从父母口中听到该故事。黑尔医生借助大量研究，对这篇简要记述予以充实。他凭借自己对新河—卡诺瓦河峡谷广泛而详尽的了解，能够确定记述中多数事件的发生地。当然，在玛丽途经的当时，那些地方多无名称。在我的小说中，至俄亥俄河河口的整条峡谷都被称作新河峡谷。直到多年后，高利河①河口以下河段始被命名为卡诺瓦河。

值得一提的是，黑尔医生经营的主要企业是卡诺瓦河畔的制盐厂，而在此前一个世纪，玛丽·德雷珀·英格斯遭劫后穿越荒谷，正是途经此地时，在印第安人的逼迫下煮盐。多年中，这是美国最大的制盐厂，距下游的西弗吉尼亚首府查尔斯顿不远。

在事件次序和细节方面，两名后辈对玛丽·英格斯磨难的记述几无二致，仅有一处不寻常的区别：约翰·英格斯的版本未提及母亲遭劫时已怀身孕以及被掳后产婴。

对女婴的出生和被弃，约翰·英格斯只字未提，这说明两种可能：或是父母从未当面谈及女婴，或是他不愿将此事写入文章。

据黑尔医生讲，女婴出生的详情源自利蒂希娅·普雷斯顿·弗洛伊德女士的文章。作者是玛丽多年的邻居威廉·普雷斯顿之女、弗吉尼亚州长约翰·弗洛伊德二世之妻。黑尔医生还透露说有其他出处，但未给出资料名称。

谈及女婴，他言之凿凿，述说详备，使我确信他自知掌握实情，小说相关情节即以此为据。我情愿认为，即便事出权宜，想增加婴儿的存活希望，遗弃骨肉仍是十分痛苦而复杂的情感经历，事后自然不愿同家人谈起。

要再现两百年前的人物，只能凭真诚与想象，希望小说主人公在某方面贴合历史原型。我在创作其他历史人物时，可借照片知其容貌，可借回忆录、日记和信件知其想法和言论。而我创作玛丽·英格斯这个小说人物却全无这些。在她所处时代，当然没有相机；纵使当时有肖像画家闲步于崎岖的新河峡谷，曾为她画像，如今也无以知晓。既然未得见

---

① 高利河，在西弗吉尼亚州，长约 170 公里。在本书第 21 章，玛丽和老妇过瀑布后遇两河交汇，东来之河即高利河。

画像，外貌描写便只能据其外曾孙所述——称她体格健壮。

玛丽·英格斯是否写下过文字或想法亦不得而知。一位后人曾向我表示，她很可能不识字，当时众多北美边疆移民皆如此。

所以，我既未见过玛丽的长相，也未读过她的文字，无从获取创作灵感或窥其性情，只能单凭事迹写作该人物。

其事迹带给我的灵感极多。

在四十四天的非凡跋涉中，玛丽·英格斯的主敌是荒野，尤其是阴暗陡峻、急流咆哮的新河—卡诺瓦河峡谷，她被迫在荒寒的初冬穿越此地。为刻画这名残酷的强敌，我还有更多的路要走。峡谷一如从前，徒步探访的我置身群岭林坡和峭岩绝壁之间，在此攀爬、行走、过夜，不久便对其谙熟，并心生敬畏。此间景致堪比神话与传说。晨昏阴晴，景随时易，时而荒凉，时而绚丽，但始终迷人。我用时多周穿越群山，追循玛丽·英格斯的足迹。尽管自幼便徒步旅行，惯于席地而卧，但身围峡谷，我自觉微渺，为其慑服，这番感受此前少有。在晓雾中，我仿佛目睹玛丽·英格斯与德国老妇缘河跋涉的身影。在激流拍石的无穷乐音中，我仿佛听到两人隔河互唤的回声。我能理解她们为何惧怕望不见彼此。探访之旅接近尾声时，我攀爬过玛丽在归途最后一日曾翻越的河边绝壁。如今可绕走绝壁脚下，河畔早已修建铁路路基。但一柱柱绝壁仍卓立河上，依旧可循玛丽·英格斯的路径，当然须手脚并用方可。我攀登时，是在一个干爽而温和的早晨，在睡袋中已安眠一夜，早餐吃过罐装牛肉，体力充沛。即便如此，我仍用去三小时才得以过崖。当年天寒地冻，玛丽已跋涉六周，饥馁劳顿，成功翻越堪称壮举。

实地探访过曾令她身心备受摧残的河谷之后，对真实的玛丽·德雷珀·英格斯，我感到已有最大可能的了解。毕竟，对一个人灵魂最好的认知，莫过于熟识其曾战胜的磨难。

年轻时的乔治·华盛顿在小说中数次露面，这些均有史料可为佐证。他是否在沃斯堡见过玛丽·英格斯或与之说过话，并无相关记载，但我认为有此可能，因为大概在玛丽于此养伤的同时，华盛顿正以弗吉尼亚民兵总司令的身份视察该堡。由于对土地买卖兴趣浓厚，想必他会像小说对话那样询问玛丽。

为探寻玛丽·英格斯的历史，我最终到访西弗吉尼亚州被英格斯和德雷珀两家首度开辟、开发的地区。此外，我有幸结识这名无畏女性的五世孙女。

罗伯塔·英格斯·斯蒂尔住在弗吉尼亚州拉德福，或许在见我之初曾抱有谨慎和怀疑态度。她认为，多年来，玛丽·德雷珀·英格斯的故事在众多重述中已然失真，而我也是外人，意在讲述另一版本。我能感受到她的慎重，但她对我友善相待，并愿听我的想法。

斯蒂尔太太自然是英格斯家族历史的守护者。她的高祖是老约翰·英格斯，生于母亲逃回约十年后的 1766 年[1]。他的手稿是已知最早记述玛丽归乡的文字。对斯蒂尔太太而言，这是故事的最可靠文献。手稿保存在弗吉尼亚大学图书馆。斯蒂尔太太和兄长安德鲁·刘易斯·英格斯于 1969 年编辑出版手稿的注释版，书名为《逃离印第安樊笼》（联邦出版公司，弗吉尼亚州拉德福）。两人力图对原稿加以准确解读，保留下约翰·英格斯的拼写、措辞、行文风格及标点符号。

斯蒂尔太太在拉德福的住所颇为华美，我与她同坐宽敞舒适的门廊，尽力分享对那位勇敢女性的理解。逐渐地，她开始给予我做深入研究的提示和线索，并惠赠一册《逃离印第安樊笼》。她专程离家，为我去拿原稿的影印本。数月后我返回拉德福继续研究，她特意驾车载我去英格斯渡口，参观威廉·英格斯建造的木屋，这是他所经营路边客栈的附属建筑。当时，斯蒂尔太太烦恼不已，原因在于宅地遭破坏和侵占，

---

[1] 原著记为 1776 年，实为 1766 年。

而且，据她所言，自己见到现代社会世风日下。显然，她对人期望高，或许对道德松弛少有容忍。先人不惧艰险、不辞劳苦于此营建的世界正遭受到现代社会的侵蚀。我觉得，她所拥有的强烈价值观与家族自豪感，源自玛丽和威廉·英格斯身为拓荒者的无畏精神，依然在力图抵抗安逸年代的长期围攻，在抵抗道德力量的日渐衰颓。她对我热心相帮、盛情款待，幽默不形于色，而从中我看到她感伤与严肃的一面。我认为，那位拓荒女性并未全然离去，百多年来通过后人的眼睛，在审视一个不曾预料的世界。也许这只是我身为作家的想象，然而我觉得，从这名祖先传奇守护人的神情和举止中，我得以瞥见玛丽·德雷珀·英格斯这位历劫勇者所具有的性格。

在此，特别感谢罗伯塔·斯蒂尔慨予祖先史料，使我得以讲述一篇激励人心的故事。同时感谢哈罗德·J.达德利牧师提供自己的想法和见解。他来自北卡罗来纳州罗利市，是约翰·P.黑尔所著《翻越阿勒格尼山的拓荒者》第三版（德乐思出版公司，北卡罗来纳州罗利市）的编辑。还要感谢弗吉尼亚和西弗吉尼亚两州数十位生活在新河峡谷一带的居民。他们曾为我引路，待我热情友好，陪我到山麓和山巅探访美景与营地，划渔船载我去往各处，因为知道我在为他们的传奇人物玛丽·英格斯写书之后，显然他们想让我的河谷之行比玛丽的更轻松。

James Alexander Thom

FOLLOW THE RIVER

Copyright: ©1981 by James Alexander Thom

This translation published by arrangement with Ballentine Books, a division of Penguin Random House LCC.

through Big Apple Agency, Inc., Labuan, Malaysia.

Simplified Chinese edition copyright © 2023

by SHANGHAI TRANSLATION PUBLISHING HOUSE (STPH)

All rights reserved.

图字：09-2022-0059 号

图书在版编目（CIP）数据

溯河而行/（美）詹姆斯·托姆
（James Alexander Thom）著；郝福合译. — 上海：上
海译文出版社,2023.10
　书名原文：Follow the River
　ISBN 978-7-5327-9319-8

　Ⅰ.①溯… Ⅱ.①詹… ②郝… Ⅲ.①长篇小说—美
国—现代 Ⅳ.①I712.45

中国国家版本馆 CIP 数据核字（2023）第 177304 号

溯河而行

〔美〕詹姆斯·托姆　著　郝福合　译
责任编辑 / 宋金　装帧设计 / 张志全工作室

上海译文出版社有限公司出版、发行
网址：www.yiwen.com.cn
201101　上海市闵行区号景路 159 弄 B 座
浙江新华数码印务有限公司印刷

开本 890×1240　1/32　印张 12　插页 5　字数 235,000
2023 年 10 月第 1 版　2023 年 10 月第 1 次印刷
印数：0,001—7,000 册

ISBN 978-7-5327-9319-8/I·5809
定价：78.00 元

本书中文简体字专有出版权归本社独家所有，非经本社同意不得转载、摘编或复制
如有质量问题，请与承印厂质量科联系。T：0571-85155604